Arno
Frank

So, und jetzt kommst du

ROMAN

TROPEN

Tropen
www.tropen.de

Printed in Germany
Schutzumschlag unter Verwendung einer Abbildung
von © Julien Magre/Picturetank/Agentur Focus
Gesetzt in den Tropen Studios, Leipzig
Gedruckt und gebunden von CPI – Clausen & Bosse, Leck
ISBN 978-3-608-50369-2

Dritte Auflage, 2017

»Jeder bekommt seine Kindheit über den Kopf gestülpt wie einen Eimer. Später erst zeigt sich, was darin war. Aber ein ganzes Leben lang rinnt das an uns herunter, da mag einer die Kleider oder auch Kostüme wechseln, wie er will.«

Heimito von Doderer, Ein Mord den jeder begeht

»I'm not working-class. I come from the criminal classes.«

Peter O'Toole

Prolog

Als meine Mutter zum ersten Mal starb, war ich bei ihr.

Sie lag im Flur auf dem Rücken, ein Bein leicht angewinkelt, das andere ausgestreckt. Die rechte Hand neben dem Kopf, die linke an der Hüfte. Ihre Augen geschlossen, als hielte sie ein Nickerchen auf dem Perserteppich. Wobei ich mir dachte, was ein Kind von vielleicht vier Jahren sich bei fast allem denkt, nichts. Oder wenigstens nichts Schlimmes.

»Mama? Mama, guck mal!«

Sie sollte sich ein Bild anschauen, das ich gemalt hatte. Ein V und ein M mit weichen Bögen, ein ganzer Schwarm davon über das Blatt verteilt. Mir waren zum ersten Mal Vögel gelungen. Aus meinem Zimmer hatte ich nach meiner Mutter gerufen, aber sie war nicht gekommen. Jetzt sah ich sie reglos dort unten liegen, während ich die Treppe aus meinem Kinderzimmer im ersten Stock herunterstieg. Vorsichtig, eine Hand am Geländer, denn die Stufen waren groß und ich war klein. Ich schlich mich an und ging neben ihrem Körper auf die Knie. Sie rührte sich noch immer nicht. Ich unterdrückte ein Kichern. Das würde ein Spaß werden. Ich kitzelte sie an der Fußsohle, ganz leicht nur. Sie reagierte nicht. Umso besser. Ich hielt ihr gleichzeitig Nase und Mund zu. Kein Ergebnis. Vielleicht hatte ich auch nicht genug Geduld. Behutsam legte ich ihr das Blatt aufs Gesicht und beobachtete ganz genau die Vögel darauf.

Sie bewegten sich nicht.

Hätte nicht der Atem das Papier erzittern lassen müssen?

Ich zog das Blatt wieder weg. Ihr Mund war leicht geöffnet, ihre Lider auch. Ich bemerkte nun das Weiße ihrer Augen, zwei feine Halbmonde unter den Wimpern. Ich zupfte sie zart am Ohrläppchen, weil sie Berührungen am Ohrläppchen mochte und dann normalerweise schnurrte. Diesmal nicht, diesmal lag sie da wie eine warme weiche Puppe. Unschlüssig griff ich nach ihrem Handgelenk. Liegt ein Mensch reglos auf dem Boden, greift immer jemand nach dem Handgelenk, bevor er dann kopfschüttelnd aufschaut und zu den Umstehenden sagt: »Nichts zu machen!« Das kannte ich aus dem Fernsehen, konnte aber keinen Puls ertasten. Hob und senkte sich ihre Brust? Als ich mein Ohr auf die harte Stelle unterhalb ihres Schlüsselbeins legte, spürte ich nur meinen eigenen Herzschlag.

Rittlings schwang ich mich auf ihren Bauch und betrachtete ihr Gesicht. Überall Sommersprossen, als wären sie auf den Nasenrücken gestreut worden und da runtergekullert. Knapp darüber die Stelle, an der sie im Badezimmer immer die Augenbrauen auszupfte. Winzige Stoppeln wuchsen dort, zu kurz für die Pinzette. Mit dem Daumen fuhr ich mehrmals die geschwungene Linie ihrer Augenbraue nach. Ihre langen Haare, schwarz um die Stirn gefächert. Entschlossen nahm ich ein Büschel davon in die Faust und zog, bis sich ihr Kopf ein wenig vom Boden hob. Er fühlte sich schwer und kostbar an.

Keine Reaktion.

Langsam wusste ich nicht mehr, was ich noch machen sollte. Ihre Brüste hingen rechts und links herab. Unter dem dünnen grünen Stoff mit den aufgedruckten Rosen konnte ich dunkel die Warzen erkennen. Mit beiden Händen versuchte ich, die Brüste zurück in die Mitte zu schieben. Sie waren wie Pudding, also ließ ich es sein. Dufteten die Rosen? Nein, das war nur ihr Parfüm. Erdbeere, vielleicht Orange. Wenn ein parfümierter Mensch stirbt, duftet er dann weiter bis in alle Ewigkeit?

Ich beugte mich herab, Nasenspitze an Nasenspitze.

»Mama!«

Nichts.

Und jetzt? Hören konnte sie mich anscheinend auch nicht, aber *sehen* würde sie mich müssen. Also legte ich die Hände auf ihre Stirn und schob mit den Daumen ihre Lider hoch. Ihre Augen waren so rund und braun wie immer, aber blicklos. Als ruhten sie auf etwas unendlich Langweiligem an der Zimmerdecke. Als wäre ich gar nicht da.

»Mama, hör auf!«

Fröstelnd wurde mir die Leere der Wohnung bewusst. Niemand zu Hause, nur sie und ich. Das Radio, das leise in der Küche murmelte. Die Schiebetür zum rückwärtigen Gärtchen. Dumpf klopfend stieß eine Fliege gegen das Glas, wieder und wieder, obwohl die Tür direkt daneben offen stand. An der Spüle füllte ich ein Glas mit Wasser, kehrte zurück und schüttete es meiner Mutter ins Gesicht. Sie zuckte nicht einmal. Stattdessen bewegten sich die Vögel auf dem Papier neben ihrem Kopf. Die Feuchtigkeit ließ den Filzstift zerfließen.

»Mama?«

Mit einem gaumigen Schmatzen klappte ihr Kiefer auf. Wieder schwang ich mich über ihren Körper. Tastete mit zitternden Fingern hinter ihre Zähne und versuchte, die Zunge zu erwischen. Sie rutschte seitlich weg wie eine Gurke im Glas. Während ich so fummelte, stempelte mir ihr Lippenstift rote Flecken auf die Handrücken. Bald waren meine Hände rot wie die eines Mörders. Nein, dieses Spiel gefiel mir nicht mehr.

Ganz und gar nicht. Mit der Faust schlug ich auf die knöcherne Stelle zwischen ihren Brüsten.

»Mama! Mama! Mama!«, mit jeweils einem Schlag auf dem ersten A.

Nichts. Sie war da, ohne da zu sein. Panik erfasste mich, als hätte sie sich lautlos aus dem Garten hereingeschlichen und von hinten gepackt.

Ich heulte.

Ich heulte und erschrak zugleich über meine eigenen Laute, denn so hatte ich Hunde heulen gehört. Ich heulte und trommelte mit den Fäusten auf ihre Brust und spürte, dass ich mir gerade in die Hose machte, aber das war mir egal.

Und damit erweckte ich sie wieder zum Leben.

Plötzlich ihre Finger, die mir durch die Haare fuhren, und an meinem Ohr ihre Stimme, sanft und tröstend: »Alles gut, alles gut!«

Schluchzend ließ ich mich in ihre offenen Arme fallen, die sich mit verlässlichem Druck um mich schlossen.

»Dreckspatz, du hast mir auf den Bauch gepinkelt!«, flüsterte sie. Ich spürte, wie sie unter mir kicherte, sie war mir nicht böse. Und ich spürte, wie mein Schluchzen ebenfalls in ein Kichern überging.

Mama war noch *da*.

Sie war es die ganze Zeit, sie war nie weg gewesen.

Mir war, als hätte ich soeben eine Prüfung bestanden. Wenn ich tot bin, trauerst du um mich? Trauerst du mich wieder wach? Und dann war da noch etwas Anderes, Dunkleres. Als hätte Mama mir eine wichtige Lektion erteilt. Eine Lehre, deren Sinn ich damals noch nicht verstehen konnte. Und sie wahrscheinlich auch nicht.

Erster Teil

Depot

Mein Vater wurde kurz nach dem Krieg in Südfrankreich geboren. Davon erzählte er gerne. Großvater sei damals dafür bezahlt worden, auf Weizenfeldern in Sichtweite romanischer Kathedralen kleine Flugplätze anzulegen. Ein Streifen aus Beton, ein Zaun drum, eine Baracke drauf, den Windsack gehisst – zack, bumm, fertig und weiter zum nächsten Auftrag. Das sei seine Aufgabe als Architekt gewesen, so mein Vater. Einen Teil seiner Kindheit und Jugend verbrachte er deshalb auf einem Internat in Perpignan. Namen wie Sète, Montpellier oder Nîmes sind in der Mythologie der Familie väterlicherseits immer mit beruflichen Heldentaten verbunden geblieben. Dabei wird es ein deutscher Junge im Frankreich der Fünfzigerjahre nicht gerade leicht gehabt haben. Dennoch schwärmte mein Vater von dieser fernen Zeit in einem fernen Land. Als wäre es ein weichgezeichneter Film, der niemals aufhörte, vor seinem inneren Auge abzulaufen. Einmal hatte er im ländlichen Languedoc einen Wanderzirkus besucht: »In ihrem Zelt hockte eine Wahrsagerin, wie du sie dir vorstellst, so ein gebücktes altes Weib mit Kopftuch. Zigeunerin, klar. Sie hat meine Hand genommen und darin gelesen, als wären es Aktienkurse. Dann hat sie mich angeschaut und gesagt: Cher ami, du wirst reich sein. Es wird lange nicht so aussehen, aber spätestens mit vierzig wirst du reich sein! Ich habe sie ausgelacht, mir aber meinen Teil gedacht. Den habe ich mir gedacht, meinen Teil.« Er würde reich sein. Er würde nicht reich *werden* mit einer Idee oder einem Geschäft, nein. Er würde es eines Tages einfach *sein.*

Wenn er solche Anekdoten erzählte, wünschte ich immer, mich auch eines Tages an meine eigene Kindheit als flüchtige Abfolge kostbarer Traumbilder erinnern zu können. Nicht, dass Jürgen das Baccalauréat oder später, wieder in Deutschland, das Abitur bestanden hätte. Dafür war er zu schlau. Ein tiefes Gewässer, gespeist aus dem Selbstbewusstsein des Vaters und dem Scharfblick der Mutter. Ein Geschöpf aus eigenem Recht, weshalb ihm auch nichts an Urkunden aus den Händen irgendwelcher Autoritäten lag. Er war seine eigene Autorität.

Nach seinem Abgang von der Schule folgte unter elterlichem Druck eine flausenlose Ausbildung als Verwaltungsfachangestellter im öffentlichen Dienst in Ludwigshafen; schließlich ist immer etwas, und alles, was ist, will verwaltet sein. Nur führt der Königsweg zum Glück selten durch Ämter und Behörden. Schon gar nicht für meinen Vater, der Glück als eine Ableitung von Geld und seine Ausbildung als erste Stufe zu Höherem betrachtete. Höheres würde ihm überdies auf halbem Wege entgegeneilen. Davon war er überzeugt, und darin wurde er bestärkt. Zur bestandenen Führerscheinprüfung stellte ihm sein Vater einen italienischen Sportwagen vor die Tür. Wenn meine Eltern später mal wieder einen Alfa Romeo Giulia Super im Straßenverkehr sichteten, sprachen sie zärtlich von der »Dschulia«, als wäre es eine gemeinsame Bekannte. Tatsächlich war die Giulia in den Sechzigerjahren eine bullige Schönheit wie Belmondo, und eines Tages fuhr er damit vor dem Depot der US-Armee in Kaiserslautern vor. Ebenfalls ein bulliger junger Mann, braun und straff und bereit, um seine erste Stelle als Verwaltungsfachangestellter anzutreten. Abteilung: Bedarfsfeststellung und Akquise. Nachgeordnetes Zeug, das »die Amerikaner« in Kaiserslautern die Zivilisten machen ließen.

Im Schritttempo war er am Wachhäuschen mit dem Schlagbaum vorbei zu den flachen grauen Baracken aus Fertigbauteilen gerollt, die im Schatten der Kiefern hinter Stacheldraht standen, parkte den Wagen dreist auf dem Platz direkt neben dem Eingang, der für Offiziere reserviert war, stieg aus, zündete sich eine Gitane an und fiel in genau der Sekunde, als die Flamme aus der hohlen Hand sein konzentriertes Gesicht erleuchtete, meiner Mutter auf, die gerade selbst zum Rauchen vor die Tür getreten war.

Was sah sie?

Eine ganz andere Erscheinung jedenfalls als die geduckten Gestalten, mit denen sie im Büro zu tun hatte und zu denen sie sich selbst insgeheim gezählt haben musste. Einen Alain Delon oder Hardy Krüger vielleicht, spöttische Überlegenheit und Draufgängertum. Der junge Mann trug ein elegantes Jackett, darunter ein weißes Hemd, die oberen drei Knöpfe geöffnet, und unter dem Arm einen *Spiegel* mit Sharon Tate und Charles Manson auf dem Titel. Vertraulich nickte er der jungen Frau zu, atmete den Rauch tief aus, schaute sich um und fragte lächelnd: »Darf man hier bei den Amis auch französische Zigaretten rauchen, Fräulein? Oder müssen es Lucky Strike sein?«

Meine Mutter wurde kurz nach dem Krieg im Saarland geboren, damals noch französisches Protektorat. Was bedeutete, dass die Franzosen irgendwie auf diese Gegend aufpassten, was auch immer das heißen mochte. Ihre Eltern, Oma Julia und Opa Alois, unterhielten einen kleinen Supermarkt in St. Ingbert. Mit ihrem heiligen Sankt im Namen ist diese Stadt, die wir niemals besuchten und zu der es keine weiteren Verbindungen gab, in der Mythologie der Familie mütterlicherseits immer ein Ort der Niederlage geblieben. Denn der Supermarkt warf nichts ab, weshalb Mama noch viel später um entsprechende Filialen einen großen Bogen schlug: »Wir hatten auch mal einen Edeka«, sagte sie dann, als trauere sie einem Ort unendlicher Fülle hinterher. Wie man *keinen* Edeka mehr haben konnte, wo man doch von Edeka-Märkten regelrecht umzingelt war, blieb mir ein Rätsel. Nach der Pleite zog es die Familie nach Kaiserslautern. Opa Alois war immerhin Meister: Konditor, Bäcker, Koch, und »die Amerikaner« suchten einen Chefkoch für ihr Offizierskasino. Einen, der Suppen für zweihundert Mann ebenso zubereiten konnte, wie er zur Verabschiedung eines Generals mehrstöckige Luxustorten mit Atompilzen aus Zuckerwatte zu zaubern verstand. So einer war Opa Alois, und »die Amerikaner« nahmen ihn »mit Kusshand!«, wie Oma Julia betonte.

Jutta wurde auf eine Haushaltsschule geschickt. Überhaupt *wurde* sie fortwährend. Das sei eben damals so gewesen, meinte sie. Gegen das Dahingestelltwerden habe man sich als Mädchen im Deutschland der frühen Sechzigerjahre nicht auflehnen können. Dafür strebten ihre Gedanken oft seitwärts, inwärts. Ihr Blick ging dann ins Leere, wurde ganz blank. Vielleicht war sie in solchen Momenten einer unbestimmten Süße auf der Spur, die nur sie selbst schmecken konnte. Wenn sie nicht geschickt und geschoben wurde, trieb sie dahin und trieb gerne.

Am Ende ihrer Ausbildung zur fototechnischen Assistentin war sie in der Lage, im Dunkeln die Urlaubsbilder anderer Leute zu entwickeln. Ihren Beruf übte sie jedoch nie aus. Nicht, weil sie ein anderes Leben wollte. Ihre Träume hafteten an der Oberfläche der Möglichkeiten und handelten durchaus davon,

Fotografin zu sein. Aber eben keine, die in Zaire staubige Leoparden oder auf Kuba zauselige Rebellenführer fotografiert. Sondern eine, die Passfotos anfertigt: »Ich mag es, wenn die Leute fein gekleidet in den Laden kommen, sich gerade hinsetzen und ihre Mimik ordnen. Dann kann man an ihren Gesichtern sehen, wer sie sein wollen. Und das ist interessanter, als wer sie *wirklich* sind.«

In meiner Erinnerung ist sie die summende Frau. Von morgens bis abends umgab sie das andauernde Summen wie eine Gloriole der Heiterkeit. Erwies eine bestimmte Melodie aus dem Radio sich als besonders hartnäckig, schlug meine Mutter den Kragen ihres dunklen Filzmantels hoch, nahm den Oberleitungsbus zum Musikhaus Schiller in der Innenstadt und kaufte die Single von Daliah Lavi, Wencke Myhre oder Drafi Deutscher. Es galt, den Ohrwurm durch Wiederholung und die Wiederholung der Wiederholung stur vor sich her und über die Schwelle zum Überdruss zu treiben. Jedes Lied ein Glied im luftigen Kettenhemd des Wohlbefindens.

Und doch: Ihr erstes helles Auflachen über den Witz meines Vaters bei einer gemeinsamen Rauchpause im Depot; das geheime Klopfen ihres Herzens beim Anblick von Ryan O'Neal und Ali McGraw auf dem Poster im Aushang des Kinos in der Fußgängerzone; das nächtliche Rascheln des Stoffes und das Geflecht der Seufzer; der erschrockene Jubel beim Besuch des Arztes, noch im Flur; seine geseufzten Schwüre, während der Regen gegen die Fenster trommelte; und endlich das blecherne Geläut der Glocken – all der lustige Lärm des Lebens muss damals das allzu kurze Klicken übertönt haben, mit dem sich eine entscheidende Weiche verstellte, als Jutta meinem Vater begegnete und meine Mutter wurde.

Lärchenweg

Gedrängt wie vier Freunde auf der Rückbank eines Autos standen die Häuser in unserer kleinen Straße nebeneinander, Schulter an Schulter. Mehr Häuser gab es dort nicht, vier Winkel zum Glücklichsein aus dem Baukasten einer sachlichen Moderne zwischen alten Lärchen. Darunter mein Elternhaus, ein unvordenklicher Unterschlupf.

Gebaut hatte diese Häuser in den Sechzigerjahren mein Opa väterlicherseits, nachdem er Südfrankreich mit Flugplätzen zugepflastert und sich mit seinem Architekturbüro in diesem Örtchen bei Kaiserslautern niedergelassen hatte. Kurz vor seinem Tod ließen meine Eltern mich auf seinen Namen taufen. Was ihm vielleicht eine letzte Freude war, blieb mir diffuse Verpflichtung. Einer Leerstelle kann man nicht nacheifern, man kann sie höchstens mit Phantasie füllen. In meiner Vorstellung hatte daher wirklich *er* die Häuser ganz alleine errichtet. Gruben ausgehoben, Zement angemischt, Rohre verlötet, Kabel verlegt, Steine geschichtet, Dächer gedeckt.

Ein altes Foto zeigte noch eine planierte Fläche, wo später mit getünchter Selbstverständlichkeit die Häuser stehen sollten. Die Baustelle hatte gezackte Ränder und leuchtete karamellfarben, als hätte damals wirklich ein glücklicheres Licht auf den Dingen gelegen. Männer mit gebräunten Oberkörpern; einer davon schmächtig, die Hände in den Hosentaschen, mein Vater. Daneben, halb angeschnitten, eine imposante Frau mit

Hornbrille und rotem Kopftuch, der sichtbare Ärmel hochgekrempelt, seine Mutter.

Das glückliche Licht, die Menschen und das Foto selbst sind verschwunden. Aber die Häuser, die sind alle noch da. Ein hölzerner Carport für die Autos, frische Blumenbeete, ein neuer Wintergarten nach hinten raus, ausgebautes Dachgeschoss, Satellitenschüsseln – mehr hat sich nicht verändert in all den Jahren. Bewohnt werden sie heute von anderen Familien, glücklicheren oder auf ihre Weise unglücklichen. Sie bewähren sich, diese Häuser. Wirksam halten sie für ihre neuen Bewohner das große Draußen auf Distanz, als lenkten sie sogar die Zeit selbst um sich herum. Vielleicht stehen sie in einem günstigen Winkel zu ihrem Fluss.

Anders als die Eltern meiner Mutter, die ich ganz vertraut »Oma« und »Opa« nannte, blieb die Mutter meines Vaters die »Großmutter«. Oder Bärbel, mit einem Dutt wie ein Handball und einem »eigenen Leben«, das sie so beharrlich gegen Übergriffe verteidigte wie eine kleine Nation ihre Grenzen. Obwohl Bärbel im Haus direkt neben uns wohnte, kam sie uns nur selten besuchen. Bei ihr gab es nie Kaba, nur Ovomaltine, die sie aber stur »Kakao« nannte und die nach Enttäuschung schmeckte. Während Oma Julia tütenweise Süßigkeiten anschleppte, Haribo, Mambo, Milka, hatte Großmutter Bärbel gute Ratschläge im Gepäck. Und den Drang, meine Mutter zum Lesen skurriler Literatur zu verführen. Doris Lessing, Anaïs Nin, Germaine Greer. Einmal lag *Die Welt der schönen Bilder* als zerlesenes Taschenbuch auf unserem Esszimmertisch, und meine Mutter lauschte mit großen Augen ihrer Schwiegermutter, wie sie mit dem Finger auf den Umschlag tippte: »Simone de Beauvoir musst du *unbedingt* lesen, Jutta, das handelt von dir. Es handelt von unserer ganzen kippenden Welt, die nur noch aufs Geld schaut. Nicht nach rechts oder links, nur aufs Geld.« Das Buch gammelte danach ewig auf dem Nachttisch meiner Mutter, begraben unter Stapeln von Groschenheften, deren Heldinnen »Silvia« hießen oder »Sibylle« und hin und wieder ganz gerne aufs Geld schauten.

Mich nahm Bärbel gerne prüfend ins Visier: »Ganz der Vater, ganz der Vater …«

Dann streichelte Mutter meinen Nacken und sagte: »Ja, oder?«, aber Bärbels Blick verriet, dass sie es nicht als Kompliment gemeint hatte.

Wenn mich mal wieder eine Mittelohrentzündung plagte, dieser bohrende Schmerz im Schädel, dann machte Bärbel mir Wickel aus Zwiebeln und setzte mich vor die Infrarotlampe. Dazu kochte sie mir Fleischwurst mit Blumenkohl. Ihre Zuwendung war robust und patent und Wehleidigkeit keine Option. Im Weltkrieg war sie Krankenschwester gewesen, Feldlazarett. Erst im Westen, dann im Osten, immer knapp hinter allen Fronten. Damals musste sie sich eine Abgeklärtheit angeeignet haben, die ihr in ihrer zivilen Existenz als Hebamme am Krankenhaus in Kaiserslautern gute Dienste leisten sollte: »Im Krieg half ich Menschen beim Sterben, danach half ich ihnen auf die Welt.«

Tagelang schauten wir die Olympischen Spiele in Los Angeles, später stritten wir über den jungen sowjetischen Präsidenten. Bärbel war der festen Meinung, dass dessen Frau Raissa die Zügel in der Hand hielte, was ich mir nicht vorstellen konnte, womit ich Großmutter noch mehr reizte: »Bist auch so ein kleiner Macho, was? Kannst dir nicht vorstellen, dass die Welt nicht allein den Männern gehört, oder?«

Am Fernsehen hasste sie, was ich daran liebte. Die *Klamottenkiste* etwa und diese alten Western mit Fuzzi, der im Vorspann ein Loch in den Bildschirm schießt. Sie war imstande, sich mitten in der Sendung aus ihrem Sessel zu wuchten und »diesen amerikanischen Zappelquatsch« auszuschalten. Nicht anders war es mit dieser schwedischen Serie, in der ein Junge auf dem Dachboden eine braune Cordhose findet, in deren Taschen immer Geldscheine stecken. Egal, wie viel er daraus entnimmt, das Geld geht ihm nie aus. Der Junge möchte Gutes damit tun, aber bald haben es Ganoven auf die Hose abgesehen. Ich erfuhr nie, wie die Serie ausging, aber verdammt, solche Hosen hätte ich auch gerne gehabt.

Wenn Bärbel den Fernseher überhaupt aus freien Stücken einschaltete, dann nur für die *Tagesschau.* Und *Telekolleg*-Sendungen im Dritten, wo blasse Mathematiker in schlammfarbenen Pullovern schleierhafte Grafiken und Vektoren benäselten. Früher oder später zeigte mir ein sanftes Schnorcheln an, dass auch die Aufmerksamkeit meiner Großmutter nicht unerschöpflich war.

Zum Einschlafen bestand sie darauf, mir aus den Büchern vorzulesen, die sie selbst gelesen hatte. Die »Stellen« für mich waren mit Eselsohren markiert. »Wir brauchen keine ausgedachten Geschichten«, verfügte Bärbel und fütterte mich mit Anekdoten, die Tacitus über die Germanen zu berichten wusste, Herodot über den Vogel Phönix in Ägypten, Thukydides über die Pest in Athen – was mir ausreichend ausgedacht vorkam. Bisweilen zögerte sie beim Vorlesen, wenn sie nach verständlicheren Worten suchte oder allzu schwierige Absätze ganz übersprang. Sobald sie mal etwas länger zögerte, nutzte ich die Chance und schlief an ihrer weichen Schulter ein.

Der Lärchenweg wäre ein Ort, über den ich gerne Karamell gießen würde. Ich würde ihn über den Spielplatz mit Rutsche und eisernem Drehpilz und die Schaukel im Sandkasten vor den Häusern gießen. Im Frühling umbrummten mich dort die Hirschkäfer wie winzige Helikopter in Kopfhöhe. Wunder warteten direkt um die Ecke. Eines Tages stemmte ich aus Langeweile eine der grauen Schieferplatten hoch, die auf dem Gehweg vor unserem Haus verlegt waren. Darunter entdeckte ich auf einer wie glattgebügelten Fläche lehmiger Erde ein aberwitziges Gewirr von Straßen und Kanälen, die eben noch Tunnel gewesen waren und in denen ein ganzes Volk bernsteinfarbener Ameisen umherwimmelte. In einer versteckten Welt, die ohne mein Wissen immer schon unter meinen Füßen existiert hatte und als deren gütiger Gott ich mich fühlen durfte. Behutsam, um die geheime Bevölkerung darunter nicht weiter zu beunruhigen, ließ ich die Platte wieder herab.

Einmal lief ich im Sandkasten einem anderen Kind in die Schaukelbahn und schleuderte gegen die niedrige Umzäunung aus Holzpfählen. Zu Hause tupfte mir Mama die Tränen weg, versorgte die kleine Schürfwunde im Gesicht und setzte mich vor den Fernseher. Als Papa nach Hause kam, hörte ich ihn schon im Flur fluchen. Das war seltsam, denn zwischen meinen Eltern wurde es sonst selten laut. Zumindest bekam ich nie etwas davon mit. Vielleicht stellten Mama und Papa sich den Wecker, um ihre Streitigkeiten nachts im Flüsterton auszutragen. Jetzt rauschte Mama durchs Wohnzimmer und sagte im Vorübergehen: »Vorsicht, dein Vater ist geladen! Habe ihm gesagt, was passiert ist …«

Geladen, das war nicht gut. Wenn Papa geladen war, stellte

er Fragen, auf die ich keine Antwort wusste. Wenn ich etwas Dummes angestellt hatte, gab es Kopfnüsse mit dem Knöchel. Keine Schläge, darauf legte er wert. Nur Beulen. Aber was könnte denn diesmal so Schlimmes »passiert« sein? Da stand er schon, die Lippen ganz straff und schmal, neben mir im Wohnzimmer.

»Was läuft?«

»Die bezaubernde Jeannie«, sagte ich.

Unverwandt starrte er mich an. Ich starrte wie gelähmt zurück.

Über die Schulter rief er in die Küche: »Wer, sagst du, hat meinen Sohn so zugerichtet?«

»Das sind Kinder, Jürgen!«, rief meine Mutter. »Das war keine Absicht! Ein anderer Junge hat ihn mit dieser neuen Schaukel erwischt. Da ist er unglücklich hingefallen.«

»Die Schaukel im Sandkasten? Kann mir mal jemand erklären, was eine Schaukel im Sandkasten macht? Was das soll? Ich verstehe das nämlich nicht. Und was war an der alten Schaukel eigentlich so schlecht?«

»Sie war alt?«, schlug meine Mutter vor.

»Sie hat gequietscht!«, rief ich dazwischen.

»Jürgen, das hätte jedem anderen Kind auch …«, begann Mama milde.

»*Gemeingefährlich* ist das!«, unterbrach mein Vater. »Und weißt du noch was? Ich schaue mir das nicht länger an!«

Er nahm das große Brotmesser aus der Schublade in der Küche und eilte hinaus. Ich hinterher. Wie ein Killer, der in der Menge sein Opfer ins Auge fasst, die Klinge am Unterarm verborgen, so überquerte er den verlassenen Spielplatz und steuerte die Schaukel an. Er packte die Schlaufe, und nach drei beherzten Sägebewegungen wurde in diesem Jahr nicht mehr geschaukelt.

Ich würde gerne Karamell gießen über die Burg, nach der Hohenecken benannt ist, eine steile Klippe über grünen Wipfeln. Die Sonne strahlte, als Papa mich an seiner Hand aus dem Lärchenweg über den Spielplatz und die Bundesstraße in den Wald hinaufführte. Dabei drückte er meine Hand in einem bestimmten Rhythmus, und ich drückte im gleichen Rhythmus zurück. Auf diese Weise redeten wir miteinander, ohne zu sprechen. Ich glühte vor Glück. Oh, worüber wir alles reden würden, wenn ich erst richtig über Dinge würde reden können, die ihn interessierten. Der Weg war steil und wurde immer steiler. Am Ende nahm mein Vater mich bei den Hüften und wuchtete mich auf seine Schultern. Ich saß hoch über dem Boden und hatte keine Angst. Es war, als ritte ich auf einem großen Tier. Ich spürte seinen festen Griff um meine Knöchel und schlang die Arme um seine Stirn.

»Nicht!«, kicherte er. »Meine Brille! Kannst ruhig loslassen! Ich hab dich!«

Also ließ ich los und breitete die Arme aus, als würde ich fliegen. Unter manchen Ästen musste ich mich ducken, dann beschnupperte ich die Haare meines Vaters. Olivenöl und Holz. Ich fühlte mich schwerelos, und er keuchte: »Junge, du bist ein ganz schöner Brocken!«

Im Gebüsch um die Burg glänzten vergitterte Scheinwerfer. Die zyklopischen Sandsteinmauern waren abgerundet, wie geschleift von den Jahrhunderten. Der Eingang zum Turm zugemauert, schwarzfeuchte Feuerstellen im Hof, rostige Geländer am Abgrund, der Geruch von Urin in jeder halbwegs verborgenen Ecke. Der Blick durch die leeren Fensterhöhlen bot nichts als bewaldete Hügel über Hügel. Sogar Papa musste sich vorbeugen wie aus dem Korb eines Fesselballons, um die Dächer der Häuser unten im Tal sehen zu können. Eine hingekauerte, friedliche Versammlung, durchschnitten nur von der Bundesstraße, die wir eben überquert hatten. Mein Vater rauchte eine Zigarette auf, bis zum Filter, bevor er sie unter seiner Schuhspitze zerdrückte.

»Schau dir das an«, sagte er, die Hand auf meiner Schulter. »Was siehst du?«

Ich sah gar nichts, nichts Besonderes jedenfalls.

»Hohenecken? Häuser?«

»Genau. Häuser. Und da sitzen sie dann fest, die Leute. Schuften, um sich diese Häuser leisten zu können. Freuen sich auf die Zeit, in der sie einmal nicht mehr arbeiten werden. Arbeiten dieser Zeit entgegen. Legen ihr Geld auf die hohe Kante, immer ein wenig Geld auf die hohe Kante. Abends gehen sie in ihren Hobbykeller und saufen. Und dann fallen sie eines Tages tot um, einfach so. Ohne jemals *nicht* gearbeitet zu haben. Ohne sich jemals ernsthaft Gedanken darüber gemacht zu haben, was sie wirklich wollen. Verstehst du das?«

»Nein, Papa.«

»Ich auch nicht«, seufzte er, »ich auch nicht.«

»Fällst du auch eines Tages tot um?«

Er lachte hell auf. »Nein, ganz bestimmt nicht.«

»Aber dort unten wohnen wir doch auch, in so einem Haus!«

»Besser wäre eine Burg, oder? Ein Bollwerk zur Verteidigung in einer Welt, in der man sich besser mal gegen die Bösen verteidigt«, sagte er und tätschelte mit der flachen Hand den Sandstein. »Du musst dir aussuchen, was du sein willst. Angreifer oder Verteidiger.«

Ich wollte lieber hinter den dicken Mauern sitzen, aber das sagte ich nicht. Ich hatte nicht das Gefühl, dass Papa das hören wollte. Also wartete ich.

»Du musst dir nehmen, was du willst«, fuhr er fort. »Niemand schenkt dir etwas. Du frisst oder wirst gefressen. So, und jetzt kommst du!«

Ich nickte. Ich wollte nicht gefressen werden.

»Nimm dir, was du willst. Was willst du, kleiner Mann?«

Was ich wollte? Ich wollte das Baumhaus, das Papa mir schon so lange versprochen hatte. Ich wollte ein Schokoladeneis. Ich wollte einen eigenen Plattenspieler, um darauf meine Hörspielplatten zu hören. Ich wollte eine Rakete, um damit ins Weltall zu fliegen. Ich wollte eine bezaubernde Jeannie wie aus dieser Fernsehserie. Das alles wollte ich, denn ich war sechs Jahre alt. Ich sagte kein Wort, aber Papa lächelte, als könnte er meine Gedanken lesen.

»Du bekommst alles.«

»Wirklich alles?«

»Klar, warum nicht? Alles zu seiner Zeit.«

Hohenecken

Seit mein Vater im Depot gekündigt hatte, verwandelte er unseren Keller in ein Depot ganz eigener Art. Eine pharaonische Katakombe für Krimskrams, den er in großen Mengen günstig eingekauft hatte, um ihn einzeln teuer wieder zu verkaufen. Erst standen nur ein paar Kisten in den Ecken, bald türmten sich Pakete bis unter die niedrige Decke. Dazwischen bunte Sesselschalen aus Plastik und Kissen in Blütenform. Magische Thermometer mit schwarzgläserner Oberfläche, aus der die Temperaturen in passenden Farben hervorleuchteten; die 9 in kühlem Blau, 15 schon grüner, 30 giftig rot. Schwere Drucksachen mit Poststempeln aus Kopenhagen und Amsterdam, viel zu gut verpackt, als dass ich sie auf meinen flüchtigen Streifzügen näher hätte in Augenschein nehmen können. Oder wollen. Denn da gab es auch noch Kisten voller kreisrunder Radiergummis inklusive Bürstchen zum Wegwischen des Abriebs, silberne Kugelschreiber mit Schiebemechanismus und Minen in vier Farben, Hirschgeweihe aus Kunststoff, Aschenbecher aus Bakelit, Expander, Wagenheber, wasserfeste Wanderkarten und eine ganze Palette voluminöser Strategiespiele mit zahllosen »verschluckbaren Kleinteilen«, bei denen Erwachsene auf einer in winzige Hexagramme unterteilten Karte von Europa die napoleonischen Kriege nachspielen konnten. In den größten Kisten warteten zerlegte Heimtrainer. Wie normale Fahrräder für Erwachsene, nur mit einem Bock verschraubt, damit das hintere Rad sich so frei drehen konnte, wie die eingebauten Widerstände es erlaubten. Das war »unser Renner«, wie mein Vater sagte.

»Mit dem Teil verdienen wir einen Arsch voll Geld. Den Leuten wird erzählt, sie sollen sich fit halten. Es wird ihnen eingeredet, sich *bewegen* zu müssen. Wie Steinzeitmenschen. Dann schaue ich mir diese Dauerläufer an und frage mich: Hey, wo ist denn die Gazelle, die ihr jagt? Was für ein Blödsinn. Und trotzdem bleibt das schlechte Gewissen. Eigentlich sollte man dies, eigentlich sollte man das … und da ist es doch bequemer, sich auf dieses Ding hier zu setzen. Es steht eben jeden Tag ein Dummer auf.«

»Wie meinst du das, es steht jeden Tag ein Dummer auf?«, fragte ich.

»Naja, das ist ein alter Kaufmannsspruch. Es gibt eben Dummköpfe. Man muss sie nur finden. Oder, besser noch, sich von den Dummköpfen finden lassen.«

»Warum?«

Papa schenkte mir einen mitleidigen Blick. »Damit man ihnen etwas Dummes verkaufen kann, Dummkopf, darum.«

Winters wie sommers fuhr Mama daher regelmäßig zum Postamt, den Kofferraum voller Pakete, und auch auf Rückbank und Beifahrersitz überall Päckchen. Beim Schleppen war ihr Babybauch im Weg, weswegen ich mit anpacken musste. Während sie vor dem Panzerglas darauf wartete, dass die Beamtin dahinter die Sendungen frankierte, schaute ich mich im Schalterraum um. Dabei fiel mir einmal ein Plakat mit schmucklosen Schwarzweißfotos in grellrotem Rahmen auf. Darauf waren verdrossen bis finster dreinblickende Männer und Frauen zu sehen. Ganz anders als die Gesichter, die ich von Werbeplakaten für Bonbons, Klamotten oder Zigaretten kannte. Als hätte ihnen jemand etwas getan. Neugierig zupfte ich am Rock meiner Mutter.

»Mama, wer sind die da?«

»Nicht so laut, mein Schatz! Diese Leute werden gesucht. Steht da.«

»Von wem werden die gesucht?«

»Von der Polizei. Das sind Terroristen.«

»Was sind Touristen?«

»Terroristen. Terroristen sind Leute, die andere Menschen erschrecken wollen.«

»So wie Räuber?«

»Ja, das sind auch Räuber.«

»Und warum wollen die andere Leute erschrecken?«

»Das kann dir dein Vater erklären. Ich bin durch, können wir gehen?«

»Schau mal, Mama! Der da sieht ja so aus wie Papa!«, rief ich und deutete auf ein Foto oben links. Darunter stand: »Baader, Andreas Bernd.«

Mama lächelte, aber ich sah ihre roten Ohren und schwieg. Ihr Griff um meine Hand war so fest, dass es schmerzte, als sie mich aus dem Postamt zerrte.

Und dann stand auf einmal dieses Trumm in unserer Einfahrt. Scharfkantig und wie aus Wellblech zusammengeschweißt. Mit offenem Mund schlich ich, den Ranzen noch auf dem Rücken, um das Fahrzeug herum. Da waren Trittbretter und eckige Flanken, pfützenfarben lackiert. Auf der vorderen Haube ruhte fest verschraubt ein grobstolliger Ersatzreifen. Über einem Gestell aus Rohrstangen spannte sich ein Verdeck aus schwarzem Stoff, die seitlichen Fenster waren aus durchsichtiger Plastikplane, wie bei einem Zelt. Die rechteckige Windschutzscheibe ließ sich runterklappen, sodass einem bei der Fahrt der Wind ins Gesicht wehen musste. Innen erkannte ich ein sehr dünnes Lenkrad und spartanische Sitze aus Kunstleder, mit Sprungfedern. Neben dem Tachometer gab es nur noch ein paar Lämpchen für die Funktionen des Motors. Und als Gangschaltung einen schmucklosen Knüppel, der direkt im Boden verschwand. Es sah aus wie etwas, mit dem man sich auf die Suche nach den Quellen des Kongo machen konnte.

»Na, was sagst du dazu?«, fragte Vater, mit dem Knöchel auf den Kotflügel klopfend.

»Toll, Papa. Was ist das? Fahren wir damit in Urlaub?«

»Nein, mein Sohn. Das ist ein Kübelwagen der Wehrmacht.«

»Wer ist die Wehrmacht?«

»Die Armee, in der Opa Alois gekämpft hat.«

»Gehört der uns?«

»Yepp. Was sagst du?«

»Müssen wir jetzt auch kämpfen?«

Mein Vater seufzte.

»Ich werde ihn verkaufen. Ich werde sie alle verkaufen.«

»Wie, alle?«

»Ich habe noch dreißig mehr davon!«

Ich sah mich um: »Wo denn?«

»Nicht hier«, erklärte mein Vater geduldig. »Es sind Bausätze. Wie die kleinen Flugzeuge, die du immer zusammenklebst? Nur in echt. Richtige Autos mit Motor und allem Drum und Dran. Ich liefere im Paket die Karosserie, das Chassis, den Motor und alle anderen Einzelteile. Und der Kunde setzt sich das Schmuckstück dann zu Hause selbst zusammen.«

Mir wollte nicht einleuchten, wieso jemand sich sein Auto selbst zusammenschrauben sollte, wenn es sie doch fertig zu kaufen gab.

»Weil es billiger ist«, erklärte mein Vater.

Er hatte eine ganze Flotte zerlegter Kübelwagen erworben, die in irgendeiner Halle lagerten, und zu ihrem Vertrieb eine Firma gegründet. Nur halb im Scherz meinte er, dass er sie in »Kübel & Sohn« umbenennen würde, wenn ich eines Tages in das Geschäft einstiege. Ein Geschäft, das er »zum Brummen« bringen würde. Soviel war schon mal klar.

Wenn ich versprach still zu sein, durfte ich bei den Probefahrten sogar auf der Rückbank sitzen. »Und hör gut zu«, schärfte mir Papa ein. »Da kannst du noch etwas lernen!«

Zuerst steuerte er den Kübel stets raus aus Hohenecken. Dabei redete er mit den wechselnden Interessenten unablässig über das Fahrzeug, seine Spezifikationen und Vorteile: »Merken Sie was? Merken Sie was?«, brüllte er in den frontal anwehenden Fahrtwind. »Spurtreu wie ein Esel! Das ist der Typ 181, die CKD-Version, *completely knocked down*. Geringer Zerlegungsgrad, das könnte notfalls auch ihre werte Frau Gemahlin zusammenlöten! Wollen sie mehr wissen? Zentral-Plattrohrrahmen, Seitenholme, der Boxer aus dem Käfer! Alles aus Wolfsburg, alles original. Nur die Karosserie lasse ich in der Schweiz herstellen, nach Originalplänen. Sie werden fragen: Warum in der Schweiz? Ich will es Ihnen verraten! Die ist einfach verwindungssteif, da könnten Sie mit dem Panzer drüber! Was das bringt? Sehen Sie gleich, wenn's ins Gelände geht«, und, lauter, nach hinten zu mir: »Wir wollen doch ins Gelände mit diesem Baby, oder?«, und dann wieder zu seinem Kunden, vertraulich schmunzelnd: »Der Kleine kennt den Spaß schon!«

Kamen die älteren Herrschaften zu Wort, sprachen sie meistens über fremd klingende Ortschaften irgendwo in der Ukraine oder Libyen oder darüber, dass sie schon ein Gespann von Dnepr in der Garage stehen hätten und man bei Tauwetter als Kradmelder mit drei Rädern viel besser durch den Schlamm gekommen sei damals. Wenn das Gespräch diese Richtung nahm, und die nahm es zwangsläufig, zog mein Vater eine helmförmige Halbkugel aus der Tasche und reichte sie dem Kunden. »Kenner wissen, was das ist. Und Sie sind ein Kenner, das habe ich gleich gesehen. Können Sie dranschrauben, das gebe ich Ihnen dazu. Sie müssen es nur abmontieren, wenn der Wagen durch den TÜV soll. Wir verstehen uns?«

Es war eine Abdeckplatte für den Scheinwerfer, deren schmale waagrechte Schlitze den Kübelwagen im Krieg nachts vor den Blicken feindlicher Flieger verbergen sollten. Dieses Bauteil war sein Joker, hatte Papa mir »unter uns« erklärt. Das fänden seine Kunden toll. Er müsse diese Leute bei ihren Gefühlen packen und deshalb bei ihren Erinnerungen ansetzen. Ideal wäre ein Hakenkreuz, aber das sei leider verboten. Tatsächlich reagierten die meisten Kunden sentimental auf die Tarnvorrichtung und rückten nun ihrerseits mit Geschichten heraus, in denen Worte wie »Wüstenfuchs« oder »Kessel« vorkamen.

Jede Tour endete drüben am Sportplatz des TuS 1904 Hohenecken. Dort gab es einen sumpfigen Fußballplatz mit Toren ohne Netze, Pfützen auf der Aschenbahn und einer steilen Böschung zum Wald hin, an der mein Vater die Geländegängigkeit des Vehikels demonstrierte. Mit jodelndem Motor und durchdrehenden Reifen ging es die Steigung hinauf, dass die Grassoden nur so durch die Luft flogen. Ein heikles Manöver, weil der Wagen dazu neigte, seitlich wegzurutschen. Wenn das geschah, griff mein Vater, die Kippe zwischen die Lippen geklemmt und die Augen gegen den Rauch zusammengekniffen, dem Fahrer ins Lenkrad und korrigierte den Kurs.

»Gegensteuern! Sie müssen *gegensteuern*, sonst geht der Ihnen hinten weg wie nix!«

Und immer steuerten die Fahrer rudernd gegen und kamen irgendwann tatsächlich oben auf der Kuppe zum Stehen. Ende Gelände.

»Kolossal!«, rief einmal einer der Interessenten und streichelte das Wellblech: »Wenn wir damals schon solche Fahrzeuge zur Verfügung gehabt hätten, wären wir wohl weiter gekommen als bis Stalingrad ...«

»Aber das hatten Sie doch!«, sagte Vater, und das gemeinsame Gelächter war beinahe so viel wert wie ein Kaufvertrag.

Nach ein paar Wochen glich das Gelände des TuS 1904 Hohenecken einem Truppenübungsplatz. Regenfälle ließen allmählich die Böschung erodieren, kleine Erdrutsche begruben die Aschenbahn unter Schlamm. Und irgendwann schob der Platzwart diesen Exkursionen mit Tor und Vorhängeschloss einen Riegel vor.

Die meisten gealterten Feldherren schienen allerdings nur an einer Auffrischung verschütteter Fahrerlebnisse interessiert. Immerhin sechs Kübelwagen verkaufte Papa dann doch, an athletische Männer in Flecktarn und mit tätowierten Balkenkreuzen auf den Unterarmen. Sie waren von weit her angereist, und meine Mutter servierte ihnen lieber Bier statt Kaffee. Mag sein, dass mit den Wehrsportgruppen bereits der komplette Markt bedient war. Vielleicht hätte sich das Geschäft anders entwickelt, wenn mein Vater der Einladung des ZDF gefolgt wäre. In der Sendung *Telemotor* hätte er den Kübelwagen vorstellen können. Zuerst war Papa ganz Feuer und Flamme, nach einem Telefonat mit der Redaktion aber verstimmt: »Ich bekomme dafür nicht nur kein Geld. Ich soll sogar meine Anreise selbst bezahlen, Anhänger, Hotel, alles. Hauptsache, Harry Valérien streicht seine Gage ein. Das könnte denen so passen. Nee, nicht mit mir.«

Im folgenden Winter machten wir so wenige Ausfahrten mit dem Auto, dass mein Vater im Frühjahr die Batterie überbrücken musste. Es kamen immer weniger Kunden zu uns nach Hohenecken. Und irgendwann kamen gar keine mehr.

Stattdessen kamen Briefe.

Täglich landete ein ganzer Stoß davon auf dem Fußboden vor der Haustür, als wäre der Briefschlitz das Tor in eine Außenwelt, die ständig etwas von uns wollte. In der Mehrzahl waren es anfangs noch die üblichen Bestellungen für Thermometer, Geweihe oder den »Renner«. Mir ganz persönlich schickte die Sparkasse regelmäßig große Umschläge mit Comics, die auf der idyllischen Insel Knax spielten. Darin wurde der Reichtum der Knaxianer von den gierigen Fetzensteinern bedroht, die aber verlässlicherweise den gewitzten Knaxianern unterlagen. Andere Briefe von der Sparkasse waren an meinen Vater adressiert, und darüber schienen meine Eltern sich weit weniger zu freuen als ich – vielleicht, weil es keine Comics waren. Jedenfalls bedeutete Post mit dem roten, von einem Punkt gekrönten S nichts Gutes. Schlimmer waren nur Umschläge, auf die ein zotteliger Löwe mit ausgefahrenen Krallen gestempelt war, das Wappen von Rheinland-Pfalz. Bei diesen Briefen konnte ich unsere Adresse durch ein Fensterchen aus durchsichtigem Papier sehen. Es waren amtliche Schreiben, die Mama nur flüchtig zur Kenntnis nahm und geöffnet auf der Resopalplatte in der Küche liegen ließ, damit Papa sie später auch lesen konnte. Was er nicht tat. Manchmal nahm er nur das Papier und begann, es säuberlich zusammenzulegen.

»Wenn ich diesen Bogen zweiundvierzig Mal falte, reicht er bis zum Mond. Soll ich?«

»Au ja!«

Er faltete und bedauerte nach ein paar Sekunden, leider nicht weiterfalten zu können: »Das Papier hier taugt nichts!«

Dann warf er den Brief in den Mülleimer.

Irgendwann kamen dann die Männer mit den Anzügen und den Aktentaschen. Sie hatten einfach geklingelt, und Mama hatte einfach geöffnet. Es waren keine Kunden, das merkte ich gleich. Sie standen im Flur und sprachen sehr freundlich mit meiner Mutter. Einer hatte eine Kladde unter dem Arm, auf der ich den Löwen erkannte. Mein Vater kam mit ausgestrecktem Arm hinzu und begrüßte die Männer per Handschlag, als wären es alte Bekannte. Während er sich die oberen Knöpfe seines Hemdes zuknöpfte, schoss sein Blick zwischen den beiden Besuchern hin und her. Dann bat er die Männer ins Wohnzimmer und zog die Schiebetür hinter sich zu. Das machte er sonst nie. Meine Mutter stand noch eine Weile in der Küche. Von hinten sah es aus, als hörte sie dort einfach der Kaffeemaschine beim Röcheln zu. Ihre Schultern zuckten. Dann putzte sie sich die Nase, stellte Tassen auf ein Tablett, knipste ihr Lächeln an und ging ins Wohnzimmer: »Mit Milch und Zucker?«

In den Tagen nach diesem rätselhaften Besuch gingen meine Eltern sich aus dem Weg. Mama machte lange Spaziergänge mit meinem neuen Schwesterchen Jeany im Kinderwagen. Mir versuchte sie weiszumachen, bei dem Baby handele es sich um eine *bezaubernde Jeannie*. Mit Blick auf den Wurm war ich skeptisch. Wenn sie weg war, setzte Papa sich im Wohnzimmer mit Bärbel zusammen. Was auch immer sie zu besprechen hatten, sie schrieben dabei so viele Bleistifte rund, dass ich ihnen meinen silbernen Spitzer ausleihen musste. Dabei hörte ich neben Worten, die ich nicht kannte, häufiger den Begriff »Hütte«. Das konnte nur bedeuten, dass Papa zusammen mit Bärbel endlich mein Baumhaus plante.

Eines Abends ließ Papa die Glotze aus und ging in den Keller. Ich schlich hinterher und sah, dass er sich auf den »Renner« gesetzt hatte. Das machte er sonst nie, aber an diesem Abend strampelte er entschlossen vor sich hin. Ich sah seinen runden Rücken, wie er wütend nach unten trat. In der dicken Luft ein hohes Sirren und der Duft von feinem Öl. Auf allen Vieren kam ich näher und hockte mich im toten Winkel meines Vaters direkt vor die Radnabe. In dieser Perspektive war von den einzelnen Gliedern der Kette und dem Spalier der Speichen seltsamerweise nichts mehr zu erkennen. Wo normalerweise die dünnen Streben das Rad bildeten, flirrte jetzt ein silbriger Schleier. Eine Weile saß ich da und bestaunte die luftige Eleganz der ganzen Apparatur. Der vollendete Kreis des rasenden Hinterrads, vollkommen ruhig bei all der Geschwindigkeit. Die bedächtig sich drehende Nabe. Das rhythmische Strampeln der Füße meines Vaters, seine nackten Fersen in den Sandalen. Die feinen Linien der Kette wie parallel schwingende Striche. Ich streckte die rechte Hand aus und spürte einen einladenden Kitzel an der Handfläche. Dann griff ich zu.

Natürlich griff ich zu.

Sembach

Ich erinnere mich an Krankenschwestern, an ihr besänftigendes Geflüster. Ich erinnere mich an ein *Jucken* tief unter dem weißen Verband um die verstümmelte Klaue, die einmal meine rechte Hand gewesen war. Ich erinnere mich an Fäden, die durch Fleisch gezogen und wieder entfernt wurden. An eine Salbe mit der Konsistenz von Honig und dem Geruch von Harz. Ich erinnere mich an Tannenwipfel im Regen vor dem Fenster meines Zimmers in der Klinik. An den Fernseher in der Ecke, auf dessen Bildschirm ein Kojote von Felsbrocken erschlagen wurde, um gleich in der nächsten Szene unversehrt ins neuerliche Verderben zu stolpern. Wie sich die Wunde entzündete und es in meinem Arm pochte und mich die Infusionen ganz schläfrig machten.

Nur an den Unfall selbst erinnere ich mich nicht. Mama musste mir alles schildern, Papa verlor nie ein Wort darüber. Wie fest ich zugegriffen haben soll. Wie die Kette meine Hand sofort mitgenommen und den Zacken des hinteren Zahnrads zugeführt hat. Wie diese Zähne meine Hand quer über dem Handrücken abtrennten. Nicht glatt, sondern gezackt. Zähne eben. Ich soll nicht geschrien haben. Geschrien hat mein Vater. Einen Widerstand habe er nicht gespürt, aber ein Knacken wie von trockenen Zweigen gehört. Wie ich auf dem Hintern saß mit verblüfftem Gesicht und einer obszön abgeklappten Hand, aus der das Blut ruhig und rhythmisch auf mein Hemd aus hellgrauem Velours spritzte. Wie meine Mutter die Treppe hinunterstürzte, meinem Vater entgegen, der mich gerade brüllend hinauftrug. Wie sie mir mehrere Handtücher aus dem Badezimmer um den Stumpf wickelten, bis endlich das Licht des Notarztwagens den Lärchenweg durchzuckte.

Wie tapfer ich gewesen sei.

Und wie dumm aber auch.

Als Papa mich nach mehreren Wochen aus dem Krankenhaus abholte, fuhr er mit mir in der falschen Richtung aus Kaiserslautern heraus.

»Hier geht es doch gar nicht nach Hohenecken!«

»Aber hier geht es nach Sembach, mein Großer«, sagte Papa. »Überraschung! Es ist nämlich so, dass die Hütte weg ist. Das hast du alles verpasst, als du gemütlich im Krankenhaus lagst. Sei froh drum.«

Unsere neue Hütte war ein Wohnkarton auf kahlem Boden im Neubaugebiet von Sembach, Standort einer Staffel von US-Kampffliegern, für deren Piloten das Neubaugebiet ursprünglich ausgewiesen war. Wir waren die ersten Mieter, und erstmals waren wir nur das: Mieter. Der Bungalow war so unbeschrieben, dass es sich unangemessen anfühlte, überhaupt Möbel in die Räume zu stellen. In unserem alten Haus hatte es nur vereinzelte Inseln aus Perserteppichen auf den Fliesen gegeben. Hier erstreckte sich ein warmer Ozean aus hellblauer Auslegware von Wand zu Wand. Die Sessel waren noch nicht ausgepackt, da führten Mama und Papa mit mir auf diesem freundlichen Hellblau ein »ernstes Gespräch« darüber, warum wir »neu anfangen« mussten.

»Die Banken haben uns das Haus unter dem Arsch weggezogen. Sie haben uns auch alles Geld weggenommen. Deshalb haben wir uns ein neues Haus gesucht. Wir müssen dafür bezahlen, um hier wohnen zu dürfen. Gefällt es dir?«

Ich sei doch schon ein Großer, ein Schulkind, und würde gewisse Dinge verstehen, nicht wahr? »Im Moment ist das alles noch ein bisschen wie Camping«, strahlte Mama, als wäre das wirklich ein großer Spaß. Und Papa ergänzte: »Du darfst fallen, mein Großer, aber du musst wieder aufstehen. Und von neuem angreifen!«

Ich wusste nicht, wen ich angreifen sollte. Und warum überhaupt, denn ich war doch gar nicht hingefallen. Aber es schmeichelte mir, als »Großer« angesprochen zu werden. Auch kümmerte es mich nicht weiter, dass die Sparkasse mir keine Comics mehr schickte. Wahrscheinlich waren die Banken auch böse auf mich, und das wollten sie mich spüren lassen. Ein letztes Mal blätterte ich durch die bunten Seiten und dachte, dass die Fetzensteiner eigentlich gar keine so üblen Kerle waren. Dann warf ich alle Hefte weg.

Im neuen Schlafzimmer meiner Eltern roch es herb und süß zugleich. Ich wusste erst nicht, was das war, bis Mama mir das Ölfläschchen zeigte, aus dem sie regelmäßig zwei Tropfen in ein winziges Wasserbecken gab, das sich über einem Teelicht erwärmte: Lavendel, erklärte sie, wachse in einem südlichen Land, der Provence. Den süßlichen Duft mochte ich nicht sonderlich, aber ein schöneres Wort hatte ich noch nie gehört. Tagelang konnte ich das vor mich hinmurmeln. Wie das von der Zungenspitze durch den Mund rollte, um wieder punktgenau auf der Zungenspitze zu enden! La, ven, del.

Auf der Straße war kaum je ein Mensch zu sehen. Morgens rollten Autos davon, um abends wieder von ihren Garagen verschluckt zu werden. Manchmal ließ ein älterer Mann mit Hut seinen Dackel in unseren Vorgarten kacken, was Papa nicht schlimm fand, denn der Vorgarten bestand noch aus nackter Erde. Mama dagegen machte das »fuchsteufelswild«, wie sie sagte: »Uns geht's vielleicht nicht gut, aber in den Garten kacken lasse ich mir nicht! Und wie sieht das denn aus, wenn die Frauen kommen?«

Frauen kamen in jener Zeit häufig zu uns, denn Mama veranstaltete neuerdings Partys. Spießte Käse auf Zahnstocher, arrangierte Oliven auf Untertellern, verteilte Erdnussflips in Schalen und steckte Zigaretten in den kuriosen Spender, der wie ein sowjetischer Satellit aussah und noch aus dem Fundus unseres Versandhandels stammte. Schon nachmittags swingte James Last durchs Haus, und die kleine Jeany zog mich begeistert an der Hand ins Badezimmer: »Mama malt sich ein Gesicht!«, und dann schminkte unsere Mutter sich dort vor dem Spiegel, zog die Augenbrauen nach und trug Lippenstift auf, machte ein O und lächelte breit: »Wie sehe ich aus?«

»Toll!«, rief Jeany. »Ich will auch!«

»Und du?«, fragte sie mich.

»Ich will nicht, danke …«

»Sehr witzig, mein Großer. Wie ich aussehe, will ich wissen. Gefalle ich dir?«

»Du siehst aus wie diese Sängerin im Fernsehen …«

»Wie Liza Minelli? Oder eher wie Mireille Mathieu?«

»Ich weiß nicht, ich kann die nicht auseinanderhalten. Als Mama gefällst du mir besser.«

»Ich mir auch«, sagte sie und nahm mein Kinn in die Hand. »Ich mache das nur für den Papa, müsst ihr wissen.«

»Warum, der mag dich doch auch als Mama lieber.«

»Stimmt, sonst hätte ich ihn auch gar nicht erst geheiratet.

Aber auf der Party heute Abend kommen ganz viele Frauen, die auch alle geschminkt sind. Und wenn ich denen etwas verkaufen will, darf ich nicht so schluffig aussehen.«

»Das ist eine Party, auf der du deinen Freundinnen etwas verkaufst?«

»Das sind keine Freundinnen. Und es ist auch keine richtige Party. Das heißt nur so, damit die Frauen in die richtige Stimmung kommen und Plastiksachen kaufen, Becher, Brotboxen, Eisförmchen.«

»Warum?«

»Warum?«, sie sah mich mit großen Augen an. »Damit wir wieder auf einen grünen Zweig kommen, darum. Um Papa zu unterstützen. Wir stehen Rücken an Rücken, weißt du? Und wer Rücken an Rücken steht, steht niemals mit dem Rücken zur Wand. Wenn wir beide Geld verdienen, können wir uns auch mal wieder etwas leisten. Wie wäre es zum Beispiel, wenn wir uns einen Hund anschaffen würden? Dann hättest du einen Freund, um den du dich kümmern könntest. Du möchtest doch einen Freund?«

»Ihr habt doch auch keine Freunde!«

Meine Mutter ging vor mir in die Hocke und schaute mir tief in die Augen. In die Hocke ging sie immer nur, wenn sie bestürzt war: »Wir haben uns. Reicht das nicht?«

Das Tierheim war eine weitläufige Anlage im Industriegebiet von Kaiserslautern und kein Ort, den man zum Vergnügen besuchte. Oder an dem ich Freunde vermutet hätte. An einer Pinnwand über der Kaffeemaschine im Büro hingen einige Polaroids mit erfolgreich vermittelten Hunden. Die Leiterin nahm ihren klingelnden Schlüsselkranz vom Nagel an der Wand und führte uns über das Gelände. Zwinger an Zwinger, den nackten Beton unter den Pfoten und die Gitter vor Augen hausten die Hunde. Ein Pfad führte zu einer umzäunten Hundehütte abseits. »Wer wohnt denn da?«, fragte ich, und die Frau sagte im Weitergehen: »Ein Dackel. Der sitzt alleine, weil er in ein paar Tagen eingeschläfert wird. Hat Tollwut, der Arme, da kann man nichts machen. Ist besser so.«

Das Klingeln der Schlüssel hatten die Hunde schon gehört, als die Leiterin sie von der Wand genommen hatte, und so schritten wir unter betäubendem Lärm an einem Spalier vergitterter Zwinger entlang. Ohren schlackerten, Zähne wurden gefletscht und Schwänze gewedelt. Manche Hunde schienen zu sitzen, schoben sich dabei aber ruckweise vorwärts, mit dem Hintern auf dem Boden. Ein Labrador stand einfach nur da und machte stumm unter sich, ein Pekinese verfolgte in aberwitzigen Wirbeln seinen eigenen Schwanz. Vielleicht war so ein Tierheim gar kein Gefängnis, sondern ein Irrenhaus. Kaum ein Hund, der nicht in freudiger Verzweiflung vor dem Gitter seine Sprünge und Pirouetten vollführte, hechelnd und sabbernd und bellend und bittend.

Nur ein Zwergschnauzer saß still am hinteren Ende seiner Zelle, aufrecht, den Kopf interessiert schief gelegt.

Ich deutete auf ihn: »Was ist mit dem?«

»Ach, der ist schon elf Jahre alt.«

»Den will ich!«

Als die Leiterin die Tür öffnete, schnürte er direkt auf mich zu, setzte sich neben mein Bein und legte wieder den Kopf schief. So kam ich zu einem Freund.

Den Hund umgab etwas Edles oder doch wenigstens Ernstes, auch wenn er auf den albernen Namen Schnauz hörte –

oder eher nicht hörte, weshalb wir ihn meistens an der Leine halten mussten. Er kläffte nicht. Er knurrte nicht. Er unterhielt diplomatische Beziehungen zu seinen Artgenossen. Bizarr war nur seine Neigung, meiner Mutter die Zehen abzulecken, ausdauernd, schmatzend. Weil aber Mama nach anfänglicher Verblüffung ihren Gefallen daran fand, wurde das Geschlecke zu einem festen Ritual zwischen den beiden. Dann setzte sie sich auf das Sofa, streifte ächzend die Schuhe ab. Und während Schnauz, den Kopf schon schief, interessiert wartete, entledigte sie sich ihrer Socken und ließ den Hund machen. Dazu steckte sie sich den Daumen in den Mund, und ihre Augen wurden glasig.

All die Monate hatte ich beim Baden meine bandagierte Hand aus der Wanne halten müssen. Das war es, was mich an der ganzen Sache am meisten störte. Die Verrenkungen im Badezimmer und der muffige Geruch, der vom Verband und dem Fleisch darunter ausging. Wenn Mama mir behutsam die Bandage wechselte und frische Salben auftrug, hatte ich zwar Fortschritte erahnen können. Als mir der Arzt dann jedoch plaudernd den Verband abnahm, ebenso langsam wie rituell, Schlaufe um Schlaufe, und mir dabei über den Rand seiner Lesebrille wachsame Blicke zuwarf, freute ich mich kein bisschen. Ich weinte aber auch nicht. Ich hob nur meine Hand vor die Augen und staunte.

Manche Finger waren kürzer, andere wirkten länger, schief und steif. In den Monaten unter dem Verband waren sie weiß wie Schnee geworden. In der Handfläche war frisches Fleisch nachgewachsen, entlang der Narbe leuchtete zartrosa Babyhaut, viel jünger als ich selbst und straff »wie ein Pavianarsch«, wie Oma Julia meinte. Die Hand sah nun aus, als hätte sie ein schlecht gelauntes Kind gemalt. Aber es war meine neue Hand. Sie gehörte zu mir. In den ersten Monaten legte ich die verbliebenen Stummel häufig prüfend neben mein Geodreieck. Ich hoffte, auch die abgerissenen Finger würden noch nachwachsen.

Aus Sembach zogen wir wieder weg, bevor noch alle Kisten aus Hohenecken ausgepackt waren. Sehr praktisch, auch wenn ich die Bücher vermisste. Nur auf dem Nachttisch meines Vaters lag noch das dicke Taschenbuch, das dort schon immer gelegen hatte. Jetzt fiel mir erstmals der Vorname des Autors auf: »Arno«. Ich setzte mich auf die Matratze und nahm das Buch auf die Knie. Es war abgegriffen, das Cover rot mit schwarzen Buchstaben so riesig, dass die Ö-Punkte aussahen wie Löcher. Unter dem Namen stand der Titel. Ich versuchte ihn zu entziffern: »Die. Geeesl. Gesell. Schsch. Die Geschaaa. F. T. Die Gesehlschaft?«

Papa kam rein und setze sich neben mich auf das Bett. Ich rutschte ein wenig in seine Richtung, er sagte: »Die Gesellschaft, gut. Schwieriges Wort. Du bist doch schon in der zweiten Klasse, das solltest du inzwischen können. Lies. Es ist wichtig, dass du in der neuen Schule nicht untergehst. Weiter!«

Ich las: »Die Gesellschaft ... uuund. Daaas. Böse? Die Gesellschaft und das Böse. Was ist das Böse, Papa?«

»Die Gesellschaft«, sagte mein Vater.

Neuhöfertal

»Tollwut! Gefährdeter Bezirk!«

Ein Schild mit roter Schrift auf weißem Grund. Ich stellte mir einen Fuchs vor mit roten Augen und räudigem Fell, Schaum um die Schnauze. Im Wald südlich von Kaiserslautern, da, wo er sich zu *erstrecken* beginnt, schmecken die Namen der Dörfer nach Waldweiherwasser und allem, was darin kreucht. Waldfischbach-Burgalben. Thaleischweiler-Fröschen. Schopp. Im Nieselregen folgten wir erst dem Lauf der Moosalb, dann dem Kottelbach ins Neuhöfertal, beiderseits der Straße dampfender Wald. Vereinzelte Gehöfte, durch geteerte Zubringer miteinander verbunden. Schlank und frei, als wäre es eines Tages halb aus dem Wald hervorgetreten, stand über der moosigen Senke des Tales ein richtiges Hexenhaus.

Mein Vater stellte den Motor ab.

»So, angekommen.«

»Hier ziehen wir hin?«

»So sieht's aus. Am Hasenberg, das ist doch eine nette Adresse!«

»Bleiben wir da wohnen?«

»Sag ich doch. Wir sind angekommen.«

Links staffelten sich die Terrassen einer Streuobstwiese einen Hang hinauf, rechts erhob sich wie das Gerippe eines Wales eine mehrstöckige Gewölbescheune, an deren Flanken ein paar Holzlatten fehlten. Von Moos und Flechten zerwitterte Stufen führten steil ins Zwielicht des Waldes. Mir wurde seltsam zumute. Alles verschwamm vor meinen Augen, bis die Wischblätter die Feuchtigkeit beiseiteschoben und wieder geschärfte Umrisse zeigten, das Fachwerk, die knallrot gestrichenen Fensterläden, bevor alles von Neuem verschwamm. Ganz oben, aus dem hölzernen Dreiecksgiebel des Hauses, lösten sich jetzt zwei Tauben und sichelten davon.

In den Nächten war es, als hätte sich in diesem Haus alles Knarzen der Welt zu einem Familientreffen versammelt. Es knarzten die Fensterläden im Wind, es knarzten die Schindeln auf dem Dach. Es knarzten die neun Stufen in den ersten Stock hinauf anders als wieder hinab. Bald konnte ich abends im Bett der Intensität und Abfolge des Geknarzes ablauschen, ob Mama gerade aufs Klo oder Papa ins Schlafzimmer ging. Sogar Schnauz trug eine luftige Schleppe aus Pfotengeraschel hinter sich her. Bewegten sich mehrere Menschen mit unterschiedlichem Gewicht an verschiedenen Stellen im Haus, überlagerte sich das Knarzen zu komplexen Mustern. Wenn es mal stürmte, so richtig heftig stürmte, dass man von Zeit zu Zeit im Wald die Stämme brechen hörte, dann seufzte das Gebäude unter dem Anprall der Winde wie die *Pequod* im stürmischen Pazifik. Ein schwerer Anker, stellte ich mir vor, fixierte das Haus tief unter seinen Fundamenten sicher im Schlick.

An den Tagen war das Haus die schattige Basis für längere Streifzüge in die Sonne. Hier gab es überhaupt keine direkten Nachbarn, nur Wälder über Wälder und hohe Wiesen voller Sauerampfer und Sumpfdotterblumen am Ufer des sandigen Baches, der sich träge durch das Tal schlängelte. Neben dem Haus wucherte wild der Rhabarber, und Oma Julia und Opa Alois kamen gerne vorbei, ihn zu ernten und zu Kuchen oder

Marmelade zu verarbeiten. Ich sammelte Schnecken in Eimern oder stellte mit selbstgebastelten Schlingen den Blindschleichen nach, die zwischen den Steinen der Bruchsteinmauern lauerten. Obwohl sie schon laufen konnte, rollte Jeany lieber auf ihrem knallgelben Rutschauto die Auffahrt hinauf und hinunter. Wenn sie aufs Klo musste, schraubte sie einfach den Deckel ab, setzte sich mit nachdenklichem Blick auf den Tank und pinkelte hinein. So ging der Sprit nie aus und wurde das Auto mit der Zeit so schwer, dass es bergab ein bedenkliches Tempo aufnehmen konnte.

Wir waren so sehr angekommen, dass wir sogar wieder wegfahren konnten. Sommerferien verbrachten wir in einem schiefergedeckten Haus im Tessin, wo es schroffe Berge gab, türkises Wasser und Eidechsen. Andermals wohnten wir in einem großen Wohnwagen am Strand von St. Tropez, Oma und Opa immer mit dabei. Zwischen den Zehen Seetang und an den Fersen Ölflecken, die nur mit der ganz harten Bürste abgeschrubbt werden konnten. Den ganzen Tag Sonne auf der Haut und in der Dämmerung Fußballturniere im Sand. Abends spielten die Erwachsenen Rommé und tranken dazu Pernod. Beim Einschlafen ihr Gelächter, das zornhohe Summen der Moskitos, die Brandung.

Leisten konnten wir uns unseren geschützten Ankerplatz im Neuhöfertal, weil mein Vater eine neue Arbeit gefunden hatte. Er verbrachte seine Tage in einem sonnendurchfluteten Glaskasten an einer Ausfallstraße, zwischen Gartencenter und McDonald's, und war für das Gebrauchtwagengeschäft von »BMW Wuttke« zuständig. Sein Schreibtisch stand in einem spiegelblitzenden Verkaufsraum, aus dem die Neuwagen wie große Fische mit ihren Scheinwerfern nach Käufern äugten. An diesem Tisch kritzelte mein Vater mit seinem BMW-Kugelschreiber die Preise von BMW-Ersatzteilen in einen BMW-Block. Daneben gab es eine Kinderecke mit Buntstiften und Papier. Auf dem Hof brütete unter silbrigen Wimpelreihen Tür an Tür die Flotte der Gebrauchtwagen unter der Sonne, flimmernde Säulen aus Luft über den Dächern. Sobald man eine Tür öffnete, stürzte der vermischte Duft von Ledersitzen, Holz und Kunststoff ins Freie. Im Regen sahen die gleichen Modelle ganz anders aus, wie Tiere in ihrem Pferch, während das Wasser auf die Bleche trommelte, den Chromleisten folgte, auf den Waschbeton des Hofes plätscherte und von dort durch dicke Gitter im Gully verschwand.

Alle Wagen hatten ihre eigenen Gebrechen. »Wie Patienten in der Reha-Klinik«, sagte Papa und listete mir im Vorübergehen alle Macken auf. Überlackierte Kratzer wie verheilte Schürfwunden, ausgebesserte Dellen, platte Ersatzreifen, aber auch Ernsteres, das dem unkundigen Auge entzogen bleiben sollte. Arthritische Kupplungen. Asthmatische Lichtmaschinen. Poröse Zylinderkopfdichtungen. Kriechstrom auf korrodierten Leitungen. Stoßdämpfer, die keine echten Stöße mehr abfedern konnten.

»Kleine Rechenaufgabe«, sagte Vater und blieb stehen. »Wenn wir Gebrauchtwagen ankaufen, ziehen wir dem Verkäufer die Kosten für die nötige Wartung und die Ersatzteile natürlich ab. Wenn wir das Auto verkaufen, schlagen wir diese Kosten auf den Preis wieder drauf. Wie machen wir wohl unser Geld, hm?«

»Ihr macht den Preis höher, als die Reparatur gekostet hat?«, tippte ich.

»Sowieso«, sagte Vater und kicherte, »nicht schlecht.«

Dann sah er sich auf dem leeren Parkplatz um, als fürchtete er, belauscht zu werden, und flüsterte mir zu: »Außerdem montieren wir diese Erdungsschleifen aus Gummi ans Heck und erzählen den Leuten, damit würden sie einen Stromschlag vermeiden. Nein, wir machen eine Grundreinigung, mehr nicht. Keine Wartung. Keine Reparatur. So, und jetzt kommst du.«

Neben einem alten Jaguar ging er in die Hocke und ließ zwei Finger hinter der silbernen Felge verschwinden. »Die Bremsscheibe ist hier runter, das spürt man sofort. Wenn an der Seite so ein Rand hochsteht, ist sie in der Mitte schon abgefahren. Was würdest du tun?«

Ich zuckte mit den Schultern: »Austauschen vielleicht?«

Papa grinste, zog die Hand wieder heraus und tätschelte die Felge. »Falsch! Das lassen wir mal schön so. Jeden Tag steht wieder ein Dummer auf, schon vergessen? Und der will nicht hinter die Dinge schauen, dahin, wo es dreckig ist. Der will geblendet werden. Und das hier, Großer, ist eine 5-Stoke-Felge aus eloxiertem Leichtmetall! Siehst du, wie das blendet? Tja, und dann haben wir noch gar nicht über die Steuerkette geredet, die ist nämlich *wirklich* im Arsch.«

Ich war beeindruckt und auch ein bisschen beunruhigt. Unbedingt würde ich vermeiden müssen, eines Tages selbst als Dummer aufzustehen.

Der Luftkampf zwischen Manfred von Richthofen und René Fonck stand kurz vor der Vollendung. Der Baron, wie er mit flatterndem Schal in seinem roten Dreidecker knapp über einer Kirchturmspitze flog. Und der Franzose in seinem erdfarbenen Doppeldecker, der aus der Sonne herabstieß und eine

Maschinengewehrgarbe aus schwarzen Filzstiftpunkten abfeuerte. Gerade widmete ich mich der Darstellung des filigranen Storches auf dem Leitwerk, Foncks Erkennungszeichen, als Papa von seinem Schreibtisch herüberzischte: »Jetzt pass mal gut auf!«

Im Hof umrundeten eine Frau und ein Mann den grünen Talbot Samba, der dort schmächtig zwischen den Limousinen stand. Mein Vater rührte sich nicht von der Stelle, ließ die beiden aber auch nicht aus den Augen. Ganz gerade saß er da und drehte den Kugelschreiber zwischen seinen Fingern wie ein Schlagzeuger seine Stöcke: »Gestern war die Tante alleine hier und ist um diesen Schrotthaufen herumgeschlichen«, murmelte er. »Heute will sie ihn überzeugen, das Ding zu kaufen. Mal sehen, ob sich denen nicht der alte Saab andrehen lässt. Showtime!«

Als der Mann sich endlich hilfesuchend umschaute, war Papa schon durch die Tür. Gemächlich schlenderte er zu den Leuten hinüber, die Hände in den Hosentaschen. Die Frau strahlte ihn an, der Mann nickte ihm zu. Mein Vater zauberte einen Schlüssel aus der Hosentasche und öffnete die Tür auf der Fahrerseite. Die Frau stieg ein und saß dann einfach da, die Hände auf das Lenkrad gelegt. Mein Vater beugte sich zu ihr hinein und fingerte unter dem Armaturenbrett herum, bis die Motorhaube einen Spalt weit aufsprang. Er reckte sich, als wäre er eben aufgestanden, und sperrte den blechernen Rachen ganz auf, arretierte ihn mit einer dürren Stange. Offenbar zählte er Fakten auf, den Motor betreffend, wobei er Fakt um Fakt an den Fingern einer Hand abzählte, die er ausstreckte und dabei mit dem Zeigefinger der anderen Hand antippte. Der Mann wippte dazu zerstreut mit dem Kopf.

Ich ging auch nach draußen, gut aufpassen, und stieß beinahe mit einem der Mechaniker zusammen. Der Mann war für eine Rauchpause aus der Werkstatt auf den Hof getreten. Er lehnte neben dem Eingang im Schatten an der Wand und beobachtete meinen Vater. Seine Hände waren so blauschwarz wie die Tätowierung auf seinem bleichen Oberarm, ein Kreuz auf einem Hügel. Er hatte hellblaue Augen und trug einen blonden Schnauzbart, im Mundwinkel eine erloschene Zigarette. Genau so stellte ich mir Cowboys vor, und Cowboys stellte ich mir so vor wie Terence Hill. Jetzt zwinkerte er meinem Vater zu, der gerade die Kunden ins Verkaufsbüro lotste. »… steht drinnen, der Wagen. Scheckheftgepflegt. Damit Sie wissen, wovon wir neuerdings reden, wenn wir von Sicherheit reden. Kein Franzosenblech. Schwedenstahl. So gut wie neu ist der. Hat vorher ein Offizier der Amis gefahren, ist also an kalifornische Standards angepasst. Der hat sogar ein Prellkissen. Wissen Sie, was das ist? Ganz neu ist das. Ein Luftsack, der sich beim Aufprall öffnet. Haben Sie gelesen, ja? Sogar das Dach faltet sich auf Knopfdruck auf. Trinken Sie Tee oder Kaffee?«

Terence Hill blickte meinem Vater nach und spuckte aus. »Die Lichtmaschine ist hinüber und der Auspuff durchgerostet«, sagte er und tastete in seiner Brusttasche nach einer weiteren Zigarette: »Das kann er, dein Vater. Verkaufen. Rotz verkaufen. Das kann er wirklich. Ich bin der Werner«, sagte er und hielt mir seine Hand hin, um sie mit einem Zischlaut gleich wieder zurückzuziehen: »*Scheiße,* das sieht ja wirklich übel aus. Tut die Hand noch weh? Hat mir dein Vater schon alles erzählt. Gut, dass er dieses Arschloch verklagt hat.«

»Welches Arschloch?«, fragte ich verwirrt.

»Diesen Nachbarn«, sagte Werner.

»Welchen Nachbarn?«

Werner runzelte die Stirn. »Junge, du bist ganz schön vergesslich. Den Nachbarn mit der Schreckschusspistole natürlich. Er hätte wissen müssen, dass dir Platzpatronen bei einem aufgesetzten Schuss den Finger wegpusten können. Der Idiot hätte dich damit jedenfalls nicht spielen lassen dürfen, oder?«

»Nein«, sagte ich beruhigt, »stimmt, das hätte er wirklich nicht.«

»Riecht ihr das nicht?«, fragte meine Mutter. »Als ob irgendwo eine Maus verwest!«

Also machten wir uns in allen Zimmern auf die Suche. Mama verschwand mit der Taschenlampe in den Keller, pfiff durch die Zähne und kam langsam wieder herauf. In der Hand hielt sie ein Marmeladenglas.

»Habe ich unter der Treppe gefunden. Kannst du mir sagen, was das ist?«, fragte sie mich entrüstet. »Kannst du mir sagen, was das *soll*?«

In dem Glas lagen mehrere Schichten organischer Substanzen übereinander. Es sah feucht aus, und darüber wucherte grün ein blühender Schimmelpilz, zentimeterhoch.

»Ich habe keine Ahnung, Mama. Ich war das nicht!«

»Ich hasse es, wenn du mich anlügst! Weißt du das?«

»Ich war das aber nicht!«, rief ich.

»Wer denn sonst, hm? Sag mal, bist du noch ganz dicht?«

Da schwebte Jeany aus ihrem Zimmer und nahm Mama ganz leicht das Glas aus der Hand. Mit dem Finger zeigte sie auf die einzelnen Schichten: »Also … das da ist Watte, ganz unten. Dann Senf und Ketchup. Das Blaue da ist Frischkäse. Die Milch, das ist diese braune Kruste dort. Und das Hackfleisch … ja, das

Hackfleisch ist inzwischen weg. Komisch, oder? Da wächst jetzt dieses lustige Gras.«

Wortlos entwand Mama ihr das Marmeladenglas und starrte Jeany an.

»Du bist nicht ganz bei Trost. Ich werde das jetzt wegschmeißen«, sagte sie kraftlos. Jeany zuckte mit den Schultern und sah Mama hinterher, wie sie in die Küche ging.

Abends, als Vater von der Arbeit kam, nahm Mama ihn beiseite: »Jürgen, wir müssen über unsere Tochter reden.«

Die Eltern verzogen sich ins Wohnzimmer. Jeany saß an ihrem Tischchen und war damit beschäftigt, Leberwurst auf einen Unterteller zu verstreichen. Danach drückte sie noch ein paar Gummibärchen hinein. Ich schaute eine Weile zu, ohne dass sie sich davon stören ließ.

»Papa und Mama wird das nicht gefallen, Jeany.«

»Mir gefällt es aber.«

»Es stinkt. Es sieht eklig aus. Warum tust du das?«

Sie blickte zur Decke und runzelte die Stirn. »Ich weiß nicht.«

»Eben. Und warum machst du das dann?«

»Ich finde schön, was passiert.«

»Was passiert denn?«

»Die Dinge … verwesen. Ich mag das, wenn es fault. Die Farben. Wenn es wächst und sich verändert. Das sind meine geheimen Schätze«, sagte sie und fädelte seelenruhig ein wenig Speichel auf ihr neues Experiment. Dann nahm sie die Untertasse und stellte sie vorsichtig auf die Rippen des Heizkörpers. Abwarten.

Mitten in der Nacht erwachte ich vom gepressten Geflüster meiner Mutter.

»Halt das drauf! Geht das? Halt das *fest*!«

Ich schob meine mit Raumschiffen bedruckte Bettdecke beiseite, stand auf und spähte in den Flur. Überall auf den Dielen verstreut schwarze Punkte, die im Licht der Lampe wie Murmeln glänzten. Auch im Badezimmer brannte Licht. Dort saß ein Mann auf dem Wannenrand. In einer Hand hielt er eine brennende Zigarette, mit der anderen presste er ein Handtuch gegen seinen Kopf, und daraus rieselten unablässig schwarze Murmeln lautlos auf das Linoleum. Unter meinem Gewicht knarzte eine Diele, der Mann fuhr herum. Sofort erhob er sich, wie von Federn angetrieben. Er streckte die Zigarettenhand in die entgegengesetzte Richtung und reichte mir die Handtuchhand zum Gruß.

»Ah, kleiner Mann! Haben wir dich geweckt? Wir kennen uns, ich bin der Werner!«

Das nasse Handtuch klatschte auf die Fliesen und gab den Blick auf sein Ohr frei. Eine fleischige Muschel, die irgendwo auf Kinnhöhe baumelte. Sein T-Shirt klebte an der Schulter, das Blut leuchtete auf der bleichen Haut in seinem Gesicht, dicke Tropfen sammelten sich in seinem Bart und am Kinn. Ich erkannte ihn trotzdem, es war Terence Hill aus der Werkstatt.

Wir sahen das Wrack am nächsten Morgen im Vorbeifahren, als es gerade geborgen wurde. Gegen zwei Uhr nachts hatte Werner mit seinem getunten Opel Kadett unten im Tal die Leitplanke wie einen Silberpapierstreifen beiseitegewischt. In der Luft hatte sich der Wagen um seine Längsachse gedreht, bevor er gegen eine Tanne geprallt war. Wo zuvor der Beifahrersitz gewesen war, erhob sich nun der Stamm. Werner hatte sich nach dem Unfall und trotz seiner Kopfverletzungen daran erinnert, dass mein Vater in der Nähe wohnte. Auf dem Asphalt eine Spur aus schwarzen Murmeln, beinahe zwei Liter Blut, verteilt auf die fünf Kilometer von der Unfallstelle im Wald bis in unser Badezimmer.

In dieser Nacht wurde Werner zu einem Mitglied unserer Familie. Er hatte sich uns angelagert, wie ein freies Atom sich ein Molekül sucht.

K-Town

Gymnasium bedeutete, dass ich täglich mit dem Postbus aus dem Neuhöfertal durch die Wälder nach Kaiserslautern fahren musste. Das Pendeln dauerte fast eine Stunde, weil der Bus jeden abgelegenen Weiler im Pfälzerwald anzusteuern schien. Kurz nach sieben Uhr am Morgen war es oft noch so dunkel, dass ich mir den Bus als luftdichtes Space Shuttle vorstellen konnte, das die Jugend von fernen Trabanten einsammelte und auf den größten Planeten des Sonnensystems transportierte, Kaiserslautern.

Zwischen unserem Haus am Hasenberg und der Stadt lag eine endlose grüne Galaxie. Kein Forst: Wald. Kein romantischer, kein metaphysischer Wald. Einfach Wald in Allgegenwart und von der Größe eines Binnenmeers. Der Himmel war hier kein Gewölbe, sondern beschränkt auf den Platz, der ihm von den Wipfeln nur widerwillig eingeräumt wurde. Sogar das Wetter brachte der Wald, nicht der Wind. Es war, als würden die Kiefern und Buchen sich schütteln, bevor der Regen in schräger Front aus ihren Reihen trat. Und wenn es danach noch von den Zweigen tropfte, stieg in flüchtigen Spiralen aus feuchten Senken der Nebel. In Herbststürmen warf der Wald tonnenschwere Stämme quer über die Wege. Da lagen sie dann wie kolossale Schranken, von der Natur selbst vor ihrem Reich niedergelassen. Männer in orangenen Overalls hinter rotweiß flatternden Bändern zersägten diese Schranken zu mächtigen

Klötzen, häuteten und schichteten sie am Straßenrand auf. Anfangs beugte sich der Wald wie lauschend über die schwarzen Wasser der Weiher, in die hier alle Bäche münden. Später, näher an der Stadt, wartete er mit seinen Mannschaften geduldig hinter den Zäunen der Sportplätze, Parkplätze, Spielplätze, wohin er ganze Flotten fliegender Samen aussandte, vom wirbelnden Propeller des Ahorns bis zu den gespinsthaften Flocken der Pappel. Der Wald konnte warten. Und wer warten kann, hat die Zeit auf seiner Seite. Aus der Distanz schaute er seinen Schösslingen wohlwollend beim Wachsen zu, bis sie von städtischen Arbeitern mit Schaufeln und Spitzhacken entfernt wurden. Erst hinter der Stadtgrenze verlor der Wald spürbar an Macht, hier regierte Beton. Und der duldete echte Bäume nur noch im Volkspark oder auf dem Friedhof, wo sie in mürrischen Grüppchen beisammenstanden. Und warteten.

Den Bahnhof von Kaiserslautern kannte ich schon als Ziel der rituellen Besorgungsfahrten meines Vaters. Dort kaufte er allsonntäglich zwei Schachteln Benson & Hedges für Mama, für sich selbst drei Schachteln Gitanes Maïs, *Bild am Sonntag, Auto, Motor & Sport* und den *Spiegel*. Manchmal brachte er auch eine quadratische Tafel Schokolade mit, die er zu Hause sofort ins Tiefkühlfach legte, damit sie richtig hart wurde und wir Kinder uns nicht ohne weiteres ein Stück davon abzweigen konnten. Auch die Zeitungen durften nicht angerührt werden, bevor er sie nicht mindestens einmal durchgeblättert hatte. Vielleicht liebte er das zarte chemische Parfüm, das von den Seiten eines frisch geöffneten *Spiegel* aufstieg. Oder er freute sich am neckischen Widerstand der leicht verzahnten Zacken außen am Rand der Seiten, mit dem sich eine *Bild am Sonntag* kokett gegen das Aufblättern sträubte.

Das Gymnasium selbst teilte sich einen Hügel mit dem Gefängnis und einem Museum, alles in preußischem Backstein erbaut. Von der Anhöhe am Rand des Talkessels hatte man einen schönen Ausblick auf den Betzenberg auf der anderen Seite und den wogenden Rauch aus den Schornsteinen der Kanaldeckelfabrik, dem Guss- und Armaturenwerk. In der Aula der Schule hingen in einem beleuchteten Schaukasten historische Bilder aus dem Leben des Namensgebers. Ein dunkler Schnauzbart vor einer Kirchenorgel. Ein grauer Schnauzbart mit schwarzen Kindern. Ein weißer Schnauzbart mit einer Urkunde. Auf dem Boden des Schaukastens lagen tote Fliegen auf dem Rücken, die Beine nach oben. In diesem anheimelnden Ambiente wurde uns Albert Schweitzer als ein Mann vorgestellt, der Gutes um des Guten willen getan hatte. Ein Vorbild.

»Bullshit«, sagte mein Vater,

»Aber er hat doch gute Sachen gemacht!«

»Und warum tut einer gute Sachen?«

»Vielleicht, weil man es tun sollte?«

»Er tut es, weil er sich deshalb gut fühlt.«

»Ist doch okay, oder?«

»Wenn er Gutes tut, weil er sich deshalb gut fühlt, tut er es eben doch für sich selbst. Was ist daran uneigennützig? Du musst lernen, diesen Märchen zu misstrauen. Stimmt's oder hab' ich recht?«

»Stimmt, Papa.«

Vom ersten Elternabend kam mein Vater ganz aufgekratzt nach Hause, das seien alles Chirurgen, Notare, Lokalpolitiker, Edelboutiquenbesitzer, Vorstandsvorsitzende des Fußballvereins oder Aufsichtsräte der Nähmaschinenfabrik. Bonzen.

»Die fühlen sich wie die Oberklasse, das geht auch nur in einem Kaff wie Kaiserslautern!«

»Was ist Oberklasse?«, wollte ich wissen.

»Du kennst doch den Siebener von BMW, das ist Oberklasse. Das sind hier aber alles nur Leute aus der Mittelklasse. Fünfer, die sich aufspielen wie Siebener, verstehst du?«

»Und Dreier wäre dann Unterklasse?«

»Unterklasse gibt es nicht, das nennt man Arbeiterklasse. Proleten.«

»Was sind denn dann wir? Fußgänger?«

Papa grinste. »Genau. Wir können es uns aussuchen. Wenn irgendwo der Schlüssel steckt, setzen wir uns rein und fahren los!«

Gerne hätte er es gesehen, wenn ich die Hauptschule besucht und »etwas Handfestes« gelernt hätte. Um die Frage, ob »es« überhaupt fürs Gymnasium reichen würde, hatten die Eltern meiner Klassenkameraden ein Riesentheater gemacht, mit Taschengeldkürzungen und Stubenarrest. Zwischen meinem Vater und mir war es eine ausgemachte Sache, dass ich einfach »schwer von Kapee« war, er mich aber trotzdem gern hatte. Papa machte keinen Druck, nur seine typischen Witze, in die stets irgendwo eine sarkastische Rasierklinge eingenäht war. So schlug er vor, mit meiner versehrten Hand solle ich doch Schreiner werden: »Obwohl, du hast ja nur noch neun davon. Mit den restlichen Fingern musst du sparsam sein!«

Mir kamen diese Gags entgegen. Das gemeinsame Lachen ging zwar auf meine Kosten, hatte aber etwas Einvernehmliches, Befreiendes. Ganz anders als die Erwartungen und besorgten Ermahnungen meiner Mutter, ich sei »nur faul« und müsse mich »auf meine vier Buchstaben setzen, verdammt«.

Es dauerte nicht lange, und ich übertrug die Verachtung meines Vaters für deren Eltern auf meine Mitschüler. Ich stellte sie mir als kümmerliche Kleinwagen vor, die sich mit angeklebten Zierstreifen und klappernden Auspuffattrappen bereits auf eine Existenz als Siebener vorbereiteten. Diese Vorstellung hatte etwas Tröstliches im Umgang mit anderen Kindern, die kostbare Dauerkarten für den Betzenberg oder das Pfalztheater hatten, bei einer Aufzeichnung von »Auf los geht's los« mit Blacky Fuchsberger in der Stadthalle sitzen durften und ihre Kleider von Benetton nur auszogen, um Sportsachen von Adidas anzuziehen. Als Sohn eines Vertragshändlers für Range Rover oder Jaguars hätte ich da mithalten können, als Sohn eines Wimpelhändlers von der Ausfallstraße aber sicher nicht. Außerdem machte mich meine verstümmelte Hand zu einem Freak: »Bist du behindert? Lass mal sehen! Wie ist das passiert?« Mit Geistesgegenwart verhinderte ich das Schlimmste: »Echt, ein Polenböller war das? Wie cool ist das denn?«

Dieses kleine und rasch aufgebrauchte Guthaben an Coolness verschaffte mir immerhin Einladungen zu den viertelstündigen Fußballspielen um einen Tennisball, vom Pausenklingeln bis zum Pausenklingeln. Ich war der breite Typ mit den Reflexen, ein tauglicher Torwart, aber halt voll behindert. Wohler fühlte ich mich mit einer Fernsehkamera, gebastelt aus einem Schuhkarton mit der Pappröhre einer Küchenrolle vorne dran. Eine Fusselrolle war mein Mikrofon. Mit diesem Equipment brüllte ich, immer auf Ballhöhe, ambulante Heldengeschichten: »Timo hat den Ball! Wird er ihn behalten? Dribbelt. Hat ihn auf dem Fuß! Schießt! Tooor!«

Was auf der Grundschule noch blinde Flecken gewesen waren, das breitete sich auf dem Gymnasium schnell zu einem dichten Nebel aus. Beunruhigend war nur, dass diese Undurchdringlichkeit sich auf der neuen Schule sogar über mein bisheriges Lieblingsfach Kunst legte. Unsere Lehrerin wurde Batikute genannt, nicht Frau Batikute, einfach Batikute, weil sie mit Vornamen Ute hieß und ihre weiten Wallegewänder mit Batik färbte. Oft betrat sie schweigend den Raum, stellte einen Rekorder auf den Tisch, rief die Klasse scharf zur Ordnung und drückte auf PLAY. Ihre Worte kamen dann von Kassette und klangen viel beschwingter, als sie selbst hinter ihrem Pult saß, in einem Buch blätterte und sich hin und wieder die Schläfen rieb. War das moderner Unterricht? Hatte Batikute andere Probleme, vielleicht Migräne? Oder war das Ganze am Ende selbst eine Form von Kunst? Bei all diesen Fragen war es mir nicht möglich, mich auf die Worte zu konzentrieren. Stunde für Stunde schloss sich mir Siegel um Siegel, bis es am Ende sieben waren.

Und Kunst war nicht einmal das schlimmste Fach. Rechnen verwandelte sich auf dem Gymnasium urplötzlich in Mathematik. War Rechnen für mich noch eine Hürde gewesen, wurde Mathematik zu einer unsichtbaren Gummiwand. Eine Wand allerdings, durch die meine Mitschüler einfach hindurchgehen und dahinter verschwinden konnten, in einer mutmaßlich wunderbaren Welt aus linearen Gleichungen mit Unbekannten. Was auch immer dort warten sollte, es wartete nicht auf mich. Stochastik, allein schon das Wort! Unser Lehrer war ein Öko, das erkannte man am Selbstgestrickten, den Sandalen und der zugewandten Art. Unter dem Bart war sein Gesicht ganz weiß. Der wählte bestimmt auch diese neue Partei mit den Sonnenblumen – dachten wir, bis er einmal für drei Wochen fehlte.

Als er wieder da war, der Bart noch länger als zuvor, berichtete er uns mit leuchtenden Augen von einem Manöver der Bundeswehr, an dem er als Reservist teilgenommen hatte. Wir könnten unbesorgt sein. Sollten »die Panzer der Sowjets« in die norddeutsche Tiefebene vorstoßen, würden sie von gewaltigen Dynamitfallen unter den Autobahnen zur Hölle gejagt werden. Auf Seiten der Sowjets standen auch die Deutschen aus der »Dédé Air«, was immer das nun wieder sein mochte, vermutlich ebenfalls ein französisches Protektorat. Seltsamerweise schienen dort die Sowjets herzukommen, und die Sowjets waren als ominöse Bedrohung immer präsent. Nicht nur, wenn probehalber mal wieder die Luftschutzsirenen heulten. Sondern auch, wenn ihre Widersacher, unsere Freunde, die Amerikaner sich bemerkbar machten.

Es kündigte sich immer mit einem feinen Schleifen aus dem Osten an. Dann schlossen die Lehrer bereits beiläufig alle Fenster der Klassenzimmer. Wenn das Schleifen sich zu einem Heulen gesteigert hatte, waren keine Gespräche mehr möglich. Die ganze Klasse saß in stummer Erwartung eines Brausens wie aus den Pfeifen einer galaktischen Orgel. Zuerst senkte sich das Fahrwerk aus den Wolken, gefolgt von einem atlantikgrauen Leib mit den hängenden Schwingen. Das war die Lockheed C-5 Galaxy, der größte Transporter der US-Luftwaffe, im Anflug auf die benachbarte Luftwaffenbasis. Wenn der Gigant funkelnd über dem Rathaus stand, erhöhte sich kaum mehr die Lautstärke, wohl aber der Schalldruck – immer dann, wenn der Pilot seine Triebwerke für kleine Korrekturen nutzte. Es vibrierten Fensterscheiben und sogar die Schrift auf der Tafel verschwamm, bevor sich der vierstrahlige Frachter mit seiner Lärmschleppe gewitternd nach Westen verzog.

Auf dem Schulhof waren die Flugzeuge ein großes Thema. Kein Junge, der am Himmel eine Galaxy nicht bereits am Geräusch von einer Hercules, Phantom oder Warthog unterscheiden konnte. Warthogs galten als Panzerknacker und waren irgendwie »meine« Flieger, weil ich sie aus Sembach kannte, wo sie stationiert waren – für den Fall, dass ein sowjetischer Atomschlag die große Basis im Westen der Stadt ausradieren sollte. Dort lagerten, das wusste jeder, mehr als einhundertzwanzig Atombomben. Tief im Wald, munkelte man, sollten darüber hinaus Bunker mit Giftgas für den Dritten Weltkrieg verborgen sein. Offen auf einem Gelände neben der Auffahrt zur Autobahn standen in Reih und Glied die Panzerflotten, ihre in Futteralen aus schwarzem Kunststoff ruhenden Geschützrohre auf die Böschung gegenüber gerichtet.

Gelterswoog

Die Nachmittage verbrachte ich bei Oma Julia und Opa Alois. Zu Hause im Neuhöfertal waren ohnehin alle mit dem neuen Brüderchen beschäftigt – ein Nachzügler, der meiner Meinung nach gar nicht nötig gewesen wäre. Fabian, was für ein blöder Name. Blödes Gesicht, blödes Lätzchen, blödes Geschrei. Schlimm genug, dass Jeany alles andere als eine »bezaubernde Jeannie« war. Aber das Baby? Es gab nichts, was mich weniger interessiert hätte. Umso mehr widmete Mama sich dem Blödmann, während Papa immer mehr von seinen Geschäften in Anspruch genommen war.

Rätselhafte Geschäfte waren das für mich, weil er diesmal gar nichts Handfestes verkaufte. Keine Gebrauchtwagen, keine Kinkerlitzchen aus dem eigenen Keller – im Zwielicht dort thronte inzwischen nur noch ein alter Ölofen wie ein grimmiger Gott. Aber Papa telefonierte hin und her, sprach dabei sehr schnell Englisch und Französisch und rieb sich die Hände. Da blieb ich lieber den Tag über in der Stadt, statt draußen im Wald zu hocken und auf die glucksenden Bäuerchen meines Brüderchens zu warten.

Nach dem Essen überwachte Oma meine Hausaufgaben und leerte dazu ein Glas mit rotem Sekt, weil »der nicht so betrunken macht«. Danach legte Opa die *Rheinpfalz* beiseite, streifte seine perforierten Lederhandschuhe über und nahm mich in seinem Renault 5 mit »auf die Walz«, wie er diese Ausflüge ins Dunkelgrüne nannte. Am Heck des Wagens prangte ein ARAG-Aufkleber mit zwei gekreuzten Schwertern. Opa fuhr langsam, sehr langsam, er schlich regelrecht dahin. Zockelte so sehr, dass sich hinter uns regelmäßig ein Stau bildete. Auf langen Geraden kurbelte er das Fenster herunter und winkte die Leute gleichmütig vorbei. Waren sie hinter der nächsten Kurve verschwunden, hatten wir die Straße wieder für uns. Meistens stellte Opa den Renault auf einem Feldweg ab. Dann schlugen wir uns in die Büsche und Farne, bis er mir den Zeigefinger vor den Mund hielt und flüsterte: »Da! Eichelhäher!« Oder er deutete auf den Matsch und stellte fest: »Ein Wildschwein ist hier langgelaufen! Vielleicht auch zwei.«

Er bückte sich nach Samen und zerbröselte sie vor meinen Augen, um mir ihren Zweck zu erklären. Wir sammelten Beeren, essbare und ungenießbare, Vogelbeeren, Schlehen, bereiteten uns Salat aus Sauerampfer. Er überzeugte mich, dass man Warzen mit der Milch des Löwenzahns loswerden konnte: »Eine Pflanze, die sogar dicken Beton durchbricht, kann doch wohl alles, oder?«

Auf den Anhöhen ließen wir Drachen steigen, bis dunkle Wolken aufzogen, dann legte Opa mir die Gefahren der Elektrizität auseinander. Oder wir saßen auf einem Hochsitz und lauschten den Vögeln. Er erkannte sie alle, ich nur den Specht. Alois war ein korpulenter Mann mit dicken Koteletten und einem Doppelkinn. Wenn ich dort an der Haut zupfte, ließ er die Zunge herausschnellen, als gäbe es da einen Mechanismus.

An einem Samstag, einem einzigen Samstag, nahm Opa mich mit auf den Betzenberg. Wir waren zu spät, das Spiel hatte schon begonnen. Vulkanisches Brodeln, vieltausendkehliges Ächzen, Bruchstücke von Chören, und wir latschten noch durch die Siedlung. Ich wurde erst unruhig, dann wütend auf Opa und seine Saumseligkeit.

»Komm! Wir müssen uns doch beeilen!«

Opa behielt sein gemächliches Tempo bei. »Oh nein«, sagte er. »Man darf sich nicht hetzen lassen, von gar nichts.«

Kurz stellte ich mir diese massige Gestalt dauerlaufend vor, völlig absurd, und verlangsamte einsichtig meine Schritte. Als wir endlich einen Platz in der Westkurve ergattert hatten, pfiff der Schiedsrichter schon zur Halbzeit. Der FCK spielte gegen die Gelben, und die schlichen geknickt in ihre Kabine. Ein Umstand, der rings umher gefeiert wurde. In der zweiten Halbzeit spielten die Gelben auf das Tor unterhalb unserer Tribüne. Als ich über ihren Anschlusstreffer jubelte, trat mir Opa dezent auf den Fuß.

»Still, das sind die Gegner!«

»Ja, aber die lagen doch hinten!«

»Das ist Dortmund, die sollen verlieren.«

»Aber warum denn, wenn sie sich doch so anstrengen?«

Opa sah mich lange an, nickte, legte von hinten seine großen Hände auf meine Schultern und sagte: »Ist schon gut, mein Großer, wir gehen.«

»Aber warum denn? Das Spiel ist doch noch nicht aus!«

»Ist besser so, glaub mir. Wir gehen.«

Auf dem Weg zurück zum Auto sprachen wir kein Wort. Opa streifte sich wieder die Handschuhe über. Er sagte: »Wenn um dich herum die Massen eine bestimmte Meinung haben, dann musst du auf deiner eigenen Meinung beharren. Dann ganz besonders, verstehst du? Die Masse wird dann aber meistens sauer. Und dann ist es besser, man verzieht sich.« Damit startete er den Motor und schaltete das Radio ein, die Nachrichten. Dortmund hatte gewonnen. Opa grinste: »Schau, was du angerichtet hast!«

Der Gelterswoog war ein zu groß geratener Waldweiher, noch im Mittelalter aufgestaut und angeblich mit einem riesigen Stöpsel an seiner tiefsten Stelle, vor der ich mich besonders gruselte. Der Wald reichte beinahe überall bis an sein Ufer, nach hinten verschilfte es, dort brüteten die Wasservögel, Schwimmen verboten. Vorne gab es ein öffentliches Strandbad mit Minigolf. Und einen Ruderverein, die »Paddlergilde« mit ihrem eigenen Seegrundstück, auf dem die Campingwagen langsam im weichen Boden versanken. Im Bootshaus schliefen die Kanus auf ihren Halterungen wie Torpedos aus Fiberglas. Dort bewahrte auch Opa seinen größten Schatz auf, ein Faltkajak von Klepper. Klepper war Abenteuer. Von Klepper war Alois' Zelt, von Klepper war sein ausladender Regenmantel, und von Klepper war auch sein Boot. Mit seinem kunstvollen Holzskelett erinnerte es mich an einen Zeppelin. Bespannt war es mit gummiertem Wachstuch, es gab zwei kleine Sitzbänke und am Heck sogar ein Ruder, das über Seilzüge bedient wurde. Opa, den Schraubenzieher im Anschlag: »Fahr fröhlich in die weite Welt mit Klepperboot und Klepperzelt!«

Einmal paddelten wir mit dem Klepperboot auf dem Rhein, nur Opa und ich. Die Schwimmweste scheuerte, das trübe Gewässer roch süßlich und schäumte. Wir paddelten von Mannheim stromabwärts, schräg zu den Schleppwellen der Frachter, immer in Ufernähe. Linker Hand passierten wir Worms, die Spitzen des Domes waren gerade noch sichtbar, und Opa erzählte mir von den Nibelungen, von Etzel, der eigentlich Attila war, der Hunnenkönig, und dem verschollenen Gold im Rhein.

Rechter Hand, nach einer Biegung, erhob sich dicht am Ufer ein gestauchter Zylinder aus weißem Beton, ein Kühlturm, und Opa erzählte mir von der segensreichen Spaltung der Kraft, die die Welt »im Innersten zusammenhält«.

Der eigentliche Zweck der »Paddlergilde« aber waren weniger Ausfahrten als die vielen Feste im Bootshaus. Dann war es, als käme eine kleine Dorfgemeinde zusammen, und Opa und Oma waren vorher immer sehr umtriebig und feierlich. Opa trug sogar sein Haarwasser auf, Seborin aus der geriffelten braunen Flasche, und zwängte sich in seine weiße Arbeitskleidung als Koch, mit einem Kühlturm als Hut. Im Bootshaus bediente er dann die Gulaschkanone, worunter ich mir vage eine lukullische Waffe vorgestellt hatte, bis ich erstmals Zeuge wurde, wie Opa mit blitzender Kelle aus dem Kessel schnödes Gulasch schöpfte. Es gab frisch gezapftes Bier, Würstchen, Kartoffelsalat und Senf aus gelben Plastikflaschen, Brezeln aus Körben und einen Mann in glitzerndem Anzug, der auf einer elektrischen Orgel aktuelle Schlager spielte. Die Gespräche kreisten um die Ardèche, die Mosel, das Ijsselmeer oder irgendwelche Meisterschaften im Kanufahren. Opa bewegte sich durch die ausgelassene Gemeinschaft wie ein freundlicher dicker König. Irgendwann packte er seine goldene Mundharmonika aus, leckte sich über die Lippen und spielte Wandervogellieder. Oma schunkelte leicht, vielleicht schwankte sie auch.

Später am Abend nahm er mich bei der Hand und führte mich nach draußen. Der See lag reglos, und darüber spannte sich das unermessliche Tonnengewölbe des Nachthimmels. Opa ging neben mir in die Hocke, er roch ein wenig nach Marillenschnaps und deutete nach oben.

»Weißt du, woran du Sterne und Planeten unterscheiden

kannst? Wenn ihr Licht ruhig steht, sind es Planeten. Flimmert es, sind es ferne Sonnen. Oder sogar Galaxien. Wie Andromeda dort, nur ein heller Fleck. Guck mal, wo ich hindeute, folge meinem Finger! Genau so. Siehst du die vier Punkte dort? Nein, dort! Ja, das ist der Große Wagen. Daneben, Kepheus, sieht aus wie ein Haus, oder? Gut. Rechts davon, die fünf glitzernden Punkte? Das ist die Kassiopeia. Und erkennst du den Schwan mit seinen ausgebreiteten Flügeln? Er segelt direkt über der Milchstraße, das ist dieser Schleier, kannst du das erkennen?«

Ich nickte nur und hielt seine Hand und erkannte nichts, nur Sterne über Sterne.

Hasenberg

Wenn er mal wieder bei Wuttke gearbeitet hatte, nahm mein Vater mich mit zurück ins Neuhöfertal. Es war immer spannend, mit welchem Auto er mich bei Oma und Opa abholen würde. Meistens waren es ausgeleierte Familienschüsseln, hin und wieder ein nach Leder und Holz duftender Jaguar. Und ein so beeindruckender BMW, dass ich seine Typbezeichnung auswendig lernte. Mit seinem nach vorne geneigten Kühlergrill und der Zornesfalte im Blech wirkte der Sechsfünfunddreißig-Ze-Ess-Ieh wie ein Geschöpf, dem man beim Baden am Kap der Guten Hoffnung besser nicht begegnete. In keinem anderen Fahrzeug hatte mein Vater sich jemals so wohl gefühlt wie in diesem Sportcoupé. Er glitt hinein wie in ein inwendig gepolstertes, elegantes Exoskelett. Den Drehzahlmesser mit seinem sprunghaften Zeiger fest im Blick, zwei Finger am vibrierenden Lenkrad und die rechte Hand um den Schaltknüppel geschlossen. Wenn er fuhr, begann sein Ereignishorizont mit der nächsten Kuppe oder Kurve und endete in der fliehenden Dunkelheit des Rückspiegels. Gelassen sprach er dabei seitwärts, in die Beschleunigung hinein: »Merkst du was? Pass mal auf!«

Andere Verkehrsteilnehmer waren ihm stehende Hindernisse, das merkte ich. Erlaubten die Verhältnisse kein raumgreifendes Vorbeirauschen, hängte er sich so dicht an den Vordermann, als wäre er durch ein elastisches Abschleppseil mit ihm verknüpft. Einmal bremste ein Wohnmobil mit gelbem

Kennzeichen seinen Vorwärtsdrang, ortsfremd die engen Kehren durchkriechend. Nachdem Papa ein paar Mal vergeblich zum Überholen angesetzt hatte, schaltete er fluchend in einen höheren Gang, fügte sich und blieb dahinter. Nach einer Weile holte ich die neue *Auto, Motor & Sport* aus dem Handschuhfach und blätterte lustlos darin herum. Vorne wurde ein Talbot mit einem Lancia verglichen, weiter hinten ein Mercedes einem Langstreckentest unterzogen. Fotos zeigten das Auto am Nordkap und in Süditalien, zuletzt war es auf einer Doppelseite komplett zerlegt zu sehen. Sogar die Schrauben und Radmuttern lagen in vier Viererpärchen sauber nebeneinander. Auf ein Porträt mit dem Rennfahrer Martin Winkelhock folgte die Wüste des Anzeigenteils, dazu grob gerasterte Schwarzweißfotos.

»Papa, warum liest du diese Zeitung eigentlich so gerne?«

»Na, das gehört zu meinem Job.«

»Aber du liest das doch sehr gerne. Guckst du, was du kaufen könntest?

»Ich gucke, was ich sein möchte«, sagte er und tippte auf das Titelbild. »Der Benz ist, glaube ich, ganz okay. Spießig, aber okay. Ein Talbot möchte ich jedenfalls nicht sein.«

Da öffnete sich eine Lücke, und einen Herzschlag später ließ er die Drehzahlmessernadel springen, zog mit zwei Fingern unmerklich links am Lenkrad und trat das Gaspedal durch. Der Sechszylinder jubelte auf, Ruck von rechts, Druck in die Polster, verwischte Landschaft, und vorbei waren wir, dahin und weg.

»Was machst du da?«, rief Papa aus dem Wohnzimmer. Es war schon spät, der Deckel des Mülleimers war wie immer gegen die Spüle geknallt, und diesmal hatte mein Vater das gehört.

»Nutella!«, rief ich zurück.

»Herrgott! Friss nicht so viel! Bist eh schon zu fett. Ab ins Bett!«

Zwischen vergammelnden Bananenschalen und feuchten Brotresten zog ich den jüngsten Löwenbrief heraus, wischte ihn am Ärmel meines Pyjamas sauber und ließ ihn in meiner Hose verschwinden. Zurück im Bett entfaltete ich neugierig das Schreiben.

AMTSGERICHT stand da in großen Lettern. Und eine Reihe von Zahlen, mit denen ich ebenso wenig anfangen konnte wie mit »Amtsgericht«.

»Hast du noch Post bekommen?«

Mein Vater stand plötzlich in der Tür, ich wurde rot. Er setzte sich zu mir aufs Bett und nahm mir mit spitzen Fingern das Schreiben aus der Hand. Ich erwartete eine Kopfnuss, aber er strich mir nur über den Scheitel und seufzte.

»Du weißt, was Schulden sind? Das ist, wenn Leute von dir Geld wollen.«

»Warum wollen die das?«

»Sie haben es dir geliehen. Und wenn du es ihnen nicht zurückgeben kannst, schicken sie dir die Polizei. Die nimmt es dir dann ab. Wenn du kein Geld hast, nimmt sie dir eben etwas anderes ab. Ein Auto. Deine Kleider. Einfach alles.«

»So wie uns das Haus in Hohenecken?«

»Genau so, mein Sohn.«

»Und wer sind die Leute, die uns das Haus weggenommen haben?«

»Das sind keine Leute, das sind Banken. Die haben selbst genug Geld. Dort ist das Geld *zu Hause*. Und dort arbeitet es und wird immer mehr.«

Ich stellte mir vor, wie ein Geldschein morgens den Bus nimmt und in die Fabrik fährt, sich abends zerknittert eine Fertigpizza in den Ofen schiebt und sich auf die Couch faltet. Die Eltern sind Scheine, die Kinder sind Münzen.

»Und davon haben sie uns etwas abgegeben?«

»Ja, denn Geld will fließen. Sie haben uns etwas geliehen, damit wir die Kübelwagen kaufen konnten, um sie zu verkaufen.«

»Das ist aber nett von den Banken.«

Er kratzte sich am Kopf. »Wie man's nimmt. Die Banken wollten dafür etwas von uns, das sie behalten. Für den Fall, dass wir das Geld nicht zurückzahlen könnten.«

»Und konnten wir es denn zurückzahlen?«

»Hockten wir sonst hier im Wald? Schau, wir haben nicht rechtzeitig bezahlt. Und jetzt haben die Banken noch mehr Geld als vorher, und wir kein eigenes Haus mehr.«

»Dann haben sie jetzt unser Haus und können das Geld darin wohnen lassen?«

»So ungefähr.«

»Und warum schreibt uns jetzt noch ein Gericht?«

»Das ist der Witz, mein Sohn. Während das Geld bei uns war, hat es weiter gearbeitet und ist mehr wert geworden. Und das hätten die Banken jetzt auch gerne zurück. Und wir haben es nicht. So, und jetzt kommst du!«

Wenn er das sagte, fiel mir nichts mehr ein. Selbst wenn ich zuvor noch etwas auf dem Herzen gehabt haben sollte. Nicht nur lähmte mich die Aufforderung, nun eine eigene Meinung zu äußern. Ich hatte sein »So, und jetzt kommst du!« auch im Verdacht, im Grunde gar keine Aufforderung sein. Vielleicht, weil er schon das »So« ganz kurz auf dem O betonte. Dieses stimmlose O wirkte in meinen Ohren wie ein abschließender

Paukenschlag, mit dem mein Vater einen Deckel auf jede Diskussion setzte.

»Können wir nicht die Polizei zur Bank schicken?«, fragte ich.

Er lächelte milde. »Nein, dazu haben wir nicht genug Geld. Aber ich arbeite daran, das Problem aus der Welt zu schaffen. Glaubst du mir das?«

Ich glaubte ihm das. Er gab mir noch einen Kuss auf die Stirn und ging. Mit der linken Hand löschte er im Hinausgehen das Licht, in der rechten Hand hielt er den Brief, schon zerknüllt. Kurz darauf der Deckel des Mülleimers, wie er gegen die Spüle knallte, ein leiser Fluch. Aus dem Wohnzimmer meine Mutter, schläfrig: »Was war?«

»Nichts, nichts. Unser Großer macht sich Sorgen. Ich habe ihm erklärt, dass das nicht nötig ist. Stimmt's oder hab' ich recht?«

Zu Wuttke fuhr Papa nur noch sporadisch. In der übrigen Zeit arbeitete er inzwischen »von zu Hause aus«. Er telefonierte ausdauernd, noch mehr als sonst, und durfte dabei nicht gestört werden. Was insofern ärgerlich war, als er mit seiner Telefoniererei das Wohnzimmer blockierte und ich kein Fernsehen gucken konnte.

»Das ist jetzt mein Büro«, sagte er, die Sprechmuschel zuhaltend, und scheuchte mich mit einer wedelnden Handbewegung fort. Die Gespräche waren immer dann besonders wichtig, wenn er Französisch sprach oder Englisch. Mal hatte er den Hörer zwischen Schulter und Kinn geklemmt und spazierte, die Hände in den Hosentaschen versenkt, im Halbkreis um den Apparat herum. Mal saß er zum Fragezeichen gekrümmt auf dem Hocker neben dem Telefontischchen, wickelte die

Schnur bis zur Unentwirrbarkeit um seinen Finger oder kritzelte unleserliche Namen und Zahlen in einen Ringbuchblock. Manchmal, wenn er gerade aufgelegt hatte, entfuhr ihm ein zischender Laut, der wie das hydraulische Ventil eines bremsenden Lastwagens klang.

»Was ist denn passiert? Hast du was verkauft?«

»Kann man so sagen. Und weißt du auch, was?«

Ich zuckte mit den Schultern.

Er tippte sich an die Stirn. »Das da!«

Dann schritt er auf und ab und rieb sich die Hände. »Mal sehen, ob ich dir das erklären kann. Da gibt es Investoren, die haben Geld. Die wollen dieses Geld für sich arbeiten lassen, haben aber keine Idee, wie sie das anstellen sollen.«

»Wie stellt man das denn an?«

»Zum Beispiel, indem man für wenig Geld etwas kauft, das man dann für viel Geld wieder verkauft. Manche Sachen sind zum Beispiel in Amerika total billig, und dann muss man sie nur nach Deutschland bringen, um sie für viel Geld zu verkaufen.«

»So einfach ist das?«

»So funktioniert das Business. Ich bringe zwei Leute zusammen, die viel Geld haben. Der eine Typ will etwas verkaufen, der andere Typ will etwas kaufen. Die wissen aber nichts voneinander, bis ich sie zusammenbringe. Und wenn das Geschäft zustande kommt, wenn das Geld fließt, dann fällt auch für den Vermittler etwas ab. Das nennt man eine Provision. Und das ist dann für deinen Vater sehr, sehr gut.«

»Und das hat geklappt? Gerade eben?«

»Noch nicht, aber ich arbeite daran. Ich warte nur noch auf das *ready, willing and able*. Das ist Englisch und bedeutet in der Geschäftswelt, dass der Geldgeber bereit, willens und fähig ist. Und das ist er bald, wie's aussieht. In Bälde. Pronto. Tantôt. Lange kann es nicht mehr dauern, und dann haben wir keine Sorgen mehr. Ich hab's im Urin, es geht aufwärts, das merke ich schon. Und weißt du, was wir dann machen? Dann lassen wir mal das viele Geld für *uns* arbeiten!«

»Sind wir dann reich?«

»Und ob, mein Sohn. Wir werden reich sein.«

Wie reich genau wir in Bälde sein würden, davon erzählten auch die Zeitschriften, die sich auf dem Klo stapelten. Neben der *Auto, Motor & Sport* waren das neuerdings Exemplare von *Yacht*, einem Segelmagazin. Darin zu blättern war, wie in Urlaub zu fahren. Überall gebräunte Männer mit Dreitagebärten und Sonnenbrillen, in schnittigen Booten souverän die Gischt durchschneidend. Dazu Doppelseiten von ruhig auf stillem Blau ankernden Zweimastern zwischen den Felsen einer mediterranen Bucht. Berichte über die Schiffe selbst, Aufnahmen ihrer Kajüten, Kojen, Funkgeräte, Bullaugen, Mahagoni. Immer wieder ganzseitige Reklame für Uhren, in der an den Schläfen ergraute Väter gemeinsam mit ihren noch nicht ergrauten, sonst aber völlig identischen Söhnen versonnen Chronometer betrachteten.

Die Aussicht auf »das ganz große Geld« war wie das Näherrücken eines Feiertags, der exklusiv unsere Familie betreffen würde. Ein zusätzlicher Heiligabend nur für uns, dessen genauer Termin aber noch nicht feststand. Klar war nur, dass er sich früher oder später einstellen würde, auch weil die Hoffnung darauf sich mit jedem weiteren Telefonat fortwährend aktualisierte. Nächste Woche, nächste Woche, nächste Woche ist es so weit. Diesmal noch nicht, dann aber wirklich. Die Erwartung des Künftigen, das die Eltern mit allerlei vorfreudigen Andeutungen schürten, lähmte das Jetzt. Aber es war eine angenehme Lähmung. Was sich bisher aufgedrängt hatte, alle Zudringlichkeit des Alltags, das verlangte nun förmlich Aufschub. Weil bald. Ein neues Sofa kauften wir nicht mehr, weil bald. Urlaube wurden nicht mehr geplant, weil bald. Eine weitere schlechte Note in Latein und meine damit gefährdete Versetzung war kein Beinbruch, weil bald. Allein das Versprechen auf »das große Geld« genügte, um damit neben allen Sorgen auch den Alltag selbst aus den Angeln zu heben. Und dieses Spezialglück mit Goldrahmen war nur noch einen Wimpernschlag entfernt. In diesen Wochen und Monaten lebten wir wie auf dem Aufzugshügel einer Achterbahn, wenn der ratternde Wagen vom Kettenzug erfasst wird, unaufhaltsam an Höhe gewinnt und bald, bald …

Großes warf nicht nur vereinzelte Schatten voraus. Es *materialisierte* sich. Vielleicht hatten wir kein eigenes Haus mehr, aber dafür hatten wir erstmals ein eigenes Auto. Es war ein hellgrüner Kombi von Mercedes-Benz, E-Klasse, T-Modell, »aus dritter Hand, aber scheckheftgepflegt«. Zum Geburtstag bekam ich ein eigenes Aquarium. Ein Tuch, unter dem etwas Quadratisches brummte. Als Mama das Tuch wegzog, stand da ein beleuchteter Kubus mit Schlingpflanzen und sechs Fischen, kleine Buntbarsche und Kärpflinge. Das Brummen kam von der Umwälzpumpe, die Sauerstoff durch eine Schatzkiste ins Wasser perlen ließ. Der Deckel der Kiste hob und senkte sich im Auftrieb der Blasen, die Fische patrouillierten die Scheibe entlang. Wenn ich dagegen klopfte, zuckten sie kurz zurück. Und mich beschlich das dumme Gefühl, dass ich mit diesem Geschenk gar nichts würde anfangen können. Nie hatte ich mir ein Aquarium gewünscht. Doch damit nicht genug, bekam ich auch das »Krieg der Sterne«-Hörspiel, das ich mir gewünscht und Bausätze für die BMW R 100 RS und das japanische Schlachtschiff *Yamato*, von denen ich immer nur geträumt hatte. Das Schiff, soviel war klar, würde ich im Aquarium zu Wasser lassen.

Zuletzt zauberte Papa noch ein weiteres Paket hervor. Staunend entblätterte ich etwas, das wie ein riesiger Taschenrechner aussah.

»Wir wollten mal etwas für deine musische Bildung tun«, sagte Mama.

»Ist das ein Instrument?«

Papa nahm mir das Gerät aus der Hand und schaltete es kichernd ein.

»Das ist ein Casio VL-1, ein Synthesizer. Hör mal!«

Er fummelte kurz an den Knöpfchen herum, und plötzlich pluckerte und schnalzte der Rhythmus eines Liedes los, das ich aus dem Radio kannte.

»Das sind die drei Trottel, die neulich in der Hitparade waren«, verkündete Papa und schaute mich erwartungsvoll an: »Die mit da, da, da, ich lieb dich nicht, du liebst mich nicht! Na?«

Es pluckerte und schnalzte weiter vor sich hin. Ich wartete.

»Wann fängt denn das Lied an?«, fragte ich nach einer Weile.

»Gar nicht«, erklärte Papa. »Die haben nur den Rhythmus genommen, den gibt's hier in den Voreinstellungen, und dann darüber ihren Quatsch gesungen. Und jetzt sind sie reich.«

»Du kannst dir auch einen Hit ausdenken«, ermunterte mich Mama. »Da sind noch neun andere Rhythmen drauf. Und ein Klavier. Sogar ein Taschenrechner ist dabei.«

Papa nickte. »Das Ding hat immerhin fast 150 Kröten gekostet! Ich erwarte natürlich, dass dieses Investment wieder reinkommt. So, und jetzt finde mal raus, ob du musikalisch bist.«

Nach ein paar Stunden mit zehn verschiedenen Rhythmen und schnell schwindender Aufmerksamkeit hatte ich es herausgefunden. Ich war es nicht. Mein kleiner Bruder immerhin hörte fasziniert zu und robbte näher heran. Ich hielt ihm den Casio hin, und was er da mit dem ersten wahllosem Gepatsche über die Tasten fabrizierte, klang auch nicht übler als meine »Musik«. Irgendwann nahm er das Gerät in beide Hände und schaute mich fragend an.

»Nur zu!«, ermunterte ich ihn, und mein Bruder schob sich das Teil so weit in den zahnlosen Mund, wie die betreffenden Abmessungen das eben gestatteten. Nach wenigen Minuten hatte er den Casio VL-1 soweit eingespeichelt, dass zuerst das Display und dann der Ton ausfiel. Anderen Geschenken erging es nicht besser. Gegen Mitternacht wachte ich auf und konnte nicht mehr einschlafen, weil die Umwälzpumpe zu laut brummte. Kurzerhand zog ich die Steckdose und ging wieder zu Bett.

Am Morgen stand Jeany auf Zehenspitzen am Aquarium.

Ich sprang auf und schob sie beiseite. »Hey, was machst du denn da?«

Alle Buntbarsche und Kärpflinge schwammen reglos an der Oberfläche.

»Kann ich die Fische haben?«, fragte Jeany.

Asien ist nicht zu verteidigen. Nordamerika muss man erobern, und idealerweise Südamerika gleich noch dazu. Wer dann im Norden noch Alaska blockiert, Grönland gegen Island und Brasilien gegen Nordwestafrika sichert – der kann »Risiko« eigentlich nicht mehr verlieren. Und immer war es Werner, der bei jedem Zug sieben zusätzliche Armeen einstreichen und damit die Welt aufrollen konnte. Am Ende sah ich mich irgendwo in Australien seiner Übermacht ausgesetzt, was mir viel mehr zusetzte als meinen Eltern ihre eigene Hilfslosigkeit. Werner war nicht zu schlagen, aber Mama und Papa machte das nichts aus. Im Gegenteil, ihre Laune wurde im Verlauf der regelmäßigen Spieleabende immer vergnügter und erreichte ihren Höhepunkt, wenn Mama die Fenster »zum Stoßlüften« öffnete und ich geschlagen ins Bett musste.

In jüngster Zeit durfte ich aber nicht mehr dabei sein, wenn Werner zu Besuch war. Es wurde nicht mehr gespielt, sondern Ernsthaftes verhandelt. Zumindest war das mein Eindruck von den hitzigen Gesprächen, die jedes Mal verstummten, wenn ich ins Wohnzimmer kam. Vielleicht ging es um »das große Geschäft«, von dem Papa immer sprach und das, sollte es glücken, »ein verdammtes Vermögen« einbringen würde. Es erforderte offenbar strategische Besprechung, für die es gar keinen besseren Experten geben konnte als Werner.

Neben Werner tauchten aber auch noch andere, schillerndere Leute auf. Typen jedenfalls, die es normalerweise nicht in die pfälzische Provinz verschlagen hätte. Vorboten eines neuen Lebens, die jetzt schon mit Vater über »Devisen«, »Sicherheiten«, »Überweisungen«, »Provisionen« und »Geschäftsmodelle« diskutierten. Da war ein Rico aus Venezuela mit flackerndem Blick und Koteletten bis zum Hals, der mit »Satellitentelefonen« handelte, mit denen man vermutlich Satelliten anrufen konnte. Da war ein baumlanger Fritz aus Amsterdam, der immer literweise Vanilla Vla in Pappschachteln mitbrachte und mir erklärte, er putze sich nie die Rückseite der Zähne, da habe er schlechte Erfahrungen gemacht, und mir dann mit einem Lächeln sein verheertes Gebiss zeigte, wozu Vater und er herzlich gackerten. Da war ein Jacques aus Paris, der noch mehr und noch härtere Zigaretten rauchte als Papa, davon ganze Stangen anschleppte und Mama eine Schallplatte von Edith Piaf schenkte, nein, sie bedauerte nichts. Häufiger Besucher war auch ein dicker Sepp aus München, ein ehemaliger Kampfpilot der Bundeswehr, der seine technischen Kenntnisse nun als Übersetzer von Fachbüchern versilberte und sich auf etwas spezialisiert hatte, was man »programmieren« nannte. Er schwärmte Vater von einem neuen Motorrad vor, das er sich zu kaufen beabsichtige, einer vierzylindrigen BMW K 100, die gehe »ab wie eine Turbine« und fahre »wie auf Schienen«, gar kein Vergleich zum alten Boxer. Womit er Papa, der Motorräder bestenfalls für Spielzeuge hielt, eigentlich langweilen sollte. Umso mehr wunderte ich mich, wie aufmerksam Papa alle technischen Details abnickte und anerkennend die Mundwinkel nach unten zog. Sepp war ihm offenbar wichtig, obwohl er ihn nur um drei Ecken kannte und deshalb den »Drei-Ecken-Sepp« nannte.

Allerdings kamen und gingen diese Geschäftspartner, ohne dass Vater dem Reichtum oder ich dem Geheimnis seiner Geschäfte nähergekommen wäre. Bald ertappte ich mich dabei, wie ich die zwielichtigen Verbrecher meiner Hörspiele im Geiste mit den Gesichtern der Geschäftsfreunde meines Vaters ausstattete. War nicht das »Business« meines Vaters so rätselhaft wie etwas, dem junge Detektive auf die Schliche kommen wollen würden? *Die drei Fragezeichen … und die Provision.* Eines Tages, träumte ich, würden Justus Jonas, Peter Shaw und Bob Andrews mich zur Rede stellen, und ich müsste stotternd verschleiern, was ich wüsste, weil die kleinen Streber sonst bei der Polizei oder beim AMTSGERICHT anrufen würden. Dieser Phantasie hing ich gerne nach, weil ich in ihr wenigstens eingeweiht war, etwas *wusste*.

Die Geschäfte selbst stellte ich mir vor wie einen fugenlos verschraubten Mechanismus voller Federn, Schrauben und Drehpendeln in kompliziertem Zusammenspiel. Und kam denn nicht wirklich, wenn es in diesem Mechanismus nur an einer einzigen Stelle hakte, auch die Zeit selbst ins Stocken? Wenn Papa mehr hätte tun können, als auf den entscheidenden Anruf des ominösen Investors zu warten, dann hätte er es gewiss getan. Wenn es einen anderen Weg zur »Provision« geben würde, hätte er ihn längst eingeschlagen. Während also »die Bälde« permanent hinter der nächsten Ecke wartete, war unser Alltag in Erwartung des »großen Geldes« eingefroren, war die Gegenwart zum Stillstand gekommen. Wochen vergingen und dann Monate, in denen Papa mit stählernen Nerven auf dem Sofa lag und tiefgefrorene Schokolade lutschte.

Über Nacht hatte es noch einmal geschneit. Ein später Schnee, aber genug, um alle Farben auszulöschen. Aufgeregt kreuzte Schnauz die Auffahrt hinunter in eine geruchlose Natur, die nur darauf wartete, neu von ihm beschrieben zu werden. An der Straße blieb er wie immer stehen, hob kurz den Kopf.

Und lief auf die Fahrbahn.

Aus dem Augenwinkel sah ich noch das Auto. Ich rief den Hund zurück. Er hielt inne, ohne sich nach mir umzudrehen, mit einer Vorderpfote in der Luft. Gerade so, als hätte er etwas Wichtiges vergessen und könne sich nicht erinnern, was. Das Auto bremste, rutschte aber mit stehenden Rädern auf der glatten Straße geradeaus, während die Fahrerin hilflos am Lenkrad kurbelte. Es rutschte nicht schnell, begrub beinahe gemächlich den Hund unter sich und schlitterte danach einfach weiter. Ich rannte die Auffahrt runter, glitt aus, rappelte mich auf, rannte weiter, bis ich bei Schnauz war. Er blutete nicht einmal. Er lag auf der Seite, als würde er schlafen. Dabei zuckte er leicht mit den Beinen, als wäre ihm jetzt wieder eingefallen, dass er eigentlich loslaufen wollte. Die Fahrerin stürzte heran und rief: »Oh Mann, so eine Scheiße! Ist ihm was passiert? Ich konnte nichts machen!«

Am späten Nachmittag hob ich Schnauz im Wald hinter dem Haus ein Grab aus. Erst Spitzhacke, der gefrorenen Erde wegen, dann Schaufel. Wir hatten ihn in seine alte Decke gewickelt. Nur der Kopf schaute noch heraus. So sah er aus wie ein kleines Kind. Meine Mutter weinte, als wir ihn in die schwarze Mulde legten. Ich weinte, als wir ihn mit Erde bedeckten. Jeany kam aus dem Haus und weinte, weil sie ihm noch schnell ein Bild gemalt hatte, ein »Abschiedsbild«, der Hund nun aber schon begraben war. Also buddelten wir ihn noch einmal aus und legten das Bild dazu. Dann schütteten wir Erde zu einem kleinen Hügel auf. Jeany legte aus Kieselsteinen ein Herz, dazu einen Kranz aus bunten Bügelperlen.

Am nächsten Morgen war der Erdhügel verschwunden, das Herz zerstreut, das Grab geöffnet und der Kadaver verschwunden. Ein Fuchs vielleicht. Oder ein Luchs. Nur das Bild meiner Schwester lag noch da. Ein Strichhündchen mit fünf Beinen.

Ein paar Tage später fand ich unter meinem Bett wieder eine typische Untertasse. Vergammeltes Hundefutter diesmal, garniert mit Petersilie und Senf.

»Jeany, das ist *eklig*! Mach das weg!«

»Ist gar nicht eklig, das ist mein Espiment!«

»Du spinnst. Gleich rufe ich die Polizei!«

»Machst du gar nicht!«

»Mache ich wohl!«, fauchte ich und ging ans Fenster. Gerade, als ich es öffnen und »Polizei!« rufen wollte, sah ich das Polizeiauto. Lautlos kam es die Auffahrt hinaufgerollt.

Jeany hüpfte auf ihr Bett, spähte hinaus und plärrte: »Mama! Polizei!«

Mutter fegte um die Ecke, den Zeigefinger auf den Lippen, und ging direkt vor der Haustüre in die Knie.

»Kommt!«, sagte sie. »Wir verstecken uns! Ein großer Spaß!«

»Au ja, ein großer Spaß!«, jubelte Jeany und klatschte in die Hände.

Ich hob die Briefschlitzklappe einen Hauch an und sah, wie zwei Beamte aus dem Wagen stiegen. Ein Mann mit Bauch und eine Frau mit blonden Zöpfen. Sie standen da und betrachteten das Haus, während sie leise miteinander redeten. Dann näherten sie sich der Tür, und der Polizist stopfte umständlich einen Teil seines Hemdes in die Hose zurück.

Ich ließ die Klappe herab. Es klingelte.

»Leise, ja?«, flüsterte Mama. Jeany nickte.

Bevor ich fragen konnte, hatte Mama schon ihren Finger auf meinen Mund gelegt. Ich konnte es mir denken. Die Bank, die Polizei, unser Haus. Einfach alles. Das Baby krabbelte um die Ecke und brabbelte. Sofort nahm Mutter es in den Schwitzkasten und hielt ihm den Mund zu. Es klingelte. Brüderchen machte große Augen, protestierte aber nicht.

Wieder klingelte es.

Mama hockte auf dem Fußboden und lächelte uns verschwörerisch zu. Jeany lächelte verschwörerisch zurück, sicher, dass ihr »Espiment« der Grund für diesen Besuch war.

Jetzt klopfte es.

Ich legte mich flach auf den Boden und hielt die Luft an. Das also passierte, wenn man die Briefe mit dem zauseligen Löwen nie öffnete. Dann kamen die Raubtiere irgendwann persönlich vorbei. Durch das Milchglasfenster über mir konnte ich eine grüne Mütze erkennen. Der Türriegel war nicht vorgeschoben. Wenn einer der Polizisten jetzt die Klinke drücken würde, nur so zum Spaß, dann stünde er im Hausflur. Die Polizisten sprachen miteinander. Ich hörte nicht ihre Worte, nur den Klang, ganz unaufgeregt. Ich legte eine Hand auf den Riegel und wartete auf das nächste Klingeln, um den klappernden Metallstift unbemerkt nach rechts zu schieben. Meine Mutter, geduckt im Schneidersitz, eine Hand vor dem Mund des Babys, die andere auf der Schulter meiner Schwester, die sich selbst den Mund zuhielt. Draußen knirschte Kies. Ich lüftete vorsichtig den Briefschlitz und sah das Polizeiauto wenden. An der Einfahrt flackerten noch einmal kurz die Bremslichter auf, dann verschwand es so lautlos, wie es gekommen war. Angriff abgeschlagen.

In dieser Nacht träumte ich vom Sprungbecken im Freibad. Beim Tauchen hatte ich auf dem Grund eine ganze Palette aus Zauberwürfeln entdeckt. Niemand sonst wusste davon. Ich tauchte wieder und wieder, um sie alle ins Trockene zu bringen, und versicherte mir im Traum selbst, dass das jetzt kein Traum meines Vaters war, sondern mein eigener, dass er damit beglaubigt und wahr war und die Zauberwürfel auch nach dem Aufwachen noch da sein würden, als ich plötzlich an der Schulter gerüttelt und zum Auftauchen gezwungen wurde. Benommen wälzte ich mich zur Seite. Keine Zauberwürfel, nur die Beine meiner Mutter.

»Komm, mach dich fertig!«

»Warum? Wie spät ist es?«

»Mitternacht durch. Zieh dich an, wir ziehen um!«

Ich setzte mich auf. »Was?«

Brüderchen weinte, Schwesterchen brüllte aus dem Bad: »Ich bin fertig!«

Im Flur konnte ich meine kleine Ledertasche sehen und Kleider, ordentlich gefaltet und gepackt. Gerade trug mein Vater zwei weitere Koffer hinaus.

»Verdammt, der Lahmarsch soll sich beeilen!«

Mama strahlte mich so sehr an, dass es fast blendete.

»Es hat geklappt. Wir haben es immer gesagt, und nun hat es geklappt. Wir haben nicht viel Zeit. Wir wollen morgen in der Sonne sein. Deinen Koffer habe ich gepackt. Wirf rein, was du noch mitnehmen willst. Den Rest kaufen wir dort. Kommst du?«

»Jetzt?«

»Jetzt. Brauchst du eine schriftliche Einladung?«

Es war, als wäre ich aus einem Traum in einen anderen, noch besseren Traum erwacht. Es hatte geklappt, es hatte tatsächlich geklappt. Das Warten, all die lähmenden Wochen und Monate, es hatte sich gelohnt. Alles stand offen, die Schränke, die Schubladen, die Haustüre, die Autotüren, die Heckklappe des Benz draußen, in die Papa gerade Tüten und Koffer räumte. Die Zukunft.

Ich stieg in meine Cordhose, in deren Taschen einfach keine Scheine rascheln wollten, sah mich um und warf wahllos ein paar Bücher in den Koffer, dazu meinen Walkman und die Kassette. Den Bausatz der BMW konnte ich auf die Schnelle nicht finden, aber das japanische Schlachtschiff passte noch hinein. Benommen schleifte ich meinen Koffer durch die Kälte, wuchtete ihn ins Auto und stieg ein. Neben mir sackte Jeany wieder in ihren Schlaf, den Kopf mit Kissen abgestützt. Behutsam zog ich eines davon heraus und legte es mir an die Fensterscheibe. Im Haus gingen nach und nach die Lichter aus. Mama kam mit dem Baby, das schläfrig wimmerte, und zuletzt glitt Papa auf den Fahrersitz und schlug die Tür zu.

Für einen Moment saßen wir einfach nur da. Glückliche Schiffbrüchige in einem Rettungsboot, die einen letzten Blick auf ihren sinkenden Dampfer werfen.

Ich konnte Papa atmen hören. Für die Dauer eines Flammenscheins seines Feuerzeugs begegneten sich unsere Blicke im Rückspiegel.

»Das wird ein Abenteuer«, sagte er.

Der Diesel glühte vor, dann sprang der Motor an.

Und wir waren weg.

Zweiter Teil

Autobahn der Sonne

Wie Bohrköpfe aus Licht treiben die Scheinwerfer einen hellen Stollen in die Dunkelheit der Nacht. Hinter jeder Bodenwelle federt der Benz begütigend nach. Solange wir noch auf der Landstraße sind, schaukeln mich die Fliehkräfte mal nach rechts, mal nach links. Es geht voran, aber der Vortrieb selbst bleibt unmerklich. Der Motor ist ein stehender Brummton in beruhigender Frequenz.

Jeany lehnt gegen ihre Kleinfamilie aus Plüschtieren. Papa Bär, Mama Schaf und ihre gutmütige Schlange mit den angenähten Knopfaugen. Mama hat den Kopf in ihre Nackenstütze gelegt und sieht aus, als suche sie nach Mustern im gespannten Kunststoff am Wagenhimmel. Ihr Schnarchen ist ein dünnes Gluckern. Das Baby klammert sich an ihren Oberkörper wie ein Äffchen. Nur Papa ist wach, folgt den Windungen des Stollens, wählt Abzweigungen und führt uns tiefer hinein in den Berg. Ich kann nur seinen Hinterkopf sehen mit dieser erkahlenden Stelle, die er seinen »Hubschrauberlandeplatz« nennt. Manchmal drückt er einen Knopf im unteren Teil der Mittelkonsole, kurz darauf geht in schnellem Bogen die Glut des Anzünders durchs Dunkel. Silbrige Schlieren steigen auf, hauchdünne Bänder, die sich drehen und winden. Unter der weißen Polsterung des Himmels breiten sie sich aus wie umgekehrter Bodennebel. Manchmal zieht er so stark an der Zigarette, dass er zischend Zwischenluft mit einsaugt. Sein Ausatmen ist ein gedehnter Seufzer der Erleichterung, ein Ablassen der Luft, und flutet den Innenraum mit weiteren Schleiern und ihrem grauen Geruch. Nach jeder Zigarette kurbelt er sein Fenster einen Spalt hinunter und schnippt sie hinaus, ein zerstäubender Funkenflug in der Nacht. Dort wirbelt schemenhaft der Wald, dicht wie die Bürstenwalzen einer Autowaschanlage.

Ich wache auf, weil es nicht mehr schaukelt. Wir stehen, es scheint taghell herein. Jeany schläft weiter, das Gesicht in einem grellen Balken aus Licht. Vorne brabbelt das Baby, meine Mutter antwortet flüsternd, in zustimmendem Ton: »Ja, ja, bekommst du gleich …«

Ich richte mich benommen auf, es ist noch immer tiefe Nacht. Wir parken unter einer gleißenden Bogenlampe. Auf der Betonfläche des Rastplatzes liegen vereinzelte Lastwagen wie ankernde Frachtschiffe. Es riecht nach Benzin und Regen und den Bananen, die meine Mutter immer isst, wenn sie das Baby stillt. »Wo sind wir?«, frage ich, die Beine ausstreckend.

»Goldene Bremm«, sagt Mama, während sie ihren Pullover hochkrempelt. Goldene Bremm, das klingt sagenhaft. Wie bei Jules Verne ein verborgenes Tor ins Innere der Erde am Fuß eines isländischen Gletschers. Oder wie etwas, vor dem behelmte Helden noch einmal ihre Pferde tränken, bevor sie weiterreiten.

»Mama, wie spät ist es?«

»Kurz vor drei Uhr in der Nacht. Schlaf.«

Ich knie mich auf die Sitzbank und spähe zum Heckfenster hinaus. In einer Blase aus Licht liegt die Tankstelle. Zwei Polizisten schlendern darauf zu. Der Dicke ist so dick, dass ihm das viele Fett beim Gehen einen Hüftschwung aufnötigt. Er bleibt stehen, fasst sich kurz an die Stirn und watschelt zum Dienstwagen zurück. Der Dünne steht derweil im Licht, die Hände in die Hüften gestemmt, und ruft dem Kollegen mit breiter Brust etwas nach. Dann lacht er so laut, dass ich es über den ganzen Platz hören kann.

»Die Polizisten da sind wie Dick und Doof, guck mal!«

»Polizei? Wo?«

»Da drüben, an der Tankstelle!«

»Ja, das muss so sein«, sagt Mutter und rutscht ein wenig tiefer in ihren Sitz, um meinem Bruder die Brust zu geben: »Wir sind an der Grenze zu Frankreich, der Papa ist schnell Geld wechseln. Jetzt schlaf wieder. Normal wärst du schon lange im Bett. Und wir haben eine lange Fahrt vor uns.«

Jetzt sehe ich Vater, wie er quer über den Parkplatz schlendert. Den Reißverschluss seiner Windjacke schließt er bis hoch zum Kinn, an seinem Handgelenk baumelt eine Mappe aus speckigem Wildleder, die wir alle nur »Schwulentäschchen« nennen. Anfangs hatte mein Vater widersprochen, das sei ein »Necessaire, verdammt«. Aber unsere rheinländische Oma beharrte, sie kenne ihre Pappenheimer, bei der Paddlergilde gäb's auch so einen, janz ein lieber Kerl: »Dat is enne Schwuhledäsch!«

Ein Lastwagen schleicht vorbei, dann ist Papa am Auto, klopft mit dem Knöchel auf den Kotflügel und lässt sich auf den Sitz fallen.

»Tja, das hätten wir«, sagt er und reicht meiner Mutter das Schwulentäschchen. Sie stemmt die Füße in den Fußraum, macht sich lang und schiebt es sich unter den Pullover.

»Gut so?«

»Par-fait«, sagt er mit der manierierten Geste eines Chefkochs beim Abschmecken. Die Eltern kichern, der Motor springt an. Hinter dem Lastwagen fädeln wir uns ein und schleichen über den riesigen Parkplatz. Leise läuft das Radio. Die Finger meines Vaters trommeln über das Armaturenbrett: »Hörst du das?«, fragt er und dreht ein wenig lauter. Ich höre hin. Nachrichten. Ein General der Bundeswehr ist entlassen worden. Offenbar ist er mit einem Schwulentäschchen erwischt worden, seit Tagen gibt es kein anderes Thema.

»Papaaa«, sage ich genervt. Er weiß doch, dass mich sowas nicht interessiert.

»Ich frage nur«, sagt er vergnügt, »weil es nämlich das letzte Mal ist, dass wir Deutsch im Radio hören!«

Die rechteckige Wand des Lastwagens vor uns klappt zur Seite weg. Wir rollen geradeaus weiter, unter ein Dach, der Grenzbeamte hebt die Hand. Vater hält an und kurbelt die Scheibe herunter.

»Papiere, bitte«, sagt der Beamte und drückt sein Kreuz durch. Die silbernen Knöpfe an seiner Uniform blitzen. Papa fächert ihm unsere Ausweise hin. Der Polizist nimmt sie entgegen, weiße Handschuhe. Gemächlich spaziert er um unser Auto herum und blättert beiläufig in den Dokumenten. Dann gibt er sie meinem Vater zurück, beugt sich vor und äugt ins Innere. »Und wohin geht's?«

»In den Urlaub«, sagt mein Vater. Wenn er mit fremden Leuten redet, bekommt er manchmal eine ganz andere Stimme. Jetzt zum Beispiel verschleift er den Urlaub zum »Uahlaub«, als unterdrückte er ein Gähnen.

»Weite Fahrt, hm?«, sagt der Grenzbeamte und deutet eine Kniebeuge an. »Aber dass Sie mir die Pausen nicht vergessen!« Mein Vater lacht und verspricht, dass er die empfohlenen Pausen gewissenhaft einhalten werde. Der Beamte legt zwei Finger an den Schirm seiner Mütze. Papa lässt die Kupplung kommen und sagt mit Blick in den Rückspiegel, noch immer lächelnd: »Kannst mir mal am Auspuff schnuppern, du Volltrottel!«

Ich versuche noch, auf der Straße die exakte Linie zu entdecken, die beide Länder voneinander trennt, habe sie aber wohl verpasst. Schon sitzen dort zwei andere Beamte in einem erleuchteten Glaskasten, dunkelblaue Uniformen, und winken uns gelangweilt durch. Der Diesel beschleunigt ins Dunkel, dass es mich in den Sitz drückt. Ich stelle mir vor, in einer Rakete zu sitzen, rechts wandert wie ein blauer Planet ein Schild vorbei: FRANCE. Die Scheinwerfer der entgegenkommenden Autos strahlen gelb, nicht mehr weiß.

Mit den Zähnen zieht sich mein Vater eine weitere Gitane Maïs aus der Schachtel, und ausnahmsweise zündet sich meine Mutter auch eine davon an, obwohl sie ihr normalerweise zu stark sind.

»Weiß du, wo wir hier sind?«, fragt Papa, ohne sich umzudrehen.

»Goldene Bremm!«, rufe ich.

Er kichert wie ein Quizmaster, der es besser weiß.

»Falsch«, sagt er und stößt eine blaugraue Rauchwolke aus. »Jetzt ist es die Brême d'Or!«

Am Morgen sind die Wälder verschwunden. Ringsum begraste Kuppen, nur spärlich mit Gestrüpp bewachsen, vereinzelt stehen Baumgruppen um kleine Teiche oder längs der Bäche, aber kein Wald mehr. Den haben wir hinter uns gelassen. Das hier ist Furchenland, überall nur Äcker und Zäune, manchmal Kühe sowie, halb im Schlamm versunken, die grünfleckige Emaille alter Badewannen. Die Ausfahrten sind mit klobigen Kuben aus Plastik gekennzeichnet, manche davon schon ausgebleicht und an den Ecken gesplittert. Braune Schilder verweisen auf Festungen, Kathedralen oder Hügelgräber, von denen dann aber doch nichts zu sehen ist. Regen geht in Fahnen übers weite Land, der Asphalt ist schwarz von Feuchtigkeit, aber unsere Windschutzscheibe bleibt trocken. Nur im Gischtgestöber der Lastwagen schaltet mein Vater die Scheibenwischer ein. Auf einem Schild lese ich RAPPEL und rufe: »Vorsicht, gleich rappelt's!«, aber niemand lacht, und schon erhebt sich vor uns, die gesamte Breite der Autobahn überspannend, ein bizarres Gebäude, zackig und futuristisch wie ein Raumschiff. Wir ordnen uns ein und fahren bis zur Schranke.

»Das ist die Péage«, erklärt Papa und wirft mit ausgestrecktem Arm ein paar Münzen in einen Trichter. Die Schranke schnellt hoch, und während wir weiterfahren, geht endlich auch die Sonne über den Hügeln auf.

»Ich habe Hunger«, meldet sich meine Schwester, verschlafen: »Wo sind wir? Ich will nach Hause!«

Wir sitzen um einen fest verschraubten Tisch im Autobahnrestaurant, trinken Kakao aus Pappschachteln und fingern an Hörnchen so fettig, dass selbst die Servietten bei Berührung durchsichtig werden. Die Eltern trinken Kaffee aus dem Automaten. Ihre Brillen sind verschmiert, die Augen klein, aber sie wirken wach und vergnügt. Von den Toiletten her weht ein scharfer Geruch, ein Radio plärrt. Um uns herum mürrische Fernfahrer in Trainingshosen und andere Familien mit anderen Kindern. Vor dem Panoramafenster die Autos, viele mit Gepäck auf dem Dach. Dazwischen unser Kombi wie eine hellgrüne Barkasse, ebenfalls schwer beladen. Das T im Namen stehe für »Tourismus und Transport«, erzählt Papa, und dass der Diesel nur wenig mehr als zehn Liter verbraucht. »Sieht aus wie eine Spießerkarre, ich weiß. Aber zur Not können wir sogar darin schlafen!«

»Ich will nicht im Auto schlafen«, sagt meine Schwester finster. Ihre Haare liegen dort, wo sie sich angelehnt hatte, noch platt am Kopf. »Ich will nach Hause!«

»Müssen wir nicht in die Schule?«, frage ich und hoffe, dass wir nicht in die Schule müssen. Dabei habe ich sogar die lateinische Grammatik eingepackt, Homer und den Weltatlas von Diercke.

Papa lächelt nur in sich hinein, Mama sagt: »Schulen gibt es auch in Frankreich, Schatz.«

»Das heißt, wir gehen auf eine neue Schule?«

»So ist es«, sagt mein Vater. »Auf eine richtig gute Schule, diesmal.«

»Ist das Gymnasium keine gute Schule?«

»Nicht gut genug für meinen Sohn!«

»Und meine Lehrer, wissen die das? Habt ihr denen das gesagt?«

Mama verdreht die Augen, Papa sagt: »Aber natürlich! Ich war beim Direktor. Verehrter Herr Oberstudienrat, habe ich gesagt, unsere Vermögensverhältnisse haben sich geändert. Und deshalb ist unser Lebensmittelpunkt im Begriff, sich südwärts zu verschieben. Ihr Einverständnis vorausgesetzt, würde ich meinen Sohn an dieser Veränderung teilhaben lassen wollen und ihn an einer Schule anmelden, auf der ihm die Sprache unserer neuen Heimat beigebracht wird.«

»Das hast du gesagt?«, frage ich ungläubig.

»Aber ja. Der Direktor hat mir seine Hand auf die Schulter gelegt und gemeint, er würde uns gerne eine so wichtige Erlaubnis erteilen. Allerdings fiele ihm die Entscheidung gewiss leichter, wenn …« Papa verstummt und reibt Daumen und Zeigefinger aneinander.

»Was? *Das* hat er gesagt? Dass er Geld will?«

»So hat er sich nicht ausgedrückt. Er sagte irgendwas Lateinisches, pecunia non olet. Und etwas Persisches. Bakschisch. Es hat eben jeder seinen Preis.«

Mama kichert und knufft Papa in die Seite. »Das ist Quatsch, mein Großer. Lass dich nicht veräppeln. Wir können natürlich machen, was wir wollen. Und wir machen das, weil es das Richtige ist, stimmt's?«

Mein Vater nickt. Es gehe darum, dass seine Kinder echte Franzosen würden. »Südfranzosen, um genau zu sein. Das ist schon ein sehr spezieller Dialekt. Hier zum Beispiel habe ich kein Hörnchen, sondern ein Croissant in der Hand. Pain au chocolat, sagt der Gallier. Auf Südfranzösisch bestellst du einfach ein pain choc.«

»Peng! Schock!«, wiederholt Jeany und lacht.

Ich denke an meine Freunde und daran, dass ich mich gar nicht verabschiedet habe. Dass ich mich von niemandem verabschiedet habe. Dass niemand überhaupt weiß, dass ich weg bin, wirklich *weg*. Ich stelle mir meinen Stuhl in der Schule vor und frage mich, ob der für mich freigehalten wird, nur für alle Fälle. Als ein Junge aus der 6b damals im Eis auf dem Gelterswoog eingebrochen und ertrunken ist, blieb dessen Stuhl auch das ganze restliche Jahr unbesetzt.

»Was ist das für eine neue Schule?«, frage ich.

Papa zuckt mit den Schultern. »Wir werden schon eine finden. Heute Abend sind wir da, dann sehen wir weiter.«

»Wohin fahren wir in den Urlaub?«, fragt Jeany zerstreut.

»Wohin du willst«, sagt mein Vater und zückt die Karte mit dem lustigen Männchen von Michelin. Er faltet sie auseinander, wischt die Krümel vom Tisch und breitet sie aus. Die atlantische Seite von Frankreich hängt über den Rand.

»Wir sind … hier!«, sagt er und legt den Zeigefinger auf einen Punkt zwischen Dijon und Lyon. »Wir wollten doch nach Süden, oder? Und jetzt fahren wir nach Süden. Wo ist Süden?«

Jeany beugt sich über das bunte Gewirr aus Namen und Straßen. Himmelsrichtungen hat sie im Kindergarten gelernt, das macht ihr Spaß. Papa zeigt ihr, wo wir gestartet sind, und nun fährt sie mit ihrem Finger in gerader Linie nach unten, immer die Faltkante entlang, bis am großen Blau alle Straßen enden.

»Da ist Süden.«

»Richtig!«, sagt Vater und liest mit schief gelegtem Kopf. »Nizza. Warum nicht? Mal sehen. Hm, leider können wir nicht direkt dort hinfahren, weil die Berge dazwischen sind.« Er streicht mit der flachen Hand über die Alpen. »Deshalb, schau, weichen wir in einem weiten Bogen nach Westen aus, so, und sind dann heute am Abend in … Nizza? Okay, Nizza.«

»Ich würde lieber nach Saint-Tropez«, sage ich, um auch etwas beizutragen.

»Monaco!«, wirft Mama ein und fügt als hinreichende Begründung hinzu: »Grace Kelly!«

»Menno«, motzt Jeany. »Ich will nach Nizza. Wir hatten doch gesagt Nizza, oder? Nizza, Pizza. Das reimt sich!«, ruft sie und fügt in krähender Pumuckl-Stimme hinzu: »Und was sich reimt, ist gut!«

Papa pflichtet ihr bei. »Wir fahren hier die Autoroute du Soleil hinunter, das ist die Autobahn der Sonne. Dann links ab an die Côte d'Azur. Dort nehmen wir uns heute Abend eine

Ferienwohnung. Und schauen in Ruhe, wo es uns am besten gefällt.«

»Wo ist Kotasür?«, fragt meine Schwester.

»Das alles hier«, sagt Papa und malt mit den Fingern die Küste im Süden nach. »Côte d'Azur heißt so viel wie himmelblaue Küste. Und wenn ihr einen Segelschein macht«, sagt er und fährt mit der Hand großflächig über die hellblaue Fläche südlich der Küstenlinie, »dann könnt ihr das alles hier auch erkunden!«

»Und da machen wir Urlaub? Toll!«, freut sich Jeany, klemmt schnell ihre Stoffschlange zwischen die Ellbogen und klatscht in die Hände. Die Eltern wechseln lächelnd einen Sollen-wir's-ihr-sagen?-Blick.

»Naja … Urlaub«, druckst Papa und erklärt: »Ich würde es sehr, sehr lange Ferien nennen. Wie findet ihr das?«

Ich finde das toll, so hatte ich es mir ausgemalt. Jeany klatscht, die Schlange nickt. Mama strahlt uns an, und dabei sind ihre Augen ganz starr. Papa lehnt sich zurück und legt die Hände hinter den Kopf.

»D'accord, beschlossen. Wer zuerst das Mittelmeer sieht, der hat gewonnen und darf sich etwas wünschen!«

Beim Verlassen der Raststätte gehen wir an dem Regal mit den Kaugummis vorbei. Hier heißen sie nicht »Wrigley's« oder »Hubba Bubba«, sondern »Hollywood«. Es gibt sie in allen Geschmacksrichtungen, Erdbeere und Pfefferminze. Kanariengelb leuchtet mich Zitrone an. Ich habe noch nie Kaugummi mit Zitronengeschmack probiert, greife mir eine Packung und sehe mich nach den Eltern um. Die sind schon weitergegangen, Vater steht an der Tür und hält sie mir auf. Ich renne auf ihn zu und zeige ihm die Packung in meiner Hand.

»Papa, darf ich die haben?«

Er dreht sich um, seine Blicke huschen forschend durch den Raum.

»Klar, steck ein! Aber mach schnell. Jetzt!«

Ich schiebe sie in die Hosentasche und folge ihm mit glühenden Wangen nach draußen. Niemand ruft, niemand folgt uns. Die Zitrone explodiert in meinem Mund und zieht mir die Plomben aus den Zähnen. Peng Schock!

Lyon unterqueren wir in einer Autobahnschlucht, über himmelhohen Wänden aus Beton erheben sich gründerzeitliche Häuserreihen. Berufsverkehr, es stockt. Ich beobachte die Leute in den Wagen ringsum und denke: Franzosen, das sind alles Franzosen. Manche bohren in der Nase, andere rauchen. Jeany winkt, und die Franzosen winken zurück. Sie sehen nicht wesentlich anders aus als Deutsche, aber ein wenig schon. Vielleicht bilde ich mir das aber auch nur ein.

Auf halber Höhe kreuzt eine Eisenbahnbrücke. Wie ein blauer Lindwurm aus Stahl und Glas kriecht ein TGV darüber hin, Anfang und Ende des Zuges stecken jeweils noch im Tunnel. Er könnte schneller fahren, aber er tut es nicht und gleitet majestätisch vorüber. Papa kurbelt sogar das Schiebedach auf, damit ich ihn mir länger anschauen kann. Ein TGV ist etwas, das man nur in Frankreich sehen kann.

Südlich der Stadt dreht Papa wieder das Radio auf, und wir singen alle zusammen ein Lied, das »La Mambo Maladie« heißt. Mambo, Mambo, Mambo. In Deutschland habe ich das noch nie gehört. Hier läuft es jede Stunde einmal, und bald kennen wir den Text auswendig, ohne ihn zu verstehen. Aus überholenden Wagen schauen die Beifahrerinnen herüber, sehen uns singen und lächeln. Wenn nicht »La Mambo Maladie« läuft, kommen Verkehrsnachrichten, dann dreht Papa leiser. Franzosen unterhalten sich über irgendwelche französischen Themen.

»Warum schimpfen die Leute so?«, fragt Jeany.

»Die schimpfen nicht«, sagt mein Vater, »die reden über ihren Präsidenten. Das ist der Chef in diesem Land, und die Franzosen sind sehr stolz auf ihn.«

»Ich dachte auch, dass die schimpfen«, wirft Mama ein und verteilt Bananen und Erdnüsse und Frikadellen aus Tupperdosen.

Mittags ist es, als führen wir wirklich direkt ins Licht, die Eltern haben die Sonnenblenden heruntergeklappt. Erstmals bemerke ich den dunkelgrünen Streifen, der auf wundersame Weise in den oberen Rand der Windschutzscheibe eingeschmolzen ist und das Licht abtönt. Alle Fenster bleiben einen Spalt offen, da zieht der Zigarettenrauch besser ab nach draußen. Dort wandeln sich die Dinge. Etwas Unbestimmtes geschieht mit der Landschaft, so schleichend, wie Gestirne sich bewegen. Wenn man es fixiert, steht es still. Wenn man es aber eine Weile nicht beachtet, ist plötzlich alles verändert. Eben noch wirkten die Dörfer am Rande der Autobahn wie in Deutschland. Grauer Putz, Eternit, Glasbausteine und unverputzte Ziegelwände, die sich um schlanke Kirchtürme drängen. Jetzt sind die Häuser flacher, eleganter, auch die Dachziegel in erdigem Braun. Sogar die Kirchtürme sind eckiger, wie Wehrtürme, als dienten sie hier einer anderen Religion. Papa sagt, das sei eben der provenzalische Stil und ein Zeichen dafür, dass wir in den Süden kommen. Auf dem Mittelstreifen der Autobahn büschelt in einer kilometerlangen Reihe der Lavendel und wartet auf seine Blüte. »Lavendel«, sage ich leise. »Lavendel.«

Die Route folgt einem schlammbraunen Fluss, und Jeany ruft: »Der Rhein, der Rhein!«, aber Vater korrigiert, das sei die Rhône, und die Rhône sei sowas wie der französische Rhein.

Am späten Nachmittag fahren wir entlang einer Oberleitung. Eine dünne schwarze Linie, die einen bauchigen Bogen abwärts beschreibt und dann aufwärts schnellt, hinauf zum Mast, bevor sie wieder die Kurve nach unten macht. Ein ruhiger Rhythmus. Dahinter ein weiterer Streifen, akkurat waagerecht und flirrend, wie platt gedrücktes Silber zwischen fernen Hügelkämmen und einem rosafarbenen Himmel. Schon streckt Jeany, obwohl die Eltern uns das verboten haben, beide Hände aus dem Seitenfenster.

»Da! Das Meer! Gewonnen!«

»Na, toll! Und was wünschst du dir?«, fragt Mama.

»Ich wünsche mir, dass wir wieder nach Hause fahren!«

Zuletzt folgen wir einer engen Küstenstraße, es ist wieder dunkel geworden, da öffnet sich vor uns die glitzernde Sichel einer Bucht. Ich denke an diese komischen kleinen Schilder, die im Pfälzerwald auf jeder Kuppe stehen, soundso viel »Meter über NN«. Hinter einem Spalier aus zerzausten Palmen erstreckt sich jetzt rechts die fahle Fläche des Strandes vor vollkommener Schwärze. Normalnull. Der Ort heißt Golfe Juan.

»Voilà«, sagt Papa, fährt rechts ran und stellt den Motor ab. Er steigt aus und streckt sich, ich höre seine Gelenke knacken. Die Luft ist warm und feucht. Ein Moped düst vorbei. Es klingt anders als die Mopeds zu Hause, als würde es von einer Düse statt von einem Verbrennungsmotor angetrieben. Ein milchiger Mond hängt am Himmel. Ein Loch, durch das Licht hineinfällt in die Welt. Falter wirbeln im gelben Kegel einer Laterne.

»Hört ihr das?«, fragt Vater von draußen.

Wir hören das. Ein mächtiges Ein- und Ausatmen, unregelmäßig, wo der Strand sein musste. Dazu vom Hafen das verhaltene Geklingel und Gegluckse der Boote in ihrem schwankenden Schlaf.

Riviera

»On y va!«, brüllt der Pilot, und dann braust hinter mir dieser Rasenmähermotor auf. Der Zweitakter treibt einen Propeller an, der wie ein Ventilator in einem Drahtkäfig rotiert. Der jähe Schub presst mich in den Liegesitz. Ich wusste, dass das kommen würde, und klammere mich doch erschrocken an die Lehnen. Meine Brille rutscht auf die Nasenspitze, so robust rattern wir über die Wiese. Ich beiße die Zähne zusammen, damit sie nicht klappern. Mein Platz ist zwischen den Beinen des Piloten, leicht nach unten versetzt. Seine Hosenbeine flattern. Unser Benz wirkt wie ein Spielzeugauto neben dem Schild, das wir von der Straße aus gesehen hatten und auf dem für Rundflüge über die Bucht geworben wird. Das Gras verschwimmt zu einem Streifen, so auch die Pappeln am Rande des Feldes. Fahrtwind kommt auf und greift in die rote Plastikplane über meinem Kopf, den Flügel des Ultraleichtflugzeugs.

Mit einem Knall spannt sich die Konstruktion, bleiben die brutalen Stöße aus – und wir gehen steil in die Luft. Hinter der Pappelreihe auf einmal die Straße, darauf gleiten Autos dahin, als ob nichts wäre. Dabei fliege ich. Ich fliege!

Der Pilot kippt die Steuerstange, und unser Gefährt klappt seitlich über die Straße hinweg zum Meer. Unter mir die Gischt, zuerst detailliert, dann wie schraffiert über blauer Dunkelheit. Wir steigen weiter. Möwen tanzen vorüber, der Motor mäht. Im panoramischen Suchbild kann ich das Flugfeld schon nicht mehr erkennen, so hoch sind wir jetzt. Mehrspurige Straßen sind zu Schleifchen gebunden, auf deren Bögen sich winzige Punkte bewegen. Im Dunst der Distanz sitzt, streng und wie auf gleicher Höhe mit unserem Flieger, der Saum der Alpen. Ein zerknüllter Kontinent. Nach Süden ist alles Meer, geteilt vom Fahrwasser einer Fähre. In der Ferne, irgendwo bei Korsika, lehnen adipöse Wolken über dem Horizont wie über einer Brüstung. Mir schmerzen die Finger, so sehr kralle ich mich fest. Meine Augen tränen vom Fahrtwind, der süß riecht und salzig schmeckt. Hin und wieder spielt eine Böe mit unserem Gefährt, ich spüre es im Bauch. Das Mähen ist nicht gleichmäßig, es schwankt, und das macht mir Angst.

Der Pilot tätschelt meine Schulter, das macht mir auch Angst. Sollte er nicht besser die Steuerstange festhalten?

Er tätschelt weiter. Jetzt höre ich, dass er etwas ruft. Ganz nah bei meinem Ohr. Ich wende den Kopf, da sitzt er über mir und grinst und fuchtelt. Was will er? Er will offenbar, dass ich die Steuerstange halte. Er will, dass ich *selbst* fliege.

Ich schüttle den Kopf.

Er nickt.

Ich schüttle heftiger.

Er nickt, als wollte er mir etwas Gutes tun, und greift nach meinem Oberarm.

Ich *kann* nicht fliegen, ich *will* nicht fliegen. Ich reiße mich los, und unser Gleiter macht einen Hüpfer. Um ihn auszubalancieren, greift der Pilot wieder mit beiden Händen nach der Stange. Sie stecken in Handschuhen, wie Bauarbeiter sie tragen. Wieder ruft er etwas, und ich ziehe den Kopf zwischen die Schultern. Er soll mich in Ruhe lassen und lässt mich in Ruhe, und damit entschleunigt sich endlich mein Puls.

Je höher wir steigen, desto langsamer scheinen wir zu fliegen. Bald ist es, als stünden wir still am Himmel wie ein Drache. Ich lasse kurz die Lehne los, richte meine Brille, greife wieder nach der Lehne. Sie ist aus Plastik und schon ganz rutschig von meinem Schweiß. Mein Blick fällt auf meine Schuhe, die ganz nah sind. Der Wind fährt durch sie hindurch, als wäre ich barfuß. Gestern hat Mama sie mir gekauft, weil meine alten dänischen Lederschuhe weiche Sohlen aus Kautschuk hatten, der auf dem heißen Asphalt festklebte und dort Fäden zog. Außerdem waren mir die Schuhe zu klein, meine Zehen sind schon krumm gewachsen. Jetzt trage ich Espadrilles aus dunkelblauem Stoff, durch die der Wind weht, ultraleicht.

Wie auf einer Drehscheibe rotiert unter meinen Füßen die ganze französische Riviera bis hinüber zur italienischen Grenze. Was sonst hinter dichten Hecken verborgen ist, hinter Bruchsteinmauern und wildem Wein, hinter freundlich getünchten Wällen, in deren Kronen grobe Glasscherben glitzern – von hier oben liegt alles offen. Villa neben Villa, deren Gärten aneinandergrenzen wie paradiesische Kleinstaaten in einem Geflecht aus Serpentinen. Dicht an dicht wie die Anzeigen im Immobilienteil der *Nice-Matin*, um die Vater seit Tagen in unserem Appartement am Hafen seine Kugelschreiberkringel malt. Sonnenschirme in allen Farben, wie mit dem allerfeinsten Pinsel auf Terrassen getupft. Und Pools. Runde, eckige, nierenförmige, sternförmige Flecken, in denen sich das Sonnenlicht verfängt wie in Splittern von Lapislazuli oder Türkisstein. Alles, wovon die Eltern träumen, dort liegt es unter mir in der Sonne. Es ist nichts Ungefähres, es ist zum Greifen nahe. Zum Hineinstürzen nahe. Schon hat sich das Gekräusel des Wassers wieder zu einzelnen Wellen entflochten, die Berge haben sich hinter den Horizont geklappt, die Pappeln recken sich aus dem Boden. Vor mir die Landewiese mit ihren Schlaglöchern. Der Flieger segelt schwankend darauf zu und setzt auf, einmal, zweimal, dann rollen wir holterdipolternd aus.

Ich löse den Gurt und klettere aus der Liege, meine Knie sind aus Schaumgummi. Vater zählt dem Piloten aus seiner Hosentasche ein paar Scheine in die Hand, während meine Schwester quengelt, sie wolle auch, das sei gemein. Mutter wedelt strahlend mit einem Fächer aus Polaroids.

»Ich habe alles fotografiert!«

Tatsächlich, hier steht klotzbäuchig ein dicker Dreizehnjähriger in rotem Trainingsanzug neben einem Gefährt von libellenartiger Zerbrechlichkeit. Und dort, ein winziger Punkt ganz oben am Himmel, es könnte auch ein Fussel auf der Linse sein.

Golfe Juan

Und dann explodiert im Himmel über der Bucht eine Blume. Lautlos dehnt sie sich zu einer filigranen Kugel aus, grellgelbe Stängel tasten sekundenschnell in die Dunkelheit und stürzen hinab, der eigenen zitternden Spiegelung auf dem Wasser entgegen. Als wir auf unserer Terrasse den Knall hören, ist die Blume schon wieder verblüht.

Davor steht Vater mit seiner Sektflöte und prostet uns zu. »Kinder, Kinder! Und das war erst der Anfang!«

Von unserem neuen Zuhause in den Hügeln haben wir tagelang beobachten können, wie schwere Flöße hinaus in den Golf von Juan geschleppt und dort verankert wurden. Eine ganze Kette rechteckiger Pontons, auf denen Reihen von Tonnen installiert wurden. Plakate für das »Festival Feu d'Artifis« hingen seit Wochen an jeder Bushaltestelle und jedem Trafohäuschen in Golfe Juan, eine echte Attraktion. Kein normales Feuerwerk, hieß es, ein Feuerwerk der Weltmeister. Jetzt scheint es, unter dem gelben Halbmond, als habe sich die komplette Küste dort unten versammelt – auf den Straßen und auf Plätzen, am Strand, auf Dächern und sogar auf Booten, die in respektvollem Abstand zu den Pontons halbkreisförmig im Dunkel liegen. Wir haben einen Logenplatz.

Noch vor zwei Monaten ist unser Heim eine von vielen umkringelten Anzeigen in der *Nice-Matin* gewesen. An einem einzigen Wochenende sind wir die Häuser auf Vaters Liste der

Reihe nach abgefahren. Er hatte eigens seine Manschettenknöpfe angelegt und Mutter ihr teures Parfüm aufgetragen, denn »der erste Eindruck zählt«. Fahrige Immobilienmakler führten uns durch paradiesische Winkel, üppige Gärten und schattige Gemäuer. Ich hätte in jedes dieser Häuser einziehen mögen. Meiner Schwester ging es ähnlich, sie strampelte und weinte jedes Mal, wenn wir uns nach flüchtiger Besichtigung wieder verabschiedeten. Den Eltern aber waren diese Anwesen in den Tälern immer zu entlegen. Sie suchten keine verwunschene Pracht im Verborgenen, sondern Pracht, die offen zutage lag, den Blick in die blaue Weite. »Es heißt schließlich *Côte* d'Azur, und nicht Hinterland d'Azur«, sagte Vater, und Mutter pflichtete ihm bei: »Ich bekomme Atemnot, wenn ich noch einmal in den Wald muss. Es kommt nicht darauf an, wo man sitzt. Es kommt darauf an, was man von dort sieht!«

Der letzte Termin auf der Liste war eine Villa im Chemin de l'Aube in den Hügeln über Golfe Juan, nur fünf Minuten von der Urlaubswohnung entfernt, die wir am Hafen gemietet hatten. Noch auf dem Parkplatz empfingen uns die Eigentümer mit herzlichen Wangenküssen, als wären wir alte Bekannte. Mich irritierte diese Abschlabberei. Nie wusste ich, welche Wange ich zuerst hinhalten sollte. Jeder Begrüßung ging ein taubengleiches Kopfnicken voraus, bei dem sich im schlimmsten Fall sogar die Nasen berührten. Einerseits. Andererseits waren das peinliche Situationen, deren gemeinsames Durchleiden auch fremde Menschen sogleich miteinander vertraut machte. So hakte die Dame des Hauses sich sofort plappernd bei Mutter unter, um sie in den Garten zu »entführen«.

Vater stand, die Hände in den Hosentaschen, mit dem Hausherrn beisammen, der ihm den Arm um die Schultern legte und ihn ins Vertrauen zog. Er sei in Paris für den Vertrieb von Generatoren und Außenbordmotoren einer japanischen Firma verantwortlich; weil er das H in »Honda« nicht aussprechen konnte, nannten wir ihn später nur »Monsieur 'onda«. Nun müsse er in dieser Funktion für zwei Jahre in den Senegal ziehen, um dort das Geschäft in Westafrika aufzuziehen. Leider sei ihm kurzfristig der Nachmieter für die Villa abgesprungen. Man könne sich auf die Leute einfach nicht mehr verlassen, vor allem Makler seien Pusteln am Allerwertesten der Société, n'est-ce pas? Er redete sich regelrecht in Rage über die »Ganoven und Banditen«, die ihm das Leben schwer machten. Vater blickte ernst auf den Boden und brachte dann einen leisen Witz an, den ich nicht verstand. Monsieur 'onda lachte hell auf und klopfte meinem Vater so herzhaft auf den Rücken, dass der sich scherzhaft wegduckte. Es war, als würden die Männer sich schon seit Ewigkeiten kennen.

Pernod oder Pastis?

Aus Alkohol machte Papa sich nichts. Wenn er mal trank, dann nur zu feierlichen Anlässen oder in Gesellschaft von Leuten, von denen er nicht wollte, dass sie ihn für einen trockenen Alkoholiker hielten. Er trank aus taktischem Kalkül, sozusagen. Jetzt zog er sich auf einen Pernod mit Monsieur 'onda ins Wohnzimmer zurück. Ein gutes Zeichen.

So fand ich mich alleine mit dem Sohn der Familie auf der Terrasse. Um den Schädel trug der Junge, der einen sehr ernsten Eindruck machte, einen dick wattierten Verband. Ich hätte gerne gewusst, was es damit auf sich hatte. Der Junge sagte etwas auf Französisch, das ich nur am Klang als Frage erkannte. Ich schüttelte bedauernd den Kopf und wiederholte den Satz, den Papa mir für diese Fälle beigebracht hatte.

»Schö swi allmoh. Schö nö komproh pah«, mit butterweichem sch und genäseltem ah und oh. Der Junge deutete auf meinen Daumen und wiederholte seine Frage: »Eh bien, que s'est-il passé?«

»Ein Unfall«, sagte ich auf Deutsch und dann, zur Sicherheit, gleich noch einmal auf Lateinisch: »Accidens!«

»Ah bon, un accident! C'est *kaputt*, ne c'est-pas?«

»Oui, kaputt!«, rief ich erleichtert. Mit Latein ging es.

»Et tu, quoque?«, fragte ich zurück und verkniff mir gerade noch rechtzeitig das »Brutus« am Ende. Der Junge verstand, legte die Hände wie zum Lauschen an seinen Kopf. Mit den Fingern formte er eine Schere und fuhr sich damit über die Schläfen. Dann legte er wieder die Hände an den Kopf, diesmal flach. Ich entnahm der Pantomime, dass er sich seine Segelohren hatte richten lassen – daher also der Verband. Klar. Mit Geld ging alles, sogar Ohrenanlegen.

»Tu comprends?«

»Wü, schö komproh«, und erstmals fürchtete ich mich nicht mehr vor der Sprachbarriere. Das würde ich schon hinbekommen, notfalls mit römischer Unterstützung.

Der Junge deutete hinaus auf die Bucht, wo, mit bloßem Auge gerade noch erkennbar, ein Objekt auf dem Horizont hockte wie ein flacher Eisberg.

»Clemenceau«, sagte er und ließ von seinem Handrücken pantomimisch Flugzeuge starten.

»Ah, ein Flugzeugträger«, rief ich, weil ich die *Clemenceau* als Modellbausatz schon kannte, und der Junge lachte über das Wort: »Vlügzöcktreigör!«

Mit dem Arm beschrieb er einen weiten Bogen, der das ganze Panorama umfasste, von der flirrenden Hitze über dem fernen Häusermeer von Nizza bis zu den ockerfarbenen Felsen ganz vorn am Cap d'Antibes. »Je vais manquer tout ça«, sagte er, und diesmal verriet mir der wehmütige Klang des Satzes, was er meinte. Die Aussicht war wirklich von unwirklicher Schönheit, farbensatt wie ein Plakat aus den Fünfzigerjahren, eine unverrückbare Aufforderung zum Glücklichsein. Der Junge seufzte tief. »Mais peut importe … viens avec moi!«

Ich folgte ihm zum Geräteschuppen, wo er mich an der Tür warten ließ, »Attends!«, um alleine durchs Gerümpel zu stelzen. Er griff hinter einen rückwärtigen Balken und brachte etwas Schwarzglänzendes zum Vorschein, mit einem matten Schaft aus Holz. Ich erkannte das Ding als Luftgewehr, nachdem er den Staub heruntergepustet und es mir mit Nachdruck in die Hand gelegt hatte.

»Mais il faut tirer!«, mahnte er und überreichte mir eine Pappschachtel mit goldenen Patronen. Dann streckte er die Hand aus und krümmte den Zeigefinger. »Tirer, compris?«

Erst als ich nickte, ja, ich würde darauf aufpassen und von Zeit zu Zeit damit schießen, legte er das Gewehr an seinen Platz zurück: »Bon.«

Und als wir gemeinsam aus dem Schuppen in die Sonne traten, schüttelte draußen gerade Monsieur 'onda meinem Vater die Hand: »Bon!«

Plötzlich ein Schrei, unten aus dem Garten. Mama spurtete über die Wiese hinter meinem kleinen Bruder her, der auf allen Vieren dem glitzernden Pool entgegenkrabbelte. Sie erwischte ihn knapp vor dem Rand und riss ihn schwungvoll hoch. Vor Schreck brach er in Tränen aus.

Vom Parkplatz am Hang sieht man zunächst nur das Dach. Der Eingang liegt zu ebener Erde und führt direkt in den ersten Stock. Dort empfängt einen ein Wohnzimmer so groß, dass man darin einen Billardtisch aufstellen könnte und eine Tischtennisplatte daneben. Gläserne Schiebetüren saugen den Blick sofort hinaus auf die Veranda, wo sich Sonnenschirme über Kacheln aus Terrakotta spannen. Im unteren Stockwerk gibt es mehr Zimmer, als wir brauchen. Jeany und ich beziehen benachbarte Räume unter der Terrasse. Zunächst lässt meine Schwester, die so viel Platz gar nicht gewohnt ist, sich in ihrem Wandschrank häuslich nieder. Er ist so geräumig wie eine Schiffskajüte und riecht nach Spänen und Politur. In einer rückwärtigen Kammer ohne Fenster liegen unsere einst prallen Taschen und Koffer schlaff und nutzlos wie abgelegte Schlangenhäute unter einer nackten Glühbirne auf dem Boden. Mama freut sich besonders über den vollverchromten Herd, ein Altar in der Mitte der Küche. Seine spiegelglatte Oberfläche scheint aus schwarzem Glas zu bestehen. Schaltet man ihn ein, erstrahlt in seinem Inneren ein roter Kranz aus Hitze. Das sei ein »Introduktionsherd oder so, aus der Weltraumforschung«, meint Papa gelesen zu haben. Die Gartenhütte ist bis unters Krüppelwalmdach vollgestellt mit Rasenmähern, Rohren, elektrischen Schneidewerkzeugen, Körben, Schubkarren und einer fast militärischen Auswahl an Schaufeln, Spitzhacken und Rechen. Alles nötig, um den Garten zu bändigen. Üblich wäre ein professioneller Gärtner, aber Mama will die Sache selbst in Angriff nehmen. Im oberen Bereich spendet ein Hain aus Palmen einer Sitzgruppe mit Außengrill Schatten. Von dort führt eine Treppe mehrere Terrassen hinab zum Pool, vorbei an Zitronenbäumen, Agaven, Rasenflächen und Kakteenfeldern. Auf dem

Wasser ruhen reglos und wie zerbrechliche Spielzeugkähne Rosen- und Hibiskusblätter. Wenn die Umwälzpumpe anspringt, fahren sie langsam im Kreis.

Und jetzt ist der Himmel über unserem neuen Zuhause eine abgedunkelte Bühne, auf der Blumen explodieren und verblühen und wieder explodieren und verblühen. Jeany ist auf der Hollywoodschaukel eingeschlafen, ihre Schlange auf dem Schoß. Ich hocke im Schneidersitz daneben und rühre mich nicht. Alles fühlt sich rund und weich und richtig an. Die Eltern lehnen vorne am Geländer. Ich beobachte sie, wie sie das Feuerwerk beobachten. Er hat den Arm um ihre Hüfte gelegt und sie ihren Kopf an seine Schulter. Ganz still stehen sie da, ihre Körper eine einzige Silhouette vor dem bunten Gewitter des finalen Crescendo. Nun stellt Mama sich auf die Zehenspitzen und flüstert Papa etwas ins Ohr. Noch während sie spricht, beugt er sich herab und küsst sie.

»Das hast du gut gemacht«, sagt sie.

»*Du* hast es gut gemacht«, korrigiert er sanft.

»Aber ich habe ein mulmiges Gefühl«, sagt Mama.

»Haben wir nicht alles gemeinsam besprochen?«, fragt Papa und hält Mama an den Schultern prüfend von sich weg.

Sie lächelt. »Ich meine den Pool, mein Herr Monsieur. Der macht mir Sorgen, weil unser Kleiner doch nicht schwimmen kann.«

Vater bläst die Backen auf und blickt über die steinerne Brüstung ins Dunkel, wo der Pool plätschert. »Ich ziehe einen Zaun darum, damit nichts passiert«, sagt er. »Oder ich besorge ihm ein paar Schwimmärmel. Mach dir keine Gedanken, ja?«

Sie nippen an ihren Sektflöten und schauen weiter in den nächtlichen Himmel, der nach dem reinigenden Feuerwerk nur noch vollkommener wirkt. Irgendwann hebt Vater Jeany aus der Hollywoodschaukel und trägt sie nach unten. Ich greife nach ihrer Schlange mit den angenähten Augen und laufe hinterher. Im Flur biege ich ins Badezimmer ab, quetsche Zahnpasta auf die Bürste und setze mich aufs Klo. Pfeifend kommt Vater herein, dreht den Wasserhahn auf, öffnet seinen Hosenschlitz und pinkelt ins Becken.

»Waff ma'en wir jeff?«, frage ich, mit Schaum im Mund.

»Was meinst du?«

Ich lasse den Schaum aus meinem Mund zwischen den Schenkeln hindurch in die Schüssel tropfen: »Wo das Geschäft geklappt hat und wir hier sind: Was machen wir jetzt?«

»Erst schicken wir euch auf die Schule, und dann …«

»Und wenn das Geld alle ist?«, erkundige ich mich. Ich möchte, dass Vater merkt, dass ich mich auch für seine Sachen interessiere, für ernste Sachen. »Wie viel Geld haben wir denn überhaupt?«

Papa zieht den Reißverschluss hoch und lässt das Wasser weiterlaufen. »Keine Sorge, mein Großer, wir haben einen Arsch voll Geld.«

Was, frage ich mich, ist »Arsch« überhaupt für eine Maßeinheit? Sind Ärsche geräumig, wie der Geldspeicher von Dagobert Duck? Und wessen Arsch eigentlich? Oder ist es deshalb ein Arsch, weil die Summe so hoch ist, dass es schon ordinär ist? Wie unterscheidet sich »ein Arsch voll Geld« von einem »verdammten Vermögen«? So hänge ich meinen Gedanken nach, während Vater ein wenig Wasser in der hohlen Hand sammelt und damit das Becken sauber spritzt.

»Was hast du eigentlich diesem Monsieur 'onda erzählt, Papa?«

»Nichts, wieso? Der muss nichts wissen.«

»Ich meine, als wir das Haus besichtigt haben. Der war doch so aufgeregt und hat über Ganoven geschimpft, weißt du noch? Was hast du ihm da gesagt?«

Vater trocknet sich die Hände ab. »Ich habe ihm gestanden, dass der größte Ganove gerade vor ihm steht.«

Er prustet und grinst sein Spiegelbild an. »So, und jetzt kommst du!«

Sophia Antipolis

Selbst auf der Fahrt zur Schule schaut mir das Meer über die Schulter. Blau zittert es in den Rückspiegeln meines neuen Mopeds. Es hätte auch einen Schulbus gegeben, aber Vater hat sich nicht »lumpen« lassen, wie er sagte. Gleich nach der Anmeldung auf der Schule durfte ich in einem Laden eine Probefahrt machen. Die schwarzrote Piaggio mit Gussrädern erschien mir plötzlich als das aufregendste *Ding*, das ich jemals gesehen hatte. Ich war nur Fahrräder gewohnt und staunte über das Gewicht, als ich das Gerät auf die Straße schob. Und dann staunte ich noch mehr über meine Macht, dieses Gewicht durch eine leichte Drehung am Gasgriff in Bewegung setzen zu können.

Seitdem hat das Glücksgefühl nicht mehr nachgelassen, dieses elektrische Rieseln das Rückenmark hinunter. Jeden Morgen trägt mich die Piaggio durch die Hügel, vorbei an Einfahrten und Ausfahrten und Hecken, hinunter nach Vallauris, wo es morgens schon nach Kaffee und Croissants riecht und Cabrios in zweiter Reihe vor den Boulangerien und Patisserien parken, Peng Schock einkaufen, durch den Kreisel und unter der Autobahn hindurch in ein sprinklerbesprühtes Arkadien voller Teiche und Auen, auf weiches Grün gebettete Blickachsen rechts und links der Straße, wo ich vorsichtshalber das Visier herunterklappe, um nicht von einem verirrten Golfball getroffen zu werden, bis ich, kurz vor acht Uhr, endlich auf dem Parkplatz vor der Schule das Moped auf den Ständer hebe. Voilà.

Hinter der Schranke beginnt eine andere Welt. Was mir am ersten Tag wie ein Garten vorgekommen ist, erweist sich als lockerer Campus aus Internat, Mensa, Sportplatz, Schwimmbad, Kino – alles verbunden durch geschwungene Wege unter Pinien. In flachen Gebäuden zerstreut sich der »complexe scolaire« von Sophia Antipolis in die Lieblichkeit der Landschaft. Im Sekretariat wurde mir bei der Einschulung der einzige Mensch hier vorgestellt, der ein wenig Deutsch spricht. Er heißt Maciek, kommt aus Polen und soll mir alles zeigen. Seine Nägel sind abgekaut, er ist blass und hat Pickel auf der hohen Stirn unter den schwarzen Haaren. Er spricht halblaut und gleitend, als kämen seine Worte auf einem fahrbaren Untersatz angerollt. So, dass man seine Absichten nicht erkennt.

Wenn Leute sich nach meiner verstümmelten Hand erkundigen wollen, bringen sie in der Regel zunächst eine hastige Vertrautheit ins Gespräch, bevor sie nach einleitenden Worten angedeuteter Anteilnahme endlich mit der Frage rausrücken. Maciek nicht. Er fragt unumwunden, noch auf dem Gang vor dem Sekretariat: »Wer war das?«

Ich tische ihm die bewährte Geschichte mit der schweren Panzerschranktür auf und erweitere sie aus einer Laune heraus um den vergeblichen Versuch, mir als Ersatz für den Daumen den großen Zeh annähen zu lassen. Maciek hört sich das an und nickt betroffen.

»Kennst du Oleg Konstantinovitsch Popov?«, fragt er. »Ist großer Clown. Wie du.«

Überhaupt dauert es, bis ich mich an den Ton gewöhne, der auf der Schule herrscht. Anfangs verstehe ich ihn einfach nicht, weil mir die Nuancen des Englischen kaum und die des Französischen völlig unbekannt sind. Bald aber klettere ich, mit dem *Nouveau Bescherelle* unter dem Arm, spielerisch in den Fremdsprachen herum wie ein Eichhörnchen im Efeu. Zumal niemand sich an meinen Fehlern stört. In Kaiserslautern hatte ich das Gefühl, für die Lehrer da zu sein, ihren Ansprüchen genügen zu müssen.

Hier ist es umgekehrt. Die Kunstlehrerin, Chantal aus Brüssel, wirft mit einem Tageslichtprojektor barocke Gemälde an die Wand. Groteske Übertreibungen aus verschlungenen Körpern, verdrehten Armen und dramatischen Gesichtern sind das, ein Ringkampf der Heiligen und Engel. Die Lehrerin wartet, bis ein allgemeines Kichern sich ausbreitet. Dann wirft sie neben den Rubens ein Foto von der Fußballeuropameisterschaft 1982 – der Moment, in dem Toni Schumacher gerade Patrick Battiston mit der Hüfte ins Gesicht springt. Die verdutzte Stille der Klasse nutzt die Lehrerin, um das Siegel vor dem Barock zu brechen und von der Feier des Augenblicks zu berichten, von Schnappschüssen im Tal des Jammers.

Sogar vor der Mathematik lüftet sich mir der blickdichte Vorhang ein wenig, ich sehe Licht. Zwar will mir der Satz des Pythagoras einfach nicht in den Kopf, und wenn ich ihn doch hineingequetscht habe, fällt er sofort wieder heraus. Hier aber werde ich von »Sporty Steve« unterrichtet, einem langhaarigen Lehrer aus Minnesota. Als er meine Lücken erkennt, nimmt er mich beiseite und fragt, wie er mir *helfen* könne. Wir könnten uns nachmittags treffen, ob mir das passen würde? Gerade so, als wären meine Noten seine Noten. Als wäre er mein Angestellter. Was er offenbar auch ist, schließlich kostet die Schule ebenfalls »einen Arsch voll Geld«.

Anscheinend hat niemand in meiner Klasse etwas zu verlieren oder zu gewinnen. Niemand streckt sich nach oben, niemand tritt nach unten. Anders als in Kaiserslautern kommen meine Mitschüler hier aus aller Welt. Stehen auf den breiten Schultern von Vätern und Müttern, die Ministerien leiten, Orchester, Konzerne oder Milizen. Als Europäer unter all den Asiaten, Afrikanern und Polynesiern falle ich nicht weiter auf. Ich bin ein Fremder unter Fremden in der Fremde. Fast könnte ich Franzose sein, von denen es in der internationalen Abteilung der Schule keinen einzigen gibt. Und Franzose, ja, das wäre ich gerne. Weshalb es mich unangenehm berührt, wenn ich doch einmal auf mein Deutschsein festgenagelt werde.

Ahmed macht das gerne. Er ist Araber und gehört zur weitaus größten Gruppe ausländischer Schüler. Im Libanon herrscht Bürgerkrieg, und wohlhabende Libanesen lassen sich an der Riviera nieder und schicken ihre Kinder dort auf die Schule. Ahmed erklärt mir diesen Sachverhalt sofort, gleich im ersten Satz: »In Beirut, c'est la guerre, that's merde!«, auch wenn sein Vater angeblich ein Waffenhändler in Beirut ist. Kaum hebe ich an, ihm im Gegenzug von mir zu erzählen, bringt er mit einer knappen Bemerkung auf Arabisch seine Freunde zum Lachen. Es fühlt sich an, als wäre ich in sein Schleppnetz geraten, für kurios befunden und als Beifang wieder ins Wasser geworfen worden. Ahmed zupft an meinem Mantel. Ein Deutscher im Trenchcoat, das findet er witzig. Er legt zwei Finger unter die Nase und marschiert unter dem Gelächter seiner Freunde im Stechschritt hin und her. Gestapo, compris? SS, non? Ich schlage die Hacken zusammen und lache mit, wiegele dann aber ab. Nein, in Deutschland finden wir das nicht gar so toll mit Gestapo und SS, glaube ich. Ahmed schüttelt den Kopf.

»L'Allemagne, c'est bien!«, ruft er und zieht den Abzug eines imaginären Maschinengewehrs durch. »Ratatatat! Schmeisser! Serr gutt!«

Wenn ich einen Freund habe, dann ist das Maciek. Ahmed und sein Gefolge nennen Maciek nur Jaruzelski, weil er selbsttönende Brillen trägt wie dieser polnische General, der gerade das Kriegsrecht ausgerufen hat. Da stets die Sonne scheint, sind seine Gläser immer dunkel. Jaruzelskis Vater ist auch irgendwas Offizielles, Attaché oder so, was immer das sein mag. Ich hatte angenommen, im Ostblock säßen die Leute mit Pelzmützen und Fellmänteln in Plattenbauten und dürften nicht raus, wie in der Dédé Air. Jaruzelski ist aber schon in der Welt herumgekommen mit seinem offiziellen Vater, Indien, Afrika, Indonesien.

»Jaruzelski in Jakarta«, sagt Jaruzelski und lacht. Und jetzt eben Nizza.

Geboren ist er in Gdansk.

»Du meinst in Danzig?«, frage ich.

»Nein, Monsieur Gestapo«, beharrt er sanft. »In Gdansk.«

Mittags löffeln wir in der Mensa geteilte Pampelmusen. Ich verstehe ihn kaum, so laut ist das Gewirr der Stimmen und Geklapper der Tabletts. Die Pampelmusen sind mir zu bitter, ich streue Zucker darüber. Jaruzelski sagt, ich solle das sein lassen, und formt mit den Händen einen Bauch. Ich schütte noch Zucker nach und lächle ihn an. Er zuckt mit den Schultern und schaut sich um.

»Alle hier sind Kinder von Leute mit Geld. Du auch?«

»Ich auch, ich auch«, bestätige ich. »Mein Vater lässt das Geld für uns arbeiten.«

»Que fait-il?«

»Er ist Geschäftsmann.«

»Was ist sein Geschäft?«

»Irgendwas mit Autos, glaube ich.«

»Glaubst du? Oder weißt du?«

Eine seltsame Frage. Darüber habe ich noch nie nachgedacht. Ich weiß, dass ich es glaube. Oder glaube ich, es zu wissen? Mein Vater ist eine geologische Gegebenheit. Unhinterfragbar *da*, wie die Kordilleren oder die Pyrenäen. Jetzt, wo ich darüber grübele, ist Mutter die Vegetation auf diesem Gebirge. Sie stellt die weichen Wiesen in den Tälern dar und verändert sich mit den Jahreszeiten. Nach obenhin schäumt sie zu üppigen Wäldern auf, wohnt in ritterlichen Tannen an der Baumgrenze. Darüber ist nur noch Mineral und Eis unter dem Himmel. Gemeinsam bilden die Eltern eine Einheit, die sich jeder Frage entzieht – wie man einem Gebirge keine Fragen stellt. Wenn sie wütend sind, können auch die Bäume die Schlammlawinen nicht aufhalten. Wenn ich etwas von ihnen will, durchklettere ich ihre Geröllhalden. Besser, ich studiere sie aus der Ferne. Sie waren schon immer da und werden immer da sein. Was sie tun, ist richtig. Weil sie es tun. So einfach ist das. Manchmal erlauben mir diese Berge einen Blick auf Dinge, die jenseits von ihnen liegen. Meistens türmen sich jenseits ihrer Grate dunkle Wolken auf. Deshalb bin ich ganz froh, dass sie meine Welt nicht nur begrenzen, sondern nach außen abdichten. Kein Gedanke daran, diese Kette durchqueren zu wollen. Absurde Vorstellung, einen ihrer Gipfel erklimmen zu können. Ihr Dasein ist die Bedingung dafür, dass ich es auch bin. Da. Ein leichter Schwindel erfasst mich.

»Er hat ein Geschäft gemacht«, stelle ich fest. »Und jetzt ist er reich.«

»Hat er Macht?«

»Er hat Geld. Das ist das Gleiche.«

»Nein, ist nicht das Gleiche. Ist … przeciwieństwo, wie sagt man? Gegenteil!«

»Wieso das denn?«

»Hast du Geld ohne Macht, du hast Angst, dass Geld bald weg. Mit Macht musst du nicht denken an Geld. Mutter Schönheitskönigin?«

»Was? Nein. Meine Mama ist schön, würde ich sagen …«

»Wenn Vater hat Macht, Mutter ist nicht einfach nur schön. Ist Schönheitskönigin. Da hast du Unterschied. Wenn du Macht hast, du kannst geben den Leuten eigene Namen. Erfindest dir alles neu. Egal, ob es schon da ist. Das ist Macht. So wie die da …«, sagt Jaruzelski und deutet mit dem Löffel auf Ahmed und seinen Pulk, der sich gerade am Buffet bedient. »Mächtige Väter, mächtige Söhne.«

Nachmittags sitzen wir im abgedunkelten Computerraum, wo es leider keine richtigen Computer gibt. Nur graue Kästchen mit einem albernen Apfel in Regenbogenfarben vorne dran. Jaruzelski ist von den neuen Geräten begeistert. Flink lässt er seine abgekauten Fingerspitzen über die Tastatur klackern oder bedient ein Ding, das er »Maus« nennt. Er versucht mir zu erklären, was er da macht. Ich sehe nur kryptische Zeichen und verstehe kein Wort.

»Ich hätte gerne einen Commodore«, sage ich gelangweilt. »Einen *richtigen* Computer!«

»Commodore ist Schrott«, sagt Jaruzelski, ohne vom Bildschirm aufzuschauen.

»Sagt mein Papa auch. Computer sind nur teures Spielzeug. Es gibt sie jetzt schon in Autos, weißt du? Da kann man dann, wenn man irgendwo im Stau steht, nachschauen, wann man ankommen müsste, wenn man nicht gerade im Stau stehen würde. Wird sich nicht durchsetzen, sagt mein Papa.«

Jaruzelski hält inne und schaut zur Decke. Sein Bürostuhl quietscht, die Lüftung des Computers summt.

»Monsieur Gestapo«, sagt er ernst. »Kann sein, dein Vater ist Idiot.«

»Und dein Vater ist kriminell!«, zische ich drauflos.

»Lieber Bandit als Idiot«, erklärt Jaruzelski gelassen.

Ich greife nach meinen Rucksack und gehe.

»Vielleicht ist dein Vater beides?«, ruft er mir noch nach. »Bandit *und* Idiot?«

Aber da fällt schon die Tür ins Schloss, und ich bin draußen. Zwischen den Hügeln, die das abschüssige Gelände begrenzen, hängt ein flacher Vorhang aus glitzerndem Azur. Eine plötzliche Sonne legt sich mir wie zwei warme Hände auf die Schultern. Als die Hände mich zu massieren beginnen, zucke ich zusammen – es ist der sportliche Steve, er hat mir wieder aufgelauert: »Hey, isn't it a perfect day for some outdoor exercise in euclidian geometry?«

Auf dem Heimweg dann die Katastrophe. Im Feierabendverkehr von Vallauris gerate ich in einen Hornissenschwarm. Hornissen, so nenne ich die aufgebohrten Geräte ohne Endschalldämpfer, gegen die meine brave Piaggio keine Chance hat. Hornissen sind auch ihre Fahrer, verwegene Jungs ohne Helme, ohne Angst – aber mit gutem Gespür für die Angst anderer, weniger verwegener Jungs. Es sind Maghrebiner, und Vallauris ist ihr Revier. Im Kreisel nehmen sie mich in die Mitte, sodass ich die Ausfahrt verpasse. Stehen bleiben kann ich auch nicht, und so fahre ich unter dem Geheul der Hornissen im Kreis. Nach der vierten Umdrehung nutze ich eine Lücke, nehme kurz Tempo raus und rausche falsch herum in eine Einbahnstraße hinein. Damit haben sie nicht gerechnet! Gerade drehe ich am Gasgriff und beuge mich tief über den Lenker, um meinen Vorsprung zu vergrößern – da sehe ich die Kelle.

Zwei Peugeots am Straßenrand, ein Kleinwagen und ein Transporter. Polizei. Ich unterdrücke den Fluchtreflex und halte an. Meine Hände zittern, als ich den Helm absetze. Einer der Flics spaziert auf mich zu.

»Rue à sens unique, non?«, ruft er und deutet auf das Schild.

In diesem Moment jaulen die Hornissen heran. Einige machen rechtzeitig kehrt und türmen, vier meiner Kontrahenten gehen aber auch in die Falle. Nun sind wir gemeinsam umringt von Polizisten, und die Polizisten haben schlechte Laune. Polizei, das weiß ich, bedeutet nichts Gutes. Und nun stehe ich hier und kann nicht weg. Habe mich erwischen lassen. Mit verschränkten Armen baut sich ein Beamter vor mir auf und bellt mich an. Ich verstehe nur »Pappje! Pappje!«, und mir wird schlecht. Wie gelähmt starre ich auf sein hellblaues Hemd und die dunklen Schweißflecken unter seinen Achseln, das schwarze Funkgerät, mit dem er noch mehr Polizisten herbeirufen kann. »Pappje, *nom de dieu!*«

Aus den Augenwinkeln sehe ich, wie die Hornissen kleinlaut irgendwelche Zettel hervorziehen und verstehe endlich. »Papiers!«, Papiere bitte.

Ich habe keine Papiere.

Nur nicht in die Hose machen. Nicht ohnmächtig werden und nicht in die Hose machen.

»Allemand«, stoße ich hervor. »Je suis allemand.«

Der Polizist hebt die Augenbrauen und fragt: »Où demeures-tu?«

Demöhr?

»Où habites-tu?«, wiederholt der Polizist, stemmt die Arme in die Hüften und beugt sich vor. »Maison? Parents?«

Ich deute auf den Hügel und kämpfe mit den Tränen. Wenn ich jetzt sage, wo wir wohnen, dann wird die Polizei meine Eltern besuchen. Und dann werden meine Eltern sich verstecken müssen, weil das so ist. Weil man sich vor der Polizei versteckt.

»Allemand, eh?«, sagt der Polizist und richtet sich wieder auf. Dann lächelt er schmal. »Bonne route«, sagt er noch, lässt mich einfach stehen und schließt sich seinen Kollegen an, die mit den Hornissen beschäftigt sind. Gründlich. Die Jungs schauen mit gesenkten Köpfen zu, wie ihre Rennmaschinen eine nach der anderen über eine Metallrampe in den Kastenwagen geschoben werden. Ich trete meine Piaggio an, lausche ihrem zahmen Gurgeln und warte noch eine Sekunde, ob ich das auch richtig verstanden habe. Ist das die Möglichkeit? Die lassen mich laufen? Niemand beachtet mich, und ich fahre los. Fädele mich in den Kreisverkehr ein, schieße auf der anderen Seite wieder heraus und lache in den Helm, bis ich heiser werde: »Könnt mir mal am Auspuff schnuppern, ihr Volltrottel!«

Cannes

Warm und salzig schlägt das Wasser über meinem Kopf zusammen. Ich halte die Luft an und lasse mich sinken, die Augen geöffnet. Ringsum schwirren Blasen in Strudeln hinauf zur Oberfläche, bleich strampeln meine Füße über einer moosgrünen Dunkelheit. Sie streckt sich in alle Richtungen der Unendlichkeit entgegen, denke ich, und stoße beim Auftauchen weich gegen das Segel, das umgeknickt auf der Oberfläche liegt. Ich weiche aus und wuchte mich mit dem Oberkörper wieder auf das Surfbrett. Es schaukelt in der Dünung. Die Bäume am Ufer der Insel im Süden verschwinden immer wieder hinter wippenden Schaumkronen.

Die »grandes vacances« haben gerade erst begonnen. Ferien so überlang, dass sie vor mir liegen wie ein Kontinuum der Verpflichtungslosigkeit, ein glückliches kleines Jahr im Jahr. Die Luft ist heiß, das Meer blau und die Wasserstraße zwischen der Insel und Cannes ein großer Spielplatz. Achten muss ich nur auf die Motorboote, die in aberwitzigem Tempo durch die Wellen peitschen. Und aufpassen, dass ich nicht ertrinke.

»Planche à voile« sagen die Franzosen dazu, Brett mit Segel. Eigentlich sollten wir einen Segelschein machen, Jeany und ich, deshalb hatte Vater uns für den Kurs angemeldet. Mit den Händen in den Hosentaschen stand er am Anleger und schaute zu, wie wir zusammen mit anderen Kindern in einem kleinen Motorboot rausgefahren wurden nach Sainte-Marguerite.

Kaum angekommen auf der Insel, zog Jeany eine Schwimmweste an und stieg in einen winzigen Optimisten. Für mich dümpelte ein Katamaran am Anleger, aber ich verstand die Fragen des Lehrers nicht richtig. Ich war wohl auch zu kleinlaut. Jedenfalls balancierte ich kurz darauf im flachen Wasser vor der alten Festung auf einem Brett mit Segel. Als ich erstmals Fahrt aufnahm, fühlte es sich an wie Mopedfahren. Nur ohne Geknatter und ohne Fahrtwind. Ich kann es kaum erwarten, Papa davon zu erzählen.

Am späten Nachmittag wartet er schon am Pier auf unser Motorboot. Er wird von Sekunde zu Sekunde größer. Der Wind spielt mit seinen Haaren, die seit Wochen ungestört wachsen, und lässt sein aufgeknöpftes Hemd flattern.

»Da sind ja meine Seefahrer!«, ruft er uns zu, als wir an Land springen. »Kohldampf? Wir treffen Mama gleich im 71 …«

»Och nö«, stöhnt Jeany, »nicht schon wieder da hin. Ich mag keinen Fisch!«

Unsere Schatten eilen uns mehrere Meter voraus. Ich bin noch nicht geduscht, unter dem Stoff kratzt meine Haut vom Salz. Möwen wehen vorbei wie Papiertaschentücher. Auf der Seeseite der Mole brechen sich die Wellen, auf der schützenden Hafenseite ankern die Boote im unbewegten Wasser, Poller an Poller.

Es ist, als würden wir durch die Hochglanzseiten von *Yacht* schlendern. Manche Schiffe halten noch Winterschlaf unter einer Persenning, auf anderen hängt in der Takelage bereits Wäsche zum Trocknen, murmelt ein Radio aus der Kabine oder polieren Arbeiter mit feinen Tüchern die Lettern am Heck: *Charlotte II, Le Clou, Mon Rêve* oder *Just Another Toy.*

Vater schreitet sie alle ab wie ein Gott, der die Dinge bei ihren wahren Namen nennt. Jeanneau, Dufour, Riva, Sunseeker. Insgeheim erwarte ich, dass Papa gleich »Überraschung!« rufen und eines dieser Schmuckstücke mit einem Sprung in Besitz nehmen wird. Vor einer zweimastigen Hatteras erklärt Jeany eifrig, was sie beim Segeln schon alles gelernt hat. Vater hört ihr kaum zu und beugt sich unmerklich in meine Richtung.

»Und? Wann könntest du mit sowas fahren?«

Alles, was ich ihm erzählen wollte, das ganze Glück, schnurrt auf einen banalen Satz zusammen. »Ich bin gesurft!«, stoße ich hervor.

»Wie? Gesurft?«, fragt Vater mit einer eisigen Unterströmung in der Stimme. Sein Lächeln steht noch, bereit, gleich abgetakelt zu werden.

»Ja! Den ganzen Tag, von Küste zu Küste …«, stottere ich noch, da trifft mich seine flache Hand am Hinterkopf, dass mir für einem Augenblick das getrocknete Salz in einer Wolke um den Kopf steht. Es ist, als wäre ich gegen ein unsichtbares Hindernis geprallt. Papas Stimmung ist plötzlich gekentert, nun treibt sie kieloben. Er habe mir das Segeln bezahlt, verdammt nochmal. Das Segeln! Er blättere doch kein Geld dafür hin, dass ich dumm auf einem Brett herumlümmele!

»Ich kann segeln«, meldet sich Jeany fröhlich.

»Du halt dich raus!«, fährt Vater sie an und stößt mich vor die Brust. »Wofür mache ich Pläne? Wofür mache ich das Geld locker? Sag du's mir! Hm? Warum mache ich das alles?«

Er breitet die Arme aus, als meine er wirklich *alles*, von der strahlenden Fassade des Hotel Carlton drüben bis zum Leuchtturm vorne auf dem Cap du Croisette, das ganze duftende Paradies. Er erwartet ernsthaft eine Antwort. Mir schießen die Tränen in die Augen, ich blicke zu Boden.

»Ich weiß nicht«, schlage ich vor. »Für mich?«

»Für dich?«

Vater lässt die Arme sinken. Seine ganze Wut fällt in sich zusammen wie ein brennender Fesselballon.

»Für dich, klar«, sagt er und streicht mir eine Spur zu grob die Haare wieder glatt. »Für dich kleinen Scheißer führe ich dieses Tänzchen auf, genau. Für dich ganz allein.«

Er wendet sich ab, versenkt die Hände in den Hosentaschen und geht kopfschüttelnd voraus. Verwirrt schaue ich ihm nach.

Jeany zupft mich am Hemd. »Was hast du denn falsch gemacht?«

»Ich weiß es nicht. Ich bin gesurft.«

»Ich bin gesegelt!«, ruft Jeany, als würde sie sich erst jetzt wieder daran erinnern. »Das war ein schöner Tag!«

»Ja«, sage ich. »Das war ein schöner Tag. Wir haben hier eigentlich nur schöne Tage.«

Gemeinsam trotten wir Vater hinterher. Er ist schon ein gutes Stück voraus und sieht gut aus, lässig, die Hände in den Hosentaschen. Als gehörten wir nicht zu ihm, als wäre er in einer ganz anderen Welt zu Hause, allein. Vor dem Hotel drüben knattern die Fahnen. Ich will auch die Hände in die Hosentasche stecken und gleite immer wieder ab.

Meine Badehose hat keine Taschen.

Zwischen Marmor und Meer laufen wir unter Palmen weiter die Prachtstraße entlang. Mit den Filmfestspielen ist eine zusätzliche Feierlichkeit eingezogen. Am Strand lassen sich Frauen in Badeanzügen unter Parabolspiegeln fotografieren. Überall hängen Plakate für Filme wie *Birdy* oder *Der Kuss der Spinnenfrau*, wahrscheinlich Horror. An einem Kiosk kauft Vater neue Zigaretten und den *Spiegel*. Es ist immer das Heft von letzter Woche. So rückt alles, was Deutschland betrifft, in die Vergangenheit. Zuletzt landet es auf dem Kachelboden neben unserem Klo.

Ein paar Meter weiter bleibt Papa vor einem Schaufenster stehen.

»Wartet hier«, sagt er und betritt den Laden. Es sieht aus wie ein Juweliergeschäft, die Scheiben sind aus Panzerglas, aber in der Auslage werden nur Stifte präsentiert. Gelangweilt setzt Jeany sich auf einen Blumenkübel und tut so, als schaute ihre Schlange den Autos beim Vorbeifahren zu. Nachdem ich drei Ferraris und einen Aston Martin gezählt habe, kommt Vater wieder heraus. Jeany federt sofort auf ihn zu.

»Hast du einen Stift gekauft? Für dein Gekringel in der Zeitung? Zeig mal!«

Papa holt ein gepolstertes Futteral aus der steifen kleinen Tüte und geht vor uns in die Hocke. »Das ist kein Stift«, erklärt er geduldig, »das ist ein Montblanc. Ein Montblanc ist ein Schreibwerkzeug. Der Bentley unter den Kugelschreibern.«

Jeany steht der Mund offen. »Ist das echtes Gold?«

»Echtes Gold«, bestätigt Vater und hält den Montblanc zwischen den Fingern wie einen Dartpfeil. »Und jetzt sperrt die Lauscher auf, ich sag's nur einmal: Das Ding hat einen Arsch voll Geld gekostet, ja? Wenn ich dieses Teil hier auch nur ein einziges Mal in euren Händen sehe, dann *ist* was los! Haben wir uns verstanden?«

Irgendwie habe ich erwartet, der Stift schreibe mit Tinte aus flüssigem Gold. Die Kringel, die Papa dann in den Anzeigenteil der *Nice-Matin* malt, sind aber blau. Wir sitzen an unserem üblichen Tisch vor dem Restaurant 71 an der Croisette. Wenn wir früher abends mal in Kaiserslautern essen waren, dann immer in der Pizzeria Stolpereck unweit des Bahnhofs. Nie anderswo, immer im Stolpereck. Wenn wir in Cannes sind, gehen wir immer ins 71, benannt nach der Hausnummer an der Croisette, direkt neben dem Hotel Martinez. Nie anderswo, immer im 71. Der Besitzer heißt Luigi, ist Italiener und kennt uns schon. Mama nennt das Restaurant »unser verlängertes Wohnzimmer«, so wohl fühlt sie sich dort. Mitten in der Stadt sitzen wir »wie auf dem Präsentierteller«, sagt Mama. Wo bleibt die eigentlich? Über die Trottoirs schlendern Menschen in luxuriöser Langsamkeit, als spielten sie in einem Stück namens »Ein Sommerabend an der Côte d'Azur« mit. Von der Straße klingt aus offenen Autofenstern abwechselnd Jazz, Classic oder New Wave herüber. Das Parfüm der Passanten konkurriert mit dem Frittierfett aus der Küche. Es steht unentschieden.

Drüben auf dem Wasser schwimmt die Insel, Sainte-Marguerite, ich sehe sie mit schlechtem Gewissen.

Plötzlich umweht uns ein Hauch von »Opium«, Mamas Parfüm, und schon steht sie am Tisch. In einer Hand eine ganze Traube aus Einkaufstüten, an der anderen Hand meinen Bruder, dem immer wieder die Beine wegknicken.

»Na, wie gefalle ich euch?«

Sie strahlt. Fabian klettert auf Vaters Schoß, wo er sofort damit beginnt, das Papier der Zeitung zu zerknüllen. Papa greift nach der kleinen Faust, öffnet sie Finger für Finger und streicht das Blatt glatt, ohne Mutter aus den Augen zu lassen. »Du siehst irre aus!«

»Tja!«, flötet sie und dreht sich einmal um sich selbst. »Wie Liza Minelli, oder?«

Sie mag Liza Minelli und hat sich einen Pagenschnitt verpassen lassen, um ihr ähnlicher zu sehen. »Ich habe auch ein Kleid gefunden, wie sie es in *Cabaret* trägt, wo ist es denn?«

Sie wühlt in einer Tüte.

»Lass nur«, sagt Vater und lacht. »Modenschau machen wir später. Wenn du das hier auf der Straße anziehst, muss du vielleicht noch Autogramme geben!«

Mutter kichert. Mit blitzenden Augen beugt sie sich über den Tisch, greift nach Vaters Nacken und zieht sich seinen Kopf für einen langen Kuss entgegen.

»Igitt, wie eklig«, sagt Jeany und verschränkt die Arme.

»Hier«, sagt Mama und wirft etwas Eingeschweißtes aus Plastik auf den Tisch. »Für unseren Kleinen. Ich habe sonst keine ruhige Minute mehr.«

Papa packt die Schwimmflügel aus, streift sie Fabian über die ausgestreckten Ärmchen und pustet sie auf. »So, jetzt kann deine Mutter wieder ruhig schlafen.«

Fabian gluckst, Mama lacht. Es gefällt mir, wenn sie so aufgekratzt ist. Meistens ist sie müde, was mich wundert, weil sie gar nicht mehr arbeitet. Im Haus oder im Garten schon, dort sogar unermüdlich, aber nicht mehr für Geld. Sie klagt über die »ewige Rumfahrerei« mit meiner Schwester, in die Schule oder zu Jeanys neuer Freundin Susan. Außerdem schmerzt ihr der Rücken von der Arbeit im Garten, das Unkraut an der Mauer, das Gemüsebeet. Und nachts fürchtet sie sich vor der Dunkelheit »hier draußen«. Wenn sie müde ist, hat sie schlechte Laune. Das gehört zusammen. Und wenn sie schlechte Laune hat, knurrt sie jeden an, der ihr in die Quere kommt. Auch Vater. Da genügt eine Kleinigkeit, wie ein Staubkorn in der Rille einer Schallplatte, und schon knistert und springt sie. Bis Papa sie dann beiseite und ihr verschlossenes Gesicht in beide Hände nimmt und lange leise auf sie einredet. Welche Worte es auch sein mögen, er findet offenbar die richtigen. Dann wird schnell alles gut und Mutter wieder sonnig und lachlustig. So wie jetzt, da die Eltern zurückgelehnt die Flaneure ins Auge fassen und einzelne Gestalten zum gemeinsamen Gespött machen.

»Kann ich mir nicht vorstellen, dass solche Stilettos bequem sind«, sagt Mama.

»Bequem ist das Leben, das du dir damit erläufst. Schau dir nur den alten Fettsack an ihrer Seite an. Ja, eine brasilianische Nutte müsste man sein …«, sinniert Papa und lächelt das forsche »Na!« weg, mit dem Mama ihn tadelt.

Da rauscht Luigi heran und macht seine beiden üblichen Späße. Erst tut er so, als verstünden wir Italienisch. Dann empfiehlt er Mutter eine Dorade, obwohl er weiß, dass sie Fisch »ums Verrecken nicht« ausstehen kann. Trotzdem zählt er ihr mit einschmeichelnder Stimme auf, was heute wieder frisch gefischt worden sei. Vater übersetzt mit der gebotenen Begeisterung, worauf Mutter so tut, als müsse sie sich übergeben, und Luigi so tut, als beleidige das seine Ehre. Mutter lacht Tränen, dann wischt sie sich mit dem Handrücken über die Wangen und sieht glücklich den Spiralen aus ihrer Benson & Hedges hinterher. »Diese Südländer, das sind so herzliche Leute!«

»Wir lassen auch genug Geld hier«, bemerkt Vater, der noch den wärmsten Phänomenen ihren kühlen Grund zuweisen kann. Unwillkürlich fasse ich mir an den Hinterkopf.

Jeany sieht das und ruft: »Papa hat ihn geschlagen!«

»Nee, er hat mich nur fest gestreichelt«, sage ich schnell, und da kommt auch schon die Vorspeise, irgendwas Weiches, krustig mit etwas Süßem überbacken. Dazu Orangina für uns und Schweppes für die Eltern, später die Dorade für meinen Vater und Pizza für alle anderen, wie immer. Unter bunten Lampions lassen wir uns vom Leben an dieser Straßenecke umspülen, das rings herum seinen trägen Gang nimmt. Mama erzählt, dass sie vorhin zwei Taschen von Louis Vuitton gesehen habe, deren Preis »dem Fass den Boden ausgeschlagen hat«.

»Haben sie dir gefallen?«, fragt Papa mit vollem Mund.

»Schon, aber …«, beginnt Mama.

»Dann kauf sie! Man lebt nur einmal. Außerdem steigen die Dinger im Wert!«

»Meinst du?«

So geht es dahin an diesen Abenden, wenn wir uns alle auf den speziellen Rhythmus familiärer Einvernehmlichkeit einpendeln und ein Leben außerhalb dieser Blase noch weniger erstrebenswert erscheint als ohnehin schon. Diese paradiesischen Zustände können sich überall einstellen, wenn die Konstellationen günstig stehen. Im Auto, zu Hause, am häufigsten aber im Restaurant, früher Stolpereck, heute 71. Hauptsache, sie stellen sich ein. Dazu gehört auch der stille Ausklang, das zärtliche Schweigen, mit dem wir am Ende zum Parkplatz gehen, wenn Mama ganz leicht meine Hand hält und Papa meine Geschwister zum Auto trägt, auf jedem Arm ein schlafendes Kind.

Später, im Wohnzimmer über dem Chemin de l'Aube, zündet er sich eine Zigarette an und malt weiter Kringel. Es sieht ganz leicht aus, wie er auf der Couch im Wohnzimmer sitzt, die Stirn in Falten geworfen, unter einer Glocke erwachsener Ernsthaftigkeit. Oft sitzt er so bis in die Nacht hinein. Manchmal wache ich von Geplätscher auf, dann sehe ich ihn von meinem Fenster aus auf dem Rücken reglos im Pool treiben, scheinbar an der Oberfläche gehalten nur von den flimmernden Fingern der Unterwasserbeleuchtung.

La Turbie

Wie ein Vogel das Nest auskleidet, so schleppt Mama in den ersten Wochen massenhaft *Sachen* an. Anfangs Kleider. Lange Kleider, kurze Kleider, luftige Kleider, derbe Kleider. Stoff, mit dem sie die Leere im begehbaren Wandschrank füllt, nachdem sie uns mit anmutigen Drehungen ihre jeweilige Anschaffung vorgeführt hat. Dabei läuft und liegt sie am liebsten in ihrem alten Overall von BMW herum, der in den Farben der sportlichen Linie M gehalten ist: Estorilblau, Velvetblau, Imolarot. Estoril und Imola wie die Rennstrecken. Ein irrsinnig teurer Ganzkörperstrampelanzug ist das, den Papa bei Wuttke natürlich günstiger bekommen hat.

Als der Wandschrank voll und der Geruch von Mottenkugeln vertrieben ist, verlegt Mama sich auf den Einkauf dekorativer *Dinge*. Winzige Vasen aus gefärbtem Glas, Kristalle unterschiedlicher Größe, Puppen mit weißen Gesichtern aus Porzellan, Miniaturbesteck aus echtem Silber, nachgebildete Fabergé-Eier, gehäkelte Topflappen, lackierte Fächer, naive Schnitzereien aus Holz, afrikanische Masken, abstrakte Skulpturen aus Speckstein, scharfzackige Mineralien, Kerzenständer aus Zinn, Mobiles aus Überraschungseiern, Variationen auf das Thema »Aschenbecher«. Tand, Tinnef, Nippes, den sie mit elsterhafter Emsigkeit auf den umliegenden Flohmärkten und Boutiquen einsammelt und liebevoll ihre »Nixelchen« nennt. Der Krempel ist wertlos, aber nicht zwecklos. Treibgut, kostbar nur für ihren liebevollen Blick über Kratzer, Schrammen oder andere Schwächen hinweg. Die Dinge machen das Haus nicht wohnlicher, zumindest nicht in meinen Augen. Sie machen es nur voller, verwandeln jede freie Fläche auf Fensterbänken, Beistelltischchen, Ablagen oder Kommoden in horizontale Setzschränke.

Bald passt zwischen die versammelten Putzigkeiten nicht einmal mehr ein Bierdeckel. Wenn es so etwas wie eine Hierarchie in dieser Sammlung gibt, dann ist das Wichtigste die Elefantenfamilie aus eingefärbtem Kristallglas. Die hat einen Ehrenplatz auf dem Fernseher, wo Mutter sie von Zeit zu Zeit herunternimmt, um sie, verträumt das Kinn auf eine Hand gestützt, der Größe nach neu zu arrangieren. Stellt sie im Kreis auf, versetzt sie schräg oder lässt sie einander folgen. Den Rüssel des kleinsten Elefanten, dünn wie ein winziger Eiszapfen, kann man in den Schwanz des Vordermannes einhaken. Und immer so weiter, bis zum größten Elefanten. Der schreitet voran, stolz die transparenten Stoßzähnchen erhoben. »Man hört ihn fast trompeten«, meint Mutter.

Sein Rüssel lässt sich nirgendwo einhaken.

Zur Ordnung der Dinge gehört auch, dass sie sauber sind und sauber bleiben. Es gibt nur noch weiße Schokolade, weil die keine Flecken macht. Für Mama soll es nicht bloß »in den Ecken« sauber sein, sondern auch »darunter«. Mal rückt sie mit dampfendem Wischmopp den Kacheln im Bad zu Leibe, mal stellt sie mit gefiedertem Feudel dem Staub nach. Das ist im südfranzösischen Licht nicht leicht, weil er wie feiner Nebel in den Zimmern steht. Manchmal lauert Mama stundenlang, bis er sich gesetzt hat. Dann kommt der Staubsauger zum Einsatz. Wenn sie saugt, lässt Fabian sich auf dem Gerät durch die

Wohnung ziehen. Mit seinen Schwimmflügeln sieht es aus, als reite ein geflügelter kleiner Gott auf einem künstlichen Käfer. Jeany schaltet den Sauger hin und wieder zum Vergnügen ein und hält ihren Kopf versonnen in den warmen, muffigen Abluftstrahl. Einmal holt sie hinter Mamas Rücken den prall gefüllten Staubsaugerbeutel aus dem Mülleimer. Schneidet ihn vorsichtig mit dem Messer auf. Läuft durch die Wohnung, den schweren Beutel wie einen abgeschlagenen Kopf über einem Küchensieb. So lässt sie den komprimierten Dreck gewissenhaft wieder an seinen Platz rieseln, mal hier, mal da, auch in den Ecken und darunter. Am Ende ist der Unrat von Wochen bis zur Unsichtbarkeit verteilt.

»Wir haben wieder Wollmäuse«, meint Mutter irgendwann argwöhnisch.

»Dann brauchen wir eine Wollkatze«, sagt Jeany. »Oder eine Wollmausefalle!«

»Nein, ich brauche einen besseren Staubsauger«, entscheidet Mama und schnappt sich ein Kissen. Das legt sie sich im Benz unter den Po, damit sie über die Motorhaube schauen kann, und fährt zu Carrefour, um sich den AEG 6008 electronic TI zu besorgen.

Der AEG 6008 electronic TI ist ein Staubsauger, der das Staubsaugen in eine neue Dimension überführt. Jedenfalls sieht Mama das so, seit sie ihn in der Werbung gesehen hat. Ein Werkzeug, mit dem die Dinge *erledigt* werden können. Zu diesem Zweck patrouilliert sie mehrmals täglich mit ihrem röhrenden Freund durch die Wohnung. Wo man steht, steht man falsch. Wo man sitzt, hat man die Beine zu heben und aufzustehen, damit sie den Teppich umschlagen und darunter saugen kann, bevor sie in die Ritzen des Sofas abtaucht. Dann steigert sich das Röhren des Saugers zu einem heiseren Fauchen, in den Obertönen schon ins Hysterische spielend, während Mama in sichtlich seliger Versenkung ihr Werk fortsetzt. Manchmal kommt sie beim Saugen an das Telefonkabel. Wenn es sich aus der Buchse löst, sind wir tagelang unerreichbar, bis es jemand merkt und es wieder einsteckt.

»Beine hoch!«, brüllt sie fröhlich.

»Och Mama, muss das sein?«, brülle ich zurück.

»Wir wollen es doch gemütlich haben, oder?«

»Dieser Lärm ist aber nicht gemütlich!«

»Es soll sauber sein, wenn mal Leute kommen!«

Ich ärgere mich über dieses »wenn mal Leute kommen«, weil hier noch weniger »Leute kommen« als damals in Deutschland, und trete seufzend den Rückzug an. Raus aus dem Haus kann ich nicht, weil ununterbrochener Regen alles überschwemmt hat. Sogar den Pool, der über seinen ummauerten Rand getreten ist und in den Garten abläuft. Und so liege ich wenig später bäuchlings auf dem Bett, lausche dem Regen und dem gedämpften Singen aus dem Wohnzimmer und blättere in der *Bunten*.

Mutter kauft sie regelmäßig, so wie Vater den *Spiegel* kauft. Nur gibt es für ihren Geschmack im *Spiegel* zu selten etwas über die Grimaldis zu lesen. Und wir interessieren uns brennend für die Grimaldis, sogar Papa, auch wenn er es nicht zugeben mag. Zwar zieht er Mama damit auf, das sei kein richtiger Adel, die Grimaldis seien nur mittelalterliche Seeräuber mit sehr viel Glück gewesen. Und die Fürstin nur die Tochter eines Maurers. Aber er weiß, dass Grace Kelly eigentlich die Tochter eines Bauunternehmers gewesen ist, und er hat ein Herz für Glücksritter.

Deshalb mag er Stefano Casiraghi, den zweiten Ehemann von Caroline, den Rennfahrer. Casiraghi fährt zwar nur Rennboote, aber immerhin. Mama hält diesen Casiraghi für einen »Hallodri«, noch dazu für einen »Italiener«, und Italien für einen Ort, an dem die Küste irgendwie dreckiger wird und ihren edlen Goldglanz verliert, gleich nach der Grenze. Mama meint: »So eine fiese Type, nee, der ist nicht gut für sie! Wenn Gracia Patricia noch leben würde, hätte Caroline diesen casiraghischen Windbeutel nie heiraten dürfen. Im Leben nicht! Die hätte ihrer Tochter ganz schön den Kopf gewaschen. Wenn man bedenkt, dass sie selbst einen Cary Grant hätte haben können!«

Auf einem kleinen Ausflug ganz nach Papas Geschmack mit dem Benz über die Haute Corniche ostwärts besuchten wir sogar einmal die Spitzkehre kurz vor La Turbie, wo Gracia Patricia von Monaco damals einfach geradeaus gefahren ist. Dort lag ein ganz frischer Kranz neben einem schon vertrockneten, daneben ein ewiges Licht, erloschen, in dem das Regenwasser stand. Ging wirklich tief runter dort, und unten nur Gestrüpp und Steine. Im Neuhöfertal hatte ich damals die Nachricht von ihrem Tod morgens im Radio gehört und die Sensation, getrieben von einem grausamen Kitzeln im Bauch, gleich ins Schlafzimmer der Eltern getragen.

»Mama, Mama, Gracia Patricia hatte einen Unfall!«

»Lass mich schlafen, verdammt!«

»Aber sie ist tot!«

Mürrisch hat Mutter mich angesehen und ist im Nachthemd in die Küche gegangen, da kam es noch einmal im Radio. Rätselhafter Unfall. Quetschungen des Brustkorbs. Mehrstündige Operation. Beide Hände auf die Anrichte gestützt, hörte sie mit zuckendem Rücken zu. Wenn sie weinte, weinte sie immer

»Rotz und Wasser«. Kurz und heftig, bevor sie mir ein gefasstes Lächeln schenkte und die Versicherung: »So, jetzt geht's mir besser! Tut gut, mal zu weinen. Komisch, oder?«

Ich suchte ihr ein Taschentuch, selbst ein wenig bestürzt, aber mehr noch stolz auf meine Rolle als Überbringer einer so aufwühlenden Nachricht.

Jetzt betrachte ich also in der *Bunten* eine mehrseitige Fotostrecke mit Stéphanie von Monaco. Vater neckt auch mich und meint, die Prinzessin sei ein »ganz besonders dummes Huhn«, aber das ist mir egal. Den Text kann ich schon auswendig. Es wird darin die leicht vergiftete Frage aufgeworfen, ob Stéphanie »jetzt schon« wieder lachen kann. Dazu Bilder einer adretten Stéphanie als Kind, einer verwirrten Stéphanie mit Halskrause direkt nach dem Unfall. Und eine ganze Serie aktueller Stéphanies in Badeanzügen oder Abendkleidern, die Haare streng nach hinten gekämmt oder voluminös aufgeföhnt. Ein Bild zeigt ihr Gesicht in Großaufnahme, den scharfen Schnitt ihrer so schüchternen wie störrischen Züge, auf den etwas zu strengen Lippen eine glitzernde Schicht aus Gloss.

Da spaziert quer über ihr Gesicht plötzlich eine Kellerassel.

Ich schaue zu, wie das Tierchen auf dem Hochglanz der Seite den Halt verliert. Es kullert in den Falz, wo das Papier geheftet ist, und fuchtelt mit seinen Beinen in der Luft herum. Gerade will ich aufstehen und das Fenster öffnen, um das Insekt hinauszupusten, da sehe ich auf dem Bett noch mehr Asseln. Auf dem Teppich. Am Vorhang.

Und dann der Schrei, hoch und wütend, Kopfstimme – meine Schwester.

Herrgott! Ich schnelle hoch, reiße die Tür auf und sehe sie vor ihrem Zimmer im Flur auf dem Boden herumtrampeln.

»Die Viecher gehen mir auf die *Nerven*!«, brüllt sie und ballt die Fäuste.

Ich mache einen Schritt auf sie zu und spüre, wie es unter meinen nackten Füßen knackt. Wie Knallerbsen. Jetzt erst sehe ich es. Eine wimmelnde Flut aus Kellerasseln, mondblasse Jungtiere, schiefergraue Schlachtrösser, sie schwärmen über den Flur, laufen die Wände hoch, fallen herunter, laufen wieder hoch, huschen unter den Türen hindurch. Das Regenwasser, denke ich, muss sie aus ihren Verstecken getrieben haben.

»Das sind nur Kellerasseln«, stammele ich. »Kennst du doch.«

»Ich finde es so eklig, wenn sie sich zusammenrollen!«, schreit sie. »Da werde ich *wütend*! Mama! Mamaaaa!«

Mutter kommt halb die Treppe hinunter und macht sofort wieder kehrt.

»Mama?«, rufe jetzt auch ich.

Da kommt sie schon zurück, den polternden AEG hinter sich herschleifend. Sie ist ganz ruhig, in ihren Augen liegt ein geschäftiger Glanz.

»Schnell!«, sagt sie und reicht mir den Stecker. Ich gehe in die Hocke. Sogar in der Steckdose sitzen die Kellerasseln. Mit spitzen Fingern stochere ich sie heraus. Auf dem Boden rollen sich sofort zu kleinen Kugeln. Auf einmal verstehe ich, was Jeany so wütend macht. Diese reflexhafte Feigheit, dieses eingebaute »Tu mir nichts!«.

Ich zerquetsche ein paar Viecher, als ich den Stecker in die Dose schiebe.

Sofort heult der Staubsauger auf.

Und dann ist dieses Rattern, mit dem ein ganzes Volk von Kellerasseln in den Untergang gesaugt wird, für ein paar Minuten das schönste Geräusch auf der Welt.

Chemin de l'Aube

Am nächsten Morgen läuft der Sommer wieder auf allen Zylindern. Feuchte Hitze steigt aus dem Meer und wandert herauf bis in unser Haus im Chemin de l'Aube. Wir treiben durch die abgedunkelte Wohnung, träge Zierfische in lauwarmem Wasser. Mama steht, nur mit einem T-Shirt und einem Slip bekleidet, vor dem Kochfeld in der Küche und macht uns Rührei. Der Induktionsherd hat seine Faszination eingebüßt, mittlerweile trauert sie ihrem alten Gasherd hinterher. Fabian hockt auf den kühlen Fliesen daneben und nuckelt an seinen Zehen. Die ganze Reihe steckt im Mund, Sabber läuft ihm den Knöchel hinab. Leise quietscht das Plastik seiner Schwimmflügel, die er nicht ablegen mag. Lässt Mama die Luft raus, brüllt er so lange, bis sie ihm die Dinger wieder aufgeblasen hat. Nicht einmal zum Schlafen lässt er sie sich abstreifen. »Lügel« nennt er sie und kräht »Lügel basen«, wenn die wieder einmal schlaffen Flügelchen jemand aufpusten soll.

Zum Anziehen frischer Klamotten ist es zu heiß, es reicht gerade noch zum Ausziehen der durchgeschwitzten. Und zum Einschalten der Glotze. Mama gestattet uns »ausnahmsweise«, so früh am Tag vor dem Fernseher zu sitzen, damit wir unser Französisch üben können. Dabei erlaubt sie es uns eigentlich immer, weil sie dann ihre Ruhe hat. Hingelungert auf die Couch folgen wir Jennifer und Jonathan Hart bei der Aufklärung eines weiteren Verbrechens. Worum es dabei geht, spielt keine Rolle. Wichtig ist, dass die Autos mit den glänzenden Namen alle in Szene gesetzt sind, Ferrari Dino, Ford Bronco, Aston Martin Volante. Schon im Vorspann brausen Mann und Frau nebeneinander über eine Küstenstraße, richtig schnell, ihr Schal flattert im Wind, jeden Augenblick könnte ein Truck entgegenkommen. Aber sie lächeln einander an, lächeln die Gefahr einfach weg, und um dieses einverstandene Lächeln, denke ich, geht es zwischen Männern und Frauen. Jeany und ich, wir sitzen gebannt. *Hart aber herzlich* haben wir schon in Deutschland gerne gesehen. Hier heißt es *Pour l'amour du risque* und Jennifer und Jonathan Hart haben ganz andere Stimmen, was irritierend und anziehend zugleich ist. Sogar der Hund heißt nicht Friedwart, sondern Février.

»Mama?«, ruft Jeany in den Abspann hinein.

»Ja, meine Süße?«

»Wann ist unser Geld denn alle?«

Mutter hält kurz im Rühren inne. »Was?«

»Ich will wissen, wann wir kein Geld mehr haben«, sagt Jeany.

Sie rührt weiter. »Wie kommst du denn darauf, dass wir bald kein Geld mehr haben?«

»Weil Jonathan und Jennifer Hart, denen geht es so gut wie uns. Sie leben in der Sonne, haben ein großes Haus und sogar einen Diener …«

»… und einen süßen Hund!«, werfe ich ein.

»Sie machen immer Urlaub, stimmt's?«, sagt Mutter, kostet eine Gabelspitze Rührei, pfeffert nach.

»Schon«, sagt Jeany. »Aber sie arbeiten auch. Sie schreibt, und ihm gehören ganz viele Firmen. Gehören uns auch ganz viele Firmen?«

»Du weißt doch, Schatz, dass der Papa sehr viel Geld verdient hat«, erklärt Mama geduldig.

»Aber wir kaufen ständig neue Sachen«, stellt Jeany fest. »Und je mehr wir kaufen, umso weniger Geld haben wir doch. Und irgendwann ist das alle. Wann denn?«

Ich versetze ihr einen leichten Stoß. »Ey, bist du blöd? Wir haben so viel Geld, das kannst du dir gar nicht vorstellen! Papa oder Mama, die müssen überhaupt nie wieder arbeiten! Stimmt's, Mama?«

»So ist es«, sagt sie und verteilt summend die Teller auf dem Esstisch.

»Aber das neue blaue Rennauto war doch bestimmt nicht billig und ...«

»Das ist ein Renault Alpine, Jeany«, korrigiere ich und verdrehe die Augen. Ein himmelblauer Renault Alpine, das spricht doch für sich selbst, das *kann* meine Schwester gar nicht verstehen, das kann ja selbst ich kaum verstehen.

»Na und? Hat der etwa kein Geld gekostet, Schlaumeier?«, sagt sie trotzig.

»Der war gebraucht, hat Papa doch erklärt«, gebe ich zurück.

»Jetzt kommt, Essen ist fertig«, sagt Mutter und setzt sich, Fabian auf dem Schoß, der sofort mit beiden Händen in das Rührei greift, die Hitze bemerkt, brüllt. Fluchend springt Mama auf und verschwindet mit ihm ins Badezimmer.

»Und was macht Papa dann die ganze Nacht?«, fragt Jeany leise. »Warum ist er weg? Und warum schläft er immer so lange?«

»Weil ich nach Geschenken suche, das ist anstrengend«, sagt Vater, der gerade in der Schlafzimmertür aufgetaucht ist und hüpfend in seine Unterhose steigt.

»Papa!«, jubelt Jeany und fliegt auf ihn zu, umarmt seine Hüften. Über ihren Kopf hinweg zwinkert er mir zu. Mama kommt mit Fabian zurück, der jetzt friedlich an einem Kühlkissen kaut, und haucht Vater einen Kuss auf die Wange. »Die Kinder wollen wissen, was du arbeitest.«

Ich staune. »Du arbeitest? Nachts?

»Arbeiten würde ich das nicht nennen. Ich verwalte unser Geld«, sagt er und setzt sich zu uns an den Tisch. Er schiebt das Rührei beiseite, schüttet sich Zucker in den Joghurt und beginnt zu löffeln.

»Wie denn?«, fragt Jeany.

»Das finde ich gerade heraus«, sagt er und fügt listig hinzu: »Wenn ich nicht gerade Geschenke suche …«

»Papa sucht Geschenke für uns!«, triumphiert Jeany. Mutter wirft ihm einen ihrer tadelnden Blicke zu, aber er zuckt nur mit den Schultern und zündet sich eine Zigarette an.

»Wenn ich mir Spielzeuge kaufe, sollt ihr auch welche haben. Ist nur gerecht. Was wünschst du dir denn, Jeanymaus? Hm? Ein eigenes Boot? Ein Pferd?«

»Einen Hund!«

»Stimmt«, sagt Papa und zieht das Wort in die Länge, als leuchtete ihm jetzt erst ein, was uns zu unserem Glück noch fehlte. »Einen Hund hatten wir schon lange nicht mehr. Okay, einen Hund«, sagt er, zieht an seiner Zigarette und zugleich eine angestrengte Grimasse, weil ihm der Rauch die Augen reizt.

»Echt jetzt?« Jeany schaut sich staunend um.

»Warum nicht«, meint Mama. »Wir könnten einen Hund brauchen, der ein bisschen aufs Haus aufpasst und so. Ich finde es nachts unheimlich hier mit all den Tieren ringsum, ihr nicht? Es müsste halt schon ein großer Hund sein, nicht so ein kleiner Scheißer ...«

»Ich will aber einen kleinen Scheißer«, schmollt Jeany, »keinen Riesenscheißer!«

»Wer sagt denn, dass wir nicht beides haben können?«, fragt Papa schmunzelnd.

»Wirklich? Können wir?«

»Wenn ich meinen Damen damit eine Freude machen kann, warum nicht?«, sagt er und grinst in die Runde. Ich grinse zurück und reiche ihm die *Nice-Matin*. Jeany springt auf und bringt ihm den Montblanc, und mit großer Geste beginnt Papa sein übliches Studium des Anzeigenteils.

Später wird er sich duschen, anziehen und wortlos mit dem Benz davonfahren, um den ganzen Tag nicht mehr aufzutauchen. Am frühen Abend stellt sich heraus, dass er einen Züchter in Avignon aufgetan und die weite Fahrt quer durch Südfrankreich auf sich genommen hat, um unsere Familie um zwei Mitglieder zu erweitern. Als Erstes hüpft der kleine Scheißer aus dem Auto, um sogleich unter dem Auto zu verschwinden. Auf der Fahrt hat sich der Zwergschnauzer mehrmals übergeben und, als der Magen leer war, nur noch schleusenlos gespeichelt. Die Polster sind so nass, als hätte Vater eine Schüssel mit Wasser transportiert.

»Zwerg«, wie wir ihn rufen, wird die Angst vor Fahrzeugen nicht mehr ablegen. Öffnet sich eine Autotür, ergreift er die Flucht. Schneidet man ihm den Fluchtweg ab und klemmt ihn sich unter den Arm, scharrt er mit seinen Pfoten in der Luft und zeigt das Weiße seiner Augen. Nach ein paar Kilometern, wenn er einen vorläufigen Frieden mit seiner Lage gemacht hat, beginnt das große Sabbern. Zuerst wird sein Bart feucht, dann nass, und zuletzt trieft Speichel in so erstaunlichen Mengen aus dem kleinen Tier heraus, dass keine Fahrt mehr ohne ein altes Handtuch angetreten werden kann. Alles am Zwerg ist schwarz. Es ist, als würde sein Fell das Licht schlucken. Liegt er im Schatten, wird der Schatten noch dunkler. Liegt er mit grotesk hochgewinkeltem Hinterbein auf dem Perserteppich, um sich schmatzend seiner angeborenen Körperhygiene zu widmen, kann es passieren, dass man ihn übersieht und versehentlich drauftritt. Dann stößt er spitze Schreie aus und flüchtet pfeilschnell unter das Sofa, wo wir ihn nur durch gutes Zureden wieder hervorlocken können. Wenn überhaupt. Seine Schreckhaftigkeit grenzt an Hysterie, und diese Grenze überspringt der Hund beim kleinsten Anlass. Dann stemmt er die Vorderpfoten gegen den Boden, senkt den Kopf und feuert Bellsalven ab, bis der kleinste Anlass verschwunden ist.

Nach dem Zwergschnauzer klettert würdevoll der Riesenschnauzer aus dem Benz. Schaut sich neugierig um, steuert direkt auf Mutter zu und legt seinen massigen Schädel gegen ihre Hüfte. Sie tätschelt ihn, ihr steigen Tränen der Rührung in die Augen.

Papa sieht es mit Wohlgefallen und scherzt: »Hat ganz schön gedauert, ihm das beizubringen!«

Das Fell des Riesen ist ganz Pfeffer und Salz, mit einer dunklen Linie entlang der Wirbelsäule auf dem Rücken. Was der Zwerg an animalischer Hektik in die atmosphärische Waagschale der Familie legt, das gleicht der Riese durch unergründlichen Gleichmut wieder aus. Erster Hund im Haus wird rätselhafterweise immer der Zwerg bleiben. Wenn es ums Fressen geht, macht er sich gurgelnd über den Napf her und hält den

Riesen, der daneben von einer seiner gewaltigen Pfoten auf die andere tritt, mit gutturalem Röcheln auf Distanz. Ihren Job, »auf uns aufzupassen«, erledigen die Hunde mit bravem Eifer. Bei ungewohnten Geräuschen jenseits der Mauer bellt der Zwerg zu wütenden Pirouetten sein warnendes Stakkato. Der Riese trottet eher aus freundlichem Interesse hinterher. Hebt seine immerfeuchte Nase forschend in den Wind und richtet sich zu voller Größe auf, den Schädel über den oberen Rand des Tores hebend. Einfach, weil er es kann und wissen will, worüber der Zwerg sich gar so sehr aufregt. Er bellt nicht, er wufft. Ein tiefes Geräusch, das wie eine mächtige Blase aus seinem Inneren aufsteigt und sehr überzeugend über seine Gutmütigkeit hinwegtäuscht. Cave canem.

Zuerst machen wir uns noch Sorgen wegen Fabian. So ein kleines Kind, und wir kennen die Hunde noch gar nicht richtig. Und sie uns auch nicht. Seltsamerweise behandeln sie meinen Bruder wie einen weiteren Welpen. Kaum haben die Hunde das Haus erkundet, umlagern und beschnuppern sie ihren menschlichen Altersgenossen. Der Riese klatscht ihm seine Zunge wie einen Waschlappen ins Gesicht. Fabian quietscht vor Freude, Vater sitzt mit angewidertem Blick daneben. Mutter sagt: »Ist okay, Dreck macht Speck.«

Und dann geschieht etwas Merkwürdiges. Fabian wuchtet sich auf die Knie, unter dem Hintern die Füße mit winzigen Zehen wie kleine Mandarinenstücke, und stützt sich auf die Schulterblätter des Riesen. Der erhebt sich und zieht meinen Bruder damit in die Höhe. Dann trottet er los, mein Bruder nebenher. Der Zwerg wackelt mit seinem Stummelschwanz und stellt sich in den Weg, sodass mein Bruder stolpert und stürzt. Aber er fällt weich, weil er gelernt hat, sich auf seinen prallen

Schwimmflügeln abzustützen. Sofort zieht er sich am Riesen wieder hoch. Und läuft. Sein Laufen ist ein mit jedem weiteren Schritt aufs Neue in Schach gehaltenes Stürzen. Als wären die Tiere arbeitsteilig ausgebildet, Kleinkindern auf die Beine zu helfen. Mein Bruder hat noch keinen Meter zurückgelegt, da ist Mutter schon los, den Fotoapparat holen. Fabian schaut ihr nach und stolpert wieder über den Zwerg …

Kurz darauf nehmen auf dem Esstisch zahllose Polaroids allmählich Kontur an, auf denen ein kleines Kind und ein riesiger Hund zu sehen sind. Derweil umtanzt Mutter das Gespann und knipst weitere Bilder. Mein Bruder wedelt glücklich mit den Ärmchen, um die Kamera aus dem Weg zu bekommen. Er will, dass Mutter ihm zuschaut.

Am späten Abend kommt Jeany zu mir ins Zimmer. Im Arm hält sie ihre Schlange, an kurzer Leine den Zwerg. Er hüpft sofort auf mein Bett, Jeany setzt sich daneben.

»Geh weg, du störst«, sage ich, ohne mich umzudrehen. Ich sitze am Schreibtisch und pflanze mit der Pinzette das hintere Drillingsgeschütz auf die *Yamato*, 1945 nach mehreren Volltreffern versenkt. Mit ihrem frickeligen Wald aus Antennen und den drehbaren Geschütztürmchen bin ich fertig. Fehlt eigentlich nur noch die rote Farbe für die Lackierung unter der Wasserlinie, dann kann sie auslaufen, ohne Luftunterstützung mit Kurs auf die vor Okinawa ankernde US-Flotte. Wo habe ich nur das Farbfläschchen?

»Ist er nicht süß?«, seufzt meine Schwester: »Ich finde, er ist noch viel niedlicher als Friedwart! Der Riese ist oben bei Mama. Leckt ihr die Füße ab, wie Schnauz früher. Gell, das machst du nicht, solche Sauereien! Feiner Hund!«

Ich wende mich um und sehe, wie meine Schwester dem Zwerg die Krallen lackiert. Gerade nimmt sie sich die zweite Pfote vor. Sorgfältig trägt sie mit dem Pinsel den roten Lack für die *Yamato* auf. Der Hund schnurrt, seine Augen fliegen zwischen Jeany und mir hin und her.

»Das ist total krank, was du da machst«, stelle ich fest.

»Aber wenn es ihm doch gefällt!«

»Das ist ein Männchen. Willst du, dass der schwul wird oder was?«

Jeany hört mir gar nicht zu und lackiert weiter. »Weißt du, was ich an Hunden so mag?«

»Dass sie jeden Scheiß mit sich machen lassen?«

»Auch. Noch mehr gefällt mir, dass Hunde alles beruhigen. Wenn man sich fragt, ob alles auch wirklich okay ist, dann muss man nur so einem Hund in die Augen schauen und weiß, dass alles okay ist. Und dann ist es gut.«

»Wie wär's mit Wimperntusche?«

Jeany hebt dem Hund die Pfote an und pustet die Nägel trocken. Dann schaut sie zu mir herüber und sagt: »Heute morgen waren wir noch eine Familie ohne Hunde. Und jetzt sind wir eine Familie mit Hunden. Das ist doch verrückt, oder? Wir haben so viel Glück, manchmal tut mir davon schon der Kopf weh! Und ich weiß auch, warum …«

»Wir haben einen Arsch voll …«

»Nein, das ist es nicht. Es ist ein Geheimnis. Soll ich es dir verraten?«

Ich stehe auf und nehme ihr das Fläschchen weg, Jeany schaut zu mir hoch. »Papa hat einen Zauberstift«, haucht sie, als hätte sie soeben eine sehr wichtige Erkenntnis mit mir geteilt.

»Jaja, irre«, sage ich zerstreut und wende mich wieder der

Yamato zu. »Jetzt nimm deine Schlange und deinen schwulen Hund und lass mich alleine. Ich habe zu tun.«

»Du glaubst mir nicht, oder?«

»Es gibt keine Zauberei. Also gibt es auch keine Zauberstifte.«

»Aber es ist so. Papa malt doch immer in der Zeitung rum … *damit*«, sagt sie und zieht den Montblanc aus ihrer Tasche. Der Kugelschreiber ist so golden, dass er im Licht meiner Schreibtischlampe zu glühen scheint.

»Jeany, den dürfen wir nicht nehmen! Sonst *ist* was los!«

Sie nickt und sagt ernst: »Kein Wunder, es ist ein Zauberstift. Denk doch mal nach! Alles, was Papa damit ankringelt, das wird Wirklichkeit.«

»Wirklichkeit?«

»Ja. Das steht zuerst in der Zeitung, und dann gibt es das in echt! Unser Haus! Dein Moped! Mamas neue Uhr mit den Glitzersteinen drauf! Sein blaues Rennauto …«

»Der Alpine, merk dir das doch mal!«

»… und die Hunde! Das stand alles zuerst in der Zeitung. Und dann hat Papa das mit diesem Stift hier eingekringelt.«

Ihre Augen glänzen. Sogar der Hund schaut mich erwartungsvoll an.

»Ich könnte es dir erklären«, seufze ich, »habe aber gerade keine Lust.«

»Heute Morgen habe ich damit ein Pferd eingekringelt. Und ein Segelboot. Und ein Schloss von Barbie. Willst du auch mal?«

Sie reicht mir den Kugelschreiber. Auf dem Clip funkelt etwas, das wie ein Diamant aussieht. Er liegt edelmetallisch schwer in der Hand, wie eine Waffe. Ein magischer Wunschtorpedo.

»Wo hast du den gefunden?«

»In der Innentasche von dem teuren Anzug, den Papa sich fürs Casino gekauft hat.«

»Rechte oder linke Tasche?«

»Weiß nicht mehr«, sagt Jeany störrisch. »Da steckte auch sein komisches Notizbuch drin. Das mit den schwarzen und roten Zahlen. Warum willst du das so genau wissen?«

»Weil ich diesen Stift jetzt dahin zurückbringen werde. Sei froh, dass ich damit nicht zu Papa gehe. Der würde ausflippen, das weißt du doch«, sage ich und wende mich zum Gehen.

»Wir bekommen ein Kindermädchen«, sagt sie schnell.

Ich bleibe stehen. »Was?«

»Ich habe im Altpapier nachgeschaut, was wir als nächstes bekommen. Und da war eine Nounou eingekringelt. Nounou ist Französisch und heißt …«

»Kindermädchen, ich weiß. Du spinnst.«

»Sie heißt Roxane, den Nachnamen habe ich vergessen.«

Mougins

Die Hitze ist im roten Bereich und zieht weiter an. Bald ist es sogar zu heiß zum Mopedfahren. Der Wind beschleunigt und heizt die Glut an, statt sie zu lindern. Nicht einmal die Hunde wollen raus. Weil sie aber nicht in den Garten kacken sollen, führe ich sie die Straße entlang. Es geht eilig von Schatten zu Schatten und vorbei an dichten Hecken, über die sich Palmen neigen und hinter denen es verhalten plätschert. Hin und wieder findet sich der Name einer Villa als Mosaik im Putz. Ich gehe nicht weit, nur bis zur saudischen Prinzessin. Zumindest sagt Vater, dass dort eine saudische Prinzessin wohnt. Das Tor ist nicht massiv, es besteht aus hohen Gittern, und dahinter gammelt ein Lamborghini Countach vor sich hin. Noch so ein Auto, das ich nur aus Quartetten kannte. Die Rückscheibe ist blind, auf der Schwinge seines Heckspoilers steht eine Regenwasserpfütze vom letzten Gewitter, Gras wuchert um seine Breitreifen. Die Hunde winseln. Ich lege probehalber meine flache Hand auf den Boden und ziehe sie sofort zurück. Ein Wunder, dass der Asphalt noch keine Blasen schlägt! Wir spazieren zurück, wieder von Schatten zu Schatten. Sollen sie doch in den Garten kacken. In der Luft liegt ein würziger Geruch, und dann donnert ganz niedrig ein rotes Flugzeug über mich hinweg.

»In Mougins brennt die Müllkippe«, sagt Mama und stellt den Hunden einen Napf mit Wasser hin, über den sie sofort herfallen. Das Feuer soll schon auf den benachbarten Wald übergegriffen haben. Hier unten ist das eine ernste Sache. Man hört, dass es irgendwo brennt, und anderntags fährt man schon durch verkohlte Landschaften. Außerdem treibt das Feuer wilde Tiere vor sich her und in die Städte. Seit Tagen, vermutet Mama, treibt sich ein Fuchs in der Gegend herum. Sie will ihn auf dem verwilderten Gelände neben unserem Haus gesehen haben. Das macht ihr, wegen der Tollwut, mehr Sorgen als das Feuer.

Ich gehe in den Garten, wo sich der gelbe Rasen allmählich zurückzieht und nackte Erde sehen lässt. Über der Bucht schwenkt ein weiteres Löschflugzeug ein, berührt im Sinkflug die Oberfläche und startet dröhnend durch, den Bauch voll schwappender Löschwassermassen. Cool.

»Ist Jeany nicht in Mougins?«, frage ich. Dort besucht meine Schwester regelmäßig ihre Klassenkameradin Susan, eine Engländerin. Meistens übernachtet sie dann dort. Ich bin ein bisschen eifersüchtig, dass sie eine so gute Freundin hat. Wenn ich dagegen an Jaruzelski denke, bei dem möchte ich nicht übernachten.

»Jeany war heute mit Susans Familie bei einem Ausflug in Mandelieu. Das ist weit genug von dem Feuer weg. Ich fahre trotzdem gleich rüber und hole sie ab. Du weißt ja: Vorsicht ist …«

»… die Mutter der Porzellankiste«, vollende ich.

Mama schiebt ihren Strohhut zurecht und geht die Treppe hinunter zum Pool, um den Zulauf aufzudrehen. Bei dieser Hitze kann man dem Wasser beim Verdunsten zuschauen, Zentimeter für Zentimeter.

Ich gehe ins Haus, und bevor sich meine Augen an die Dunkelheit gewöhnt haben, trete ich auf den Zwerg. Mit spitzen

Schreien bringt er sich in Sicherheit. Es klingt, als hätte ich ihn abstechen wollen, verdammt. Kann der sich nicht mal anderswo die Eier lecken? Das muss der doch langsam wissen, dass wir hier entlanglaufen!

Da klingelt das Telefon.

Beim Staubsaugen kommt so zuverlässig der Stecker aus der Buchse, dass ich das Geräusch gar nicht mehr gewöhnt bin. Wo stand das Ding doch gleich? Ach ja, da. Ich nehme ab.

»Frank?«

»Mein Großer? Schön, dass mal jemand rangeht!«

Meine Oma. Oma Julia. Mama hat seit unserem Umzug wohl ein paar Mal mit ihr telefoniert. Mit Oma. Nicht mit Opa, der ist offenbar sauer über irgendwas.

»Oma!«, brülle ich.

»Ich freue mich auch.«

Ihre Stimme klingt weit weg, es liegt ja auch ein ganzes Gebirge dazwischen. Ihr Lachen klingt noch immer, als würde eine Karotte an einem Reibeisen zerkleinert.

»Wie geht's uns denn?«

»Wie's *uns* geht, kann ich nicht sagen, aber …«, pruste ich, alter Witz.

»Aber meinen Enkeln geht es gut, ja?«

»Klar! So richtig super geht es uns!«

»Alles gut in der Schule?«

»Ja, aber jetzt sind Ferien.«

»Wann kommt ihr denn wieder zurück?«

»Wann wir euch besuchen? Oder wie? Wir sind doch gerade erst hierher gezogen! Wie geht es euch denn?«

»Wir vermissen unsere Enkel. Und deshalb fragen wir uns, wie lange ihr bleibt.«

»Aber Oma, wir wohnen doch jetzt hier …«

»Ich weiß, ich weiß. Solange das Geld langt. Was macht denn der Papa? Arbeitet der?«

»Weiß ich nicht genau. Er verwaltet unser Geld, glaube ich.«

»Verwalten, aha«, sagt sie und lässt dabei wieder die Karotte hören. »Meinst du das, was der Luftikus in seinem Schwulentäschchen hat?«

»Weiß ich doch nicht, wo Papa unser Geld hat. Oma, warum bist du so komisch?«

Plötzlich steht Mutter neben mir, den Kopf schief, die Hand ausgestreckt.

Sie schaut mich fragend an, ich reiche ihr den Hörer.

»Mama? Alles klar? … nein, wieso? Ach, der Anschluss ist ein bisschen wackelig hier, wir sind eben nicht in Deutschland … Hast du? Und was hat er gesagt? … Ich finde, du sollst den Kindern keine Angst … ja, ja. Ich weiß. Darüber haben wir doch schon geredet, Mama … Natürlich wissen wir das … Ich pass schon auf, ja … Das ist vorbei. Ja. Bezahlt. Alles bezahlt, was denkst du denn? Das macht der Werner. Ja. Alles. Das kannst du auch Papa ausrichten …«, und auf einmal versteinert ihr Blick, sie dreht sich weg von mir und dämpft die Stimme. »Wer war da? Wann? … Und da kommen die zu euch? … Nein, von der Bullerei weiß ich nichts. Du hast denen doch nicht unsere Adresse …? Gut. Sag das auch Papa, bitte … nein, ich kann mir das nicht erklären. Ich werde Jürgen fragen, wenn er nach Hause kommt … klar arbeitet der … Weiß ich nicht, ist mir auch egal. Das ist jetzt blöd, Mama, aber ich muss gleich los. Ich rufe heute Abend nochmal an, ja? Ja, richte ich aus! Kuss!«

Mutter legt den Hörer auf und knipst ihr Lächeln wieder an.

»Was wollte die Oma denn von dir wissen?«

»Das war komisch. Sie wollte wissen, wann wir endlich zurückkommen.«

»Du weißt ja, wie alte Leute sind. Die wollen manche Sachen nicht wahrhaben.«

»Sie wollte auch wissen, was Papa arbeitet.«

»Und was hast du gesagt?«

»Was hätte ich denn sagen sollen?«

»Die Wahrheit. Dein Vater arbeitet. Natürlich tut er das. Was denkst du denn?«, sagt Mama heiter und schnappt sich Fabian, der gerade im Gespann mit dem Riesen vorbeigewackelt kommt. »Ich muss jetzt los, Jeany aus Mougins abholen. Wir sehen uns später. Und lass das mal mit dem Mopedfahren heute, dieser Rauch ist bestimmt giftig!«

Als Mama weg ist, höre ich aus dem Keller leise Musik. Je näher ich dem rückwärtigen Raum komme, in dem wir für eine Weile nichts weiter als unsere leeren Koffer aufbewahrt haben, umso lauter wird es. Inzwischen hat Papa sich hier eingerichtet. Er nennt es sein »Büro« und verschwindet darin, wenn er mal ungestört sein möchte. In jüngster Zeit will er häufig ungestört sein. Ich klopfe mit der Faust gegen die Tür.

»Hereinspaziert, hereinspaziert«, ruft er.

Stuhl, Sofa und ein flacher Tisch. Zigarettenqualm füllt den Raum kompakt bis hoch zur nackten Glühbirne unter der Decke. In der Ecke steht neben den beiden Taschen von Louis Vuitton ein silberner Ghettoblaster auf dem Boden. Hinter den Gitterchen des Ghettoblasters kann ich die Boxen pulsieren sehen, so laut ist die Musik. Und kühl ist es, herrlich kühl.

Vater sitzt auf dem Sofa. Er ist nackt. Als einziges Kleidungsstück trägt er um die Hüften einen schmalen weißen Gürtel von Lacoste, mit einem grünen Krokodil vorne am Verschluss, gleich unter seinem Nabel.

»Hör dir das an!«, brüllt er. Das Schlagzeug ist wuchtig, und die heisere Stimme des Sängers überschlägt sich: »I don't care anymore, no, no, I don't *care* anymore«.

Vater trommelt in der Luft. »Dieser Sound! Geil!«

Er klopft mit der Hand auf den Platz neben sich. Auf dem Tisch liegen Blöcke mit kariertem Papier, auf denen er sich mit seinem Montblanc kryptische Notizen gemacht hat. Dazu ein Taschenrechner, die *Nice-Matin* und ein paar Musikkassetten. Eine »Best Of« von Queen und eine neue Kassette mit einem ziemlich aggressiv dreinschauenden Typen drauf. Rotes Gesicht, schmale Lippen, Schweiß auf der Stirn.

»No more, no more, no more, no more ...«

Das Lied klingt aus. Er geht rüber, bückt sich und schaltet den Ghettoblaster aus. Papa ist wirklich sehr nackt. Ein Löschflugzeug röhrt über das Haus.

»Ganz schön was los heute«, sagt er.

»Mama ist Jeany holen. Vorsicht ist ...«

»... die Mutter der Porzellankiste, ich weiß. Warum bist du nicht Mopedfahren?«

»Gift in der Luft«, sage ich.

Papa verdreht die Augen. »Deine Mutter ist die Mutter der Porzellankiste. Neuerdings hat sie sogar Angst vor einem Fuchs. Ein Fuchs, stell dir vor! Aber setz dich doch ...«

Ich lasse mich auf das Sofa fallen und greife nach der Zeitung. Das Foto über dem Aufmacher zeigt ein Trümmerfeld hinter polizeilichen Absperrbändern. Vater legt eine andere Kassette ein, setzt sich neben mich und deutet auf den Artikel.

»Hast du das gelesen? Irre Geschichte. Seit ein paar Wochen

überfällt eine Gang an der ganzen Küste diese gepanzerten Geldtransporter, weißt du, die wie Panzer aussehen. Harte Hunde müssen das sein. Die Flics tippen auf ehemalige Algerienkrieger, tappen aber noch im Dunkeln. Idioten. Weißt du, wie die Gangster das machen? Sie warten, bis der Transporter an einer Ampel steht, dann fahren sie mit dem Motorrad daneben und bringen eine Haftmine an. Bumm! Und dann müssen sie nur noch die Scheinchen einsammeln. Also die, die nicht verbrannt sind. So, und jetzt kommst du!«

»Da bin ich platt«, sage ich und beuge mich über seine Notizen. Zahlenkolonnen, sonst nichts. »Was machst du da? Ist das Arbeit?«

»Arbeiten würde ich das nicht nennen«, sagt er leichthin und greift nach den Zigaretten. Er stemmt die nackten Beine mit den Fersen in die Polster, und ich lehne mich instinktiv zurück, um nicht zu viel zu sehen.

»Und … wie würdest du das dann nennen?«

Er nimmt einen tiefen Zug und atmet aus. »Du wirst es eh nicht kapieren, aber ich will dir trotzdem mal was erklären, mein Sohn. Hör zu. Wie nennt man jemanden, der andere Leute durch die Gegend fährt, um Geld zu verdienen?«

»Fahrer.«

»Genau. Wie nennt man jemanden, der Brot backt?«

»Bäcker.«

»Und jemand, der malt?«

»Maler?«

»So machen's die meisten Menschen. Sie schuften sich die Buckel krumm. So hat es mein Vater gemacht, so hat es der Vater deiner Mutter gemacht. Und wie nennt man wohl jemanden, der schuftet?«

Ich denke nach, stutze.

Vater grinst und klatscht in die Hände. »Schuft, genau!« Er lehnt sich zurück und ascht auf den Boden. »Keiner, der's hier oben hat«, und dazu tippt er sich an die Schläfe, »muss schuften. Schuften müssen nur die Idioten. Glaubst du, auch nur eines der Boote unten im Hafen ist durch ehrliche Arbeit erworben worden? Das Geheimnis ist, dass alle bescheißen. *Alle.* Mal mehr, mal weniger. Das ist die Wahrheit. Je früher du auf den Trichter kommst, umso besser. Es geht im Leben darum, sich so«, er macht eine schlängelnde Bewegung mit der Hand, »durchs Leben zu bewegen.«

»Aber Mama denkt, du arbeitest ...«

Er beugt sich vor, Leder knarzt: »Wenn sie das beruhigt, lassen wir sie das denken!«

»Also ... was tust du? Ich weiß ja, dass wir viel Geld haben. Aber das reicht nicht für immer, stimmt's? Das muss doch trotzdem irgendwann alle sein.«

Kurz schaut er durch mich hindurch wie in eine ferne Zukunft, in der unser Geld futsch sein wird. Dann fixiert er mich wieder und reibt sich zwischen den Schenkeln die Hände.

»Weil das so ist, *arbeite* ich«, sagt er und setzt bei dem Wort »arbeiten« mit Zeigefinger und Mittelfinger zwei kleine Haken in die Luft. »Dann will ich dich mal einweihen. Roulette. Kennst du, oder? Casino?«

Ich nicke. Erst neulich bin ich am Casino Le Ruhl an der Promenade des Anglais in Nizza vorbeigefahren und habe mich über die beiden vergoldeten Hauben über dem Eingang gewundert. Und auf dem Platz vor einem Parkhaus in Cannes habe ich französische Jungs beobachtet, wie sie mit ihren Skateboards von den betonierten Rampen rollten und sich blutige

Knie holten. Tatsächlich war es gar kein Parkhaus, es sah nur so aus. Es war das Casino Barrière La Croisette. Das merkte ich erst, als sie dort eines Tages die roten Teppiche für die Filmfestspiele ausrollten.

»Du setzt auf Rot oder Schwarz, klar? Sagen wir also, ich setze meine Jetons auf Rot. Nicht viel Geld, nur ein wenig. Vielleicht 50 Francs, okay? Ich setze also 50 Francs auf Rot. Wenn die Kugel auf Rot fällt, gewinne ich 100 Francs.«

»Wenn du verlierst, sind die 50 Francs aber weg.«

Er atmet aus, der Rauch rollt über den Block und fällt die Tischkante hinunter, wo er als dünne Wolke über dem Teppich stehen bleibt.

»Ja, aber jetzt kommt's. Spitz die Ohren. Wenn Rot verliert, setze ich das nächste Mal wieder auf Rot. Aber das Doppelte!«

Ich starre auf den Kugelschreiber, mit dem er auf den Block trommelt, und warte. Es kommt aber nichts mehr. Er setzt das Doppelte, das war schon die Pointe.

»Verstehst du?«

»Wenn ich ehrlich bin, nein. Was, wenn dann Schwarz kommt, und du hast 100 Francs auf Rot gesetzt?«

»Gute Frage! Dann habe ich insgesamt 150 Francs verloren. Was mache ich dann?«

»Genau, was machst du dann?«

»Dann setze ich das nächste Mal wieder auf die Farbe, die vorher verloren hat! In unserem Fall also Rot. Und wieder setze ich das Doppelte!«

»300 Francs?«, und schon trifft mich eine flache Hand am Hinterkopf. Nicht fest, nicht wirklich böse, eher so, wie man gegen einen Automaten klopft, damit der Groschen fällt. Stochastik, verdammt.

»Hörst du nicht zu? Ich verdoppele meinen Einsatz. Was war mein Einsatz?«

»100 Francs?«

»Also setze ich als nächstes 200 Francs auf Rot«, erklärt er triumphierend und lehnt sich zurück. Ich versuche, nicht auf seinen Penis zu starren.

»Wenn dann wieder Schwarz gewinnt, setzt du 400 Francs auf Rot? Und wenn dann Rot kommt, kannst du 800 Francs einstreichen? Und alle Verluste wieder reinholen?«, versuche ich. Treffer!

Vater stößt zustimmend seinen Zeigefinger in meine Richtung und nickt. »So ist es. In groben Zügen, genau. Hast es kapiert. Und dann bin ich ein gemachter Mann!«

Er klatscht sich vor Vergnügen auf die nackten Schenkel und summt das Lied aus dem Ghettoblaster mit, Scaramouche, Scaramouche, und irgendwas mit Fandango.

»Wie würdest du das nennen?«, fragt er nach einer Weile und gibt selbst die Antwort: »Ich würde das ein sicheres System nennen. Es ist ein sehr altes und berühmtes System. Es heißt Martingale. Schon Casanova hat Martingale gespielt und gewonnen. Und mit diesem System wird dein Vater die Bank knacken.«

Er schaut mich erwartungsvoll an. Sein Penis ist in meine Richtung gerutscht und sieht aus, als wäre er ebenfalls an meiner Meinung interessiert.

»Das ist toll, aber …«

»Frag nur!«

»Wenn das ein todsicheres System ist …«

Sein Finger schnellt nach oben: »Sicher! Von todsicher war keine Rede.«

»Okay, sicher. Wenn das ein so altes und berühmtes sicheres System ist, warum spielen dann nicht alle danach?«

Von seiner Gitane fällt Asche auf den Tisch. Vater wischt sie mit dem Handrücken hinunter und zerstäubt den Kegel mit dem nackten Fuß auf dem Teppich. Dann legt er die Zigarette so auf die Tischkante, dass die Glut übersteht, und reibt sich die Hände.

»Der Witz bei der Martingale ist die Verdoppelung des Einsatzes. Da reden wir schnell von sehr hohen Beträgen. Du brauchst also zwei Dinge, die nicht jeder dahergelaufene Spieler mitbringt. Erstens gute Nerven. Die habe ich. Und zweitens einen Arsch voll Geld. Und was haben wir wohl, na?«

»Einen Arsch voll Geld?«, huste ich.

Vater nickt und hebt die Arme wie ein Dirigent. Zu leisen Pianoklängen geht gerade das Lied zu Ende, und er bewegt den Mund, als sänge er mit: »Nothing really matters, nothing really matters to me!«

Réunion

Es ist früher Vormittag. Ich treibe im Pool auf einer Luftmatratze, die langsam ihre Luft verliert. Irgendwo blubbern feine Blasen, aber ich kann das Loch nicht entdecken. Ich merke nur, dass die Matratze unter meinem Gewicht immer schlaffer wird. Meine Schwester hockt am Rand, die Beine im Wasser, und trocknet ihre Stoffschlange, als Papa in Begleitung einer fremden Frau die Gartentreppe herunterkommt.

»Hört mal her, ihr Kerkerkugeln«, ruft er leutselig. »Ich würde euch gerne Roxane vorstellen. Sie ist eine Nounou. Das ist Französisch für Kindermädchen.«

Jeany legt ihren Kopf schief und grinst mich an, während Vater sich feierlich an die junge Frau wendet: »Voilà, les enfants!«

Roxane geht neben Jeany in die Hocke und beginnt mit ihr ein Gespräch über die Stoffschlange. Als sie ihre Hand danach ausstreckt, zieht meine Schwester ihr Stofftier schnell weg. Ich paddle derweil auf der absaufenden Matratze dem Poolrand entgegen. Eben noch fühlte ich mich wohl, so unter der Sonne. Jetzt fühle ich mich wie die fette Robbe, die ich vermutlich bin. Als ich den Rand erreiche, taste ich nach meiner Brille und setze sie auf.

Ihre Füße.

Ich habe noch nie so schöne Füße gesehen. Sie stecken in Sandalen mit dünnen Lederriemen, ein klarer Lack liegt auf den Nägeln, und ihre bronzene Haut wirkt weich wie bei einem Neugeborenen, selbst an den Fersen. Als wären diese Füße niemals gelaufen, immer nur geschwebt.

Ich blinzle der Sonne entgegen, da beugt sie sich zu mir herab.

»Bonjour, Monsieur!«

Monsieur! Ihre Augen sind so grün, als wären es mandelförmige Löcher, durch die hindurch ich dahinter die Hecke aus kaukasischem Kirschlorbeer leuchten sehen kann.

Roxane ist achtzehn Jahre alt und auf Réunion geboren, einer tropischen Vulkaninsel im Indischen Ozean, und aufgewachsen in Nizza. Réunion gehört zum französischen Kolonialreich, deshalb ist Roxane auch Französin. Vater muss sie mit seinem Zauberstift in der *Nice-Matin* eingekreist haben, wie Jeany es gesagt hatte. Roxane soll, wie Papa erklärt, auf »die Kleinen« aufpassen. Sie gehöre jetzt zur Familie, wie die Hunde. Vater hat für sie sogar sein »Büro« gelüftet und geräumt. Darin soll sie wohnen, wenn sie bei uns ist.

Roxane spricht wenig und lächelt viel, so ein ungefähres Lächeln, sanft und schief. Wie eine milde Maske sitzt es auf ihrem Gesicht, wenn sie im Chemin de l'Aube »die Stellung« und unseren Eltern »den Rücken frei« hält, wofür auch immer. Manchmal bleiben Mama und Papa für einige Tage fort und bringen Cassis aus Marseille oder Pesto aus Genua mit. Ich stelle mir vor, wie sie dort in Hotels am Meer übernachten, ganz frei, ohne den Ballast der Familie. Manchmal sehen sie sich abends im Kino in Cannes aufregende Filme an, die »nicht für Kinderaugen« bestimmt sind, *Les Morfalous* mit Jean-Paul Belmondo oder *Emanuelle IV* mit Sylvia Kristel, die ich immerhin aus der *Paris Match* kenne, die Roxane ins Haus bringt. Dabei kommt mir Roxane immer weniger vor wie ein richtiges Kindermädchen. Eher wie eine große Schwester. Sie läuft mit. Essen wir gemeinsam, sitzt sie stumm am Tisch. Morgens besetzt sie das Badezimmer. Manchmal verwendet sie Mamas Lockenwickler, und einmal riecht sie sogar nach »Opium«. Wenn es nichts zu tun gibt, legt sie sich unten an den Pool, raucht und blättert in ihren Illustrierten. Es gibt oft nichts zu tun, und Roxane liegt gerne. Springe ich zu ihr in den Pool, geht sie ins Haus. Folge ich ihr hinein, hat sie schon im Garten zu tun. Spreche ich sie an, verstärkt sie ihr stufenlos verstellbares Lächeln, bis ich es nicht mehr aushalte. Was ich auch anstelle, ich gleite ab wie an einer glatten Wand. Irgendwie scheint sie von mir genervt, wie ich von meiner kleinen Schwester genervt bin. Manchmal hockt mein Bruder in voller Windel und mit erschlafften Schwimmflügeln vor dem laufenden Fernseher, während meine Schwester mit dem Kescher im Pool nach einem ihrer Kuscheltiere stochert, das der Wind ins Wasser geweht hat. Dann suche ich Roxane im ganzen Haus und finde sie mit »mal de tête« und einer *Paris Match* im Bett. Kopfschmerzen und leichte Lektüre kenne ich von meiner Mutter, also schleiche ich wieder hinaus.

»Roxane ist doof«, eröffnet mir Jeany finster. »Nie macht sie was mit uns. Sie liest nichts, sie spielt nichts, sie kocht immer den gleichen Brei. Ständig hockt sie nur rum und telefoniert. Oder glotzt Fernsehen. Aber auch nur das, was wir nicht sehen wollen.«

»Sag's den Eltern«, rate ich und setze den Helm für eine weitere Spritztour auf.

»Ich habe es ihnen schon gesagt«, beharrt Jeany. »Aber es ist ihnen egal.«

Tatsächlich wirkt sich die Anwesenheit von Roxane in irgendeiner ultravioletten Frequenz auf die Stimmung der Eltern aus. In ihrer Gegenwart lässt Vater sein Französisch fließen und Mutter den Staubsauger ruhen. Manchmal sitzen sie zu dritt bis spät in die Nacht draußen auf der Terrasse und trinken. Die Eltern Orangensaft, Roxane Pernod.

»Morgen bringe ich Jeany zu Susan, und dann mieten wir ein Boot und schippern die Buchten entlang«, kündigt Vater an, oder: »Wir besuchen das ozeanische Museum in Monte Carlo. Was machst du?«

Nie fragt er, ob ich gerne mitkommen würde, und ich bitte ihn auch nicht darum. Es würde mich wahrscheinlich langweilen, ich bin lieber mit dem Moped unterwegs oder kümmere mich um die Hunde. Aber das Kindermädchen kommt mit, um auf meinen Bruder aufzupassen. Abends kehren sie erholt zurück. Roxane noch brauner als sonst, meine Eltern mit Sonnenbrand.

Ich freue mich für sie, weil sie von diesen Ausflügen so entspannt und gelassen heimkehren. Abends reicht ihr Elan sogar so weit, dass sie die Pappteller rausholen und den Außengrill anheizen. Roxane bereitet madagassisches Auberginenrougail an Reis, und gemeinsam sitzen wir im verzaubernden Licht der Lampions, schlagen hin und wieder nach Stechmücken und essen, bis wir platzen. In Gegenwart der Eltern ist umgekehrt auch Roxane wie ausgewechselt. Wenn sie meine Geschwister zu Bett gebracht hat, kommt sie mit Eis und Pernod zurück. Pernod für alle, zur Feier des Tages. Auch mir stellt sie wie selbstverständlich ein Glas hin.

»Er soll doch nicht …«, sagt Mutter.

»Lass ihn doch«, sagt Vater.

Roxane lächelt verschwörerisch. Es schmeckt nach Anis,

wunderbar. Gerne höre ich Papa zu, wie er über Geschäfte redet, von denen ich noch nie etwas gehört habe. Einmal streitet er mit Roxane über eine neue rechte Partei, die vor allem in Südfrankreich erfolgreich ist und von einem alten Soldaten geleitet wird. Da erlebe ich unser Kindermädchen erstmals *richtig* wütend, nicht nur genervt, wobei Papa sie lächelnd weiter reizt, bis sie schmollend die Arme verschränkt und dann doch wieder über einen seiner Witze lachen muss. Ich betrachte seine geschwungenen Lippen, denen das Französische so mühelos entplätschert, als wären sie dafür geformt, romanische Lippen, gallische Lippen, und bewundere ihn dafür und für alles andere auch. Er spricht, als schriebe er mit leichter Hand auf den Rand einer Zeitung, und springt dabei von Thema zu Thema wie ein Stein übers Wasser. Weder auf das Thema noch auf den Stein kommt es an, nicht einmal auf das Wasser. Nur auf das Hüpfen.

Mama und Roxane folgen ihm ebenfalls mit einem Ausdruck leerer Verzückung, runtergebrannte Zigaretten zwischen den Fingern und Gläser in den Händen, in denen das Eis längst geschmolzen ist. Später verglimmen auch die Teelichter in den Lampions. Was für eine große und bunte Familie wir doch geworden sind, denke ich dösend. Da bemerke ich mit leisem Schrecken, dass Papa, der schon eine ganze Weile schweigt, seinen Blick auf mir ruhen lässt. Er schaut mich mit wohlwollender Milde an. Glasig, vielleicht aber auch ein wenig stolz. Verlegen rutsche ich hin und her.

»Siehst du das?«, fragt er endlich mit dem ganzen Nachdruck einer schweren Zunge. Dabei deutet er in den irrsinnigen Sternenhimmel über uns, ohne selbst den Blick zu heben. »Siehst du das? Alles dreht sich um irgendwas.«

Ein Poltern lässt mich aus dem Schlaf schrecken. Fortgesetztes Rumpeln direkt über mir, als wäre im Wohnzimmer ein Schrank umgefallen. Mir schmerzt der Kopf, ich warte eine Minute und höre schwere, schnelle Schritte. Dann schwinge ich mich aus dem Bett. Nachsehen, was es damit auf sich hat.

Und wirklich, im Wohnzimmer ist die Kommode mit den »Nixelchen« umgestürzt, der Tand im ganzen Zimmer verteilt. Mitten im Schlamassel hält Mama meinen weinenden Bruder im Arm, ihre Hand ruht schützend auf seinem Hinterkopf. Sie erkennt meine Verwirrung und kommt meiner Frage zuvor: »Er hat sich nur erschreckt, es ist nichts weiter. Nur ein kleiner Streit. Jetzt möchte Roxane gerne nach Hause, das ist alles, n' est-ce pas, Roxane?«

Die rauscht mit gesenktem Kopf quer durchs Zimmer, nichts am Leib als ein Bikini unter einem durchsichtigen Negligé. Ich folge ihr die Treppe hinab. Sie wirbelt durch ihr Zimmer und stopft wahllos Kleider und Schuhe in zwei Plastiktüten. Im Badezimmer fegt sie Shampoo und Zahnbürste vom Regalbrett. Ich wage nicht, sie anzusprechen. Aufgeregt tänzeln ihr die Hunde um die Füße, während sie in ihr geblümtes Kleid schlüpft.

»Was ist denn los?«, frage ich Papa, der jetzt oben an der Treppe aufgetaucht ist und seelenruhig mit dem Autoschlüssel spielt.

»Hast du deine Mutter nicht gehört? Roxane will heim, und da fahre ich sie jetzt auch hin. Damit sie nicht den Bus nehmen muss.«

Roxane bleibt stehen und starrt Mama an, die langsam den Kopf schüttelt, wie sie es tut, wenn sie enttäuscht ist. Dann kehrt sie ihr den Rücken zu. Roxane schnaubt, fährt herum und funkelt Papa an. Ich sehe, wie sie hinter dem Rücken, wo sie die Tüten hält, die Hände zu Fäusten ballt.

»Kann ich mit?«, frage ich.

»Warum nicht?«, sagt Vater gelassen, ohne Roxane aus den Augen zu lassen.

»Zieh dich aber schnell an. Ich glaube, unser Schokobaby hat's eilig!«

Schokobaby?

Roxane zwängt sich an Vater vorbei aus dem Haus, kurz darauf schlägt oben auf dem Parkplatz eine Autotür. Was ist hier los?

Ich lasse mich auf den Rücksitz gleiten. »Mais qu' est-ce qui se passe, Nounou?«

Schweigend sieht sie Vater dabei zu, wie er aufreizend langsam das Tor öffnet.

Die ganze Strecke bis Nizza schaut Roxane starr aus dem Beifahrerfenster. Als interessierte sie sich für das Meer, das sich an diesem Morgen für ein mattes Silber entschieden hat. Unter einem gewaltigen Qualmbügel aus ihrem Schornstein rollt eben wieder die Fähre aus Korsika ein. Papa zündet sich eine Zigarette an und folgt den Schildern zum Flughafen. Niemand spricht ein Wort. Hier sieht Nizza ganz anders aus, als ich es kenne. Schmucklose Hochhäuser mit gleichförmigen Balkonen, von denen der Putz bis auf den nackten Beton abgeblättert ist. Mülltonnen, aus denen der Dreck quillt und sich über die Straße verteilt. Hunde schleichen mit eingezogenen Schwänzen herum, Autos fehlen die Kotflügel. Es riecht nach Weichgekochtem und Urin. Vater scheint sich hier auszukennen, vor dem Eingang eines Hochhauses steuert er einen freien Parkplatz an. Bei laufendem Motor packt Roxane ihre Tüten und ist raus. Auf dem Gehweg knickt sie um, lässt die Tüten fallen, flucht und dreht sich noch einmal um. Mit ihren grünen Augen fixiert sie Vater und faucht: »Pour votre information, Monsieur, tu ne m' attires pas du tout! Et d'abord, j'aime filles!«

Das »filles« muss sie laut rufen, weil Papa schon losgefahren ist und sie einfach stehen lässt mit ihrer Wut. Sie zieht ihr geblümtes Kleid an den Hüften nach unten, greift sich die Tüten und verschwindet in einem Hauseingang.

»Was hat sie gesagt?«, frage ich. »Das habe ich gar nicht verstanden.«

»Ich auch nicht«, sagt Papa mit einem Schulterzucken. »Frauen!«

Spät am Abend finde ich keinen Schlaf. Moskitos summen, stechen aber nicht. Denen ist es auch zu heiß. Oben höre ich Mama lachen. Papa hat seinen Ghettoblaster ins Wohnzimmer gestellt, ein Schlagzeug wummert. Ich schleiche auf den dunklen Flur und sehe Licht unter der Tür meiner Schwester.

Sie sitzt wieder einmal auf dem Bett mit einem Stapel alter Zeitungen, die sie aus dem Müll geholt hat. Interessiert studiere ich die Kulturen in den Einmachgläsern auf der Fensterbank. Ein grüner Pilz hat schon Fortsätze gebildet, wie feine Tentakeln.

»Du musst aufpassen, dass diese Dinger nicht ausbrechen und dich erwürgen.«

»Sehr witzig. Lass die Finger davon. Geh raus«, zischt Jeany.

»Hast du schlechte Laune? Roxane ist doch endlich weg. Was ist denn los?«

»Papa kringelt immer nur Sachen ein, die ich nicht brauche«, sagt sie und raschelt vorwurfsvoll mit dem Papier.

Da rutschen drei Fotos aus dem Altpapierstapel und segeln auf den Boden. Ich trete ans Bett, um sie aufzuheben, werfe dabei einen flüchtigen Blick auf die Bilder – und schnappe nach Luft. Mein Herz tritt um sich, zugleich packt mich ein erregender Schwindel, mit dem ich nichts anfangen kann. Ganz und gar nicht.

»Was ist denn mit dir los?«

»Nichts …«, stammle ich.

»Was hast du da? Zeig her!«, sagt sie und streckt die Hand aus.

Ich halte die Fotos hinter meinen Rücken, schiebe sie unter den Bund meiner Unterhose und gehe rückwärts aus dem Zimmer. Jeany erhebt sich.

»Ey, zeig her. Das gehört mir!«

Ich drehe mich um und renne los, schlage meine Tür zu und drehe den Schlüssel um.

»Das ist *gemein*!«, brüllt Jeany und trommelt gegen die Tür.

»Ihr sollt schlafen!«, ruft Mutter von oben.

Jeany tritt noch einmal gegen die Tür. »Mistkerl!«, faucht sie.

Ich stehe atemlos in meinem Zimmer und warte, bis ich sie nebenan wieder rascheln höre. Vielleicht sucht sie nach einem weiteren Foto. Hoffentlich findet sie keines. Nach einer Weile ist Ruhe, auch mein Herzschlag verlangsamt sich. Ich ziehe die Bilder hervor und setze mich auf die Bettkante. Meine Finger kleben und hinterlassen Abdrücke auf der Oberfläche der Fotos. Die ersten beiden Bilder zeigen Papa und Mama, wie sie in die Kamera lachen. Zu sehen sind nur die nackten Oberkörper vor einer Klippe. Auf dem ersten Foto schirmt Mama die Augen gegen die Sonne ab, auf dem zweiten hat Papa seitlich seine Zunge herausgesteckt, das macht er manchmal, um Fotos absichtlich mit einem blöden Gesicht zu ruinieren. Auf seiner Schulter eine Hand, die nicht Mutter gehört.

Das dritte Bild ist *das* Foto.

Es zeigt Roxane nackt im Sand. Ihre Brüste stehen aufrecht und sind heller als der übrige Körper. Mit der Hand über der Stirn schirmt sie sich gegen die Sonne ab, ihre Achselhaare sind feucht gekräuselt. Die Haare in ihrem Schritt auch. Sie liegt im Schatten des Fotografen. Er muss mit breiten Beinen direkt über ihr gestanden haben.

Route Napoléon

Ein paar Tage später hat Mama morgens einen Termin beim Tierarzt, der soll sich den Riesen anschauen. Wo der Zwerg ihn beim täglichen Kampf um die Näpfe erwischt hat, liegt das Fleisch seit Tagen offen und will nicht heilen. Der Riese ist freiwillig hinten in den Kombi gehüpft, ich fange den sabbernden Winselzwerg ein. Bis ich ihn ins Auto verfrachtet habe, ist mein Ärmel ganz nass. Mama gurtet den gleichfalls sabbernden Fabian fest und steigt ein. »Sag deinem Vater, wenn er kommt, dass er Jeany abholen soll, ja?«

Ich öffne ihr das Tor und sehe dem Sabbermobil hinterher. Unten muss Mama einem Betonlaster ausweichen, der die engen Kurven der Straße hochächzt. Neuerdings wird das benachbarte Grundstück erschlossen, unsere Villa ist bald nicht mehr das einzige Haus in der Serpentinenschleife. Zuerst schlugen Bagger breite Schneisen in das Gestrüpp, dann fällten Arbeiter die Pinien und rodeten die Hecken. Danach passierte auf der Baustelle jenseits der Bruchsteinmauer wochenlang gar nichts. Jetzt kommen also die Laster. Ich schlendere die Straße hinunter, mir die neuen Nachbarn ansehen. Staub steht in der Luft. Männer in Anzügen stiefeln über das Geröll und entrollen Pläne auf Tapeziertischen. An einer Mischmaschine steht ein Bauarbeiter, der ist immer da. Vermutlich wohnt er in diesem kleinen Bauwagen auf Rädern, aus dessen blechernem Schornstein abends der Rauch quillt. Seine muskulösen

Oberarme sind vom Beton ganz weiß überstäubt. Jetzt verständigt er sich mit dem Fahrer des Lasters in einer Sprache, die ich nicht verstehe. Am Straßenrand rostet sein zerbeulter Ford Taunus vor sich hin, dessen Kennzeichen ich noch nie gesehen habe.

Als ich gerade durch die staubigen Scheiben einen Blick in den Innenraum werfen will, driftet ein blauer Sportwagen um die Ecke und kommt mit einem trockenen Quietschen neben mir zum Stehen. Papa kurbelt die Scheibe runter.

»Aha, mein Sohn interessiert sich für portugiesische Gastarbeiterschaukeln?«

»Mama ist schon zum Tierarzt«, richte ich aus. »Sie sagt, du sollst Jeany drüben in Mougins abholen.«

Papa seufzt. »Bei Susan, oder? Kannst du das nicht mit deinem Moped machen?«

»Ich habe nur einen Sattel. Und keinen zweiten Helm.«

»Okay, steig ein.«

Der Alpine ist so flach, dass er mir nur bis zum Bauchnabel reicht. Papa beugt sich rüber und entriegelt die Tür. Ich muss mich regelrecht einfalten in das Auto, die Beine in einem schmalen Tunnel verstauen. Es riecht nach Leder, aber nicht nach dem Leder der Sitze. Eher nach Vaters Lederjacke, wenn er sie ein paar Tage zu lange getragen hat.

»So, dann wollen wir die Sau mal fliegen lassen«, sagt er und kuppelt ein, dass es mich gegen den Sitz drückt.

Stolz betrachte ich ihn von der Seite. Ja, das ist mein Vater. Nicht die schattenhafte Gestalt der vergangenen Wochen. Zwar sitzt er manchmal morgens mit uns am Frühstückstisch und übersetzt Artikel aus der Zeitung, bevor er nach einer letzten Zigarette zu Bett geht und die Nacht ausschwitzt im abgedunkelten Zimmer, wo noch Roxanes Bett steht. Aber er ist nicht wirklich da. Ein Puzzle, aus falschen Teilen zusammengesetzt.

Hier, im engen Auto direkt neben mir, ist er genau so, wie ihn das Casino ausgespuckt hat. Noch nicht angekommen, noch ganz in seinem nächtlichen Element. Und alle Teile sitzen an der richtigen Stelle. Gut, sein schwarzer Anzug von Pierre Cardin liegt zerknittert auf dem Rücksitz. Verflogen ist auch der Hauch »Drakkar Noir« von Guy Laroche, den er abends auf seine Handgelenke sprüht. Das Parfüm hat ihm, wie auch die goldene Patek Philippe, Mama von einer ihrer Einkaufstouren mitgebracht. Als »Arbeitsmaterial«, wie sie sagte. Anfangs hatte er über dieses modische Zubehör gelacht, das sie ihm aufdrängen wollte. Nach den ersten Nächten aber erklärte er: »Ihr solltet die Gestalten sehen, die dort vor den einarmigen Banditen hocken und schwitzen und hoffen, dass ihnen das Leben ein paar Münzen zuwirft. Die größten Spaßvögel tauchen da in Trainingsanzügen auf. In Nizza geht das vielleicht noch, in Monaco schmeißen sie dich raus.«

Ich stelle mir vor, wie er in seinem schwarzen Anzug an einem mit grünem Tuch bespannten Tisch sitzt, unter Lampen aus gefärbtem Bleiglas. Hinter sich die hohen Fenster, den Blick aufs nächtliche Meer nur halb verdeckt vom Brokat schwerer Vorhänge. Vor sich die Jetons zu farbigen Türmchen gestapelt, immer den Croupier im Auge, der ihn schon kennt, ihm zuzwinkert. Er sitzt da wie ein Geheimagent aus einem seiner Bücher von Robert Ludlum oder Frederick Forsythe, vielleicht zwischen einem flämischen Industriellen und einer bretonischen Gräfin. Ein Glas Martini in der Hand, steht er später im Foyer mit all den Schutzheiligen einer erlesenen Gesellschaft beisammen. Er plaudert über Düfte und Chronometer mit Guy

Laroche und Philippe Patek. Abseits stehen Pierre Cardin, Henri Cartier und Louis Vuitton, die alle Menjou-Bärtchen tragen und Zigarettenspitzen aus Elfenbein zwischen den Lippen haben. Niemand weiß, wer mein Vater ist und woher er kommt. Er könnte ein jordanischer Scheich sein, ein italienischer Schauspieler, ein belgischer Politiker. Niemand ahnt, dass er vor ein paar Monaten noch Gebrauchtwagen verkauft hat in der Pfalz. So wie damals an der Ausfallstraße in Kaiserslautern niemand ahnen konnte, dass dieser Verkäufer bald ein gemachter Mann sein würde, der sich in einer luxuriösen Welt aus venezolanischen Tropenhölzern, afghanischen Teppichen und kongolesischen Diamanten bewegt. Wie fühlt es sich an, mein Vater zu sein im Penthouse der Pyramide, wo Geld flüssiges Spielzeug ist und der Zufall in Form einer winzigen Kugel über ganze Vermögen entscheidet? Und wenn es dämmert, wenn er sein silbernes Etui mit den Gitanes zuschnappen lässt, die Gewinne einstreicht und sich drüben am Hafen noch ein wenig die Beine vertritt, bevor er seinen Alpine über die Corniche nach Hause steuert, die aufgehende Sonne im tropfenförmigen Rückspiegel und dem Weg der Morgenröte entgegen, wo seine Familie noch schläft – ist er dann glücklich?

Jetzt ist er es, das steht fest. Seine Arme und Beine bewegen sich beim Fahren vegetativ wie die eines Schlagzeugers, der einen besonders komplizierten Rhythmus hält. »Sechs Zylinder, nur 150 Pferdchen, Karosserie aus glasfaserverstärktem Kunststoff, wiegt so gut wie nix. Neulich habe ich damit einen Porsche abgehängt. Mit einem Renault, das muss man sich mal vorstellen. Renault! Da rechnet keiner mit, dass der so schnell ist. Das ideale Fluchtfahrzeug, eigentlich. Hast du übrigens gehört, dass sie diese Tellerminengangster erwischt haben?«

Schon bei der Anfahrt auf Spitzkehren fliegt sein Blick nach oben, ob der Weg frei ist. Zeitgleich ein Zug an der Handbremse, ein Wirbeln am Lenkrad, und der Wagen krallt sich mit ausschwenkendem Heck förmlich in den Asphalt. Hat er den richtigen Winkel erreicht, löst er die Handbremse und lässt den Alpine mit durchdrehenden Reifen in die gewünschte Richtung weiterpreschen. Wie Walter Röhrl im Audi. Fehlt nur, dass wir Helme tragen und ich ihm als Beifahrer mit Klemmbrett auf den Knien vor jeder neuen Kurve deren Eingangs- und Ausgangswinkel zurufe. Vor dem Ortsschild von Mougins schaltet Vater zwei Gänge runter, die Fehlzündungen klingen wie Pistolenschüsse. Am Rücken spüre ich die Hitze des Heckmotors. Ein Napoleon fliegt als bemalte Laubsägearbeit vorbei, die Hand in die Weste gesteckt.

»Papa, warum heißt diese Straße Route Napoléon?«

»Weil die Banane krumm ist«, sagt er und kurbelt das Fenster herunter. Sanft duftet der Fahrtwind herein, wir nähern uns Grasse. Hier ist die Straße von sehr hohen Mauern gesäumt, hin und wieder blitzen weiß die Giebel der Villen dahinter auf.

»Riecht wie in Ludwigshafen bei der BASF«, sagt er, und da haben wir schon die Einfahrt erreicht. Wir halten vor einem blickdichten Tor, bestimmt drei Meter hoch und flankiert von zwei Überwachungskameras.

»Ist das hier?«

Wie von Geisterhand gleitet das Tor zur Seite. Wir wurden wohl erwartet. Er steuert den grummelnden Alpine in eine zauberhafte Landschaft hinein. Zypressen säumen die Auffahrt wie eine militärische Ehrenformation. Dahinter erstrecken sich gewellte Rasenflächen, Sprinkler stellen schwankende Wasserschleier in die Luft.

»Sieht aus wie ein verdammter Golfplatz«, spottet Papa.

Das *ist* ein Golfplatz, will ich sagen, beiße mir aber rechtzeitig auf die Zunge. Ich will ihn nicht noch mehr ärgern. Am Ende der Auffahrt erhebt sich ein zweiflügeliger Palazzo, mit Türmchen und Erkern und korinthischen Säulen, seitlich schließen sich Stallungen an.

Papa pfeift durch die Zähne. »Mein lieber Herr Gesangsverein …«

Endlich mündet der Weg in eine gepflasterte Piazza mit Springbrunnen.

»Anderthalb Millionen, dieses Schloss, mindestens. Und … oh! Ja *leck* mich am Arsch, was haben wir denn hier?«

Langsam lässt er den Alpine neben einem Jaguar E-Type und einem Aston Martin Lagonda ausrollen. Den Jaguar habe ich schon ein paar Mal leibhaftig gesehen hier an der Küste. Aber der Lagonda, der Lagonda ist eine Legende. Den gibt es nicht einmal in einem Quartett. Papa steigt aus und umrundet den futuristischen Keil, die Hände tief in den Hosentaschen. Schließlich bückt er sich, legt die Hände wie einen Trichter an die Scheibe und schaut ins Innere. »Telefon, klar. Telefon. Im Auto«, murmelt er. »Und das Tempo wird auf die Frontscheibe geworfen. Muss man sich mal vorstellen. Eine Projektion, brauchst die Augen gar nicht von der Straße nehmen …«

»Nice car!«, sagt ein Mann, der jetzt die Freitreppe hinunterschreitet. Anders als schreitend kann man da gar nicht herunterkommen. Das muss Susans Vater sein. Er trägt Flipflops und hat ein rosafarbenes Sweatshirt um die Hüften gebunden.

»What a lovely little toy, indeed!«, sagt er, geht knirschenden Schrittes um unseren Alpine herum und schnippt die Sonnengläser seiner Brille hoch.

Papa wirft mir einen schnellen Blick zu, den ich noch aus seiner Zeit bei Wuttke kenne. Es ist sein wölfischer Verkäuferblick, ein dienstbares Lächeln auf den Lippen und ein Lauern in den Augen. Jeden Tag ein Dummer.

Endlich reißt Susans Vater sich von dem Alpine los und wendet sich Papa zu. Er reibt die Hand an seiner Hose trocken, streckt sie aber nicht aus. Als hätte er im letzten Moment entschieden, dass das Trockenreiben als Geste zur Begrüßung genügen müsse.

»You must be Jeanys father, nice to see you«, sagt er und ruft nach meiner Schwester. Es klingt wie »Dschi-a-ney«. Ein Mädchen mit kupferroten Locken und Sonnenbrand auf der Nase führt an einem Strick ein apathisches Pony von der Koppel auf den Hof, darauf sitzt aufrecht und stolz Dschi-a-ney. Eine Amazone in kurzen Hosen, mit nackten Schenkeln und einem grünen Tuch um den Kopf. Ihre Augen leuchten.

»Schau mal, Papa, ich kann *reiten*!«

»Schön!«, ruft er und lehnt sich zu Susans Vater hinüber.

»Think I'll have to buy her a horse!«

»I can not recommend it«, sagt der mit einem höflichen Lächeln. »It's quite expensive in the first place. And little girls tend to lose their interest fast, don't they?«

»Isn't that the problem with all little toys?«, fragt Papa.

»That depends, I guess …«

»On the toys? Or on the ones who like to play?«, fragt Papa und lacht. Da reicht Susans Vater ihm doch noch die Hand. Er schüttelt sie einen Tick zu lang, wobei er zwei Schritte zur Seite tänzelt, um den Blick auf den Alpine freizugeben. »Don't you want to take a look inside?«

Ich helfe Jeany vom Pony. Das Tier wirkt riesig und ruhig,

und Jeany so zerbrechlich. Sie riecht nach Heu und Talg und Sonne. Ich mag gar nicht glauben, dass meine kleine Schwester wirklich Pferde reiten kann und sage ihr das auch.

»Das ist kein Pferd«, sagt sie mit stolzem Seitenblick zu Susan. »Das ist ein Pony aus Island. Oder Schettland oder Schottland, kann ich mir nicht merken. Kommst du mit rein, meine Sachen holen? Dann kannst du dir Susans Zimmer anschauen!«

Ich folge den Mädchen die Treppe hinauf und sehe von oben, wie ihr Vater sich zusammenfaltet und in den Alpine gleitet. Dabei stößt er sich den Kopf und kichert über eine Bemerkung meines Vaters.

Susan hat kein Zimmer, sie hat Gemächer. Darin könnte man vermutlich auch die Königin von Schettland einquartieren. Die Decken sind mit Stuck verziert und so hoch, dass sich bequem ein weiteres Stockwerk einziehen ließe. Neben einer Schaukel glänzt schwarz ein Flügel. Zwei sehr langhaarige Hunde kommen angeschwänzelt, Susan verscheucht sie mit einem knappen Befehl. Durch die weit geöffneten Fenster dringt das Aufheulen eines Sechszylinders herein.

Als wir zurückkommen, schüttelt Susans Vater meinem Papa die Hand. Er klopft ihm sogar auf die Schulter. Und mir auch, als ich grüßend vorbeilaufe. Meine Schwester kneift er in die Wange. Ich habe noch nie gesehen, dass jemand einem kleinen Mädchen wirklich in die Wange kneift.

»Warum bist du so seltsam, Papa?«, fragt Jeany vom engen Notsitz hinten, noch ganz aufgekratzt. Sie muss die Knie so stark anziehen, dass sie das Kinn darauflegen kann. Langsam rollen wir die Auffahrt hinunter. Ein Gärtner mit Spitzhacke blickt von seiner Arbeit auf, schiebt die Mütze in den Nacken, winkt.

»Diese Leute sind seltsam«, erwidere ich und schiele zu Vater hinüber, der Jeanys Blick im Rückspiegel sucht. »Was hast du denn gemacht, außer die Pferde von Lord Sinclair zu striegeln?«

Jeany stöhnt. »Erstens heißt er nicht Lord Sowieso, zweitens sind das keine Pferde. Sondern Ponys. Und drittens haben die Leute, die sich um das Striegeln und Ausmisten kümmern. Wir waren schwimmen, im Meer. Susans Papa hat in Cannes eine Yacht. Ich habe Susan gesagt, dass wir bald auch eine Yacht haben. Darf sie dann mitfahren?«

»Natürlich darf sie das, warum denn nicht?«, sagt Vater vergnügt. »Zumal ich ihrem Vater gerade dieses Auto hier verkauft habe!«

»Was hast du?«, rufe ich.

»Er war wohl auf der Suche nach einem weiteren Spielzeug für seine Sammlung. Und da kam ihm dieses feine Stück französischer Ingenieurskunst gerade recht. Er hat sogar bar bezahlt, mit einem hübschen Bündel frischer Scheinchen. Dein alter Vadder hat's nicht verlernt, was? Sag mal, Jeany, was arbeitet unser Lord denn eigentlich?«

»Papa. Das ist kein Lord. Und der arbeitet auch nicht.«

»Na, irgendwas muss er doch machen, oder?«

»Muss er gar nicht«, trällert sie, »dem gehört eine Bank!«

»Eine Bank?«

»Ja, ich glaube. Und ein paar Krankenhäuser. Hospitale, das sind doch Krankenhäuser?«

Vater nickt und wartet darauf, dass sich das Tor wieder öffnet. Ali Baba. Ungeduldig trommelt er mit den Fingern auf das Lenkrad.

»Fünf Millionen, mindestens. Britische Pfund, wohlgemerkt!«, sagt er unvermittelt.

»Was denn?«, frage ich und schaue mich nach etwas um, das so teuer sein könnte.

»Lösegeld«, sagt Vater abwesend. »Für Susan. Wenn man sie entführen würde.«

»Pa-paa!«, protestiert Jeany und versucht, Vater von hinten gegen die Schulter zu boxen. Der duckt sich ebenso spielerisch weg.

»Kleiner Scherz, kleiner Scherz«, sagt er und gibt Gas, dass die Kiesel nur so spritzen.

Col du Galibier

Unser Tor ist verschlossen, als wir im Chemin de l'Aube ankommen. Keine Geisterhand. Ich steige aus und stemme es auf. Zwischen Benz und Piaggio steht ein Motorrad. Steht einfach da, locker auf dem Seitenständer, eine Honda CX 500. Die Güllepumpe. Mit ihrer Plastikverkleidung um den runden Scheinwerfer wirkt sie fast ein wenig verschreckt über mein plötzliches Erscheinen. Für eine Sekunde denke ich, das sei eine Überraschung, Vater habe mir ein Motorrad gekauft. Schon dämmert mir, dass ich diese Maschine kenne. Ich weiß nur nicht, woher. Handflächen an den Motor, die Krümmer geben noch Wärme ab. Auf Lampe und Rückspiegel klebt ein feiner Pelz aus zerplatzten und luftgetrockneten Insekten. Räudig wirkt die Maschine unter ihrem Dreck, weit gefahren. Ich schiebe mich an dem Motorrad vorbei und sehe, dass das Polster der Sitzbank aufgeplatzt ist. Gelb leuchtet der Schaumgummi heraus. Zur Sicherheit werfe ich einen Blick auf das Nummernschild: »KL«.

Es ist *die* Güllepumpe. Wir haben Besuch.

Und da kommt er schon die Treppe vom Haus herauf. Kommt ganz gemächlich, um nicht zu stolpern, denn in der rechten Hand hält er eine dampfende Tasse Kaffee. Mit der linken Hand tätschelt er den Kopf des Riesen, der ihn mit hängender Zunge begleitet. Feiner Wachhund. Er trägt Jeans und ein fleckiges weißes T-Shirt, das unter den Achseln gerissen ist. Die Haut auf seiner Nase ist rot verbrannt und pellt sich bereits.

»Hallöchen, Popöchen!«, sagt Werner. »Was gibt's Neues?«

Gut sieht er aus. Erschlagen von der Reise und blasser noch als sonst, sein blondes Haar etwas länger als früher und platt am Schädel vom Schwimmen im Pool. Aber gut. Er streicht die Haare zurück und zeigt mir sein verstümmeltes Ohr. Es ist verknotet von rosafarbenen Narben, die sich wie Striemen durchs Gewebe ziehen. Doch, schön verheilt, behaupte ich.

»Niki Lauda sieht schlimmer aus«, sagt Werner und lässt sich meine Hand zeigen. »Sieht man kaum noch, den fehlenden Daumen. Nur per Anhalter kannst du so nicht mehr fahren«, stellt er launig fest. »Du müsstest dich mit dem Rücken zur Fahrbahn stellen, aber dann nimmt dich natürlich keiner mit. Schöne Scheiße.«

Wir lachen. Versehrte unter sich.

Zwei Tage hat er gebraucht für seine Fahrt von Kaiserslautern an die Côte d'Azur. Die Romandie sei schön gewesen und der Mont Blanc sowieso. Aber der Col du Galibier, zum Teufel. Das Nirwana für jeden Motorradfahrer, eine wahre Himmelsschraube. Die Güllepumpe hätte hart arbeiten müssen und ganz schön geschnauft, erzählt er, weil dort oben die Luft so dünn sei. Der Rest dann eine Spazierfahrt runter zur Küste. Und der Sprung in unseren Pool eine Erlösung.

Mutter serviert eisgekühlte Getränke auf einem Tablett. Werner bedient sich und erzählt von einem anderen Planeten. Vater, tief im Sofa versunken und beide Arme über die Lehne gebreitet, nimmt diese Geschichten aus Kaiserslautern mit vagem Lächeln zur Kenntnis. Ein neuer Bürgermeister, wieder CDU. Beinahe hätten die roten Teufel die Bayern geschlagen, dann aber doch drei Tore kassiert und selbst keines geschossen. Und Wuttke, gibt's den auch noch? Mich hätte interessiert, wie es Opa und Oma geht, aber zu denen hat Werner keinen Kontakt. Bald kann er die vom Fahrtwind geröteten Augen kaum mehr aufhalten. Und der Pernod, mit dem die Eltern ihn abfüllen, macht es nicht besser. Trotzdem beantwortet er tapfer Fragen, die ihm eigentlich niemand gestellt hat. So erfahre ich, dass Werner seit unserer Abreise »die Sachen geregelt« hat, wie er das ausdrückt. Der Haushalt am Hasenberg im Neuhöfertal sei »aufgelöst«. Alles sorgsam in Kisten verpackt, versiegelt und in einer Lagerhalle untergestellt.

»Hab's so gemacht, wie Jürgen das wollte.«

Wenn unser kompletter Hausrat sicher in Kisten verstaut ist, dann könnten wir, rufe ich in die Runde, all die Sachen jetzt endlich nachholen in unser doch eher leeres Haus!

Werner dreht sein Glas zwischen Daumen und Zeigefinger.

Papa seufzt.

Mama nickt, tja, das könnten wir wohl. Dann legt sie mir die Hand aufs Knie und fragt, ob ich denn nicht auch mal ins Bett wolle? Langsam nervt's, dass ich manche Sachen einfach nicht verstehe.

»Gibt es denn etwas, das du vermisst?«, fragt Papa.

Ich vermisse meine Modellbausätze, vor allem die große BMW von Revell, die ich zu Weihnachten geschenkt bekommen hatte. Den Bausatz wollte ich eigentlich mitnehmen, hatte die Schachtel in der Eile unseres nächtlichen Aufbruchs aber nicht finden können.

»Sollst du haben«, sagt Vater, »sollst du haben«, lächelt in sich hinein und schickt mich mit einem verbindlichen Nicken endgültig auf mein Zimmer.

Bevor ich die Fensterläden schließe, sehe ich ein Meer aus glitzerndem Öl, schwarz bis zum Horizont. Ein Weilchen lausche ich noch den Stimmen von oben. Sie sind jetzt lebhafter oder kommen mir so vor, weil ich immer nur die Spitzen höre. Das lauteste Wort, das hellste Lachen. Werner ist ein Emissär, das ist mir jetzt klar. Unklar ist der Grund seiner Mission. Ich liege im Bett und starre auf die grob verputzte Zimmerdecke. Dort verlaufen fadenfeine Risse, die mir bisher gar nicht aufgefallen waren.

Werner brüllt, aber ich verstehe ihn nicht.

»Was?«

Er brüllt noch einmal, über seine Schulter hinweg, an die ich mich wie ein Äffchen klammere, während unter meinen Espadrilles der Asphalt dahinflirrt. Auf einem richtigen Motorrad geht's anders zu als auf einem Moped. Ungemütlicher. Geiler.

»Was?«

»Macht Spaß, oder? Ist besser als Sex, mein Freund.«

Ich habe keine Ahnung von Sex. Aber mir schmeichelt, dass Werner mit mir darüber reden will, auf dem Motorrad.

»Das glaube ich nicht!«, rufe ich. Sex, stelle ich mir vor, ist einer der geheimnisvollen Schätze, die jenseits der fernen Grenze zum Erwachsenwerden auf mich warten. Dort, wo das Leben richtig losgeht.

»Aber hallo!«, beharrt Werner und nimmt Gas weg, wir sind im Gewerbegebiet.

»Da vorne links, dann sind wir da!«, rufe ich.

Werner nickt und ruft: »Achtung! Hase!«

Mit »Hase« meint er ein Mädchen im Minirock, das gerade vor uns einen Zebrastreifen überstöckelt. Mit »Hase« meint er überhaupt alle Mädchen, immer. Er liebt Hasen wirklich sehr. Auf dem Seitendeckel der Güllepumpe hat er sogar einen Aufkleber, der einen stilisierten Hasen zeigt.

Vor dem Fachgeschäft wuchtet er die Honda auf den Hauptständer. »Hein Gericke«, die gleiche Kette wie in Deutschland. Morgen will Werner schon wieder zurück und für die angekündigten Unwetter gerüstet sein. Eine Regenkombi muss her.

»Wenn es pisst, pisst es. Kannste nichts machen. Selbst die beste Kombi hält den Regen nur für eine Weile auf, dann drückt's durch. Wenn es dir nicht oben am Hals runterläuft, dann drückt es irgendwann durch die Nähte. Meistens merkst du es gar nicht, weil das Wasser schon körperwarm an der Haut ankommt. Irgendwann aber erreicht es die Unterhose. Und wenn erst der Sack nass ist …«

Während Werner sich beraten lässt, schaue ich mich um. Die Anzüge für Rennfahrer sehen aus wie etwas, das reptiloide Außerirdische nach einer Häutung zurückgelassen haben könnten. Im hinteren Bereich des Ladens gibt es ein Regal mit Modellbausätzen, Guzzi, Kawasaki, sogar die Güllepumpe. Leider keine BMW. An der Kasse bezahlt Werner schon seine Regenkombi. Dazu wasserdichte Handschuhe und einen Expander, um den Kram hinten auf der Gepäckbrücke zu verzurren. Auf der Rückfahrt kann ich mich bequem an ein kompaktes Kleiderbündel lehnen.

In Golfe Juan hält Werner vor einem Eiscafé in der Innenstadt. Zwischen den Rollern wirkt die Güllepumpe wie ein Ozeandampfer im Hafenbecken, umgeben von Ruderbooten und Segelschiffchen. Vom Meer weht ein lauer Abendwind, Tang und Diesel und Sonnenmilch. Es ist ziemlich voll, an einem Tisch mit zwei Hasen finden wir noch einen Platz. Werner ist entzückt, streicht sich verstohlen die Haare über das schlimme Ohr und scheitert mit seinem Versuch, auf Englisch ein Gespräch mit den Frauen zu beginnen. Er scheitert auch damit, sich ein Bier und mir einen Eisbecher zu bestellen. Ich übernehme, während er seine Hemdtasche nach Zigaretten abtastet.

»Fühlst dich wohl hier, was?«

»Ja, was meinst du denn!«

»Französisch konntest du aber vorher noch nicht, eh?«

»Nein, das habe ich mir hier draufgepackt«, sage ich und merke, wie ich rot werde. Ich bin ziemlich stolz darauf, wie schnell ich die Sprache gelernt habe. »Es bleibt einem gar nichts anderes übrig«, füge ich rasch hinzu.

Werner nickt, bückt sich und wühlt in der Tüte zwischen seinen Beinen.

»Ich hätte da noch ein kleines Geschenk für dich«, sagt er und legt eine Schachtel auf den Tisch. Es ist eine BMW R 100 RS im Maßstab 1 zu 1000, kanariengelbe Sportverkleidung, Reifen aus echtem Gummi.

Am liebsten hätte ich mir jetzt Luft zugefächelt, so verblüfft bin ich.

»Aber wie hast du … wo kommt die denn her?«, stammle ich und drehe die Schachtel mit beiden Händen. Im Inneren klappern verlockend die Kleinteile.

»Aus dem Laden, woher denn sonst?«, sagt Werner.

»Aber die BMW gab's da doch gar nicht, das weiß ich genau.«

Werner wackelt mit dem Kopf.

»Werner, ey, ich stand doch mit dir an der Kasse! Wie hast du …«

Werner beugt sich vor, verengt seine Augen zu Schlitzen und murmelt mit improvisiertem Akzent: »Iss'e besser fü' Familia, wennde nichte weiße *alles*, Ragazzo!«

Unwillkürlich schiebe ich die Schachtel von mir weg. Die Bedienung bringt mein Eis und sein Bier. Werner leert das Glas in einem Zug, stellt es mit einem scharfen Klack auf den Tisch und wischt sich den Schaum aus dem Schnurrbart.

»Hättest du lieber eine Goldwing gehabt? Oder eine Guzzi?«, erkundigt er sich.

Ich schweige.

»So schlimm?«, fragt er und macht ein betont unschuldiges Gesicht. Die beiden Frauen am Tisch zählen Geld ab, Münzen klimpern auf einen Teller.

Ich beuge mich vor. »Hast du das wirklich geklaut?«

Werner bläst die Backen auf und wendet sich den Frauen zu, die gerade ihre Handtaschen nehmen. Im Gehen drehen sie sich noch einmal um und lächeln Werner direkt ins Gesicht.

Er reagiert nicht.

»Hast du das geklaut, Werner?«, wiederhole ich.

Langsam dreht er mir den Kopf zu, seine Augen sind unglaublich blau.

Ich spüre, dass er gerade Maß nimmt. Das macht mich wütend, weil ich dieses Maß nicht kenne. Und weil mein eigenes Maß keine Gültigkeit hat. Dann passiert etwas mit seinem Blick, das Forschende weicht etwas Weichem. Es ist, als hätte er mich geprüft und für zu leicht befunden, für zu klein oder zu jung.

Das macht mich noch wütender.

»Du hast das geklaut!«, stelle ich fest.

Werner schüttelt langsam den Kopf. »Ihr wollt gar nicht wissen, was da auf euch zurauscht, oder? Ihr hockt hier in eurem Versteck, und du …«

Er bricht ab und schüttelt den Kopf, als wollte er einen abseitigen Gedanken vertreiben, der ihm gerade gekommen ist. Dann beugt er sich vor, stützt das Kinn auf seine gefalteten Hände und fragt leise: »Sag mal, Kleiner, was weißt du eigentlich über deinen Vater?«

Weg der Morgenröte

Im Speichel von Sandmücken, wie es sie auch an südfranzösischen Stränden gibt, verschaffen sich Einzeller, die Leishamanien, unbefugten Zutritt zu einem fremden Organismus. Dort behalten die Parasiten so lange die Oberhand, wie sie sich vermehren. Pilze und andere Krankheitserreger folgen ungehindert nach und breiten sich ebenfalls aus. Wunden heilen nicht mehr. Der Organismus will sich wehren und kann es nicht. Bei fortschreitender Leishmaniose kommt es zu Geschwüren unter der Haut, an den Schleimhäuten in Nase oder Mund. Greifen die Parasiten endlich auf die inneren Organe über, geht es zu Ende. Schwellende Lymphknoten, Erbrechen, Durchfall. Okkultes Blut.

So bringt mir Mutter bei, wie es um unseren Riesen steht. Die Schleimhäute sind schon befallen, den Organen steht es unmittelbar bevor. Hat der Tierarzt gesagt, mit der Lesebrille über die Ergebnisse aus dem Labor gebeugt.

Dabei hatten wir das merkwürdige Verhalten des Riesen anfangs für eine Charakterfrage gehalten. Anstatt seinen zwergenhaften Fressfeind im Genick zu packen, durchzuschütteln und so seinen natürlichen Rang an den Näpfen zu behaupten, verdrückte er sich in einen stillen Winkel und ließ, den mächtigen Schädel auf den Pfoten, unstet die Augen umherwandern. Zuweilen näherte sich ihm dann der Zwerg wie mit schlechtem Gewissen und leckte die Wunden an den Ohren. Und der

Riese duldete es, was kein gutes Zeichen war. Riesen weisen die Zuwendungen von Zwergen üblicherweise zurück. Das gebietet schon die Würde, wobei es mit der auch nicht mehr weit her ist. Damit er beim Kratzen an den Ohren die unheilbar offenen Stellen nicht noch erweitert, hat er einen Plastiktrichter verpasst bekommen. Damit sieht der Riese jetzt aus wie ein spanischer Grande mit Halskrause kurz vor seiner Hinrichtung.

Nebenan mahlt den ganzen Tag die Mischmaschine, bedient vom portugiesischen Besitzer der »Gastarbeiterschaukel«. Morgens um sieben Uhr kommt der erste Lastwagen an, abends um sieben fährt der letzte ab. In der Zwischenzeit hängt über dem Weg der Morgenröte eine Glocke aus Betonstaub. Wie Mehltau liegt er auf den Zweigen der Zitronenbäume, dem Baldachin über der Terrasse und den Fensterscheiben. Sogar das Sonnenlicht fällt nur noch durch einen milchigen Filter hinein. So sitzen wir in unserem Haus wie auf einer einsamen Insel. Mama setzt das zu. Sie schleicht mit einem Schraubenzieher durch die Zimmer und schabt an den Tapeten herum. Im Erdgeschoss hat sie einen Schwamm entdeckt, und jetzt vermutet sie ihn überall.

»Das Zeug streut, wie Krebs! Gut, dass wir dieses Haus nur gemietet haben«, sagt sie.

Seit der Alpine verkauft ist, fährt Vater keine Banken mehr knacken. Er bleibt einfach vor dem Fernseher und schaut Autorennen. Manchmal geht er in die Küche und macht sich einen Kaffee mit viel Zucker, dann setzt er sich wieder aufs Sofa und schaut weiter Formel 1. Die Motoren heulen bis hinaus in den zusehends versteppten Garten. Die Sprinkler sind verrostet, denn Wasser kostet »ein Heidengeld«. Das Schwimmbecken dümpelt trübe, Blätter sind auf seinem Grund zu einer glitschigen Schlammschicht zusammengesunken. Irgendwo dort unten ruht die *Yamato* mit ihrer ertrunkenen Besatzung von zweitausendfünfhundert Mann. Lautlos und ohne Gegenwehr ist sie sofort abgesoffen, als ich sie auf die Wasseroberfläche gesetzt hatte. Manchmal stehen die Hunde unschlüssig am Beckenrand und beobachten die Wasserläufer. Chlor gibt es auch keines mehr.

Bald geht die Schule wieder los. Darüber fällt seltsamerweise kein Wort, auch die üblichen Vorbereitungen bleiben aus. Niemand bestellt neue Bücher, niemand kauft neue Hefte, und niemand spricht darüber, ich auch nicht. Was ein fester Termin sein müsste, löst sich im Schweigen darüber einfach auf.

Das Meer schillert so wechselhaft und unergründlich wie immer. Wenn es oben am Tor klingelt, machen wir nicht mehr auf. Auch nicht, wenn es der Postbote ist. Oma und Opa schicken ohnehin keine »Care-Pakete« mit Süßigkeiten mehr. Dafür kommen zerknitterte, gewellte und exzessiv frankierte Umschläge an, auf die Papa nur einen flüchtigen Blick wirft, bevor er sie in Fetzen reißt und in den Mülleimer schneien lässt.

»Was soll ich denn mit Briefen aus Afrika?«, murmelt er.

»Ich glaube, die sind von Monsieur 'onda«, gebe ich zu bedenken.

»Ist trotzdem Negerpost«, sagt er mürrisch.

Außerdem muss jemand kräftig auf die Telefonbuchse getreten sein. Sie ist endgültig zersplittert.

Wenn ich es unter dem Mehltau nicht mehr aushalte, fahre ich mit der Piaggio an meine Lieblingsstelle, einen Parkplatz in den Bergen über der Bucht von Cannes. Ich nehme den Helm ab und mache den Motor aus, bleibe aber im Sattel sitzen. Seltsam, dass ich mich bei all meinen gefahrenen Kilometern nie richtig an das eigentliche Fahren erinnern kann – nur an die Pausen, das zufällige Innehalten irgendwo. An die Standbilder, wenn der Film unvermittelt nicht mehr weiterläuft. Nach ein paar Minuten ist das Eigenbrausen in meinen Ohren verklungen. Jetzt höre ich erst das Summen des unsichtbaren Lebens dort unten in der Stadt. Schwach und schwankend schwingt es zu mir herauf. Weht der Wind aufs Meer hinaus, verstummt es ganz. Je vais manquer tout ça.

Wie eine Besucherin aus der Unterwelt kauert nass und geduckt am blauen Rechteck des Pools eine Ratte. Sie sitzt im schlanken Schatten, den die letzte Pinie von der Baustelle nebenan, wo gerade wieder die Betonmischmaschine ihr ewiges Lied singt, auf unser Grundstück wirft. Und wirkt so unwirklich und vampirisch, als müsste sie zu Staub zerfallen, wenn sie sich der Sonne aussetzen würde. Jeany hat das Tier entdeckt und mich gerufen. Mama ist für eine weitere Untersuchung mit dem Riesen beim Arzt, Papa schläft noch. Wir müssen also mit der Ratte alleine fertig werden.

»Was macht die da?«, fragt Jeany leise, während wir von der Terrasse herabspähen.

»Keine Ahnung, vielleicht hat sie getrunken?«

»Wir müssen etwas tun, oder?«

»Nee, müssen wir nicht. Die geht schon von alleine weg.«

Reglos sitzt die Ratte da unten, wie brütend, umschwirrt von einem Geschwader aus Mücken und Fliegen.

»Und wenn sie ihre Freunde holt?«, flüstert Jeany.

»Ich glaube nicht, dass die Freunde hat.«

»Du musst etwas tun!«

»Aber wie …«

»Das Luftgewehr.«

Aber ja! Bisher hatte ich damit nur auf die grauen Blechhauben der Laternen entlang der unteren Straße geschossen. Das patschte so schön, und es blieben kleine Dellen. Auf etwas Lebendiges hatte ich nie gezielt. Aber die Ratte macht auch keinen allzu lebendigen Eindruck. Ich hole das Gewehr aus seinem Versteck im Schuppen, dazu die Pappschachtel mit den Patronen. Vier sind noch übrig. Ich klappe den Lauf nach unten und lege zwei Kugeln in ihre Kammern. Dann lasse ich den Lauf in seinem geölten Gelenk wieder hochschnellen und zuschnappen. Dieses endgültige und ernste Schnappen ist das Schönste an dieser Waffe.

»Willst du sie töten?«

»Was denn sonst?«

»Du könntest sie ja auch nur erschrecken. Damit sie weggeht.«

»Das ist ein Luftgewehr, das knallt nicht laut, damit kann ich sie nicht erschrecken.«

»Und wenn du danebenschießt, ganz knapp vielleicht?«

Ich lege den Lauf auf das Geländer. Zehn Meter, schätzungsweise. Kimme und Korn. Im Fadenkreuz ist die Ratte plötzlich so nah, dass ich kurz zurückschrecke. Ihre Schnurrhaare zittern. Irgendwas macht sie mit ihren Vorderkrallen. Es sieht aus, als würde sie sich die Hände reiben, ganz langsam. Geschöpfe, die wie winzige Falter aussehen, kriechen auf ihrem schwarzen Pelz herum, verschwinden darin. Verdammt. Wenn ich bisher noch nicht entschlossen war, bin ich es jetzt. Mit dem Finger am Abzug spüre ich eine grimmige Erregung. Ich kann dieses Leben nehmen.

Die erste Kugel prallt von den Fliesen ab. Sie hinterlässt ein flüchtiges Staubwölkchen. Knapp rechts von der Ratte, die sich nicht gerührt hat.

»Hast du geschossen? Hast du getroffen? Vielleicht ist sie krank?«

»Klappe, Jeany«, verfüge ich knapp, spanne hastig nach. Ruhig jetzt. Während ich anlege, richtet sich mein Opfer auf und nimmt mit zuckender Schnauze Witterung auf. Hat wohl Verdacht geschöpft. Ihr nackter Schwanz ringelt sich wie eine Blindschleiche, die silbrigen Antennen der Schnurrhaare stehen jetzt waagrecht ab. Mit angehaltenem Atem ziehe ich erneut durch, und die Ratte ist verschwunden.

Verblüfft nehme ich das Auge vom Fernrohr und sehe noch, wie das Tier in der rückwärtigen Mauer verschwindet, als wäre die Wand nicht aus Steinen.

»Getroffen!«, jubelt Jeany und rennt schon los.

Ich stolpere hinterher, im Laufen das Gewehr nachladend. Dabei rutscht mir eine Kugel aus den schweißnassen Fingern, die letzte habe ich in die Kammer geschoben, als ich den Pool erreiche.

»Ist das *eklig*!«

Wo eben noch die Ratte saß, beugt Jeany sich über eine handtellergroße Pfütze wässrigen Blutes. Begeistert rauft sie sich die Haare. Ich werde blass. In der Pfütze ringeln sich weiß bindfadendünne Würmer.

»Oh mein Gott …«

»Ja, oder?«, ruft Jeany begeistert und geht auf die Knie, um die Parasiten zu betrachten.

Ich folge ein paar hingetupften Spuren, die schon in der Sonne trocknen. Die Mauer ist aus Sandsteinen aufgeschichtet, erst neulich haben wir zwei Tage lang den wilden Wein entfernt. Jetzt klaffen zwischen den nackten Steinen dunkle Spalten, manche davon groß genug für eine Ratte. Etwa einen halben Meter über dem Boden klafft die größte Lücke, für die entscheide ich mich, schiebe schnell den Lauf hinein.

Und drücke ab.

Da verstummt auf der anderen Seite das Mahlen der Mischmaschine. Es folgen schnelle Schritte und Schläge, Metall auf Sand, Metall auf Stein, Metall auf etwas Weiches. Plötzlich Ruhe. Jetzt höre ich, wie der Bauarbeiter drüben mit sich selbst redet. Dann taucht ganz nah über der Mauer das Gesicht des Portugiesen auf. Grinsend hebt er den Arm. Zwischen zwei Fingern hält er am Schwanz den tropfenden Kadaver.

»Rato, eh!«, verkündet er fröhlich und fährt sich mit der anderen Hand die Kehle entlang: »Feito!«

Im gleichen Augenblick platscht es hinter uns, gefolgt von einem überraschten Glucksen. Jeany stößt einen spitzen Schrei aus und sprintet sofort los. Fabian ist ins Wasser gefallen und treibt im Pool. Seine Schwimmflügel, halb aufgeblasen, halten ihn oben. Von der Terrasse erklingt ein langsames Klatschen. Da steht mein Vater, ein Laken um den nackten Körper gelegt wie eine Toga, applaudiert und hebt den Daumen über die ganze Szenerie, ein wohlwollender Imperator: »Bravo!«

Wimbledon

Am Abend klingelt es. Wir lassen es verstreichen.

Das ist inzwischen üblich. Klingeln ist kein Geräusch mehr, dass uns etwas anginge. Akustische Post für den Papierkorb. Wer kann das schon sein? Niemand kann das sein. Es nieselt, wir lungern auf der Couch und schauen Tennis. Jeany ist dazu verdonnert, sich das anzuschauen, denn aus ihr »soll mal etwas werden« auf Rasen oder Sand. Tock, tock, tock macht es, unterbrochen von angestrengten Seufzern und knappen Ansagen mit viel Hall, sobald sich das Publikum allzu sehr bemerkbar macht. Rechte Winkel, parallele Linien aus Kreide, und dann die Unwägbarkeit der Parabeln, in denen der Ball die Seiten wechselt, dazu die Reglosigkeit der Offiziellen am Rand des Feldes, ernst wie eine Garde. Hin und wieder spricht der Kommentator, ganz unaufgeregt und vertraulich. Mal ist es spannend, angeblich steht das Spiel scheinbar vor seinem Ende, aber dann geht es doch noch ein oder zwei Stunden weiter. Öde.

Wieder klingelt es.

Papa greift nach der Fernbedienung und macht ein wenig lauter, obwohl es nichts zu hören und nichts zu verpassen gibt. Tock, tock.

Es klingelt ein drittes Mal, und jetzt erst schlagen die Hunde an. Dafür aber so richtig. Selbst der Riese ist aufgeregt, steht an der Haustür und zerkratzt das Holz mit seinen Krallen. Ein tanzender Lampenschirm auf zwei Beinen. Mutter wirft mir einen müden Blick zu, der so viel wie »Mach du doch oder lass es, ganz egal« bedeutet.

»Schon gut, schon gut …«, sage ich, schiebe den Hund beiseite und öffne die Tür.

Der Polizist kommt mir auf halber Treppe zum Parkplatz entgegen.

Für einen Moment glaube ich, den Verkehrsbullen aus Vallauris wiederzuerkennen, aber es ist ein anderer Beamter.

»Bonsoir Monsieur«, begrüßt er mich und legt zwei Finger an die Mütze, um sogleich abwehrend die Hände zu heben. Wahrscheinlich sieht er mir meinen Schrecken an. Es habe niemand geöffnet, sagt er, sei aber dringend. Er habe sich umständehalber erlaubt, über das Tor zu klettern, der Kollege habe ihm geholfen, eigentlich dürfe er das gar nicht, schon klar, aber es sei dringend, und von der Straße aus könne man jeden Abend das Licht sehen.

Ob denn mein Vater zu Hause sei?

Dieser Flic ist ein Hüne. Mit jedem Satz kommt er eine weitere Stufe die Treppe auf mich zu, und ich weiche Stufe um Stufe zurück vor seiner wortreichen Freundlichkeit. Da schießen rechts und links von mir die Hunde vorbei.

Seine Hand geht sofort zur Pistole an seinem Gürtel.

»Arrête!«, die Stimme meiner Mutter.

Der Riese bleibt wie festgenagelt stehen. Der Zwerg wetzt weiter mit gesträubtem Fell auf den Polizisten zu. Kaum hat er ihn erreicht, scharwenzelt er ihm unter allerlei Bücklingen um die Hosenbeine herum. Die Hand des Beamten ruht auf dem Leder seines Halfters.

»Ah, Madame«, sagt er feierlich, tritt einen Schritt zurück und deutet eine Verbeugung an.

Mama stellt sich neben mich und legt den Arm um meine Schulter. Ich spüre ihr Zittern und hoffe, dass es der Polizist nicht auch bemerkt. Ein flüchtiger Seitenblick zeigt mir das frische und offene Gesicht, das sie immer der Welt entgegenhält. Vor wenigen Sekunden, drinnen vor der Glotze, nuckelte sie noch mit angezogenen Beinen am Daumen. In einem amerikanischen Film würde sie jetzt mit fester Stimme sagen: »Was kann ich für Sie tun, Officer?«

Stattdessen fragt Mama den Polizisten, ob sie ihm einen Kaffee anbieten dürfe, sie habe gerade einen aufgesetzt. Der Flic ist überrumpelt von so viel argloser Gastfreundschaft, mais oui, sehr gerne, warum nicht. Im Vorbeigehen streichelt er kurz den Riesen, der sich nicht rührt und wie eine Statue sitzen bleibt. Mir folgt er nur mit den Augen, während ich dem Polizisten ins Haus hinterherdackele.

Der Fernseher läuft noch, das Wohnzimmer ist leer.

Der Polizist steht mitten im Raum und schaut sich um. Er sieht Mutters Nixelchen in ihrem niedlichen Stellungskrieg, die verstreuten Spielsachen auf dem Boden, die kahlen Wände, das seltsame Kleinkind mit den Schwimmflügeln. Mit der dampfenden Kaffeetasse in der Hand wirkt der Gendarm auf einmal ganz linkisch. Er müsse »Monsieur Frank« sprechen, räuspert er sich, ob der denn zu Hause sei. Leider nein, erklärt Mama in absichtlich fehlerhaftem Französisch, diesen Halunken habe sie seit Wochen nicht mehr gesehen. »Salaud«, sagt sie wörtlich und lächelt bitter, der Polizist nickt mitfühlend und schaut auf den Fernseher. Tock, tock.

Aus seiner Uniform holt er einen Umschlag. Er legt ihn auf den Tisch und lässt für einen Augenblick fest die Hand darauf ruhen, als fürchte er, er könnte sonst wegfliegen.

Der sei für meinen Vater.

Eine Vorladung.

So genau wisse er das auch nicht, neuerdings müssten einfache Gendarmen wie er und seine Kollegen für übergeordnete Behörden wie Interpol gewisse Gänge übernehmen. Er sei gerne Polizist, aber nicht Postbote. Nun ist es an Mutter, ein mitfühlendes Gesicht aufzusetzen. Sie vergisst dabei, ihr Lächeln auszuschalten. Eine Grimasse, die mich schaudern macht. Der Polizist bemerkt es nicht oder will es nicht bemerken, er scheint in Plauderlaune. Mit einer Kopfbewegung zum Fernseher beglückwünscht er uns zu Boris Becker, »les Allemands« könnten stolz sein. Er rühmt den Kaffee und fragt, warum der Riese draußen einen Trichter tragen müsse. Sein eigener Rottweiler sei ja ein ganz wilder Typ. Er kommt auf die Zigeuner zu sprechen, die seit ein paar Tagen unten am Strand hausen mit ihren wilden Müllkippen, und dass sich etwas ändern müsse in der Politik, sonst würden sich die ehrlichen Leute noch alle mit scharfen Hunden bewaffnen. Unvermittelt dreht er sich zu mir um und fragt, was mit meiner Hand passiert sei.

»Un accident«, sage ich sofort. »Feu d'artifice.«

Feuerwerke seien »très dangereux«, schärft er mir ein und stellt die halbvolle Kaffeetasse auf den Tisch. Mit einer weiteren Verbeugung verabschiedet er sich endlich. Ich begleite ihn hoch zum Parkplatz und entlasse ihn durch das Tor, vor dem sein Kollege bei laufendem Motor im Wagen wartet.

Die Sonne ist schon untergegangen, ein paar hohe Bäume im Westen fangen ihr letztes Licht ein wie hohle Hände. Im Vorübergehen berühre ich den Riesen an der Stirn und erlöse ihn aus seiner Erstarrung. Sein idiotischer Trichter schabt ganz dicht an meinem Oberschenkel, während wir ins Haus gehen.

Im Wohnzimmer läuft noch immer der Fernseher.

Mama lehnt am Tisch, einen Finger auf dem verschlossenen Umschlag. Mit eingezogenen Wangen versucht sie, sich eine Zigarette anzustecken. Als das Feuerzeug beim vierten Versuch noch nicht zündet, lässt sie es auf den Boden fallen. Dann nimmt sie ihre Zigarette aus dem Mund und zermahlt sie zwischen den Handflächen.

Der Tabak rieselt auf die Tischplatte. Tock, tock.

»Mama?«

Wortlos dreht sie sich weg, geht langsam die Kommode entlang und räumt im Vorübergehen alle Nixelchen ab. Tand, Tinnef und Nippes gehen klappernd zu Boden.

Vom Tennisplatz brandet Applaus herüber und die Ermahnung, still zu sein.

»Mama …«, beginne ich, da öffnet sich neben mir knarrend die Tür zum Wandschrank.

Heraus kommt mein Vater.

Er ist aus dem Schrank gekommen und hat darüber keinen Witz gemacht.

Er ist ganz langsam durch das Zimmer gelaufen, wie durch mich hindurch und an Mama vorbei, die mit verschränkten Armen und verschleiertem Blick im Türrahmen zur Küche steht. Papa hat sich ins Sofa fallen lassen, umständlich die Brille abgenommen und die silbernen Bügel zusammengeklappt. Er hat die Brille vor sich auf den Tisch gelegt, nach der Fernbedienung getastet und den Fernseher ausgeschaltet.

Jetzt sitzt er da, die Hände auf den Knien und die nackten Augen auf den schwarzen Bildschirm gerichtet. Sein Kiefer mahlt. Er blinzelt heftig und sagt kein Wort.

Ich finde, er könnte schon ein Wort sagen. Beim Namen nennen, wofür ich keinen Begriff habe. Was sich da auf uns zubewegt hat, all die Monate, während wir angestrengt in eine andere Richtung schauten. Kurz sieht es so aus, als würde er lächeln. Dann stürzt er sein Gesicht nach vorne in die Dunkelheit seiner Hände wie in einen Brunnen. Ein ersticktes Keuchen erfüllt den Raum. Sein ganzer Körper zittert. Es ist kein Schluchzen oder Heulen, eher ein Beben. Und es ist das erste Mal, dass ich ihn weinen sehe.

Es hebt ihn aus den Angeln. Seine Schultern zucken, die Adern auf seiner hohen Stirn treten hervor. Wenn er ausatmet, wölbt sich der ganze Schleim in Blasen zwischen den Fingern hervor. Rotz und Wasser. Mein kleiner Bruder hockt mit rudernden Armen auf dem Teppich und weint mit.

Ich weiß nicht, was zu tun ist. Ich weiß nur, dass ich nicht auch noch weinen werde, weil sonst alle Männer in der Familie weinen würden. Also halte ich mich aufrecht und wohne dem Ereignis bei wie einer tektonischen Verschiebung, die sich vor meinen Augen zuträgt. Wie ein Abgang von schlüpfrigem Geröll, der kein Ende nehmen will. Mir scheint, als würde sich der Raum um meinen Vater herum zusammenziehen, und tatsächlich zieht er Mutter an. Sie gleitet neben ihn auf das Sofa, die Beine angezogen, und legt einen Arm um seine wippenden Schultern.

Ihr Gesicht ist mehr als ernst. Es ist ruhig.

Ja, denke ich, meine Eltern sind ein Gebirge. Papa ist ins Rutschen geraten, und jetzt stellt Mama mit ihrer Ruhe das natürliche Gleichgewicht wieder her. Als würde sich das meinen Eltern zugewiesene Quantum an Tapferkeit in diesem Moment neu verteilen. Ich kann nicht sagen, dass ich fassungslos bin. Im

Gegenteil, ich bin *ganz* Fassung. Wie Buster Keaton in dieser Stummfilmszene, als ihn die umkippende Fassade eines Hauses fast erschlägt, stünde er nicht zufällig an genau der Stelle, wo ein freies Quadrat für das Fenster ausgespart ist – irritiert nur über den Staub, der plötzlich um ihn herum aufsteigt.

»Sag's ihm«, flüstert meine Mutter.

Vater nimmt die Hände herunter. Sein Gesicht ist eine nasse, geballte Faust. Mit dem Handrücken fährt er sich einmal unter der Nase entlang.

»Wir müssen hier weg. Das Geld, das ist aufgebraucht. Alles weg«, flüstert er und weist mit einer matten Kopfbewegung zum Tisch, wo der verschlossene Umschlag neben der Kaffeetasse liegt. »Und bald haben sie uns.«

Hatte ich das geahnt? Vielleicht hatte ich es geahnt. Die drei Fragezeichen und ihr dauerndes Schnüffeln. Die grauen Männer vom Amt, die mit den Ärmelschonern und den Kladden und dem zotteligen Löwen. Die Streifenpolizisten vor unserer Haustür im Neuhöfertal und der Volltrottel von Grenzpolizist an der Goldenen Bremm. Der Gendarm in Vallauris und in unserem Wohnzimmer. Sie alle suchen uns.

Sie suchten uns schon immer. Und nun haben sie uns gefunden.

Ich stehe nur da und warte auf seine Rückverwandlung von einem Wurm in einen Mann. Auf eine Erklärung, eine Idee, eine Richtung. Irgendwas.

Mein Vater greift nach der Brille, klappt die Bügel auf, wischt fahrig die Gläser am Saum seines Hemdes trocken und setzt sie wieder auf.

»Alles weg?«, höre ich mich fragen. »Dreihunderttausend Mark? Einfach weg?«

Die Eltern schauen gleichzeitig auf. Papa schlägt sofort wieder die Augen nieder. Mama rückt näher an ihn heran, jetzt berühren sich ihre Schultern.

»Woher weißt du das?«, fragt sie weich.

»Werner hat es mir erzählt«, sage ich und bekomme ein schlechtes Gewissen. Mama und Papa, aber auch Werner gegenüber. Ihnen hatte ich nichts davon erzählt. Und Werner hatte ich nicht geglaubt.

»Was hat er dir erzählt?«

»Von dem Geld, das Papa von einem Geschäftspartner bekommen hat, um dafür Autos zu kaufen. Dreihunderttausend Mark oder so. Aber Papa hat es lieber dazu benutzt, um abzuhauen. Werner hat alle unsere Sachen in Deutschland verkauft und uns schon Geld geschickt, sagt er. Und jetzt sucht Interpol nach uns. Stimmt das denn? Werner ist ein Dieb.«

Papa nickt abwesend und tätschelt mechanisch den Riesen, der ihm sofort die salzigen Finger leckt. Auf einmal steht Jeany in der Tür, nackt bis auf die Unterhose. Unter dem Arm trägt sie ihre geliebte Stoffschlange.

Sie blinzelt verstört ins Licht: »Heißt das, ich muss morgen nicht in die Schule?«

»Heißt das, du musst ins Gefängnis?«, frage ich, fast gleichzeitig.

Mama schluchzt. Vor meinen Augen rollt sie sich ein, sackt zusammen auf gewohntes Maß, und zugleich strafft und entfaltet und entwurmt sich mein Vater wieder zu gewohnter Größe und Statur. »Niemand muss mehr in die Schule. Das ist vorbei. Und nein, ich gehe nicht ins Gefängnis. Ich kann euch doch nicht alleine lassen, oder? Außerdem stecken wir alle unter einer Decke. Wir sind doch eine Familie, oder? Ich werde nicht zulassen, dass meine Kinder in einem Heim landen. Oder auf der Straße. Wir dürfen fallen, aber wir müssen wieder *aufstehen*!«, ruft er und erhebt sich tatsächlich, mit knackenden Gelenken.

Schwer atmend steht er da. Mama kauert auf dem Sofa und schaut zu ihm hoch, die Knie angezogen und den Daumen im Mund.

»Ich habe auch schon einen Plan«, sagt Papa und nimmt uns der Reihe nach alle ins Auge. »Ich habe einen Plan. Verlasst euch drauf.«

»Dann ist's ja gut«, murmelt Jeany verschlafen, dreht sich um und schlurft zurück. Benommen folge ich ihr wie einem guten Beispiel.

Ihr Bettchen ist zu kurz und ihre Decke zu schmal.

Weil sie sofort ihren Arm um mich legt, geht es trotzdem.

Dritter Teil

Autobahn der Stiere

Astronomische dreihundertachtzigtausend Kilometer hat diese Gastarbeiterschaukel auf dem Buckel. Wäre sie ein Mensch, sie würde längst durch einen Schlauch ernährt – und hinter ihrem Rücken tuschelten die Verwandten, ob es nicht vernünftiger wäre, endlich die Geräte abzuschalten. Bei jedem Tankstopp öffnet Hugo die Motorhaube, lässt die Hitze abziehen und schüttet zwei Liter Motoröl nach. Auf dem Dach ist mit Stricken, Netzen und Gummibändern überschüssiges Gepäck verzurrt, die Plane knattert im Wind. Alles Zeug, das es nicht in den Kofferraum geschafft hat, Sperrholzkisten, verklebte Pakete, Körbe. In einem Bretterverschlag auf Rädern ziehen wir die Piaggio hinter uns her. Bei höherer Geschwindigkeit beginnt der Anhänger, gefährlich zu tanzen. »Ho, ho!«, ruft Hugo dann mit besorgtem Blick in den Rückspiegel und nimmt Gas weg. Er muss gut aufpassen auf all die Sachen, die jetzt ihm gehören.

Papa war es, der unser Schicksal persönlich in die Pranken des portugiesischen Bauarbeiters gelegt hat. Gestern, bei einem über die Bruchsteinmauer hinweg anberaumten Abendessen. Ob er denn nicht auf ein Steak vorbeikommen wolle? Er wolle, er wolle, habe seit Wochen nichts anderes gegessen als kalte Ravioli aus der Dose, wie freundlich wir Deutschen doch seien! So ganz mochte Vater diesmal nicht auf seinen bewährten Überzeugungszauber vertrauen – und auch nicht auf den guten Willen unseres neuen Freundes. Es stand zu viel auf dem Spiel. Alles eigentlich. Und so würde er sicherheitshalber noch seinen teuren Anzug, seine Patek Philippe, Mutters ganzen Schmuck und ihre Brille von Cartier mit dem goldenen C am Bügel, den Ghettoblaster, die Taschen von Louis Vuitton und meine Piaggio dazulegen. Alles eigentlich.

Am Abend lauschte Hugo mit wachsendem Interesse dem Plan meines Vaters, zersäbelte bei Kerzenschein sein Fleisch, spülte mit Wein nach, nickte bisweilen, wischte am Ende mit dem letzten Stückchen Baguette die Sauce vom Teller, leckte sich noch einmal die Finger, jeden einzeln, grinste breit und sagte: »Bon.«

Vater reichte ihm die Hand, Mutter fiel ihm um den Hals.

Hugo hob abwehrend die Hände.

Lentamente, lentamente, er helfe gerne, wo er könne. Zwar liebe er das Abenteuer, wie es sich für einen Mann gehört. Ein wenig müsse er aber auch an seine Catarina denken, die zu Hause im Rohbau auf ihn warte, die habe auch ein Wörtchen mitzureden, ne c'est pas?

Vater begann, unter dem Tisch mit den Beinen zu wippen. Nein, erklärte er dann bestimmt, er müsse schon wissen, mit wem er Geschäfte mache. Wann es denn losgehe, wenn schon nicht gleich morgen früh. »Je *vous* le demande.«

Hugo runzelte die Stirn und nickte ernst. Wahrscheinlich hatte er längst überschlagen, was ihm die unerwartete Begegnung mit dieser merkwürdigen Familie wohl einbringen und wo für ihn das Risiko liegen könnte. Umständlich zählte er seine Finger ab, tja, der Beton müsse noch zwei Tage trocknen, dann sei erst einmal langes Wochenende, drei Tage, danach erst kämen die Maurer. Endlich hielt er die ausgebreitete Hand hoch – fünf Tage zur freien Verfügung, also prinzipiell, wäre da nicht …

»Demain matin?«, unterbrach ihn Papa wippend. Und plötzlich baumelte zwischen seinen Fingern etwas, das ich erst auf den zweiten Blick als Zündschlüssel für unser Auto erkannte. Auf den dritten Blick war mir, als baumelte da der ganze Benz. Sein Joker.

»Demain matin? Pourqui pas!«, rief Hugo und schüttelte seinen quadratischen Schädel wie jemand, der sein Glück kaum fassen kann und es nicht entwischen lassen möchte. Warum nicht, wenn er nur noch ein Schlückchen von diesem köstlichen Rotwein kosten dürfe, ein Portugiese wie er selbst.

Und so folgen wir einen vollen Tag dem Lauf der Sonne. Bei Marseille haben wir noch einen Vorsprung, bei Toulouse hat sie uns eingeholt, bei Biarritz stürzt sie vor uns ins Meer. Nach Anbruch der Nacht werden wir in Irun einfach durchgewunken, von den spanischen Zollbeamten sehe ich beim Vorbeifahren nicht mehr als ihre glimmenden Zigaretten. Die Pyrenäen kann ich nur erahnen. Erst linker Hand, wo die Dunkelheit am dichtesten ist, später als sicheres Gefühl im Nacken. Eine Barriere mehr zwischen uns und den Leuten, die uns suchen. Interpol, das war für mich bisher nur Inspektor Clouseau, ein Trottel mit Trenchcoat und lustigen Verkleidungen, falschen Zähnen, Perücke, aufblasbarem Buckel. Jetzt sind es diese Verkleidungen, die mir zu denken geben. Der Tankwart, der Lastwagenfahrer, die Kassiererin in ihrer Kabine an der Mautstelle – jeder könnte von Interpol sein. Wenn Polizisten keine Uniform tragen, wie sollen wir uns dann vor ihnen verstecken?

Hugo besteht darauf, die ganze Strecke alleine zu fahren. In einem Rutsch. Die Finger im vergilbten Lammfellbezug auf dem Lenkrad vergraben, starrt er verkatert geradeaus. Wo das Radio sein sollte, klafft ein rechteckiges Loch, aus dem Kabel heraushängen. Am Rückspiegel pendelt ein Rosenkranz und eine Muttergottes mit porzellanweißem Gesicht. Nachdem wir die Grenze passiert haben, nimmt Hugo sie kurz ab und küsst sie. Gelacht hat er seit dem lustigen Abend zuvor überhaupt nicht mehr, gesprochen seit tausend Kilometern höchstens zehn Worte, und die waren unverständlich.

Vielleicht ist es ihm jetzt doch unheimlich, uns mitzunehmen.

Auf dem Beifahrersitz pustet Papa den ätzenden Rauch seiner Gitanes Maïs in Richtung des spaltbreit geöffneten Seitenfensters. Er hat schon gemerkt, dass Hugo die Qualmerei zusetzt. Gerade greift er wieder nach hinten und legt seine Hand auf Mamas Knie.

Ihr Kopf ruht auf meiner Schulter, die schon ganz feucht ist von ihrem Speichel. Bewegen will ich mich trotzdem nicht, weil sie sonst hochschrecken und meinen Bruder wecken könnte, der endlich, endlich auf ihrem Schoß eingeschlafen ist. Fabian wollte nicht in dieses Auto steigen. Hat sich so fest an die Stäbe seines Gitterbettchens geklammert, dass Vater jeden Finger einzeln lösen musste. Die ersten Stunden der Fahrt hat er glatt durchgebrüllt. Auf dieser Spezialfrequenz zwischen Terror und Elend, die nur ganz kleinen Kindern vorbehalten ist. Seine Schwimmflügelchen sind schon ganz schlaff. Immer wieder hebt er flehend die Arme, aber niemand mag sie ihm aufblasen. Es ist ohnehin schon eng genug im Wagen.

Wenn ich mich vorbeuge, sehe ich meine Schwester schlafen, ein dünnes Tuch bis über den Kopf gezogen. Sie hat während der Fahrt unablässig gequasselt und wissen wollen, was dieses

»Portugal« genau ist. Vater erzählte ihr, das sei ein altes atlantisches Königreich, regiert von Seefahrern. Darauf malte Jeany sich aus, wie sie als Prinzessin auf einem Schloss aus Zucker wohnen und auf Walen reiten würde. Dazu müsse sie erst einmal einen portugiesischen Prinzen kennenlernen, meinte Papa, aber das werde sich sicher arrangieren lassen. Später las Mutter ihr aus *Jim Knopf* vor, bis beiden davon schlecht wurde, Mutter vom Vorlesen, meiner Schwester vom Zuhören. Jetzt schlafen beide, Jeany mit ihrer Kuscheltierfamilie geborgen in der Armbeuge. Papa Elefant, Mama Schaf und die gutmütige Schlange. Die Fäden, an denen ihre Plastikaugen hängen, werden immer länger.

In der ledernen Schultasche unter meinen Füßen habe ich meinen ganzen Besitz. Walkman von Sony und eine Kassette, der Weltatlas von Diercke, Taschenmesser von Opinel, Taschenlampe und eine durchsichtige Plastiktüte mit einer Tube Superkleber und den klappernden Kleinteilen der BMW R 100 RS. Die Piaggio mag mir nicht mehr gehören und die *Yamato* gesunken sein, aber an der BMW kann ich mich festhalten.

Ich weiß bald nicht mehr, wie ich sitzen soll. Manchmal schnalle ich mich ab, drehe mich um, lege das Kinn auf die Kopfstütze und kraule den Riesen. Er legt seinen Schädel in den Nacken, als wollte er jaulen, dann soll ich ihn am Kiefer kraulen. Wenn ich das lange genug mache, schmatzt er zufrieden, gähnt und zeigt seine furchterregenden Hauer, ganz gelb zur Wurzel hin. Rosa und grau das Zahnfleisch, wo er auch schon Wunden hat, die nicht heilen wollen. Der sabbernde Zwerg will ebenfalls gestreichelt werden und drängt sich mit tropfendem Bart und wedelndem Stummelschwanz an meine

Hand. Die Tiere teilen sich einen knappen Quadratmeter im Kofferraum, halten sich aber wacker. Manchmal stehen sie auf, drehen sich endlos im Kreis, nur um sich seufzend wieder niederzulassen.

Vater wollte die Hunde nicht mitnehmen und sie einfach in Golfe Juan im Garten lassen. Mutter meinte, dies geschehe nur über ihre Leiche, die Hunde gehörten zur Familie. Und nun drängen sie sich dort hinten und lecken einander hin und wieder gleichmütig die Genitalien. Ein Geräusch, das Hugo nicht ausstehen kann. Mutter meint, das sei hygienisch, aber Hugo schüttelt grimmig den Kopf und murmelt etwas von Josef, Maria und Jesus.

Hinten stehen auch unsere beiden Koffer von Louis Vuitton. Edelgepäck. Abwaschbares Innenfutter, goldene Beschläge und handgefertigter Kantenschutz aus Gold. In Gesellschaft ordinärer Carrefour-Tüten und Adidas-Sporttaschen wirken die Koffer irgendwie pikiert. Die werden sich noch umschauen, die blöden Koffer, denn jetzt gehören sie einem portugiesischen Bauarbeiter. Unser Besitz beschränkt sich auf die Habseligkeiten, die Mutter noch Minuten vor der Abfahrt in die weniger exquisiten Gepäckstücke hineingeworfen hat. Zwei Hosen für jeden, drei Hemden, Unterwäsche zum Wechseln, Windjacken, Windeln, Waschsachen, Socken, Schuhe. Fertig.

Wir kommen langsam, aber stetig voran. Manchmal hängen wir stundenlang nur wenige Meter hinter einem Lastwagen. Ohne Unterlass schleichen wir dahin, scheinen kaum von der Stelle zu kommen, und doch ist bald das Baskenland durchquert. Zuweilen zeigen sich auf Hügelkuppen die Silhouetten riesiger Stiere. Ich stelle mir vor, dass diese gewaltigen Tiere überall sonst ausgerottet und nur noch in dieser Einöde geduldet sind. In stummer Verachtung beobachten sie die Straße, als erinnerte sie die Kolonne kriechender Lichter an einen längst ausgestorbenen Feind aus Urzeiten. Als wären sie bereit, sich beim leisesten Anzeichen einer Gefahr, die von diesem brummenden Lindwurm ausgehen könnte, mit donnernden Hufen zur Flucht zu wenden. Nun geht es durch das alte Königreich Leon und Kastilien. Auf dem Walkman höre ich meine einzige Kassette rauf und runter. Queen und Genesis und »Billie Jean« von Michael Jackson und »The Joker«, von dem ich nicht weiß, wer das singt. Die Anfänge fehlen meistens, weil ich die Lieder über das Kassettendeck des Ghettoblasters aufgenommen habe, in das Ende plappert oft schon der Moderator hinein. Mit der Zeit bekommt der Klang seltsame Schlieren, die Stimmen werden tiefer, versickern, und die Musik bleibt im Schlamm stecken. Bei Burgos sind meine letzten Batterien leer.

Größere Raststätten meiden wir und halten nur auf Parkplätzen mit zugigen Fernfahrertoiletten unter flackernden Röhrenlampen. Braunschwarz verkrustete Löcher im Boden, über denen man in die Hocke gehen muss, während Weberknechte die Wände hochzittern, der Gestank an die Kehle greift und der Durchfall von nebenan durch die dünnen Wände knattert. Hier füllen wir frisches Wasser aus den Hähnen in die alten Flaschen.

Bei Palencia sind die sanitären Anlagen so abstoßend, dass ich mich mit meiner Verstopfung zum Scheißen lieber in die Büsche schlage und zur Sicherheit die Hunde mitnehme. In den Zweigen schaukelt zerfetztes Klopapier, der Boden ist abschüssig und glitschig. Die Leinen habe ich mehrfach um die Hand gewickelt, aus Angst, die Hunde könnten mir weglaufen. Es ist so dunkel in der Mulde hinter der Böschung, dass ich vom Riesen nur das Weiß des Trichters erkenne. Immerhin bin ich hier vor den Blicken der Fernfahrer geschützt, die steifbeinig in Badelatschen und Joggingsachen bei ihren Lastwagen stehen und Tee aus Thermoskannen trinken. Dahinter deutet eine Kuppel aus gelbem Dunst auf die Stadt hin. Sehen kann ich sie nicht. Womöglich gibt es gar keine Städte, nur ihre Namen auf den Straßenschildern und in meinem Atlas. Vielleicht bewegen wir uns auf dieser Fahrt nicht im Raum und stehen in Wahrheit still, während die Orte in rätselhafter Konstellation sich von uns weg, zu uns hin, an uns vorbei bewegen. Kaum habe ich die Hose heruntergezogen, stürzen sich die Stechmücken auf meine nackte Haut. Mit der flachen Hand schlage ich nach ihnen, verliere das Gleichgewicht und muss mich abstützen. Meine Finger versinken in etwas Weichem, ich wische sie an der Hose ab. Im Himmel über mir suche ich nach Sternbildern. Es ist wie bei diesen Malbüchern, in denen man eine Reihe von Zahlen mit dem Stift verbinden muss, damit ein Clown erscheint oder ein Pferd. Aber hier gibt es keine Zahlen.

Da erst fällt mir der Stier auf, oder vielmehr eine stierförmige Aussparung von vollkommener Schwärze auf der Anhöhe direkt vor mir. Gebückt wische ich mir den Hintern ab und stolpere los, die Hunde immer voraus. Der Weg führt über ausgetrocknete Regenwasserrinnen im Geröll hinweg und ist viel kürzer, als ich dachte. Je höher ich steige, desto mehr verdunkelt der Stier den Himmel. Oben angekommen, ist er gleichsam verschwunden. Hinter mir das neonhelle Geviert des Rastplatzes. Eine Insel, an der unser motorisiertes Floß ankert. Es hupt. Vor mir erheben sich in der Ferne Silos, Stromleitungen, eine fahle Ebene ohne Baum und Strauch, sinnlos und haltlos wie der Himmel. Der Stier ist jetzt direkt über mir, er hat sich in die Eindimensionalität geflüchtet. Da ist nur eine Metallplatte, rückwärtig durch Eisenträger versteift und in betonierte Fundamente verschraubt. Eine Kulisse. Darunter verstreut Bierdosen, ganz löchrig und porös vom Rost, zwei alte Autoreifen, gebrauchte Kondome und ein einzelner Schuh. Es riecht nach Pisse. Auf das hintere Bein des Stieres sind obszöne Zeichen gemalt, Schwänze, und spanische Sätze vermutlich pornografischen oder revolutionären Inhalts. Ich kann das Wort »Franco« entziffern und fühle mich gemeint. Ich könnte jetzt einfach weitergehen, in diese Ebene hinein. Der Gedanke fliegt mich an und umkreist mich, flüchtig wie eine Fledermaus. Wieder die Hupe von unten, drängender jetzt, und ich kehre um.

Guarda

Ein Ort namens Guarda hat sich auf uns zubewegt. 350 Kilometer, 200 Kilometer, 20 Kilometer. Guarda. Hugo wird redseliger, je näher wir kommen. Das ist seine Heimat. Die Grenze zwischen Spanien und Portugal habe ich verpasst, die muss durch eine sehr frühe Morgenstunde verlaufen und nicht gut bewacht worden sein.

»Wir sind durch«, erklärt Papa früh am Morgen und wischt mit seinem Ärmel die beschlagene Scheibe frei, um einen Blick auf die Stadt zu werfen. Von oben trommeln Tropfen, von unten trommelt das Kopfsteinpflaster.

»Das ist aber laut in Portugal«, staunt Jeany. Mit großen Augen hält sie erste Ausschau nach Prinzen. Aus grauem Himmel regnet es auf Fabriken mit ausgeschlagenen Fensterscheiben. Es prasselt auf leere Plätze, in deren Mitte tropfnass die Flagge von Portugal an einem Mast hängt. Zumindest vermute ich das. Portugal. Vater sagt »Portügall«, aber Hugo spricht es anders aus, liebevoller. Er rollt das R und zerdrückt das »gal« am Gaumen wie eine Traube.

Überhaupt plappert er wieder unablässig vor sich hin. Stolz erzählt er, dass in den Fabriken hier Getriebeteile für Renault gefertigt wurden, vor der Krise. Und dass er uns nun bald seiner Catarina vorstellen werde und auch seiner Mutter, die beiden Damen wüssten schließlich noch nichts von ihrem Glück und würden Augen machen. Seitlich spritzen Wasserfontänen hoch, wir haben die befestigte Straße verlassen und folgen einer rötlich verschlammten Piste. Hunde hetzen uns hinterher, ich höre sie bellen. Zwerg und Riese springen alarmiert auf und spitzen die Ohren, bleiben aber still. Mit einem Pfeifen steuert Hugo den Wagen zwischen zwei Betonsäulen hindurch auf einen geschotterten Hof. Er zieht die Handbremse an, hupt und strahlt erwartungsvoll durch die Windschutzscheibe. Als hätte er gerade einen dreitausend Kilometer langen Zaubertrick aufgeführt und erwartete nun den Applaus dafür.

Angekommen.

Eine junge Frau in grauer Strickjacke, mit spitzer Nase und Oberlippenbart steht auf der Schwelle. Bestürzt hebt sie die Hände zum Mund, dann verschränkt sie die Arme. Sie rührt sich vor Überraschung nicht von der Stelle.

»Catarina!«

Hugo springt aus dem Auto und stürmt auf seine Frau zu. Beinahe stolpert er über eine Gans, die sich protestierend davonmacht. Hugo packt seine Catarina wie einen Sack Beton, wuchtet ihren Oberkörper auf seine breite Schulter, dreht sich mit ihr im Kreis. Sie klammert sich an ihn und blickt dabei zu uns herüber mit einem Lachen, das nicht uns gilt.

»Sollen wir aussteigen?«, fragt Mama.

»Wir warten noch«, entscheidet Papa.

Hinter Catarina erscheint eine zweite Frau. Gebeugt, weitmaschige Strickjacke, spitze Nase, Oberlippenbart. Kinnbart.

»Mama, wer ist die Hexe?«, fragt Jeany und sinkt tiefer in den Sitz.

Papa dreht sich um und seufzt.

»Das sind einfache Leute. Lasst mich mal machen, okay?«

Drüben wechselt Hugo ein paar Worte mit den beiden

Frauen. Ich sehe, wie sie fast gleichzeitig mit den Schultern zucken. Die Frauen gehen hinein. Einen Augenblick fürchte ich, Hugo wird ihnen folgen, die Tür hinter sich schließen und uns einfach hier draußen sitzen lassen.

In der Tür dreht er sich um und winkt. Vater reibt sich die Hände.

»Gehen wir, Kinners. Schätze, es gibt Gänsebraten!«

Gans gibt es nicht. Und mich beschleicht das Gefühl, dass die Dinge überhaupt ganz anders liegen, als Papa sich das ausgemalt hat. Mit Gänsebraten und Landwein aus Wassergläsern, Schulterklopfen und Verbrüderungen. Mit neuen Fluchtlinien, die sich ganz von selbst aus konspirativen Gesprächen ergeben, die er behutsam in die gewünschte Richtung lenkt. Ganz wie bei uns im Wohnzimmer, damals im Autohaus oder am Telefon. Ganz wie immer.

Hier jedoch wirkt sein Zauber nicht. Er kann nicht *machen*. Denn Catarina und die alte Frau, Hugos Schwiegermutter, sprechen kein Französisch, kein Englisch und Deutsch schon mal gar nicht. Portugiesisch können sie reden, und das tun sie. Abwechselnd, laut. Und immer lauter.

Wir drängen uns alle in der Stube unter einer nackten Glühbirne, draußen rauscht der Regen, als die Arie beginnt. Ich lausche und denke an ein Schulkonzert in Kaiserslautern, als einmal eine Oper von Puccini aufgeführt wurde. Da habe ich auch nichts vom Text verstanden und doch alles begriffen. Hugo hat die beiden Frauen offenbar nicht vorgewarnt, sie scheinen von seiner Rückkehr überrumpelt. Als er ihnen erklärt, worauf er sich da eingelassen hat und warum, als er ihnen das Geld auf den Tisch legt und sie hinausführt zu den beiden Schatztruhen von Louis Vuitton und die Plane über meiner Piaggio lüftet, die jetzt seine Piaggio ist und fahrbereit auf dem Anhänger steht, da werden sie richtig wütend. Hugo zückt den Joker, der jetzt ihm gehört, und lässt den Benz baumeln. Catarina spuckt ihm vor die Füße und reckt die Arme zum Himmel. Sie rauft sich die Haare und brüllt auf ihn ein. Ihre Mutter zupft sich den Kinnbart und gibt mit bekümmerter Miene das Echo zur Kanonade ihrer Tochter. Manche Worte kehren immer wieder, bald erkenne ich »caralho«, »maldição«, »merda«, aber nur unter »merda« kann ich mir etwas vorstellen. Am Ende lehnt Hugo mit gesenktem Kopf an der Anrichte in der Küche, betrachtet seine gefalteten Hände und lässt sich ausschimpfen wie ein Schuljunge. Vater steht dabei, die Hände in den Taschen, und hat ebenfalls den Kopf gesenkt. Manchmal nickt er bedächtig, als prüfe er einen Vorschlag, »maldição«, jaja, warum eigentlich nicht?

Irgendwann hat Mama genug. Wortlos nimmt sie meine Geschwister bei der Hand und führt sie hinaus. Ich folge mit den Hunden. Unschlüssig steht sie einen Augenblick im Regen, dann setzt sie sich mit Fabian in den Wagen.

»Ich will da nicht wieder rein«, sagt Jeany, und ich will das auch nicht. Also spazieren wir die verschlammte Straße entlang, den Riesen an der Leine. Den Zwerg lassen wir laufen, bald hat er rote Pfoten und einen roten Bart vom Schlamm.

»Warum waren die Frauen so böse?«, fragt Jeany.

»Ich glaube, die wollen uns nicht«, sage ich.

»Warum müssen die uns wollen?«

Ich denke nach. Der Riese krümmt sich zum Kacken, ich stehe im Nieselregen daneben und weiß keine Antwort.

»Bleiben wir jetzt hier?«, fragt Jeany.

»Ich denke schon. Wir fangen hier neu an, hat Papa gesagt.«

»Hier?« Jeany deutet auf die Stadt. Lang liegt sie über einen Hügel gewürfelt, ein verschachteltes Durcheinander schiefer Dächer, im Vordergrund ein Riegel aus Hochhäusern. Ganz oben die gegabelten Türme einer Kathedrale.

»Ich glaube, so hat sich das Papa gedacht. Hugo lässt uns in einem Haus wohnen, und die Eltern suchen sich Arbeit. Und wenn sie genug Geld verdient haben, ziehen wir in ein eigenes Haus.«

»Ich will aber nicht in so einem Haus wohnen«, sagt Jeany. »Die ganze Gegend hier macht mich traurig.«

Ich schaue mich um. Hinter üppiger Vegetation erblicke ich links einen Fluss. Rechts reihen sich unverputzte Steinhäuser vor ausgedehnten Gärten. Ich sehe Hühnerställe und angepflockte Ziegen. Die Straße ist nicht einmal asphaltiert. Meine Schuhe sind schon ganz nass, verdammt.

»Ich verstehe nicht, warum wir nicht bei Susan eingezogen sind«, sagt Jeany. »Dann hätte Papa in Frankreich eine Arbeit finden können. Und wir hätten weiter auf die Schule gehen können. Wärst du nicht auch gerne weiter auf die Schule gegangen?«

»Doch, schon. Aber die war ziemlich teuer, weißt du?«

»Haben wir deswegen kein Geld mehr?«

»Ich glaube schon auch deswegen, ja.«

Jeany denkt nach. »Dann ist es besser, wenn wir auf gar keine Schule gehen. Dann können die Eltern das Geld sparen. Ich will kein Portiesisch lernen.«

»Portugiesisch. Das heißt Portugiesisch. Und du wirst sehen, das geht ganz schnell. Wir konnten ja auch kein Französisch. Schau, es regnet wieder stärker. Lass uns umkehren.«

Als wir zum Auto kommen, sind seine Scheiben von innen ganz beschlagen.

Vater tritt aus dem Haus, eine Hand in der Tasche, mit der anderen streicht er sich die Haare zurück. Er sieht uns in der Einfahrt und winkt.

»Kommt ihr wieder rein? Es ist alles geregelt.«

Offenbar sind die Verhandlungen fortgeschritten. Catarina stellt uns Schüsseln mit Graupensuppe hin und lehnt sich mit verschränkten Armen an den Herd. Es sieht aus, als friere sie. Glibberpampe, aber ich esse trotzdem alles auf. Fabian will damit nicht gefüttert werden. Er biegt seinen ganzen Leib zurück und quengelt, aber Mutter flüstert ihn schnell zur Ruhe. In der Ecke machen sich die Hunde knurrend ein paar Knochenreste streitig. Hugo scheint seine gute Laune wiedergefunden zu haben. Er zeigt beim Lachen seine weißen Zähne und redet sehr schnell, ich verstehe nur »Beton, Beton«.

Wenn er seinen Arm um Vater legt, sieht der ganz klein aus.

»Und?«, fragt Mutter matt. »Weihst du uns ein?«

Papa schiebt die Schüssel von sich, legt den Löffel weg und die Hände auf die Tischplatte.

»Wir bleiben hier. Hugo hat noch ein anderes Haus, ganz neu, nicht weit von hier. Dort können wir heute schlafen. Und dann sehen wir weiter. In Ordnung?«

Hugo schaut vergnügt und erwartungsvoll drein, wie Ernest Borgnine in der Serie *Airwolf*. Ich würde ihm gerne um den Hals fallen. Mutter nickt und strahlt unsere Gastgeber an.

Zwischen meinen Schenkeln unter dem Tisch reibe ich mir die Hände. Ein anderes Haus als dieses hier, das klingt gut.

Das andere Haus liegt nur fünf Fahrminuten entfernt direkt an der Böschung zum Fluss. Auf den ersten Blick kommt es mir sehr modern vor. Auf den zweiten Blick sehe ich, dass es ein Rohbau ist. Beton, Beton. Auf kahler Erde, vom Regenwasser zerfurcht. Die Eltern steigen aus, und Mutter greift sofort nach Vaters Arm.

»Jürgen …«, flüstert sie entsetzt.

»Jetzt nicht, jetzt nicht«, sagt Papa und folgt Hugo, der eine Sperrholzplatte zur Seite wuchtet und mit der Taschenlampe vorausgeht.

Wo einmal der erste Stock sein wird, strecken sich Hoffnungseisen in den Himmel. Ein Brett dient als Rampe zum Eingang hinauf, die Treppe ist noch nicht fertig. Bis auf ein paar leere Eimer, Schaufeln und Schubkarren sind die Räume vollkommen kahl. In zwei Zimmern stehen niedrige Pritschen. Runde Löcher in den Wänden zeigen an, wo einmal die Lichtschalter sein werden. Aus den Decken hängen Stromkabel wie die Fühler riesiger Insekten, in der künftigen Küche liegen kupferne Rohre offen. Fensterscheiben gibt es nicht. Wind und Regen werden von transparenten Plastikplanen abgehalten, die auf grobe Holzrahmen getackert sind. Hugo führt uns herum, lässt den Kegel seiner Taschenlampe durch alle Ecken huschen und geht dann wieder raus zum Auto, Kerzen holen. Wir stehen auf nacktem Beton, einen Estrich gibt es nicht.

»Jürgen …«, sagt Mama wieder.

»Abwarten!«, ruft Papa und klatscht in die Hände. »Das wird mal ein sehr, sehr schönes Haus. Mit Blick auf die Stadt! Wie hieß die nochmal?«

»Willst du mich verarschen?«, erkundigt sie sich. »Das hier ist eine Baustelle.«

Brabbelnd tappt Fabian durch die Räume, ihm scheint es zu gefallen.

»Hier schlafe ich!«, ruft Jeany von nebenan.

Hugo kehrt zurück, stellt große rote Kerzen in die Mitte des Raumes und breitet Decken über die Pritschen. Matratzen, aus denen das Stroh quillt. Dazu eine Flasche Rotwein mit Korkenzieher, eine Tüte Milch, zwei Wasserflaschen und vier Pappbecher. Es wäre nur für zwei, drei Nächte. Er verspricht, uns morgen früh Brötchen zu bringen, und schaut dabei keinem von uns in die Augen.

Kaum ist Hugo weg, beginnt es wieder zu regnen. Mutter hat Fabian gewickelt, jetzt wühlt sie in den Plastiktüten von Carrefour.

»Hat jemand das Fläschchen von dem Kleinen gesehen?«

»Wie machen wir denn die Milch warm?«, fragt Jeany, aufrichtig interessiert. »Wie kochen wir überhaupt?«

»Wir haben nicht mal einen Gaskocher«, stelle ich fest und beiße mir sofort auf die Lippen.

»Morgen fahre ich in die Stadt und besorge uns einen«, sagt Vater gelassen und zündet sich eine Zigarette an. »Es geht nicht darum, was *da* ist. Es geht darum, die Möglichkeiten zu sehen!«

Mama nimmt ihm die Zigarette aus der Hand, zieht und hustet. »Ich sehe die Möglichkeit, ein Lagerfeuer zu machen!«

Der Zwerg liegt zusammengerollt bei Jeany auf der Pritsche, der Riese schläft mit dem Kopf auf den Pfoten. Früher habe ich immer mit Mama gestritten, wenn sie behauptet hatte, es würde »ziehen«. Ich hielt dagegen, dass es so etwas wie »Zug« überhaupt nicht geben würde. Wind halt, aber doch keinen Zug.

Jetzt aber flattert die Kunststoffplane und es zieht, eindeutig. Ich lege mir die Decke um die Schulter, damit mir vor Kälte nicht die Hände zittern.

Im Schein meiner Taschenlampe herrscht Ordnung. Viele Einzelteile der BMW sind noch mit dem Plastikrahmen verbunden. Seitendeckel, Stoßdämpfer, Auspuff und andere Winzigkeiten, deren Sinn ich erst erkennen werde, wenn ich sie angebracht habe. Mit einer leichten Drehung lassen sie sich lösen. Dann darf ich sie nicht fallen lassen oder zerbrechen, weil sie sonst auf Nimmerwiedersehen in irgendwelchen Ritzen verschwinden. Gussräder und Gummireifen sind schon montiert, bei der Verkleidung war ich unvorsichtig. Auf der Windschutzscheibe habe ich mit Superkleber meinen Fingerabdruck hinterlassen, das ist ärgerlich. An Zeigefinger und Daumen der linken Hand habe ich mir extra die Fingernägel wachsen lassen, damit ich wie mit einer Pinzette nach den Kleinteilen greifen kann. Tacho und Drehzahlmesser, sehr knifflig. Auf die mikroskopisch kleinen Uhren tupfe ich Superkleberpünktchen, halte den Atem an und drücke sie in die vorgesehenen Aussparungen. Perfekt. Den Motorblock habe ich schon zusammengefügt, es waren nur zwei Teile. Aber zwei wichtige. Der Motor ist das Herz. Ein Boxer eben, Sinnbild der Laufruhe. Was ruhig läuft, ist gut. Fehlen nur noch die Zylinder, das Gehäuse mit den Kühlrippen und die Zylinderköpfe. Am liebsten würde ich auch Ventile, Kolben, Hubzapfen, Tassenstößel und Pleuel montieren. Und am allerliebsten würde ich später damit davonfahren, wenn ich fertig bin. Ich stecke die beiden Zylinder in die dafür vorgesehenen Zapfen am Motorblock. Sie sitzen fest, aber etwas stimmt nicht. Ich stutze. Von oben werfe ich einen Blick auf mein Werk, wie auch ein Fahrer nach unten auf den Motor schauen würde. Die Zylinder sitzen einander nicht direkt gegenüber, wie sie sollten.

Wie sieht das denn aus?

Das darf doch nicht wahr sein! Warum klappt das denn nicht? Ich fummle nervös an einem der Zylinder herum, aber der Klebstoff ist schon getrocknet. Und dann bricht der Zylinder ab. Bricht einfach ab wie trockenes Holz. Das war's. Kalt kommt mir der Ärger hoch. Ich schließe die Faust um die Verkleidung und höre sie knacken. Dann schwinge ich mich von der Pritsche. Mit einem Fuß schlüpfe ich in einen Schuh. Im Sitzen lege ich die BMW auf den Boden – und stampfe mit beherzten Tritten darauf herum. Wieder und wieder. Es tut gut, die Splitterchen über den Boden schlittern zu hören.

»Was machst du?«, fragt Jeany.

»Nichts, schlaf weiter«, schluchze ich und verschwinde wieder unter die Decke. Ich beiße mir in die Knöchel vor Wut und Verzweiflung. Heulend wickle ich mich in die grobe Decke. Sie kratzt, es ist klamm. Es ist nicht nass, nicht wirklich feucht, aber auch nicht trocken. Einfach klamm. Bei jeder Bewegung knistert Stroh. Ich höre Wasser durch die Rohre gluckern und versuche vergeblich, das Rauschen des Flusses vom Rauschen des Regens zu unterscheiden. Manchmal grollt es gedämpft, das könnte ein fernes Gewitter sein. Oder der Magen des Riesen. Wie lange hat er schon nichts mehr gegessen? Im Schlaf kratzen die Pfoten über den Boden, er setzt seinen Träumen nach.

Die Zähne putzen wir uns an einer Regentonne, in der ganze Schwärme von Mückenlarven umherzucken wie Tiefseefische. Wir warten den ganzen Vormittag, auf den leeren Farbeimern hockend oder ziellos im Kreis laufend, aber Hugo kommt nicht. Kein Frühstück. Es riecht nicht nach Kaffee. Kein Radio läuft. Hin und wieder gehe ich raus in den Garten, der kein Garten ist, sondern eine Mondlandschaft aus Erdhaufen, Reifenspuren und temporären Tümpeln. Umschleiert von Frühnebeln, liegt Guarda drüben auf seinem Hügel. Nur die Turmspitzen der Kathedrale schauen oben heraus, das Geläut ihrer Glocken klirrt in der kalten Luft. Vom benachbarten Grundstück starrt ein alter Mann zu uns herüber, auf seine Mistgabel gestützt. Ich starre zurück, da dreht er sich um und verschwindet in seinem Haus. Ein fertiges Haus mit Fensterscheiben aus Glas.

Drinnen fegt Mama mit einem Reisigbesen die Stube aus, Stunde um Stunde. Papa hockt auf seiner Pritsche und staubt allmählich zu. Mit einem Auto wäre er schon längst losgefahren, etwas Essbares auftreiben. Ohne Auto aber ist es, als wäre er amputiert. Er tut so, als läse er in einem alten *Spiegel*, den Blick auf leer gestellt. Meine Schwester hat mit dem Pappbecher ein paar Mückenlarven aus der Regentonne gefischt und schaut ihnen jetzt interessiert beim Sterben zu. »Die sehen aus wie kleine Drachen!«

Wenn wir wenigstens einen Fernseher hätten, ein kleines Fenster in die Welt. Dann würde die Zeit vergehen und nicht reglos in Vertiefungen stehen wie Regenwasser. Die Topografie bewegt sich nicht mehr, die Konstellationen stehen still. Wir sitzen fest.

Am Nachmittag, der Regen ist zurückgekehrt, weckt uns ein Geruch aus unserer Lethargie. Die Hunde bringen ihn von draußen herein wie eine schlechte Nachricht. Sie bewegen sich gekrümmt, als hätten sie ein schlechtes Gewissen, und ziehen einen zähen Gestank hinter sich her. Tatsächlich tragen sie ihn vor sich her, er ist weiß und feucht und schwer wie ein totes Tier. Mitten im Zimmer nehmen sie die nassen Windeln dann auseinander, die sie in ihrer Not draußen aus der Mülltonne gefischt haben müssen. Gierig zerreißen sie die Watte und verschlingen den Inhalt.

Scheiße im Bart, Scheiße an den Pfoten, Scheiße an den Wänden.

»Scheiße!«, schreit Mama auf, denn es ist nicht irgendeine Scheiße. Es ist Fabians Scheiße. Verfaulende Scheiße, unsere Scheiße, und die Hunde machen sich darüber her, streiten sich darum wie um eine kostbare Beute. Fetzen und Batzen fliegen umher. Papa springt auf und versucht, die Tiere an den Halsbändern zu fassen zu bekommen. Aber sie wollen von ihrem Mahl nicht ablassen, weichen aus. So verteilt sich die Scheiße unter Geschrei und Gejaule im ganzen Haus, bevor die Hunde mit Fußtritten endlich hinausgetrieben sind.

»Verdammte *Scheiße*!«, ruft Papa ihnen nach. Dann dreht er sich um, geladen wie er ist, und verpasst Fabian eine Ohrfeige. Vielleicht, weil er die Windeln vollgeschissen hat. Vielleicht auch nur, weil er zufällig dort stand. Er schlägt aus der Hüfte, auf Hüfthöhe. Das Kind prallt drei Schritte stolpernd zurück, fällt aber nicht.

Es steht da, holt Luft und brüllt.

Mama brüllt Papa an.

Papa brüllt zurück.

Ich stürze zu Fabian und hebe ihn hoch. Er brüllt mir ins Ohr, dass es pfeift.

Seine kleinen Fäuste sind geballt, sein ganzer Körper ist gespannt.

Nur Jeany steht ganz still.

Für einen absurden Moment scheint es, als folge sie dem Treiben mit freudiger Erregung. Ich glaube sogar kurz, ein Lächeln zu erkennen. Da sehe ich, wie sie die Hände ans Gesicht hebt und mit den Fingernägeln ganz langsam die Wangen hinunterfährt.

Vier Streifen auf jeder Seite, eine blutrote Kriegsbemalung.

Lissabon

Mir gefällt der Name. Ford, das klingt solide, da habe ich noch zwei Slogans in Erinnerung: »Wir bauen Vertrauen« und: »Wenn was ist, wir sind für Sie da«. Und Taunus erst, ist das nicht nach Alpen und Pyrenäen in gewisser Weise ein drittes Gebirge, hinter dem wir uns verstecken können?

Natürlich ist die Karre völlig fertig. Die Stoßdämpfer sind runter und die Rückspiegel so gut wie erblindet. Beim Sitzen spürt man die einzelnen Sprungfedern, beim Schalten klingt das Getriebe wie ein Netz voller Murmeln. Mit seiner Dieselwolke vernebelt der Taunus dem rückwärtigen Verkehr jede Sicht. Außerdem läuft er spätestens seit unserem Gewaltritt quer durch das westliche Südeuropa nur noch auf drei Zylindern. Wenn wir Glück haben, finden wir einen langsamen Lastwagen, in dessen Windschatten wir uns halten können. Dann fährt der Ford knappe 80. Verliert Papa den Anschluss, bekommen wir es mit Gegenwind zu tun, dann sind von den 80 nur noch 60 übrig. Bei Steigungen 40, maximal 50 Stundenkilometer, und das ist kritisch. Denn wir dürfen nicht auffallen. Wenn wir auffallen, werden wir angehalten. Früher hat Vater solche Vehikel mit spöttischer Nachsicht als »Türkenschaukel« bezeichnet, gut genug, um von Aachen nach Anatolien zu gondeln, mehr nicht. Aber auch nicht weniger. Nun hütet er sich, ein schlechtes Wort über das Auto zu verlieren, und preist Hugo, der es uns in seiner Güte überlassen hat.

»Hätte er nicht machen müssen, hätte er wirklich nicht machen müssen …«

»Anders wäre er uns nicht losgeworden, Jürgen«, bemerkt Mama trocken.

Wenn Papa allein auf der Flucht wäre, würde ihm ein Alpine bestimmt bessere Dienste leisten, denke ich. Als Fluchtfahrzeug. So aber, mit einer Familie als Klotz am Bein, ist der Taunus die bessere Wahl. Eine runtergerockte Familienkutsche hält keine portugiesische Polizeistreife an, die hat's hinter sich. Gerade schlürft der Ford seine allerletzte Tankfüllung leer, das ist beschlossene Sache.

400 Kilometer noch, das ist machbar.

Allerdings sind es die letzten 400 von rund 380 000, und das ist die ungefähre Distanz zwischen Erde und Mond. Mit meinem alten Diercke auf den Knien stelle ich mir unsere Bewegung nach Lissabon als eine Vertikale vor. Seit unserem Start auf dem Weltraumbahnhof von Guarda rechne ich still mit. Schon nach 15 Kilometern haben wir die Troposphäre hinter uns gelassen, nach 50 die Stratosphäre. Nach 80 Kilometern, ungefähr auf der Höhe eines Ortes namens Castelo Branco, treten wir von der Mesosphäre in die Thermosphäre über. Von hier sind es noch 300 schwerelose Kilometer bis zur Exosphäre. Danach nur noch interplanetarer Raum und 380 000 Kilometer bis zum Mond.

Unser Ziel liegt näher. Vater sagt, echte Großstädte hätten eine eigene Schwerkraft. Das könne man spüren, wenn alle Stromtrassen und sogar die Kondensstreifen am Himmel in ihre Richtung wiesen. Um eine echte Großstadt könne man kaum herumfahren, sagt er, weil sie den Verkehr förmlich ansaugen würde wie eine Pumpe. Menschen und Häuser und

Waren und Ideen und Träume, die sich darin wirbelnd vermischen. Und wirklich wird alles dichter, je näher wir Lissabon kommen.

Den Namen der Stadt kannte ich bisher nur aus Witzen von Oma, die aus Bonn stammt und von Lissabon behauptete, auf der anderen Seite des Flusses läge »Lissabeuel«. Selbst diesen Witz musste sie mir umständlich erklären. Mehr weiß ich nicht von Lissabon, außer, dass es die Hauptstadt von Portugal ist. Im Atlas liegt Lissabon als roter Fleck am Ende von Portugal und Portugal am Ende der bewohnten Welt. Weiter nach Westen kann man in Europa nicht ausweichen. Im Schwitzkasten von Spanien hockt dieses Portugal auf der Iberischen Halbinsel und schaut traurig aufs Meer hinaus. Grundstück mit Seeblick.

Lissabon ist die größte Stadt, die ich jemals gesehen habe. Eine Stunde stehen wir im Stau, bevor ich ein erstes Ortsschild entdecke: LISBOA, ganz klein und schmuddelig zwischen zwei haushohen Werbeplakaten für Badezimmer und Eis am Stiel. Endlos geht es mehrspurig an Fabrikgeländen und Großmärkten und Lagerhallen und Schlachthöfen vorbei. Dabei wird der Himmel immer lichter und klarer. Links leuchtet zwischen den Häusern bald eine flaschengrüne Fläche auf, das ist der Tejo. Ich wünschte, das Radio wäre nicht ausgebaut, dann könnte ich schon mal Portugiesisch üben.

»Warum haben wir keine Karte?«, jammert Mutter. »Mit Karte wäre das einfacher!«

»Wir brauchen keine Karte«, sagt Vater besänftigend. »Wir fahren direkt ins Zentrum, und dort suchen wir uns ein schönes Hotel. Stimmt's oder hab ich recht?«

Es stimmt, er hat recht. Alles ist besser als Guarda. Allerdings sitzt mir die Frage förmlich auf dem Schoß, womit wir das Hotel bezahlen. Und wie es überhaupt weitergehen soll, wie wir bei all den Türen hier den Eingang finden werden in unser neues Leben. Einerseits. Andererseits hat Vater gute Laune. Er pfeift eine Melodie von Phil Collins vor sich hin, den Ellbogen hat er ins offene Fenster gelegt. Wenn *er* einen Grund zur Zuversicht hat, habe ich ihn auch. Da fragt Jeany: »Wie bezahlen wir denn das Hotel?«

Ich könnte sie ohrfeigen, obwohl sie schon wie verprügelt aussieht mit den verkrusteten Streifen im Gesicht.

»Gute Frage, gute Frage«, sagt Papa. »Wir haben schon noch Geld, so ist es nicht. Und wir werden dieses Auto hier verkaufen, das brauchen wir ja nun nicht mehr. Oder brauchen wir ein Auto in der Metropole, Jutta?«

Mutter schaut schweigend aus dem Fenster, während Vater vom prachtvollen Karussell der Möglichkeiten erzählt, das uns hier erwartet, nur auf *uns* wartet, und blinkend in eine Spur wechselt, über der auf einem blauen Schild »Centro« steht. Nun geht es schneller, über eine breite Allee. Menschen sitzen in Cafés, die Gesichter der Sonne zugewandt. Hinter einem Eselskarren bildet sich ein Stau. Der Esel hat den Kopf in einen grauen Eimer gesenkt, ungerührt vom Kutscher, der mit der Peitsche auf ihn einprügelt, während Autos sich Zentimeter für Zentimeter vorbeidrängen. Fabian staunt mit offenem Mund, und Jeany bedauert das »arme, arme Tier«. Weite Plätze öffnen und schließen sich wieder, zwischen frühvergreisten Hochhäusern schießen marmorne Paläste in die Höhe, ein Nebeneinander und Übereinander von Winkeln und Steinen. Und alles schichtet sich zu Hügeln, was den Eindruck der Stadt um eine weitere Dimension erweitert und mich noch mehr verwirrt. Es riecht nach Meer und gerösteten Kastanien.

Wieder biegen wir ab, und auf einmal scheint die Straße nur noch von Schwarzen bevölkert zu sein. Die Auslagen ächzen unter einer Fülle fremdartiger Früchte, in den Schaufenstern werben Plakate für Haarglättungen. Auf Englisch wird für günstige Telefontarife in Länder namens Mosambik und Angola geworben.

»Sind wir denn hier in Afrika?«, fragt Mama schläfrig. Es geht über eine Kreuzung, dann ist der Spuk vorbei.

»Das ist die Dritte Welt«, erklärt Vater und tritt auf die Bremse. Eine Gruppe junger Menschen mit Trillerpfeifen und roten Plakaten tanzt mit erhobenen Fäusten über die Straße. Mit der flachen Hand klatscht eine junge Frau freundlich auf unsere Motorhaube, bevor sie sich mit einer Körperdrehung wieder einreiht. Zum Takt einer Trommel rufen sie Parolen, die ich nicht verstehe. Vielleicht sind das Fußballfans, die kenne ich aus Kaiserslautern, wenn sie ähnlich ausgelassen zum Betzenberg ziehen. Nur sehen die Gesichter auf den Plakaten nicht nach Fußballern aus. Ein bärtiger Mützenträger mit leicht entrückter Miene. Die Schattenrisse von drei bärtigen alten Männern, die alle in eine Richtung schauen.

»Sieh an, Kommunisten! Ich dachte, die wären ausgestorben oder alle drüben …«, sagt Papa und klingt wie Opa damals, wenn er im Wald seltene Vögel sichtete.

»Was sind Oministen?«, fragt Jeany, der die Trillerpfeifen imponieren.

Vater lächelt. »Oministen sind Leute, die nichts besitzen und auch nicht wollen, dass andere Leute etwas besitzen. Alles soll allen gehören, damit sich niemand mehr streitet.«

»Wie in der Dédé Air?«, fragt Jeany.

»Genau!«, ruft er und tastet nach hinten, um sie zu tätscheln, kommt aber nicht so weit und braucht jetzt beide Hände, um den Blinker zu setzen und erneut die Spur zu wechseln. »In der Dédé Air haben sie auch nichts, niemand hat mehr irgendwas. Das ist die Zukunft. Wir können froh sein, dass wir unseren ganzen Krempel losgeworden sind. Das ist alles nur Ballast. Hey, ich will keine langen Gesichter sehen!«, sagt er und greift nach Mutters Kinn, um es in seine Richtung zu drehen. »Keine langen Gesichter, ja?«

Mama lässt es sich gefallen und lächelt müde.

»Beim Bhagwan in Indien«, fährt Papa fort, »geben die Leute ein Heidengeld aus, um sich von materiellen Gütern frei zu machen. Je leichter das Gepäck, umso größere Sprünge können wir machen. Wir kommen schneller wieder auf die Beine, als ihr glaubt, verlasst euch drauf!«

»Weil du einen Plan hast?«, erkundigt sich Jeany.

»Weil. Ich. Einen. Plan. Habe!«, bestätigt er, jedes Wort einzeln betonend.

»Was ist das denn für ein Plan?«, frage ich vorsichtig.

»Es geht damit los, dass wir jetzt den höchsten Punkt der Stadt ansteuern. Einen Ort, von dem aus wir uns einen Überblick verschaffen. Überblick ist wichtig. Ein General muss das Schlachtfeld kennen. Dann suchen wir uns ein Hotel und besorgen uns etwas zu futtern. Ich habe irrsinnigen Kohldampf, wie sieht's … hey, was ist *das*?«

Aus einer Gasse schiebt sich etwas, das wie ein gelber Gartenpavillon aussieht, mit einer langen Stange auf dem Dach, die funkensprühend an einer Oberleitung anliegt. Geschmeidig geht das Ding in die Kurve, ohne abzubremsen, und für einen

Moment ist sein gutmütiges Zyklopenauge an der Front genau auf uns gerichtet. Dann dreht es sich weg, ich sehe Leute darin in Zeitungen blättern, und schon schnurrt die Straßenbahn in eine andere Gasse hinein.

Vater kurbelt am Lenkrad und rollt hinterher.

Es geht bergauf.

Senhora do Monte

»Von hier oben können wir die ganze Stadt aushebeln. Wie der rote Baron, immer aus der Sonne kommen. Die werden gar nicht wissen, wie ihnen geschieht.«

Papa steht in seiner zerknautschten blauen Kunstlederjacke und mit den Händen in den Hosentaschen ganz vorn an der Mauer. Wie ein Feldherr blickt er vom Miradouro hinab auf die Stadt, die sich dort mit verwirrender Schönheit ausbreitet. Es kann nur ein kleiner Teil der Stadt sein, aber es ist sein wesentlicher, der historische Kern. Eine steinerne Schautafel erklärt das ganze Panorama. Links wird der Blick durch das Kastell von São Jorge begrenzt, das wuchtig auf einem Hügel sattelt. Mauern und Zinnen und Türme, auf deren höchstem grün-rot die portugiesische Fahne im Wind steht, der vom Tejo hereinkommt. Ankerten dort unten nicht diese riesigen Containerschiffe, man könnte den Fluss für einen breiten See halten. Am anderen Ufer erhebt sich rot eine Containerbrücke. Lissabeuel. Wenn ich die Augen zusammenkneife, kann ich LISNAVE lesen.

Zur Mitte hin wird das ferne Ufer wieder steiler, felsiger, bewachsener. Darüber steht auf einem Podest, das wie ein Metronom aussieht, ein betonierter Jesus und breitet die Arme aus. Auf ihn zu läuft die rote Hängebrücke aus *Die Straßen von San Francisco*. Das Gewirr an Dächern, Schrägen, Fassaden, Schindeln und Brandmauern gleich unter uns drängt sich um einen zentralen Platz. Bei aller Weite hat das in seiner Sammlung fast etwas Dörfliches. Fehlt nur die Kirche. Abseits ragen immerhin die nackten Strebepfeiler einer verfallenen Kathedrale in die Luft. Seltsam, dass die das so stehen lassen.

»Sieht aus wie bei Hempels unterm Sofa«, resümiert Papa, wendet sich ab und klopft eine weitere Zigarette aus der Schachtel. »Drüben steht der Sohn«, sagt er und weist über die Schulter auf Jesus, »und hier sperren sie seine Mutter ein.« In einem weißen Schrein hockt hinter spiegelnden Glasscheiben auf einer kleinen Rasenfläche im Park die Mutter Maria, eine goldene Krone auf dem Kopf. Es sieht wirklich aus, als wäre sie genau hier begraben, während ihr Sohn vom anderen Ufer per Handzeichen die Stadt regiert.

Auf einer Steinbank neben dem Schrein sitzt Mama, zerpflückt ein gebratenes Hühnchen und verteilt es an Jeany und Fabian. Ihre Hände glänzen von Fett, Spatzen streiten hüpfend um die heruntergefallenen Pommes. Mutter schlägt Jeany auf die Hand, die dem bettelnden Riesen einen Knochen reichen will, und weist sie mit vollem Mund zurecht.

»Nicht, verdammt. Daran kann er ersticken.«

»Aber er stirbt doch sowieso«, protestiert Jeany, »dann kann er doch auch satt sterben.«

»Red nicht so einen Blödsinn«, sagt Vater sanft, lässt sich auf der Kante der Bank nieder und greift in die Tüte mit den Pommes. Zwei isst er selbst, die dritte reicht er dem Riesen. Der schnappt danach, schmatzt und starrt meinen Vater erwartungsvoll an. Erwartungsvoll gucken, das kann er wirklich gut. Manchmal zucken seine Augen zur Seite, wenn Leute zu nah an ihm vorbeigehen. Aber nur seine Augen, der Kopf bleibt unbeweglich auf Papa gerichtet, der ihm den Kopf tätschelt.

Guter Junge, guter Junge.

Auch das Wetter ist gut. Die Sonne wärmt durch den Hochnebel hindurch, es liegt ein freundliches Gleißen auf der Welt. Ganz normale Menschen schlendern in Grüppchen über den kleinen Platz und fotografieren sich gegenseitig, im Hintergrund die malerische Unterseite von Hempels Sofa. Auf den anderen Bänken sitzen Touristen und studieren ihre Reiseführer, um danach von der Mauer aus die Stadt ein wenig informierter in Augenschein zu nehmen. Gerade stellt der Zwerg einem Pudel nach, dessen Besitzerin das sichtlich unangenehm ist. Wenn er es mit einem Weibchen zu tun hat, läuft der Zwerg gestelzt, als stünde sein ganzer Körper unter Strom. Zischend versucht das fremde Frauchen, ihren ondulierten Liebling vor dem dahergelaufenen Schnauzer zu bewahren. Ich frage mich, ob wir in unseren zerknitterten Klamotten und nach bald einer Woche ohne Dusche nicht auch wie Dahergelaufene wirken.

»Arrête!«, sagt Vater mit nur leicht erhobener Stimme. »Vien ici!«

Sofort buckelt der Zwerg zu uns zurück. »Feine Hunde haben wir«, sagt Papa zufrieden. »So wohlerzogen, richtig kultiviert. Verstehen nur Französisch, wie Diplomaten aus dem 19. Jahrhundert.«

Mir gefällt es hier. Aus der Distanz könnten wir fast als ganz normale Familie durchgehen, Touristen unter Touristen. Und der schmucklose Neubau dort vorne, das könnte unser Hotel sein. Drei Stockwerke, Balkone nach hinten zum Hang und sicher ein atemberaubender Blick zur Stadt hinaus. Über der Glasfront des Eingangs steht in Großbuchstaben ALBERGARIA S. DO MONTE.

»Schau mal, Papa! Albergaria, ist das eine Auberge? Eine Herberge? Voll witzig, dass es genau hier wirklich ein Hotel gibt …«

»Au ja!«, ruft Jeany mit vollem Mund. »Unser Hotel!«

Alle blicken wir hinüber. Sogar die Hunde drehen ihre Köpfe. Gerade kommt eine Familie mit zwei Kindern heraus und wartet neben ihren Koffern auf dem schmalen Gehsteig mit dem hohen Bordstein. Dann kommt ein Taxi, und alle steigen ein.

Vater verschränkt die Finger, lässt die Gelenke knacken und erhebt sich.

»Allez hopp, dann will ich uns da mal reinquatschen.«

Und dann quatscht er uns da rein. Keine halbe Stunde später beziehen wir ein Doppelzimmer. Vater gibt sich zerknirscht, weil die Fenster nach hinten zur Gasse raus liegen. Da hätte verhandlungstechnisch mehr drin sein müssen, meint er selbstkritisch. Dabei sind wir alle glücklich, und er weiß das auch. Es ist nicht gut, es ist paradiesisch. Der Zimmerschlüssel liegt als massives Zepter auf dem Tisch, wie der Schlüssel zu einem Palast. Weiche, weinrote Auslegeware, straff bezogene Betten, funktionierende Lampen, dichte Fenster, leise stöhnende Heizungen, fließendes Wasser, flauschige Handtücher, Frotteepantoffeln mit einer aufgestickten Lilie. Hier gibt es ein eigenes Schlafzimmer für die Eltern, vom Wohnzimmer durch eine Faltwand aus Lamellen abgetrennt. Der Diwan ist breit genug für mich und meine Schwester, für Fabian ist ein Kinderbettchen aufgebaut worden. Da steht sogar ein Fernseher. Jeany schaltet ihn sofort ein und lässt sich mit Fabian davor auf dem Teppich nieder. Ein Hase schleicht durch den Wald, bewaffnet mit Schrotflinte und Karotte.

Mama verteilt summend den Inhalt unserer Sporttaschen und Plastiktüten auf Wandschränke, die nach dem Einräumen all unserer Habseligkeiten kaum voller wirken als zuvor. Die Kleiderbügel, stellt Mutter verdutzt fest, kann man nicht klauen, weil sie über einen schlichten Mechanismus an der Strebe befestigt sind und im eigenen Kleiderschrank nirgends halten würden. Sie hält sich ihr buntgepunktetes Sommerkleid vor den Leib, wiegt sich vor dem Spiegel und flötet: »Ich habe abgenommen, stellt euch vor!«

»Was ist los?«, ruft Papa aus dem Bad, wo er sich gerade heißes Wasser einlaufen lässt.

»Mama kann das Smarties-Kleid wieder anziehen!«, ruft Jeany vom Fernseher.

»Oh, das stelle ich mir gerne vor«, kichert Papa aus dem Bad. Ich komme gerade rein, als er sich ächzend in die Wanne gleiten lässt, und setze mich auf den geschlossenen Klodeckel. Meine Brille beschlägt. Ich wische sie mir mit Klopapier trocken, aber sie beschlägt sofort wieder.

Lange schon habe ich aufgehört zu zählen, wie oft wir »angekommen« sind. Und doch kann ich jedes Mal aufs Neue diesem wohligen Gefühl der Geborgenheit so wenig misstrauen wie einem duftenden Vollbad. Ich weiß, dass das Wasser früher oder später kalt sein oder ablaufen wird. Wenn die Wanne in diesem Augenblick aber voll und warm ist, dann genügt das. Mehr kann man nicht verlangen. Allein die Wanne selbst ist schon ein Wunder. Die Kunst ist, reinzukommen. Alles Weitere wird sich weisen.

»Hast du was auf dem Herzen?«, fragt Vater und bohrt sich mit dem Finger im Ohr.

»Papa, wie hast du das gemacht?«

»Was?«

»Na, dass wir jetzt hier wohnen können. Ich finde das toll.«

»Hattest Schiss, was?«, fragt er und nickt, meine Antwort vorwegnehmend.

»Tut mir leid, ja. Schon, ein bisschen. Ich weiß doch, dass wir kein Geld mehr haben.«

»Oh, wir haben Geld!«

Ich spüre, wie mein Herz im Brustkorb hüpft: »Wir haben Geld?«

»Knete, Zaster, Kohle, Piepen, Moneten …«

»Geld?«

»Kröten, Mäuse. Geld. Zerbrich dir nicht deinen Fresskopf, Kleiner. Das Kopfzerbrechen überlass mal lieber mir. Wir haben Geld. Zwar nur Escudos, aber Geld.«

»Wo denn? Woher?«

»Morgen verkaufe ich den Taunus. Meinst du, ich kann ein Auto verkaufen?«

»Ja, Papa. Aber reicht das denn?«

»Das ist nicht alles. Es gibt Leute, die mir Geld schulden. Und das ist ebenso gut wie Geld in der Tasche. Es ist manchmal sogar noch besser, weil dir dann keiner in die Tasche greifen und …«

»Die vom Hotel unten …«

»Du meinst den Concierge. Nenn die Dinge beim Namen, das tut den Dingen gut.«

»Wollte der Mann kein Geld sehen?«

Vater richtet sich auf, streicht die nassen Haare zurück und blinzelt mich an. Ganz nackt sieht er aus, so ohne Brille. Mit der Hand schöpft er einen Berg aus Schaum ab, legt ihn über die Augen und lehnt sich zurück. Er spricht leise, aber schnell.

Dabei leiert er mit der Stimme, wie er das immer macht, wenn er etwas Langweiliges rekapitulieren oder Ermahnungen wiederholen muss.

»Alle wollen Geld sehen. Stimmt. Und deswegen habe ich ihm Geld gezeigt. Ich habe es ihn *sehen* lassen. Fünfhundert Francs, die ich noch in meinem Necessaire hatte. Du musst die Leute immer mindestens *etwas* sehen lassen, wenn du ihren Glauben an etwas wecken willst, das sie niemals bekommen werden. Zwei große Scheine habe ich ihm als Anzahlung auf den Tisch gelegt. Ich habe ihm erklärt, dass wir nicht zum reinen Vergnügen hier sind. Das *reinen* habe ich betont und dabei ganz offen gelächelt. So, als wären wir zwar auch zum Vergnügen hier, wie alle anderen Bewohner in diesem Schuppen. Aber eben nicht nur. Ich habe gewartet, bis er zurücklächelt. Dann erst habe ich mich vorgestellt. Verstehst du? Ich habe erst das Geld sprechen lassen, bevor ich ihm meinen Namen nannte.«

»Und dann?«

»Dann habe ich ihn nach seinem Namen gefragt. Der steht zwar auf dem Schild an seiner Brust, achte mal drauf! Ich habe ihn aber trotzdem gefragt. Es ist wichtig, dass *er* es mir sagt. Niemand trägt gerne Namensschildchen, weißt du? So stellst du eine persönliche Verbindung her. Und jetzt kommt's …«, sagt er und taucht unter. Zwei, vier sechs Sekunden. Dann taucht er wieder auf und fährt fort: »Ambrosio, habe ich gesagt, ich brauche Hilfe. Meine Familie und ich, wir wollten ein Haus kaufen in Portugal. Er war geschmeichelt, so als Portugiese. Wollte wissen, wo genau. Da musste ich improvisieren und sagte, in Estoril, das kenne ich von der Formel 1. Ein Glückstreffer, dort wohnen die Reichen. Bis dahin lümmelte der gute Ambrosio irgendwie abwartend in seinem Sessel. Aber als ich

Estoril erwähnte, nahm er richtig Haltung an. Kerzengerade hockte er plötzlich da, um sich unser Problem anzuhören.«

»Unser Problem?«, frage ich atemlos. »Du hast ihm die Wahrheit erzählt?«

»Aber natürlich. Manchmal sollte man einfach ehrlich sein. Wir sind am Flughafen ausgeraubt worden, schon vergessen? Die ganze Familie, meine Frau, drei Kinder ... und als ich da sein bedauerndes Gesicht sah, wusste ich, den habe ich im Sack.«

»Aber ... das ist doch gar nicht die Wahrheit.«

»Für ihn jetzt schon«, sagt Vater und kichert. »Schau, mit Kleinscheiß kannst du die Leute nicht bescheißen. Wenn du flunkerst und die Wahrheit nur ein bisschen zurechtbiegst, kauft dir das keiner ab. Wenn du lügst, musst du groß lügen. Je größer, desto besser. Damit rechnet keiner. Wir haben also alles gestohlen bekommen, Geld, Papiere, richtig? Und suchen nun ein Hotel, in dem es Verständnis für unsere peinliche Lage gibt. Wo man uns über diese dumme Durststrecke hilft. Ich müsste noch auf die Ämter, Polizei, Meldebehörde, auch auf das deutsche Konsulat. Bürokratie, das kennen die hier. In drei bis vier Wochen kommt Geld aus Deutschland, habe ich ihm gesagt. Per Anweisung. Stimmt ja auch, da ist nichts Falsches dran. Ich lasse mir das anweisen, und dann geht's weiter. Nachdem ich ihn derart ins Vertrauen und auf unsere Seite gezogen hatte, fragte ich nach der Direktion.«

»Warum denn das?«

»Weil er sowas gar nicht entscheiden darf. Der Typ ist doch nur ein kleines Licht. Ich wollte also wissen, mit wem ich über mein Problem sprechen könnte. Da hättest du den guten Ambrosio mal sehen sollen! Sprang förmlich auf, das sei doch gar kein Problem, sehr gerne sei er meiner Familie und mir zu Diensten, das verstehe sich doch von selbst, die Direktion sollte ich getrost sein Problem sein lassen, ich selbst hätte bestimmt genug um die Ohren. Der ganze servile Scheißdreck eben. Ich habe ihm die Hand gereicht, und er hat sie genommen. Du merkst am Händedruck, mit wem du's zu tun hast. Ambrosio zum Beispiel hat ganz feuchte Hände. Einer, der etwas wittert und wagt, obwohl das sonst nicht seine Art ist. Und da habe ich ihm wortlos noch einen weiteren Hunderter hingelegt und bin raus, um euch holen zu gehen. Dieser letzte Hunderter war wichtig. Du musst dein Geld setzen wie im Kasino. Ich habe es in sein Vertrauen investiert. So war das. Hast du gemerkt, wie freundlich der war? Hat sich nicht einmal getraut, etwas gegen unsere Köter zu sagen. Tiere sind hier nämlich gar nicht erlaubt, eigentlich. So, und jetzt kommst du!«

»Ich könnte das nicht«, sage ich. »So geschickt mit Menschen umgehen wie du. Das würde ich auch gerne können. Ich finde die meisten Leute viel zu …«

»Kompliziert?«, fragt Vater.

»Ja, kompliziert. Warum lachst du?«

Er setzt seine Brille wieder auf und betrachtet durch die beschlagenen Gläser seine Zehen, die aus dem Wasser schauen.

»Menschen kommen dir kompliziert vor, wenn du sie durchschauen willst. Aber warum solltest du das tun? Da gibt es nichts zu verstehen. Menschen sind wie Steine, ganz einfach. Jedenfalls solltest du lernen, sie als Steine zu betrachten.«

»Als … Steine?«

»Wie Wackersteine in einem Bach, über die du sicher auf die andere Seite kommst, genau!«, sagt er und lässt auf dem Wasser ein Männchen aus Zeigefinger und Mittelfinger von einer

Schauminsel zur nächsten springen. »Manche Steine wackeln, andere sind glitschig. Aber die meisten sitzen stabil und fest. Auf keinem dieser Steine kannst du lange stehen, aber das musst du auch nicht. Dann trittst du auf den nächsten. Es geht darum, trocken drüben anzukommen. Das ist alles.«

Der nächste Stein ist Mafalda. Ich bin es, der sie ein paar Tage später zufällig aufstöbert. Vielleicht war es auch umgekehrt, und Mafalda hat im Gewühl unter der lichten Kuppel der großen Halle der Hauptpost mich entdeckt. Dort sind wir fast täglich, seit Vater den Taunus an einen Gebrauchtwagenhändler verkauft hat. In der Post an der Praça dos Restauradores gibt es eine Reihe hölzerner Kabinen, in denen hinter Glas schalldicht telefoniert werden kann. Ich beobachte, wie Vater den Mund bewegt, stumm gestikuliert, lautlos den Hörer auf die Gabel knallt und weitere lange Nummern wählt. Seine Mutter vielleicht, Oma und Opa. Oder Geschäftsfreunde? Mir genügt es, ihn machen zu sehen. Der Rest wird sich ergeben. Ich sitze auf der kalten Bank und wärme mich an der Tüte mit den Hühnchen, die wir später oben im Hotel zu Mittag essen werden. Wir essen überhaupt nur Sardinen aus der Büchse und Hühnchen, die Hunde kommen inzwischen mit den Knochen sehr gut zurecht. Ich hätte gerne mal wieder Schokolade. Aber die Eltern meinen, mir würde eine kleine Diät nicht schaden. Aus dem Dach der Halle lösen sich zwei Tauben und segeln so dicht über meinen Kopf hinweg, dass ich den Lufthauch spüre. Ich zucke zusammen.

»Que não é perigoso!«

Erschrocken blicke ich auf. Vor mir steht eine junge Frau, die sich auf einen Stock stützt. Ihre Füße stecken in orthopädischen Schuhen, die Beine sind unterschiedlich lang. Ihre Vorderzähne stehen so weit hervor, dass die Oberlippe nicht nachkommt. Ihre Augen springen mir geradezu entgegen, das liegt an den lupenhaften Gläsern ihrer Brille, die sie gerade mit dem Zeigefinger die Nase hochschiebt.

»Que não é perigoso!«, wiederholt sie und deutet auf die Tauben, die sich nickend entfernen. »Only doves, not dangerous! Kann ich helfen? Tauben, keine gefährlichen Tiere.«

Was soll das? Als ob ich mich vor Tauben fürchten würde! Eher schon schrecke ich vor dieser Vogelscheuche zurück. Zugleich eilt ihre unbeholfene Freundlichkeit mir gewissermaßen nach und holt mich ein.

»Sprichst du Deutsch?«, frage ich, und ihr Gesicht erblüht zu einem Lächeln, das ihr von Ohr zu Ohr reicht.

»Ein bisschen, ja? Ich spreche das Deutsche. Lerne auf Goethe-Institut. Goethe? Wer reitet so spät durch Nacht und Wind! Deutschland ist ein gutes Land! Deutsche fleischig!«

»Fleißig?«

»Jaja, fleischig! Kann ich helfen?«

Ich zucke mit den Schultern, sie hält mir ihre Hand hin. »Mafalda! Und du?«

»Ich warte auf meinen Vater«, sage ich, stehe auf und ergreife ihre Hand. Ganz zierlich ist sie, die langen schwarzen Haare zu einem Dutt verknotet. Am Revers ihres Kleidchens erkenne ich auf einem Button das Gesicht von Mario Soares, dem sozialistischen Präsidenten Portugals. Aus ihrer Handtasche, die sie in der Armbeuge hält, schauen rote Fähnchen heraus. Sie schüttelt meine Hand und lässt sie nicht mehr los. Dabei lächelt sie so frei und ungeschützt, dass ich unwillkürlich mitlächeln muss. Was will die von mir? Die Behinderten laufen hier frei rum, hat Vater gesagt, und das fällt mir jetzt ebenso unwillkürlich wieder ein. Der Gedanke ist nicht willkommen, er versetzt mir einen Stich. Mafalda hört auf zu schütteln, lässt meine Hand aber nicht los.

»Was passiert?«, fragt sie, und ihre riesigen Augen schwimmen zu mir herauf.

»Ach, der Daumen?« Ich bewege meine freie Hand vor und zurück. »Säge!«

»Serra? Serra circular!«, ruft sie und wiegt bedauernd den Kopf.

»Ja, ja, perigoso!«, sage ich und merke, wie gut mir das tut, hier wie ein Erwachsener mit dieser Frau zu stehen und zu reden, ihre unwahrscheinliche und leicht irre Freundlichkeit. Sie schenkt mir ein rotes Fähnchen der »Partido Socialista« und tippt gegen den Button auf ihrem Kleid, ich nicke heftig und hoffentlich zustimmend genug. Und wie wir beide da in der Halle stehen und uns gegenseitig zunicken, taucht hinter der jungen Frau plötzlich mein Vater auf.

»Na, hast du eine neue Freundin gefunden?«

Mafalda dreht sich um, wozu sie sich auf den Stock stützen muss, und hält Papa ihre Hand hin: »Mafalda! Kann ich helfen?«

Über ihre Schulter hinweg sehe ich, wie es in seinem Gesicht arbeitet. In schneller Folge flackern verschiedene Ausdrücke darüber hinweg, Überraschung, Mitleid, Spott, wie die Symbole eines Glücksspielautomaten. Zuletzt zeigt er sein verbindlichstes Grinsen.

»Helfen? Mit Sicherheit, Mafalda. Mit Sicherheit!«

Tejo

Wahrscheinlich hat Papa recht, und es steht jeden Tag ein Dummer auf. Mafalda kommt ihm als Beleg für seine These wie gerufen. Ist sie uns nicht arglos in die Arme gehinkt? »Das arme Ding will sich unbedingt nützlich machen«, sagt Papa, »also machen wir sie uns zunutze.« Ein zähes Biest sei das mit ihrer Kinderlähmung, aber auch ein wenig plemplem. Nun müsse man herausfinden, wie trittsicher sie sei.

Zu diesem Zweck empfangen die Eltern nachmittags Mafalda in der Albergaria. Nicht in unserem Zimmer, besser in der repräsentativen Lobby. Zur Begrüßung lässt sie sich von Mama »mal drücken«, sie gehöre doch jetzt zum Team. Papa küsst sie rechts und links und dann wieder rechts auf die Wange. Mafalda weiß nicht, wie ihr geschieht, das merke ich. Und auch, dass das Mutter gleichgültig und Vater ganz recht ist. Eingeschüchtert versinkt das Mädchen zwischen Mama und Papa in den tiefen Polstern des Sofas und sucht meinen Blick. Ich zwinkere ihr aufmunternd zu, obwohl ich selbst nicht weiß, was gerade passiert. Für Mafalda muss es sich anfühlen wie eine Mischung aus Einstellungsgespräch und Familienfest. Sie wird große Lügen schlucken und für die Wahrheit halten. Sie wird Anzeigentexte aus der Sprache Goethes ins Portugiesische übersetzen und dafür sorgen, dass sie in der *Diário de Noticias* erscheinen. Sie wird an einem Telefon sitzen und Auskünfte erteilen, die Papa ihr notiert hat. Sie wird keine weiteren Fragen stellen, denn wir sind eine sympathische Familie in der Klemme. Sie wird von meinem Vater einen Anteil vom erwarteten Geldsegen in Aussicht gestellt bekommen. Sie wird abwinken. Mafalda kann helfen.

Und wir können warten. Es bleibt uns auch nichts Anderes übrig, denn trotz aller Umtriebe meines Vaters machen sich keine Verbesserungen unserer Lage bemerkbar. Nicht in den ersten Tagen, klar. Nicht in den folgenden Wochen, logisch. Nicht bis in den November und dann in den Dezember hinein, das muss man verstehen.

Die Tage gleichen einander wie die weißen Bälle, die beim Lotto ohne Gewähr aus einer Plexiglasröhre fallen, 6, 8, 13, 24, egal, das Datum spielt keine Rolle mehr. Wir starren auf diese Röhre und nehmen die Ziffern zur Kenntnis. Aber allein Papa weiß, was er getippt hat, kennt den Code. Wenn wir ihn unterstützen wollen, müssen wir uns nur in Geduld üben. Drei Tage lang bin ich durch die Stadt gestrichen und habe mir notiert, wo überall Aushilfen oder Laufburschen gesucht werden. Ich würde gerne etwas tun und die Zeit überbrücken helfen, bis das neue Geschäft angelaufen ist. Als ich Vater die Liste übergebe, wirft er einen kurzen Blick darauf. Dann zerknüllt er sie mit der einen Hand, während er mir mit der anderen auf die Schulter klopft.

»Alles zu seiner Zeit. Ich brauche dich schon noch, warte einfach nur ab …«

Auch Mutter zerbricht sich nicht unnötig den Kopf. Sie hält ihn gesenkt und summt. Das erfüllt mich mit Zuversicht, schwingt in diesem Summen doch eine Vorfreude auf das Gelingen von Papas geheimen Plänen mit. Sie lässt ihn machen und verlässt nie das Hotelzimmer. Es ist ihr kleines Reich.

Innerhalb unserer vier Wände und im Schutz des »Do Not Disturb«-Schildchens draußen an der Tür waltet sie ihres Amtes, das in der Herstellung von Normalität besteht. Stundenlang beschäftigt sie sich mit Fabian, wischt Staub, arrangiert die gläserne Elefantenfamilie, zupft die Handtücher im Badezimmer zurecht, macht die Betten, teilt das Essen – Sardinen und Hühnchen – ein und wäscht alle drei Tage unsere Kleider mit Kernseife in der Badewanne. In der Regel läuft dabei der Fernseher, obwohl da alle Portugiesisch reden und sie nichts verstehen kann. Erst wenn das kleine Kind schläft und wirklich gar nichts mehr zu tun ist, nicht einmal mehr das, was eigentlich Aufschub dulden würde, löst sie sich förmlich auf und ist nicht mehr ansprechbar. Mit einem festgeklemmten Lächeln auf den Lippen treibt sie durch den Tag oder legt sich auf den Diwan, den Daumen im Mund. Die Vorhänge bleiben zugezogen.

Unser Hotelzimmer ist ein Wartezimmer, und dieses Wartezimmer verwandelt sich mit der Zeit in eine Raumkapsel. Die Atmosphäre ist nicht angenehm, aber die einzige, die wir haben. Schon wenn die Tür geöffnet ist, entweicht zischend lebenswichtiger Sauerstoff. Tagelang lebe ich in der Vorstellung, das Außen würde uns alle augenblicklich zerreißen. Meine verwaschene rote Trainingsjacke ist der Raumanzug, der mir Spaziergänge im Vakuum erlaubt. Bei den Hunden ist es umgekehrt, natürlich, die brauchen frische Luft. Es sind außerhotelzimmerliche Lebensformen.

Jeany geht schon morgens »zum Spielen« raus, dann sehe ich sie meistens erst abends wieder. Den Eltern soll's recht sein, mir sowieso. Im Hotelzimmer versuche ich, die Karte von Europa zeichnen zu lernen. Zuerst lege ich ein Blatt auf die entsprechende Seite im Diercke und pause die Umrisse ab, dann versuche ich es freihändig. Nach ein paar vergeblichen Versuchen zieht es mich raus, und ich erkunde die Stadt in immer weiteren Schleifen. Im Telefonbuch auf dem Postamt finde ich die Adresse des Goethe-Instituts, aber es liegt zu weit entfernt. Ich müsste mit dem Bus fahren, für den ich kein Geld habe. Neben einer Kirche entdecke ich eine Schule, vor der ich mich einige Tage herumtreibe. Ich beobachte die Schüler und stelle mir vor, wie ich in einer solchen gestreiften Uniform wohl aussehen würde. Besonders gerne bin ich mit den Hunden drüben auf dem Kastell, wo unter dem Blätterschatten der Kastanien zwischen den Mauerresten und Torbögen die Pfauen stolzieren. Wenn mal einer sein Rad spannt und dazu schreit, drängen sich der Zwerg und der Riese verschüchtert an meine Beine. Auf der anderen Seite der Burg weht der Fluss herein mit seiner Weite und bringt die Ferne mit, aus der er kommt. Von den Zinnen des Kastells kann ich seinem Lauf bis unter der roten Brücke hindurch aufs offene Meer folgen. Schiffe kommen und gehen, die meisten davon steuern den Handelshafen an, LISNAVE. Sie kommen aus der gleichen Richtung wie die Flugzeuge, die über der Mündung des Tejo auf den Flughafen eindrehen. Wie Perlen von einer Kette fädelt sich Flugzeug um Flugzeug vor dem makellosen Chrom des Himmels ab. Über der Stadt fliegen sie schon so tief, dass ich die Namen der Gesellschaften entziffern kann. Pan Am, British Airways, KLM, Air Italia, Swiss Air, TAP, Lufthansa. Manchmal macht ein Passagierschiff direkt an der Innenstadt fest und bleibt dort für ein paar Tage liegen, weiß und erleuchtet wie ein futuristisches Kongresszentrum.

Als der Winter uns einholt, verschwinden die Blätter und die Pfauen. Sogar von den Flugzeugen bleibt nur ein diffuses

Dröhnen in einem Himmel aus Watte, die der Atlantik unablässig gegen die Stadt schiebt. Aus der Gegenrichtung führt der Fluss Nebel, eine flugunfähige Wolkenbank. Als unendlich weiches Hochwasser verschluckt dieser Nebel ganze Stadtviertel, bis nur noch die Spitzen der Hügel inselgleich über das Gewölk herausragen. Tief und lang rollen mit ozeanischer Überfülle die Seufzer der Schiffshörner über das Wasser und laufen klagend aus zwischen den feuchten Mauern der Stadt.

Und dann setzen sich die Dinge unvermittelt wieder in Bewegung. Früh am Morgen malt Mama sich ein Gesicht und verlässt bei bester Laune das Hotelzimmer. Auf dem Platz Martim Moniz ist Flohmarkt, da möchte sie sich »ein wenig umschauen«. Jeany, Fabian und die Hunde nimmt sie mit. »Euch wären wir ja nur im Weg«, sagt sie zu Papa und mir, wo doch heute der große Tag ist.

Ich weiß nicht, was er mithilfe von Mafalda gesät hat. Ich weiß nur, dass er jetzt die Ernte einfahren wird. Und diesmal *ich* ihm dabei helfen kann. Es hätten sich Leute gemeldet auf die Anzeigen, und schon am Vormittag erwartet Papa seine künftigen Mitarbeiter. Ich soll ihm assistieren, wenn die Kandidaten kommen. Womit genau, das will er mir noch nicht verraten. Ich habe etwas zu tun. Ganz egal, was. Endlich kann ich überhaupt etwas tun.

Aufgeregt verfolge ich, wie er letzte Vorbereitungen trifft. Er zieht die Falttür zum Schlafzimmer zu und öffnet die Vorhänge. Dann rückt er ein Beistelltischchen in die Mitte des Raumes, sodass es ein wenig wie ein Schreibtisch aussieht. Darauf legt er seinen Ringblock und einen Stift, dazu eine Flasche Wasser, Aschenbecher und Zigaretten. Ein Stapel mit Karteikarten. Das

Telefon vom Nachttisch möchte er auch auf den Tisch stellen, aber das Kabel ist zu kurz. Er zieht kurzerhand den Stecker, das lose Ende des Kabels schiebt er unter den Teppich.

»So, und fertig wäre unser Büro!«

»Wann kommt Mafalda?«, frage ich.

»Gar nicht. Die ist raus.«

»Hast du sie gefeuert?«

»Früher oder später hätte ich das wohl tun müssen. Sie wollte selbst nicht mehr.«

»Aber warum denn nicht?«

Er zuckt mit den Schultern. »Ich schätze, ihr ging die Düse. Für manche Geschäfte braucht man gute Nerven, ein gutes Herz reicht nicht. Außerdem hat sie nie richtig verstanden, worum es uns eigentlich geht. Sie war ja nicht die Hellste. Jetzt ist es Zeit, meinen besten Mann einzusetzen, hab ich recht?«

»Was soll ich tun?«, rufe ich eifrig, auch wenn mir dabei mulmig zumute ist. Ich habe auch nicht richtig verstanden, worum es geht. Und warum Papa mich nicht endlich einweiht. »Was verkaufen wir eigentlich?«, frage ich vorsichtig.

»Verkaufen? Nichts. Du bleibst einfach dort in dem Sessel hocken und sagst kein Wort. Ich will wissen, ob dir etwas auffällt. Mehr nicht.«

»Ist das nicht komisch, wenn die Leute kommen und ich hier einfach so rumsitze?«

»Im Gegenteil, das ist wichtig. Es soll ihnen ja gerade komisch vorkommen. Und ich will wissen, wie sie damit umgehen. Du bist doch mein stiller Teilhaber!«

Das leuchtet mir ein. Ein stiller Teilhaber ist jemand, der ganz still ist. Ich weiß nicht, worauf es Vater bei den Kandidaten ankommt, weil ich seine Pläne nicht kenne. Stiller Teilhaber ist also ein idealer Job für mich. Ich setze einen ernsten Blick auf.

Für ein paar Minuten sitzen wir beide nur herum und tun rein gar nichts. Irgendwann steht Vater auf und wäscht sich im Badezimmer die Hände. Wir sind ein Team, er und ich. Vielleicht sollte ich mir auch die Hände waschen, denke ich, da klopft es.

Vater öffnet die Tür.

Herein stöckelt eine junge Frau in Netzstrumpfhosen, mit roten Fingernägeln, roter Handtasche, rotem Kunstlederjäckchen und rotem Lippenstift. Ihr Gesicht ist unter der glänzenden Schminke nur zu erahnen. Parfüm umgibt sie wie ein unsichtbarer Geruchspanzer, der in das Zimmer walzt und alles Alltägliche gegen die Wände drückt. Zielstrebig stellt sie ihr Täschchen auf den Tisch und wendet sich meinem Vater zu, dem der Schweiß auf der Stirn steht. Er hält ihr die Hand hin, aber sie dreht sich einmal um sich selbst wie eine Tänzerin. Als könnte sie nicht glauben, wo sie da hineingeraten ist. Oder auch, um sich von allen Seiten zu zeigen. In diesem Moment fällt ihr Blick auf mich – und sie erstarrt mitten in der Bewegung. Mir krampft es das Herz zusammen. Noch während mich ihr Blick auf den Diwan nagelt, greift die Frau nach ihrer Handtasche.

»This is sick!«, zischt sie und ist schon wieder raus.

Behutsam schließt Vater hinter ihr die Tür. Ich habe etwas falsch gemacht. Ganz sicher habe ich etwas falsch gemacht. Bestimmt habe ich zu ernst geguckt.

»Papa, wer war das?«

Vater geht zum Tisch, zieht eine Karteikarte und murmelt bei sich: »Das war … ah ja, hier: Rita aus Porto, 23 Jahre alt.« Er blickt mich über den Rand seiner Brille hinweg an. »Wir haben eben Rita kennengelernt. Ist dir etwas aufgefallen?«

»Ich hatte so ein Gefühl, als wollte sie uns wohl eher nicht kennenlernen.«

»Sehe ich auch so. Sonst nichts?«

Ich denke nach. »Doch, sie war ziemlich … rot. War das eine berühmte Schauspielerin?«

»In gewisser Weise schon. Berühmt aber sicher nicht.«

»Aber warum war sie denn so sauer? Habe ich etwas falsch gemacht?«

»Nein, nein, gar nicht. Im Gegenteil. Ich wollte wissen, wie sie reagiert. Und das haben wir nun gesehen …«

Vater sinkt auf den Hocker hinter seinem improvisierten Empfangstisch. Einen Moment stiert er vor sich hin, dann reibt er sich die Schläfen.

»Gut, dass dir das aufgefallen ist. Wer keine Nerven hat, den brauchen wir nicht!«

»Nein, bestimmt nicht!«, sage ich. »Aber wofür brauchen wir denn überhaupt Leute?«

Ich finde, Papa sollte seinen stillen Teilhaber langsam mal einweihen.

Vater nimmt eine Zigarette, klopft sie mit der Filterseite auf den Tisch, zündet sie an und zieht. Wie eingefallen seine Wangen sind.

»Lissabon ist eine große Stadt«, stellt er fest und atmet lange aus. Eine blaue Wolke rollt über den Tisch und diffundiert in den Raum, in dem noch das Parfüm steht. »Hier steigen viele Geschäftsleute ab, aus aller Welt. Abends sind sie oft einsam und wissen nicht, was sie unternehmen sollen, richtig? Jetzt kommen wir ins Spiel. Bei uns können alleinreisende Herren eine Begleitung buchen. Für den Tanzclub, fürs Museum, den Empfang, die Oper oder das Theater. Egal. Das nennt man einen Escort-Service. Sichere Sache. Wir machen die Vermittlung und kassieren Provision, alles Weitere machen die Kunden mit den Mädchen aus. Das sieht deine Mutter übrigens genauso, nur falls du dich das fragen solltest.«

Ich nicke, auch wenn ich mich das gar nicht gefragt hatte. Völlig klar, dass die Vermittler die Provision kassieren und die Kunden alles Weitere mit den Mädchen ausmachen. Als ich ihn fragen will, was genau »alles Weitere« eigentlich ist, fährt Vater schon fort.

»Mafalda wollte das nicht begreifen. Sie hat das schon völlig falsch verstanden, als wir die Anzeigen aufsetzten. Dachte, wir würden unter die Luden gehen«, sagt er und schüttelt den Kopf über ein so dummes Missverständnis.

»*Ich* begreife das«, rufe ich, obwohl das Gegenteil der Fall ist. Er soll nicht über mich lachen, weil ich so dumm bin, nicht jetzt. Was sind Luden?

Gerade schaut Papa auf die Uhr, als auf dem Gang die Hölle losbricht. Er zuckt zusammen und drückt hastig die Zigarette aus. Eine Männerstimme brüllt etwas, Frauenstimmen fauchen dazwischen. Es poltert, dann ein peitschendes Geräusch. Jemand tritt gegen die Tür.

Ich schnelle aus dem Sessel und mache auf.

Zwei Frauen verschwinden gerade um die Ecke zur Treppe, direkt vor mir steht der Concierge und hält sich die Wange. Mit drohend gesenktem Kopf schaut er an mir vorbei, wo jetzt Papa erscheint und mich sanft zur Seite schiebt.

»What's the matter, my friend? How can I help you?«

Ambrosio lässt seine Wange los. Es sieht aus, als hätte jemand in zartem Rosé eine Hand auf sein Gesicht gemalt. Er atmet schwer, spricht aber ganz ruhig: »Senhor Frank, your business is none of my business. But I can not allow whores in this house, right? This is a good house. Or I must throw you out in a minute, right?«

»You don't understand …«, beginnt Vater, und jetzt wird Ambrosio lauter.

»I do not want to understand, right?«

»Right, right«, sagt Papa und blickt zerknirscht zu Boden. Dabei zieht er ein paar zerfledderte Scheine aus der Hosentasche und hält sie dem Concierge hin. »Take this, please. For your inconvenience, my friend.«

Ambrosio wirft erst einen kurzen Blick auf das Geld, dann auf meinen Vater.

»No more bad women. This is trouble, right?«

»Right«, sagt Papa. »No more trouble.«

Ambrosio fixiert den Riesenschnauzer, der sich inzwischen neben Vater gesetzt hat und leise knurrt. Dann nimmt er wortlos das Geld und geht.

Ganz langsam schiebt Papa die Tür zu, lehnt die Stirn gegen das lackierte Holz. Als ich einen zögernden Schritt auf ihn zugehe, dreht er sich in einer fließenden Bewegung um. Sein Handrücken fährt mir so glatt durchs Gesicht, dass mir die Brille wegfliegt und ich seitlich gegen den Fernseher taumle und ihn umarmen muss, um ihn nicht umzustoßen. Mit der Glotze auf dem Schoß gehe ich zu Boden. Da sitze ich und sehe hilflos zu, wie Papa beginnt, das Hotelzimmer zu zerlegen. Zuerst kickt er ein Paneel aus der Faltwand zum Schlafzimmer. Es fällt sauber nach hinten heraus. Er geht weiter und stützt sich kurz auf den Tisch, wie zum Nachdenken. Dann umgreift er die Kante und reißt sie nach oben. Telefon, Zigaretten, Ringblock, Stifte und Karteikarten wirbeln durch die Luft. Papa geht zwei Schritte zurück wie ein Fußballer vor einem Elfmeter und tritt gegen die umgekippte Tischplatte. Sein Fuß durchschlägt das Holz und bleibt in dem zersplitterten Loch stecken. Es braucht zwei weitere Tritte, bis er sich befreit hat. Zugleich steigt Rauch auf, wo der Aschenbecher auf den Boden gefallen ist. Papa sieht das und trampelt brüllend auf der Glut herum, aber im Teppich kokelt es weiter. Es riecht nach Kunststoff. Mit einem Schluchzen fällt er auf die Knie und tastet nach der Wasserflasche. Er bekommt sie am Hals zu fassen und zertrümmert sie am Heizkörper. Mineralwasser spitzt über das Feuerchen, grauschwarze Tropfen fliegen umher. Sie besprenkeln den Vorhang und laufen in Schlieren die Wand hinunter. Rote Tropfen auch. Mein Vater hockt da, schmutzig und zusammengesunken. Er atmet schwer und betrachtet seine Hand. Splitter ragen wie gläserne Dornen aus seinem Fleisch.

Cabo da Roca

Es ist vorbei, die Saison geht zu Ende.

Bisher sah ich wie im Zeitraffer die Leute einziehen, sich eingewöhnen und irgendwann wieder unten auf dem Gehsteig auf ein Taxi zum Flughafen warten. Inzwischen ist die Herberge nicht einmal mehr an den Wochenenden ausgebucht. Die Gänge liegen verlassen. Ich kann in aller Ruhe die Reproduktionen historischer Stiche und die Feuerlöscher betrachten wie im Museum die Gemälde und Skulpturen. Erstmals fällt mir auf, dass die Blumen im Foyer aus Plastik sind. Ich versuche, sie mir wieder als lebendige Wesen vorzustellen, aber das ist nicht mehr möglich. Unter den Augen des unterbeschäftigten Personals ist es auch schwerer geworden, morgens vom Frühstücksbuffet Marmelade und Brötchen mitgehen zu lassen.

Wenn ich Gästen begegne, halte ich den Blick gesenkt. Ich kann mir nicht mehr einreden, dass wir selbst Gäste wären. Sogar die angolanischen Zimmermädchen schauen uns schief an, wenn sie die Pflanzen abstauben. Ihnen gegenüber fand ich das »Do Not Disturb!«-Schild an unserer Türklinke immer unhöflich. Inzwischen bin ich froh darüber. Gut möglich, dass wir von den Angestellten im ersten Monat noch als seltsame, weil klandestine Freunde des Hauses betrachtet wurden. Inzwischen hat sich unser ungeklärter Status erschöpft, schätze ich. Vermutlich hat er sich sogar gegen uns gewendet. Schon zwei Mal war Vater abends unten bei Ambrosio, er müsse mit dem Concierge »mal ein ernstes Wörtchen« reden. Ich werde den Verdacht nicht los, dass es umgekehrt ist. Schon fällt häufiger das Schreckenswort von der »Direktion«. Also besser noch weniger auffallen als zuvor, nicht anecken.

Allmählich verdrängen andere, ungewohnte Geräusche die Stille. Handwerker ziehen ein und verbessern, neben ihren quengelnden Transistorradios kauernd, hier eine Wandleiste und dort einen elektrischen Anschluss. Manchmal schaue ich ihnen so lange zu, bis ich sicher bin, dass es wirklich Handwerker sind – und keine verkleideten Agenten von Interpol. Der Fahrstuhl bleibt auch immer mal wieder stecken und muss repariert werden, dann gähnt im Flur ein staubiger Schacht in die Unterwelt. Und oben im Frühstücksraum werden die Panoramafenster ausgetauscht. Während die alten Scheiben per Flaschenzug die Fassade heruntergelassen werden, ziehen auf unserem Stockwerk neue Leute ein.

Sie beziehen ein Zimmer auf »unserem« Flur. Ich höre sie beim Einzug mit ihren Koffern rumpeln und werde hellhörig, als sie deutsch miteinander sprechen. Verdächtig, dass diese Leute in unserer direkten Nachbarschaft einquartiert werden. Mann und Frau, vermute ich, beide um die fünfzig Jahre alt. Ob die auf uns angesetzt sind? Mit dem Ohr an unserer Tür schnappe ich ein paar Sätze auf und beruhige mich wieder, als ich ihren norddeutschen Akzent bemerke. Die für uns zuständige Polizei, denke ich, spricht Pfälzisch.

Am nächsten Morgen schickt Mama mich in die Stadt, Kürbiskerne besorgen. Als ich aus unserem Zimmer auf den Flur trete, sehe ich das Paar in identischen roten Windjacken am Lift stehen. Ich gebe mir einen Ruck und will mich gerade an ihnen vorbeidrücken, da berührt mich der Mann leicht am Arm.

»Ach, der junge Herr von nebenan! Ob du uns vielleicht behilflich sein könntest?«

Verblüfft bleibe ich stehen. Es ist das erste Mal seit gefühlten Jahren, dass mich ein Deutscher in meiner Sprache anredet. Zwar haben mir die Eltern eingeschärft, solche Situationen zu vermeiden. Aber ich lasse mich darauf ein. Ich bin ein junger Herr.

»Äh, gerne, was gibt's denn?«, stottere ich und merke, wie mein Blick flackert.

»Der Lift kommt und kommt nicht …«, beginnt der Mann.

»Er ist kaputt«, sage ich knapp und will schon weiter, als mich diesmal die Frau anspricht.

»Ich bin leider sehr schlecht zu Fuß«, sagt sie seltsam schleppend, »und mein Mann hat's an der Hüfte. Wärst du wohl so freundlich, mir die Treppe hinunter zu helfen?«

Mit ihrem Arm um meine Schulter und meinem Arm um ihre Taille nehmen wir Stufe für Stufe. Ihr Körper ist so leicht, dass ich sie fast trage, was sie in eigentümlich schläfrigem Singsang kommentiert. »Ärgerlich, ärgerlich.«

»Aber das macht doch nichts«, sage ich. »Sie sind ja nicht schwer.«

»Ich esse auch nur wie ein Vögelchen«, bemerkt sie leise.

»Wenn du so weitermachst«, stellt ihr Mann fest, »bist du bald so leicht, dass wir dich nicht stützen, sondern runterdrücken müssen. Damit du nicht abhebst!«

Kichernd kommen wir in der Lobby an. Ambrosio wirft uns einen fragenden Blick zu, bevor er sich wieder in seine Sportzeitung vertieft. Der Mann streicht seine Hose glatt und greift nach meiner Hand, um sie zu schütteln.

»Stolte. Verbindlichsten Dank!«

»Keine Ursache. Sie schauen sich die Stadt an?«

»Haben wir schon«, sagt Herr Stolte. »Jetzt ist das Umland dran.«

»Oh, das kenne ich gar nicht.«

»Ach nein?«

»Wir machen hier keinen richtigen Urlaub«, höre ich mich sagen. »Mein Papa arbeitet bei der Botschaft, wir suchen hier ein Haus.«

»Da verpasst du aber was«, sagt Herr Stolte und schnippt mit den Fingern. »Wir fliegen am Montag wieder nach Hamburg zurück, heute haben wir noch den Mietwagen. Warum begleitest du uns nicht?«

»Jetzt?«

»Warum nicht? Was meinst du, Brigitte?«

Frau Stolte nickt begeistert. »Das wäre doch mal eine Abwechslung! Auch für uns. Wir langweilen uns gegenseitig schon ganz entsetzlich. Kleiner Scherz. Meinst du, deine Eltern erlauben dir das? Oder habt ihr schon etwas anderes vor?«

Und so fahre ich kurz darauf mit den Stoltes westwärts aus der Stadt. Ich sitze hinten in der Mitte und traue mich kaum, etwas zu sagen. Wenn das Jennifer und Jonathan Hart sind, dann machen sie ihre Arbeit wirklich sehr gut. Geben sich als pensionierte Studienräte aus.

Herr Stolte fragt, ob er mich fragen dürfe, was mit meinem Daumen passiert ist. In den prompten Tadel seiner Frau hinein, sowas dürfe man doch nicht fragen, nuschele ich schnell, ich sei mit dieser Behinderung geboren, kein Problem, wirklich nicht. Nur beim Schuhebinden, ein bisschen.

Um die peinliche Stille zu überdecken und weil im Radio

auf allen Sendern nur *Nikita* von Elton John läuft, legt Herr Stolte eine Kassette mit trauriger Klaviermusik ein. Frau Stolte erzählt dazu beiläufig von einer fiesen Knochenkrankheit im Endstadium. Erst nach ein paar Minuten begreife ich, dass sie über sich selbst redet. Wie das wohl sein mag, so ein Endstadium? Zu wissen, dass es nicht mehr weitergeht? Wie kann man mit diesem Wissen ruhig herumhocken und aus der Windschutzscheibe schauen, als wäre noch von Belang, was es da zu sehen gibt? Wieso hört man dann nicht wenigstens fröhlichere Musik als ausgerechnet dieses triste Getupfe?

»Als er die Impromptus schrieb, war die Syphilis schon ziemlich fortgeschritten«, sagt Herr Stolte auf meine stumme Frage, als würde das irgendwas erklären. Ich verstehe kein Wort. Impromptus klingt wie ein römischer Konsul. Und Syphilis wie seine Gattin.

»Mir kommt diese Musik entgegen«, erklärt Frau Stolte. »Mich fasst das an. Wenn du willst, können wir aber auch Radio hören. Ich kenne meinen Schubert schon auswendig.«

»Aber nein, das ist schön«, sage ich, weil es wirklich schön ist. Alles ist schön. Leute, die solche Sachen wissen, sich überhaupt dafür interessieren. Die davon reden, eine Musik würde sie »anfassen«. Schubert, seine hingetupfte Syphilis. Die Wolken, die uns von Westen tief entgegenfliehen. Die hügelige Landschaft, die überall zum Meer hin abfallen will. Der sonnige Palast von Montserrate und das bunte Schloss von Pena mit Räumen, die für Märchenfiguren gemacht zu sein scheinen. Als wären die Bewohner nur mal kurz in den Garten gegangen, damit Touristen hinter dicken Kordeln ihren Reichtum bestaunen können. Die Sonne steht in Teichen auf dem geschliffenen Parkett, auf einem polierten Sekretär steckt eine

Feder in ihrem bauchigen Tintenglas, auf einem Beistelltisch ein Teeservice aus durchscheinendem Porzellan. Am Mittag setzen wir uns in der Altstadt von Sintra in ein Restaurant. Die Stoltes begnügen sich mit einer Tomatensuppe und einem Kaffee, ich bestelle mir ein großes Schnitzel mit Pommes und Salat. Während wir warten, frage ich Frau Stolte, was sie damit meint, dass Musik »sie anfasst«.

»Gute Frage!«, sagt sie und neigt dabei den Kopf, als wäre sie noch Lehrerin und ich ein Grundschulkind. »Schwer zu sagen, was es ist. Was hörst du denn gerne?«

»Queen«, sage ich sofort. »Michael Jackson. Und Phil Collins! Elton John nicht so …«

Frau Stolte neigt den Kopf noch weiter. »Dann kennst du vielleicht das Gefühl, dass ein Klang dich anweht wie aus einer anderen, einer höheren Welt. Das kann die Melodie sein, das kann aber auch der Text dazu sein. Wenn beides zusammenkommt, ist es magisch. Ganz ohne Musik geht es aber nicht. Musik muss sein. Wenn Schubert spielt, dann mag ich nicht nur die Musik. Ich habe das Gefühl, dass die Musik auch mich mag und mich alleine meint in diesem Moment, verstehst du? Dann fasst sie mich an. Das ist eine Berührung. Dann bin ich fröhlich und traurig zugleich. Glücklich.«

»Ja, das verstehe ich«, sage ich hastig, weil die Bedienung gerade mein Schnitzel bringt. Es ist so gigantisch, dass es über den Tellerrand hängt. Seine Panade ist dunkelbraun angeröstet, die Pommes bestehen aus geschnitzten Kartoffeln und die Salatblätter, an den Rändern rot, haben schon viel von diesem leckeren dunklen Essig aufgesaugt. Essen! Wie ich es liebe! Ich finde, wir sollten auch zu Hause mal wieder etwas anderes zu uns nehmen als Sardinen und Hühnchen. Oder Kürbiskerne.

»Ganz schön hungrig, unser junger Freund«, stellt Herr Stolte vergnügt fest.

Ich nicke eifrig und kaue. Frau Stolte, ihr bleiches Gesicht wie eine Sonnenblume dem Licht zugewendet, legt ihre Hand auf den Arm ihres Mannes.

»Lass ihn, Horst, wenn er doch hungrig ist«, und ihr liebevoll schleppendes »Lass ihn« trifft mich wie eine zärtliche Ohrfeige. Benommen lege ich mein Besteck beiseite. Dieses *Lass ihn* erinnert mich mit Macht an etwas Gutes, wie mich das Schnitzel an richtiges Essen erinnert. Ich schaue sie beide an, die ich kaum kenne, wie sie mich anschauen, den sie kaum kennen, und sehe auf einmal ganz klar. Morgen schon werden sie mit ihren Windjacken in ein Flugzeug nach Hamburg steigen, wo verregnete Krankenhaustage auf sie warten, Herr Stolte wird mit gefalteten Händen auf dem Gang sitzen und Frau Stolte an Schläuchen in einem Bett mit Rädern liegen, das direkt auf eine Grube zurollt, ein schwarzes, frisch ausgehobenes Rechteck im Schnee, und dann wird Herr Stolte sich mit einem erstickten Laut umdrehen und die tröstenden Hände seiner Freunde auf der Schulter spüren und allein sein, allein mit all den kaleidoskopischen Erinnerungen an ein gemeinsames Leben, das nun endgültig über den Rand in die Tiefe der Jahre gekippt sein wird, all die Jahre – vorbei. In diesem imaginären Setzkasten der allmählich zustaubenden Erinnerungen werde ich eine billige kleine Figur sein, die ganz am Ende noch hastig hineingestellt wurde. Als Platzhalter für etwas, das es vielleicht einmal hätte geben können, das einfach nicht hat sein sollen. Ich werde ihr Sohn gewesen sein, für einen Tag.

Und ich bin einverstanden. Ich will ihnen ein guter Sohn gewesen sein.

Nachdem ich aufgegessen und meine Fanta ausgetrunken habe, steigen wir in den Mietwagen und fahren ein paar Kilometer weiter nach Westen. Ich bitte Frau Stolte, noch einmal die Kassette mit Schubert einzulegen, aber sie mag sich jetzt nicht anfassen lassen. Stattdessen kurbelt sie das Fenster herunter und lässt sich die graublonden Haare um den Kopf wirbeln. Als ich staunend bemerke, dass es hinter Lissabon doch tatsächlich weiter und immer noch weiter nach Westen geht, zieht Frau Stolte den Reiseführer aus dem Rucksack zwischen ihren Beinen und liest vor: »Cabo da Roca ist der westlichste Punkt des Festlands des europäischen Kontinents. Der lusitanische Nationaldichter Luis Vaz de Camões beschrieb das Kap als den Ort, wo die Erde endet und das Meer beginnt.«

Sie klappt das Buch zu und schaut aus dem Fenster. »Wo die Erde endet und das Meer beginnt. Das ist sehr schlicht. Aber auch sehr schön.«

»Wo ist das?«, frage ich.

Herr Stolte setzt den Blinker. »Hier. Wir sind da.«

Alles eine einzige Schräge auf den Abgrund zu, die wenigen Besucher verlieren sich auf dem Gelände. Vom Meer weht, was Herr Stolte eine »steife Brise« nennt, mit »s« statt »sch«. Die Landschaft ist ganz zerrupft und erschöpft vom dauernden Ansturm der Winde. Zwischen räudigen Rasenflächen führen Trampelpfade auf ein trutziges Gebäude mit Leuchtturm zu und daran vorbei, bis zu einem groben Holzzaun. Dahinter hört die Welt einfach auf, fällt die Küste tödlich tief in die Elemente hinunter – und dann gar nichts mehr. Höchstens Amerika, irgendwo hinter der Erdkrümmung. Mir ist kalt, die Böen greifen in die Trainingsjacke, meine Hosenbeine flattern mit den Möwen um die Wette. Ihre aufgestachelten Schreie und das gleichmütige Getöse der Brandung sind die einzigen Geräusche hier am Ende der Welt. Neben mir stehen die Stoltes und schauen ganz versonnen hinaus, wo es nichts zu sehen gibt, nichts außer undurchdringlichen Bänken aus fernen und immer ferneren Nebeln über einem stählernen Grau.

»Diese Weite … als wären einem die Augenlider weggeschnitten«, sagt Herr Stolte und nickt bekräftigend, als hätte ihm jemand versprochen, dass es sich hier am Atlantik genau so anfühlen würde. Als wären einem die Augenlider weggeschnitten? Also, ich weiß nicht … und sowieso, welche Weite? So angestrengt ich auch über den Rand der Klippe hinwegspähe, ich sehe nur eine Nebelwand.

Central Park

Am Tag nach der Abreise der Stoltes, es ist der 6. Dezember, wirft Vater mir einen dieser puscheligen Hotelpantoffel in den Schoß. Gerade habe ich träumend in einer alten Zeitung geblättert und mir die Bilder angeschaut. Politiker, Erdrutsche, Paraden, Hochhäuser, Raketen. Nun der Pantoffel. Überrascht blicke ich auf.

»Was ist das?«

Papa bläst die Backen auf und weitet die Augen. »Waff ift daff?«

Ich lache auf und merke zu spät, dass er mich nur nachgeäfft hat. Aus dem Pantoffel fällt ein Zettel, auf dem in zittriger Schrift mein Name steht.

»Für Deine Ohren, von Horst und Brigitte!«

Ich drehe den Pantoffel und schüttele ihn aus, in meinen Schoß kullern … Batterien! Ein ganzes Achterpack! Und eine Musikkassette. Ich nehme sie in die Hand, sie fühlt sich schwerer an als Phil Collins oder meine Leerkassetten. Auf der Vorderseite sind zwei Sänger vor dunklem Hintergrund zu erkennen, dazu der Titel: *The Concert in Central Park.* Simon und Garfunkel. Nie gehört. Quer über das Cover der Hinweis: »cassete de longa duração«. Aha, daher das Gewicht. Das Band ist schlammbraun wie der Amazonas, wahrscheinlich Eisenoxid, das rauscht ziemlich. Ich krame den Walkman aus der Schultasche unter dem Diwan. Ohne die fehlenden Schaumgummipolster drückt der Kopfhörer unangenehm an den Ohren. Mit der Nagelschere schneide ich im Badezimmer aus einer Binde meiner Mutter neue Polster und klemme sie zwischen das Plastik. Sitzt perfekt. Dann lege ich die frischen Batterien ein, verwechsele die Pole, lege sie richtig ein, schiebe die Kassette ins Fach und drücke auf PLAY.

Der erste Schnee streut in lichten Schleiern zur Stadt hinein und am Hotelzimmerfenster vorbei, ich sehe es durch einen Spalt im roten Vorhang. Ich blicke zu den Eltern hinüber, die vor dem Fernseher sitzen, dessen Gequassel jetzt von einer anschwellenden Brandung in meinen Ohren übertönt wird. Das muss Applaus sein. Dann begrüßt ein Mann mit weithin hallender Stimme die »ladies and gentlemen« und stellt die beiden Sänger vor. Er sagt Seimon and Gaafankel. Los schrammeln akustische Gitarren, etwas kratzig, aber flott. Und dann scheint es, als würden beide Männer gleichzeitig singen, der eine etwas tiefer als der andere. Sie singen umeinander herum, aber in die gleiche Richtung. »Heaven holds a place for those who pray«, singen sie und »Stroll around the grounds until you feel at home«. Während ich zuhöre, betrachte ich wieder das Cover. Gerne wüsste ich, wer von beiden Simon und wer Garfunkel ist, der Blonde oder der Dunkelhaarige. Sicher bin ich mir nur, dass beide beim Singen lächeln. Ich höre, dass sie es tun. Sie singen lächelnd, und dieser Gedanke allein verbreitet eine ungekannte Wohligkeit in meinem Bauch, halb fröhlich, halb traurig. Als das Lied vorbei ist, brandet wieder das Publikum auf mit seiner Begeisterung, und ich brande verstohlen mit. Mutter schaut müde zu mir herüber, wahrscheinlich ist mir ein komisches Geräusch entfahren. Ich beiße mir auf die Lippen und lausche. Der Applaus wird noch stärker bei den ersten

Akkorden des nächsten Liedes: »Ev'ry day's an endless stream of cigarettes and magazines« singen sie und machen »mmmh«. Ein so ungeheuer weiches und zärtliches, ganz stimmhaftes und fast mütterliches »Mmmh«, dass es mich in sich einschlägt wie in eine warme Decke. Ich bin ein zu kleines Gefäß für diese Geborgenheit und laufe über.

»Weinst du?«

Das ist Jeany, sie hat mir den Kopfhörer vom Ohr gehoben und schaut mich besorgt an. Von den Kratzern in ihrem Gesicht sind keine Narben geblieben, nur blasse rosafarbene Streifen. Ich finde sie wunderschön in diesem Moment.

»Ich weine doch nicht! Ich bin glücklich!«

»Und ob du weinst, ich seh's doch! Was ist denn los?«

»Die Musik … fasst mich an, das ist alles.«

Es ist, als würde in mir etwas Lebendiges wachsen, direkt hinter dem Gitter der Rippen, leicht oberhalb des Magens. Und ich muss nur auf PLAY drücken, um es zu gießen.

Im Hotelzimmer kommt der Zauber nicht zur vollen Entfaltung. Dort ist es, als rückten die Wände langsam näher wie in der Müllpresse auf dem Todesstern. Wenn ich auf dem Diwan liege oder im Sessel lungere, sehe ich Papa vor dem Fernseher, Mama im Spiel mit meinem Bruder – meine Schwester eher selten, die ist mit dem Zwerg auch lieber auf den Straßen unterwegs. Der Riese wird nur noch für wenige Minuten zum Kacken in den Rinnstein rausgeführt. Ansonsten liegt er eingerollt in der Ecke, verfolgt das Geschehen mit den Augen und zittert am ganzen Körper. Eigentlich sollte er zum Arzt, aber erstens haben wir dafür kein Geld und zweitens auch nicht; selbst das Futter ist Schlachtabfall, den wir uns von Metzgern schenken lassen. Drittens fürchtet Mutter sich davor, was so ein Tierarzt höchstwahrscheinlich raten würde. Also besser erstmal nicht.

Manche Stadtteile, die umliegenden Hügel oder die Altstadt entdecke ich mit der Musik völlig neu. Es ist, als rückte alles an seinen Platz. Als leuchteten die Fassaden mehr, als würden die Unterführungen weniger nach Pisse stinken. Die Losverkäufer in ihren Buden tragen auf einmal rote Zipfelmützen mit weißen Bommeln. Arbeiter auf Drehleitern spannen Lichterketten über die Straßen. Wenn es mir zu kalt wird, gehe ich irgendwo rein. Egal, wo. Der Bahnhof ist zu zugig, aus dem Kiosk werde ich verscheucht. Regelmäßig besuche ich das Kaufhaus Grandella. Am Eingang pustet mir schon warme Luft entgegen. Auf der Rolltreppe fahre ich hoch und runter, bis mir das zu langweilig wird. Dann schlendere ich durch die Spielwarenabteilung und schaue mir die Bausätze an. Bei der Feinkost fahre ich mit den Fingern über die Gläser, die Herrenhüte sind mir alle zu groß. Ich sprühe mir Parfüm aufs Handgelenk, bis ich wie die Begleiterin eines alleinreisenden Geschäftsmanns rieche. Überall wird für Weihnachten umdekoriert, es schneit in den Schaufenstern. Irgendwann zeigt mir ein unauffälliger älterer Herr seinen laminierten Ausweis und die Tür.

Danach meide ich Kaufhäuser und Geschäfte überhaupt. Ich nehme an, ich sehe aus wie ein kleiner Ladendieb, und manchmal bin ich auch einer, was die zu turmhoher Üppigkeit gestapelten Früchte in den Auslagen der Gemüsehändler angeht. Am Konvent endlich entdecke ich die Kathedrale, die mir schon beim Blick vom Berg aufgefallen war. Die Tore stehen offen, ich kann einfach hineinspazieren wie in einen öffentlichen Garten. Auf der Schautafel neben dem Eingang steht in drei Sprachen, dass das Haus bei einem Erdbeben zu Bruch gegangen ist. Aller Schutt immerhin ist weggeräumt, das Strebewerk fast komplett erhalten, so auch manche Kreuzrippen und die mächtigsten Spitzbögen. Dort aber, wo das Dach aufliegen müsste, geht es buchstäblich hinauf in den freien Himmel. Am späten Nachmittag besteht er aus tiefen, eiligen Wolken, aus denen vereinzelt Schneeflocken herabschweben und von winzigen Wirbelwinden zwischen den skelettierten Gewölben herumgeschüttelt werden. Touristen sprechen leise, als wäre die Kirche noch geweiht, funktionstüchtig. Behaust.

Der Heimweg führt mich durch die Dämmerung am Postamt vorbei und über den Platz Martim Moniz. Die Wasserspiele sind abgedreht, die weiten Becken der Brunnen liegen trocken wie Freibäder im Winter. Alles Neue stützt sich aufs Alte und kommt doch nicht hoch. Jetzt schon wirken die modernen Hochhäuser am Rand schäbiger als die alten Gebäude mit ihrem bröckelnden Putz. An vielen Stellen blutet das Eisen der Querträger hinter den Verblendungen hervor und läuft rostrot die glatten Betonfassaden hinab. Pfusch, denke ich. Hugo wäre das nicht passiert. Der Weg wird enger und steiler. In der Gasse zum Berg hinauf reiht sich Botequim an Taberna an Bar, und in der Dämmerung ist jede einzelne davon eine kleine Sonne. Bei einer Kneipe steht die Tür offen, feuchte Wärme fällt heraus und kehliges Gelächter. Ich gehe vorbei und höre hinter mir das altbekannte Rascheln von Pfoten auf Pflastersteinen.

Als ich mich umdrehe, springt mich schon der Zwerg an.

»Nanu? Wo kommst du denn her?«, frage ich und schaue mich um. Der Hund wälzt sich auf den Rücken, damit ich ihm den Bauch kraulen kann. Er wartet. Die Gasse ist leer. Der Hund zappelt, als ich ihn mir unter den Arm klemme. Ich gehe drei Schritte zurück und schaue durch die offene Tür der

Kneipe. In einer Ecke leuchtet ein grünes Rechteck, Fußball ohne Ton. Immer läuft auf der Welt irgendwo ein Fußballspiel. Die Luft ist trübe, das Licht gedämpft und gelb. Über der Theke hängen Flaschen mit dem Hals nach unten. Mit Blick auf den Fernseher trocknet der Wirt an seiner Schürze ein Glas. Ich will mich schon wieder abwenden, da entdecke ich die Stoffschlange. Sie ringelt sich auf der blankledernen Sitzfläche eines Barhockers und glotzt mit pendelnden Augen zu mir herüber.

Daneben sitzt Jeany.

Sitzt einfach da und stochert mit einer Gabel im Teller des Mannes, der auf dem Hocker neben ihr sitzt. Er folgt ebenfalls dem Spiel, seine Hand liegt auf dem Rücken meiner Schwester.

Mit einem Sprung bin ich bei ihr und packe sie an der Schulter. Silbern klirrt die Gabel zu Boden. Jeany fährt herum und schaut mich aus großen Augen an: »Was machst *du* denn hier?«

Mit einem Ruck hole ich sie vom Hocker, der schwankt und polternd umkippt. Das Gemurmel in der Kneipe verebbt. Karten werden beiseitegelegt, Gläser abgestellt, Stühle gerückt. Schwerfällig gleitet der Mann neben meiner Schwester von seinem Stuhl. Er trägt eine altmodische Schiebermütze und einen Vollbart, der sein ganzes Gesicht verbirgt. Vorwurfsvoll breitet er die Arme aus, als wollte er fragen, was dieser Tumult denn nun wieder soll. Er ist kleiner und älter, als ich ihn zunächst eingeschätzt hatte. Ich rieche den Schnaps in seinem Atem und balle die Fäuste, da lässt er seine Hände in den Manteltaschen verschwinden. Der Wirt, ein Handtuch über der Schulter, ruft ihm etwas zu und schickt sich an, um die Theke herumzukommen. Der Mann deutet auf den Hocker, ich solle mich doch setzen. In meiner Armbeuge windet sich der Zwerg, rutscht heraus und auf den Boden, wo er uns mit seinem spitzen Bellen umtanzt. Ich versetze ihm einen Tritt, er tänzelt stoppelschwanzwedelnd weiter auf den Ausgang zu. Kaum habe ich Jeany auf die Straße gezogen, fällt hinter uns die Kneipentür ins Schloss.

»Ey, was soll denn das?«, faucht sie und reißt sich los.

Ich packe sie an den Schultern und schüttle sie durch.

»Was machst du da drin?«, brülle ich. »Mit dem Typen? Sag mal, spinnst du? Bist du jetzt völlig durchgedreht! Warum bist du nicht im Hotel?«

Gerne würde ich jetzt etwas kaputtschlagen, irgendwas. Jeany blinzelt, und zwei Tränen laufen parallel ihre Wangen hinunter, aus jedem Auge eine.

»Hunger.«

»Was?«

»Ich habe immer Hunger.«

Ich lasse sie los.

Hunger ist eine Grube im Bauch. Wenn der Magen knurrt, bröckelt es vom Rand der Grube und rutscht nach, aber die Grube hat keinen Boden. Manchmal werfe ich einen gestohlenen Apfel hinein, er wird kleiner und kleiner und verschwindet einfach. Neuerdings rutscht meine Hose, und bei den Hunden erkennt man die Rippen. Aber tun die Eltern nicht, was sie können? Rauchen, zum Beispiel, um ihre eigenen Gruben zu füllen.

»Musst du dir deshalb gleich von Fremden das Essen spendieren lassen?«

»Der Mann war nett«, sagt sie störrisch und wischt sich mit dem Ärmel ihres dicken Pullovers die Tropfen vom Kinn. »Du hättest da drin nicht so ein Theater machen müssen. Er hat mir nichts getan.«

»Seit wann geht das denn so?«

»Seit ein paar Wochen. Ich setze mich zu so Leuten, und manchmal lassen die mich mitessen. Mich fahren halt keine freundlichen Deutschen in der Gegend herum und laden mich auf ein Schnitzel ein!«

»Was hat denn das damit zu tun? Als ob die Eltern nicht für uns sorgen würden! Sogar die Hunde haben zu fressen! Und sind dir Hühnchen nicht genug?«

»Sie sind zu scharf«, schluchzt sie. »Die Hühnchen. Vater kauft sie immer so scharf, wie er sie mag. Ich habe ihm das schon gesagt, dass ich sie so nicht essen kann. Das brennt auf dem Klo und mir wird schlecht davon. Und von den Scheißsardinen auch. Ich will das nicht mehr. Ich will nach Hause.«

Ich lasse die Arme sinken. »Tut mir leid, ich wollte nicht so grob sein. Komm jetzt, gehen wir …«, aber Jeany bleibt stehen. Neben ihr sitzt der Zwerg und schaut zu mir hoch.

»Ich will nach Hause«, wiederholt sie und verschränkt die Arme.

»Das will ich doch auch! Lass uns gehen. Bevor es echt Ärger gibt.«

Jeany schüttelt langsam den Kopf. »Ich will in die Schule gehen. Ich will Freundinnen haben. Ich will nicht dem Riesen dabei zusehen, wie er daliegt und langsam stirbt. Ich will, dass Mama sich wieder richtig um uns kümmert. Ich will, dass Papa aufhört, ein Zombie zu sein. Nach Hause will ich.«

Sie rührt sich nicht von der Stelle. Ich denke an das Meer vor dem Cabo da Roca, an diese unsichtbare Wand, die nur ich gesehen habe. Und an die endlose Strecke, die wir schon zurückgelegt haben, bis hierher, bis an den Rand des Kontinents.

»Es ist halt so«, sage ich schwach.

»Warum ist es denn so, wie es ist?«

»Weil die Polizei uns sucht? Schon vergessen?«

Jeany schnaubt. »Mich sucht die nicht. Und dich auch nicht. Sie sucht nach Papa.«

»Das ist doch dasselbe!«

»Ist es nicht!«

»Was soll er denn tun?«, frage ich. Die Dinge sind, wie sie sind. Und wenn sie sich ändern wollen, werden sie das schon tun.

»Er könnte zur Polizei gehen und sagen: Hallo, hier bin ich!«, schlägt Jeany vor und setzt sich langsam in Bewegung, endlich. Ich nehme sie leicht bei der Hand.

»Das ist Quatsch«, sage ich so sanft wie möglich.

»Ist es nicht. Dann wäre alles vorbei. Warum tut er das nicht?«

»Wegen uns, verstehst du? Er tut das alles für uns. Weißt du, was passiert, wenn sie uns erwischen? Papa kommt ins Gefängnis, Mama vielleicht auch. Willst du das? Und wir kommen ins Heim und haben keine Eltern mehr. Sogar Fabian, und der ist noch so klein. Der versteht doch gar nicht, was vor sich geht!«

»Ich verstehe auch nicht, was vor sich geht. Und du? Verstehst du das?«

In den gelben Kegeln unter den Laternen drehen sich wieder vereinzelte Schneeflocken, außerhalb des Lichtes bleiben sie unsichtbar. Nur das Kopfsteinpflaster glänzt wie aus sich selbst heraus, dünn wie Eis. Schweigend gehen wir nebeneinander her.

Nein, ich verstehe es auch nicht.

»Papa tut, was er kann«, sage ich, um irgendetwas zu sagen.

»Manchmal habe ich das Gefühl, dass er selbst nicht weiß, was vor sich geht. Aber das täuscht. Wir müssen ihm vertrauen. Mama vertraut ihm doch auch. Wer sollte es denn sonst wissen, wenn nicht Papa?«

»Andere Leute? Andere Leute leben doch ganz anders. Wie machen die das?«

»Ich kenne keine anderen Leute. Die stecken in ihren eigenen Leben und haben ihre eigenen Probleme. Nur merkt man das nicht so. Jedenfalls kannst du anderen Leuten nicht trauen. Deswegen sind es doch andere Leute«, sage ich und spüre, wie ich ins Labern gerate.

Verdammt, wie machen die das?

Ich schaue zu Jeany hinüber und merke erleichtert, dass sie mir sowieso nicht zugehört hat. Sie bleibt stehen und holt tief Luft.

»Ich habe eine Handtasche geklaut«, sagt sie.

»Du hast *was*?«

»Ich habe einer alten Frau die Handtasche geklaut. Vorgestern, auf diesem großen Platz mit den Brunnen. Da waren total viele Leute, aber ich habe mich getraut.«

»Du hast dich … warum hast du das getan?«

»Weil Papa es mir gesagt hat. Er hat mir die alte Frau gezeigt und gesagt, wie ich's machen soll. Er hat gesagt, ich soll rennen und mit beiden Händen zugreifen und kräftig reißen, wenn sie ihre Tasche festhalten will. Ich soll unbedingt weiterrennen, hat er gesagt. Bloß nicht aufhören, zu rennen.«

Wir biegen um die Ecke zur Calçada do Monte, es sind nur noch wenige Meter zum Hotel, als hinter uns rasche Schritte erklingen. Wir gehen schneller. Ich schaue über die Schulter. Da keucht der bärtige Typ aus der Kneipe hinter uns die Gasse herauf, einen lockeren Schal aus Atemwolken um die Schulter. Scheiße, was will der?

In der rechten Hand trägt er etwas, das lang ist und schwingt.

»Lauf!«, zische ich Jeany zu, und Jeany rennt los.

»Aguarda, aguarda!«, ruft der Mann, und ich drehe mich um.

Wenn er näher kommt, werde ich ihm ins Gesicht schlagen. Mitten ins Gesicht.

Wenige Meter vor mir bleibt er stehen, atemlos, und stützt sich mit den Händen auf seinen Oberschenkeln ab.

Dann schüttelt er den Kopf, schaut auf und winkt: »Desculpe-me! Sua serpente, aqui!«

Er wedelt mit der Schlange meiner Schwester.

Cape Canaveral

Weihnachten und Neujahr kommen und gehen so unmerklich wie eine lange Bodenwelle beim Autofahren. Wenn man spürt, dass da etwas war, ist es schon vorbei.

Wir nehmen nicht teil, nicht einmal mehr Anteil aneinander. Ich kann unbehelligt einen ganzen Vormittag im Badezimmer verbringen, einen Mittag draußen auf den Gängen, einen Nachmittag hinter dem Vorhang, an die Heizung gelehnt, und einen ganzen Abend vor dem Fernseher, der ohne Unterbrechung läuft. Höchstens den Ton dreht Mama leiser, wenn Fabian schlafen soll. Er hat ein neues Spiel entdeckt und pustet geduldig Wollmäuse von einer Ecke des Raumes zur anderen. Mama macht das wahnsinnig, aber andere Spielsachen hat Fabian nicht mehr. Außerdem gehört ihr toller AEG jetzt auch Hugo. Vater und Mutter stehen noch immer Rücken an Rücken. Sie schauen sich nicht an, decken sich aber gegenseitig. Nicht auszuhalten, wenn es anders wäre. Dafür platzen – oder besser: verpuffen – sie wegen jeder Kleinigkeit, die Jeany oder ich uns zuschulden kommen lassen. Es hagelt Kopfnüsse und Ohrfeigen und Verfluchungen, die ihre Stachel verloren haben. Nichts einzuwenden gegen einen Abend unter Stubenarrest im abgeschlossenen Badezimmer, ganz und gar nicht. Hätte der Zwerg keine Bedürfnisse, wir würden unsere vier Wände überhaupt nicht mehr verlassen. Der Riese liegt auf seiner Decke und leckt seine Wunden. Wenn er kacken muss, erhebt er sich mühsam und humpelt auf drei Pfoten hinüber ins Badezimmer, wo er sich umständlich umdreht und mit schuldgeplagtem Blick seinen Dünnschiss über die Kacheln verteilt. Dort können wir den Dreck leichter aufwischen, das scheint er zu wissen. Wahrscheinlich würde er als erster Hund der Welt sogar ein Katzenklo benutzen.

Wie weiße Kugeln fallen weiter die Tage, 25, 26, 27, während der rotierende Greifarm der Zeit unablässig nach der nächsten Kugel angelt. Die 29 wäre mein Geburtstag, aber auch das ist ohne Bedeutung. Meine Hose rutscht, aber das finde ich gut. War ohnehin zu fett. Schlimmer ist, dass mein Schnürsenkel gerissen ist. Tagelang schlurfe ich mit offenen Schuhen umher, bis ich auf die naheliegende Idee verfalle, mit der Nagelschere eine Troddel vom Vorhang abzuschneiden und als Schnürsenkel zu verwenden. Dabei fühle ich mich wie McGyver.

Manchmal denke ich, dass in unser Zimmer neue Gäste einziehen könnten, ohne uns zu bemerken. Sie würden zwischen uns leben, ohne uns wahrzunehmen, weil wir uns allmählich alle in Gespenster verwandelt haben. Wir wirken auf nichts ein, nichts wirkt auf uns ein.

Am Tag vor meinem Geburtstag klopft Ambrosio wieder an die Tür. Seit einer Weile geht Vater nicht mehr runter, um mit dem Concierge unseren Aufenthalt hier zu verhandeln. Deshalb kommt Ambrosio zu uns. Das kann nichts Gutes bedeuten. Dieser Stein ist nicht mehr trittsicher. Aber Papa meint, er habe sich den Mann »fein dressiert« und wir sollten uns keine Sorgen machen. Diesmal erkenne ich ihn schon an seinem Klopfen. Mit dem Knöchel drei Mal gegen die Tür und einer neckischen Pause nach dem ersten Mal.

Klopf, klopf-klopf.

Papa stellt die Glotze stumm und schlurft zur Tür, während ich das kleine Stück zur Seite rücke, das es braucht, damit Ambrosio mich nicht auf dem Diwan herumlümmeln sieht. Dazu nicke ich rhythmisch mit dem Kopf, als liefe auf meinen Kopfhörern noch Musik, und zappe durch das lautlose Fernsehprogramm. Hängen bleibe ich bei CNN, da steht mal wieder ein Space Shuttle auf der Rampe. Der Himmel über Florida ist blau, das Raumschiff steht unter Dampf. Ich schalte weiter, überall nur Werbung, Werbung, Seifenoper, Werbung, Seifenoper, Werbung, bis ich wieder bei CNN herauskomme.

Dann lieber Raumschiffe.

»Tomorrow!«, höre ich Ambrosio, ungewöhnlich laut. »I say tomorrow!«

»Tomorrow is the birthday of my son«, sagt Vater. »Next week, I tell you! There will be money from Germany ...«

Das Shuttle hebt ab. Auf einem Kissen aus Feuer, zuerst langsam, dann immer schneller.

»Next week, next week. That is what you always say! I am not an idiot, right? Do you think I am an idiot?«, ruft Ambrosio.

Heute nervt er wirklich.

»Please take your foot out of the door«, sagt Papa ruhig.

»Monday. Monday is the last day, only because I respect your family. If you do not pay on Monday, I will have to call the police, right?«

»Ja, ja, schon recht, und jetzt verpiss dich«, sagt Vater freundlich und schließt die Tür.

Ich spüre ihn neben mir stehen, sage aber nichts und zeige auch sonst keine Reaktion. Er soll nicht denken, dass ich das mitbekommen hätte. Ich will es auch gar nicht mitbekommen haben, mit meinem Kopfhörer auf. Er setzt sich neben mich. Das Raumschiff schraubt sich auf einer rasenden Dampfsäule höher und höher. Würdevoll dreht es sich um seine Achse, der Himmel wird immer dunkler, das Bild unscharf.

Jetzt zeigen sie das Schiff aus einer anderen Perspektive.

Und nun löst es sich in einem Feuerball auf, einfach so.

Wie Luftwurzeln gehen weiße Rauchstreifen nach unten ab, zwei dicke Äste schwingen wie befreit nach oben auf. In der Totalen erinnert das Gebilde am Himmel an eine Gottesanbeterin.

»Ich glaube, die haben Probleme«, sage ich.

»Sieht ganz so aus«, sagt Papa.

Zum Geburtstag bekomme ich ein Snickers.

Ohne Geschenkpapier, aber mit Karamell und Schokolade, Nüssen und weißem Nougat.

Ein Snickers.

Am Abend stellt sich so etwas wie Gemütlichkeit ein. Es ist keine echte Gemütlichkeit, eher so etwas wie die Wachsfigur einer abendlichen Gemütlichkeit. Es geht uns nicht gut, ganz und gar nicht. Aber der Wind heult und klatscht den Schneeregen gegen die Fenster, und drinnen ist es warm und weich und heimelig. Gedämpftes Licht, das ferne Singen der landenden Flugzeuge, die tuschelnden Eltern hinter der zertrümmerten Lamellenwand zu ihrem Schlafzimmer. Wir Kinder liegen auf dem Diwan. Der Fernseher läuft lautlos, aber keiner von uns schaut hin. Und keiner von uns schläft. Da schleicht Papa ins Wohnzimmer, gefolgt von Mama, schaltet die helle Deckenlampe an und setzt sich mit dem Schwulentäschchen an den Tisch. Er stülpt es mit großer Geste um und leert den Inhalt aus. Münzen und Scheine, die er zu einem Haufen zusammenstreicht. Escudos, finde ich, sehen aus wie Spielgeld. Die Scheine fühlen sich auch so an, irgendwie labberig. Fabian tappt neugierig näher, nimmt einen Schein und zerreißt ihn. Mama lächelt.

»Seht ihr, was hier liegt?«, sagt Papa. »Das ist alles, was wir noch haben. Mit etwas Glück wird das Geld bis Paris reichen. Dort habe ich einen Geschäftsfreund, der uns aushelfen wird.«

»Wir haben uns zur Abreise entschlossen«, ergänzt Mama. »Alleine würde ich hier vielleicht länger mein Glück versuchen. Aber ich bin ein Familienmensch, was soll ich tun? Ambrosio hat mich gestern bekniet, doch noch zu bleiben. Ich habe ihm nichts verraten, er hätte das sowieso nicht verstanden. Er ist ein ruppiger Kerl, hat uns aber ganz schön ins Herz geschlossen ...«

Jeany, plötzlich hellwach: »Wie kommen wir hier weg?«

»Mit einem Mietwagen«, sagt Mama, und ihre Stimme schwankt ein bisschen.

»Und wann reisen wir ab?«, frage ich.

Papa tut, als würde er nachdenken. »Wie wär's mit ... jetzt?«

»Jetzt sofort?«, Jeany klatscht in die Hände. »Au ja!«

»Psst, wir müssen vorsichtig sein«, sagt Mama.

Papa streicht das Geld wieder ein und verstaut es im Schwulentäschchen. Er verschwindet für fünf Minuten im Schlafzimmer. Als er wiederkommt, sieht er ganz anders aus. Als hätte er zehn Kilo zugenommen. Er schwitzt.

»Was ist denn mit dir passiert?«, fragt Jeany verblüfft.

»Das passiert dir auch gleich«, schmunzelt Papa. »Die Mama wird's euch erklären.«

Dann küsst er seine Frau auf die Stirn, öffnet die Zimmertür – und geht.

»Was willst du uns erklären?«, fragt Jeany gespannt.

Mama setzt ihr starres neues Lächeln auf, bei dem die Augen alle Arbeit dem Mund überlassen. »Ihr habt den Papa gehört, wir wollen Ambrosio nicht beunruhigen. Also passt gut auf, wie wir das jetzt machen …«

Es wäre zu auffällig, würden wir alle gemeinsam das Hotel verlassen. Wir müssen an der Rezeption vorbei, ohne Aufsehen zu erregen. Also der Reihe nach. Papa ist schon weg. Ihm wird Mama mit Fabian folgen. Nach fünf Minuten geht Jeany mit dem Zwerg hinterher. Zuletzt soll ich mit dem Riesen nachkommen, aber auf keinen Fall das Licht ausmachen. Auch den Fernseher soll ich laufen lassen. Weil wir aus einleuchtenden Gründen auch nicht unsere Taschen durch die Lobby schleppen können, müssen wir unsere Kleider anziehen.

»Alle?«, fragt Jeany.

»So viele wie möglich, ich habe die Sachen schon rausgelegt.«

Hastig ziehe ich vier Unterhosen, vier Sockenpaare und drei T-Shirts übereinander an. Ich schlüpfe in die Cordhose und zwänge mich danach in meine rote Trainingshose. Schwitzend stecke ich die »cassete de longa duração« in die Hosentasche, den Walkman mit dem Kopfhörer vorne in den Schritt. Der Atlas von Diercke muss auch mit, unbedingt, denn er ist mein Sextant. Ohne ihn wüsste ich überhaupt nicht mehr, wo wir sind. Ich schiebe ihn mir unter die T-Shirts, direkt auf den Bauch. Er fühlt sich gut an, kühl und hart. Wie ein Panzer.

»Siehst wieder moppelig aus, ganz wie früher«, sagt Mama kurzatmig. Fabian hat sie schon eingepackt wie ein dralles Paket, nun kämpft sie noch mit dem Reißverschluss an ihrem

BMW-Overall. »Puh. Alles klar? Also, ich warte oben an der Straßenecke. Da parkt das Auto. Ist so ein kackbrauner Kleinwagen, den könnt ihr gar nicht verfehlen. Ich kann mich auf euch verlassen? Bis gleich!« Flüchtig küsst sie Jeany und mich auf die Wange, greift sich unseren kleinen Bruder und ist raus.

Jeany setzt sich hin, stöhnt, steht sofort wieder auf. »Das schnürt mir das Blut ab!«

»Hauptsache, wir kommen hier weg«, sage ich und beobachte den Riesen, der zitternd auf seiner Decke liegt. Mir fällt auf, dass ich gar keine Uhr habe. Was sind fünf Minuten? Auf der Suche nach der Uhrzeit schalte ich schnell durch die Programme.

»Wo fahren wir nochmal hin?«, fragt Jeany.

»Paris, glaube ich. Oder Moskau. Oder Timbuktu.«

»Ob es in Paris auch so kalt ist?«

»Kälter«, sage ich und versuche, in meine Trainingsjacke zu kommen. Keine Chance, die Ärmel sind zu eng, ich werde sie hier lassen müssen.

»Du siehst aus wie ein Gummibärchen«, sagt Jeany und kichert.

»Schau dich mal an! Und jetzt geh endlich. Das hast du dir doch gewünscht, oder? Nicht, dass die Eltern ohne uns wegfahren!«

»Kommst du auch wirklich nach?«, fragt sie, schon in der offenen Tür.

»Was denkst du denn?«

Der Zwerg zieht an der Leine, stemmt sich mit seinen Pfoten in den Teppich, die Leine eine gerade Linie. Jeany schaut mich lange an, dann sagt sie: »Nein, du lässt mich nicht alleine mit … *denen*. Bis gleich!«

Endlich lässt sie sich vom Zwerg aus der Tür ziehen.

Ich bin alleine.

Im Fernsehen wird die Explosion des Shuttles wiederholt. Diesmal sind Menschen zu sehen, die mit offenem Mund nach oben starren. Danach hält Präsident Reagan in Großaufnahme eine stumme Rede. Ich gehe zum Fenster und schiebe den Vorhang beiseite. Hinter dem schattenhaften Zwerg hastet Jeany über die Straße. Oben an der Ecke erkenne ich Mama, sie steht im Schneetreiben und winkt.

Daumen hoch, Luft rein.

Was aber, wenn bei Ambrosio inzwischen der Groschen gefallen ist? Wenn er sich mir in den Weg stellt, bis die Polizei kommt? Das soll er mal versuchen, denke ich grimmig, dann hetze ich ihm den verdammten Riesenschnauzer auf den Hals! Ich drehe mich zu dem Hund um.

»Du machst ihn fertig, Dicker«, sage ich und rufe versuchsweise: »Fass!«

Er schaut mich fragend an, die Zunge hängt ihm seitlich aus dem Maul. Wirklich furchterregend. Ich versuche es mit »Attaque!«, und auf diese Zumutung antwortet er mit einem Winseln. Er versucht sich zu erheben, aber die Vorderbeine knicken ihm weg. Ich werde ihn wohl die Treppe runtertragen müssen.

Der Gang ist leer.

Ich komme bis zum oberen Treppenabsatz, da bockt der Riese. Aber es hilft nichts. Er ist meine Geheimwaffe. Ich stelle mich hinter ihn und schiebe ihn auf die Stufen, wo seine Krallen keinen Halt mehr finden und er fast von alleine hinunterschlittert. In der Lobby wickele ich mir die Leine mehrfach ums Handgelenk und schleife den Riesen, der sich kaum auf den Beinen halten kann, dicht neben mir her. Ich tue so, als flüsterte ich mäßigend auf den Hund ein. Ambrosio schaut nicht einmal von seiner Zeitung auf, als ich an der Rezeption vorbeigehe.

Er hat uns wirklich satt.

Draußen hebe ich den Riesen hoch und eile die Straße hinauf. Seine Pfoten liegen auf meiner Schulter, seine Hinterbeine klammern sich an meine Hüften. Er wiegt mehr als Jeany und hat infernalischen Mundgeruch. Wie ein nasskalter Waschlappen schlägt mir das Wetter ins Gesicht. Keuchend erreiche ich die Ecke, und sofort blinkt mich ein Auto an wie in einem Agentenfilm. Wieder ein Ford: »Wenn was ist, wir sind für Sie da.« Papa steigt aus und hilft mir, den Riesen in den Kofferraum zu wuchten. Ich lasse mich auf den Rücksitz fallen, der Motor läuft schon.

»So, Herrschaften! Das wäre geschafft!«, sagt Papa und zündet sich mit zitternden Händen eine Zigarette an, zieht kurz und steckt sie Mama zwischen die Lippen, die keine Hand frei hat, weil die gerade dem wütend strampelnden Fabian seine zahlreichen Leibchen über den Kopf ziehen muss.

Sie nimmt einen tiefen Zug und pustet ihm den Rauch direkt ins Gesicht.

Vierter Teil

Retour

Von Lissabon bis Paris sind es 1800 Kilometer, sagt Papa. Im Atlas auf meinen Knien sind es nur wenige Zentimeter. Im Licht der Lesefunzel geht es über das kaffeebraune »Kastil. Scheidegeb.« und den Duoro hinweg knapp am Golf von Biskaya vorbei und dann das sattgrüne französische Tiefland hinauf. Ich wünschte, die Fahrt nähme kein Ende.

»Der Tank darf nicht leer werden«, hatte Papa erklärt und seinen ganz besonders sparsamen Fahrstil erläutert. Lastwagen suchen und sich in ihrem Windschatten mitsaugen lassen. Bergab auskuppeln und rollen. Bergauf im höchstmöglichen Gang, in der Ebene nur schubweises Gas. »Wenn der Tank leer ist, sind wir am Ende der Fahnenstange. Dann sind wir gestrandet«, hatte er gesagt, woraufhin mein kleiner Bruder in die Hände klatschte. »Strand, Strand«, denn er mag den Strand.

Solange der Ford Escort aber fährt, existieren wir in einem verzauberten Reich, wo alles reine Richtung und Erwartung ist. Dort sind wir beisammen in einer bergenden Glocke aus Blech, zwischen allen Orten. Und alles wird besser, weil es schlechter nicht werden kann.

Wird es dann aber doch, weil der Riese seinen Durchfall nicht mehr unter Kontrolle hat. Obwohl er längst nichts mehr frisst, krümmt er alle paar Stunden den Rücken, schaut betroffen und lässt es einfach herauspladdern, dünn und gelb. Es riecht scharf und metallisch, es ist Blut dabei. Noch in Lissabon rupfen wir grobe Papiertücher aus den Metallspendern an der Tankstelle, damit legen wir den Boden aus und schrubben ihm den Hintern. Über die Rückbank gebeugt, wische ich alle Spritzer von den lackierten Flächen aus Kunststoff, was ganz gut geht. Schwierig ist es mit der pelzigen schwarzen Auskleidung des Kofferraums, da kann ich die Schmiere nur reinreiben. Wenn gerade niemand hinter uns fährt, halte ich die getränkten Taschentücher in den Fensterschlitz. Dann greift der Wind danach und zieht die feuchten Fetzen nach draußen, wo sie noch kurz herumwirbeln, bevor sie sich auf die Straße senken. Tapfer rauchen die Eltern gegen den Gestank an. Und wirklich löscht der bleierne Qualm die Scheiße ein wenig ab, und es wird wieder erträglich – bis zum nächsten Schiss.

»Gib mal die Kassette, die du dauernd hörst«, sagt Papa, die Stille sei ja nicht auszuhalten. Ich reiche ihm die »cassete de longa duração«, er schiebt sie in den Schlitz im Armaturenbrett. Kaum erklingt die Musik, dreht er sie schon leiser.

»Klingt schwul.«

»Lass laufen«, sagt Mama träge, und er lässt es laufen. So geht es hinein in die Nacht und schaukelt und summt: »You know the nearer your destination, the more you're slip slidin' away«. Angenehm zieht mich die Müdigkeit nach unten. Hinter mir keucht und winselt der Hund. Es sprotzt, aber der Schlaf ist stärker.

»Ich könnte uns alle umbringen, jetzt gleich.«

Hat das gerade jemand gesagt? Wer? Ich lausche mit geschlossenen Augen und höre weiter nichts. Nur das gleichmäßige Summen des Motors und meinen Herzschlag, ein schlappes

Schrappschrapp. Eine Weile sinne ich darüber nach, warum mein Herz so komische Geräusche macht. Nicht mein Herz, so ein Quatsch, das spüre ich nicht einmal. Es sind die Scheibenwischer. Schlecht geträumt also. Wie spät mag es sein? Regen geht als zerstäubtes Rauschen nieder auf Blech und Glas. Wie das weiße Zischen zwischen den Sendern im Radio, ohne Anfang, ohne Ende – aber immer dann mit Wackelkontakt, wenn der Ford eine Brücke unterquert. In ihrem Niederschlagsschatten ist es für den Bruchteil einer Sekunde still, bevor es wieder fein weiterrauscht.

Unverändert steht der Gestank im Raum, scharf die Scheiße und bitter der Rauch, seit Stunden schon. Zusammen ergeben beide Gerüche einen obszönen Spezialgestank. Mein Hintern tut weh, egal wie ich mich setze. Speichel ist mir im Schlaf über das Kinn gelaufen und dort getrocknet. Ich öffne die Augen. Auf schräger Fläche laufen die Regentropfen über die Scheibe, zögern, verbünden sich und laufen gemeinsam schneller. Autos kommen uns wie fallende Sterne entgegen und werfen helle Rechtecke an den Wagenhimmel. Dort stehen sie zögernd, bevor sie seitlich abdrehen. Im Gegenlicht bilden die wettlaufenden Tropfen auf der Scheibe ein Gewirr aus kraftlos pulsierenden Kapillaren. Jetzt schieben sich die Zwillingsreifen eines Lastwagens vor mein Fenster. Gischtumwölkte Walzen. Unter anschwellendem Dieselgeheul setzt er zum Überholen an, schiebt sich langsam vorbei, schleudert Myriaden weiterer Tropfen an die Scheibe, die sich bald rot färben im Licht seiner Heckleuchten. Schrappschrapp und weg.

Rechts schläft im wandernden Zwielicht meine Schwester. Ihre nackten Füße kann ich nicht sehen, aber ihre Fersen warm auf meinem Oberschenkel spüren. Links der feuchte Vorhang der Nacht, hinter dem sich alles Mögliche verbergen könnte. Eine leere Bühne, ein ödes Hochland mit Stieren oder auch ein kosmischer Abgrund mit seinen fernen Spiralnebeln und, wer weiß, schwarzen Löchern. Alle paar Lichtjahre gleitet eine Raststätte vorüber, Zivilisationsblasen unter Sprühglocken aus glühendem Neon. Das Licht schmerzt in den Augen, ich schließe sie wieder und dämmere weg. Das Geschaukel entfaltet seine beruhigende Wirkung. Ich stelle mir die Stoßdämpfer vor, ihren endlosen weichen Tanz mit den Bodenwellen. Ein Wiegen aus Asphalt, Stahlfedern und Geschwindigkeit.

»Wir könnten es uns ersparen. Uns und den Kindern.«

Diesmal habe ich jedes Wort von Papa deutlich gehört. Ein Vorschlag, den er der Stille selbst unterbreitet zu haben scheint. Ersparen, was bedeutet das? Ich halte die Luft an, um nichts zu verpassen, die Augen geschlossen. Vater sitzt vor mir, denke ich, er gebietet über vier Zylinder, Keilriemen, Pleuel, Kurbelwellen, Pumpen, bernsteinschwarzes Öl in engen Metallschluchten, ein wirbelndes und drehendes und explodierendes Wunderwerk, das uns stoisch voranschiebt. Gespeist aus einem Tank, der nicht leer werden darf.

Was macht eigentlich Mama? Ist die wach? Sie scheint so sehr in ihren Beifahrersitz gesunken, dass nichts von ihr zu sehen ist. Jetzt erkenne ich ihren Arm, die kreisrunde Glut des Zigarettenanzünders. Rauch, zur Decke geblasen, wo er sich abwartend ausbreitet. Gerne würde ich mein Fenster einen Spalt herunterkurbeln, aber ich wage es nicht.

Ich spüre mein Herz, und diesmal ist es wirklich mein Herz. Mein Herz ist ein Kaninchen, das langsam erdrosselt wird.

Wieder hat der Regen einen Wackelkontakt, als wir eine weitere Autobahnbrücke passieren. Das feine Zischen setzt aus und sofort wieder ein.

»Wie? Wie würden wir das machen?«

Mama. Ihre Stimme klingt wie immer, wenn sie zu müde zum Nachdenken ist. Aber sie denkt darüber nach. Es ist ein Vorschlag, den ihr Mann ihr eben unterbreitet hat. Mit seiner vernünftigen Stimme. Also denke ich auch mit. Mitdenken! Das hatten mir die Eltern doch eingeschärft. Hm, mal sehen. Wie würde ich das machen? Ich würde vielleicht das Steuer herumreißen, ganz plötzlich, damit der Wagen von seinem eigenen Momentum mitgerissen und sich überschlagen würde.

»Hast du die Pfeiler der Autobahnbrücken gesehen? Keine Leitplanke davor. Es würde ganz schnell gehen, nur ein Augenblick. Wir würden nichts spüren.«

»Können wir es bis nach Paris schaffen?«

»Vielleicht, Jutta. Aber selbst wenn … wohin dann?«

»Ich bin so müde, Jürgen. Ich bin es so unendlich leid.«

»Ja. Das sind wir alle. Denk an die Kinder.«

Sie schweigen, sind es leid und denken an die Kinder, schätze ich. Papa legt seine Hand auf den Oberschenkel der Frau, die er liebt. In meinem Hirn arbeitet es und strampelt verzweifelt in alle Richtungen, alle falsch. Mitdenken! Mitdenken, verdammt. Wie der Wagen mit vielleicht hundertvierzig Sachen gegen den nächsten Pfeiler prallen wird. In Superzeitlupe, wie bei einem Crashtest. Wie die Stoßstange zuerst den halbrunden

Stahlbeton berühren und dann in den Kühler wandern wird. Wie die Windschutzscheibe sich sauber aus dem Rahmen lösen, geradeaus weiterfliegen und am Beton zu einer glitzernden Splitterwolke zerschellen wird. Wie der laufende Motor als tödlicher Roboter durch den schwarzen Kunststoff des Armaturenbretts brechen wird, hineingeschoben vom unverrückbaren Pfeiler. Wie dessen Säule in den Innenraum drängen, wie die Lenksäule hineinschnellen wird als tödlicher Stachel durch die Brust meines Vaters. Wie das eckige Gehäuse des Radios in anmutiger Drehung durch den Raum segeln wird, das Tonband der Kassette hinter sich herziehend wie eine Schlinge. Wie wir alle, weich wie wir sind, ungebremst nach vorne schnellen, wo uns alles entgegenkommen wird, scharfkantig wie es ist. Ziehharmonika, Ziehharmonika.

Und dann der Funke, den es braucht.

Es würde ganz schnell gehen, hat Papa gesagt.

Wir würden es kaum spüren, hat Papa gesagt.

Das Schweigen der Mutter. Ist das die Zustimmung, die Vater braucht? Wechseln die Eltern elterliche Blicke? Ich sollte etwas sagen. Ich sollte mich bemerkbar machen. Ich sollte brüllen, aber ich bin so müde. Ich bin es unendlich leid.

»So, da vorne.«

Papa sagt das nicht fragend, eher feststellend. So, da vorne.

Ich ahne, was er meint. Ich ahne, was da vorne kommt.

Mamas Schluchzen klingt wie Schluckauf. Eine Hand legt sie auf den runden Hinterkopf meines Bruders, die andere führt sie zum Mund, der Daumen.

Papa beschleunigt. Ich sehe nicht den Tacho, aber die Nadel

des Drehzahlmessers. Sie wandert nach oben. Nein, so kommen wir niemals bis Paris. Ich greife nach den nackten Füßen meiner Schwester. Sie sind ganz weich, ihre Zehen bewegen sich im Schlaf, entziehen sich meiner Berührung.

Zwischen meinen Beinen breitet sich eine heiße Nässe aus.

Plötzlich ist hinter mir ein heiseres Hecheln wie von einer kaputten Luftpumpe. Entsetzt fahre ich herum. Im Gegenlicht der Schädel des Riesen. Lautstark pumpend hat er sich auf seine vier Pfoten erhoben. Mit gekrümmtem Rücken und reumütig abgeknickten Schlappohren steht er da, weil er weiß, dass alle wissen, was jetzt kommt – und dann kommt es wirklich, in krampfhaften Schüben und wässrigen Strahlen. Sein Erbrochenes klatscht warm auf meine Hose und über die nackten Waden meiner Schwester, einmal, zweimal, dreimal.

Dann leckt sich der Riese über den verklebten Bart, winselt und versucht, sich drehend, wieder einen Platz für seinen gewaltigen Körper zu finden.

»Verdammte Scheiße, das ist echt …«, flucht Vater, während es mich kurz unterm Zwerchfell kitzelt und ich mich in meinen eigenen Schoß übergebe, »… zum Kotzen!«

Die Mutter kichert und zieht zart den Rotz hoch. Da ist die Brücke, da ist der Pfeiler.

Für einen Wimpernschlag setzt der Regen aus.

Und sofort wieder ein.

Montmartre

Mit dem Kopf lehne ich an der Scheibe und atme flach, um dem Gestank zu entgehen. Die Sonne ist noch nicht ganz aufgegangen, die Landschaft in eine fahlrosige Dämmerung gehüllt. Über Nacht ist alles Südliche verschwunden, Mitteleuropa hat uns wieder mit seiner wetterfesten Nüchternheit.

Mein Blick ist starr auf einen wandernden Punkt abseits der Straße gerichtet. Dort fährt, stelle ich mir vor, ein weiteres Auto neben uns her. Es ist ein Benz wie unser alter. Lautlos prescht er über den parallel zur Straße verlaufenden Feldweg. Als der Weg abknickt, rast der imaginäre Wagen stoisch weiter neben uns her. Auf dem Gras drehen seine Räder durch, er pflügt durch die Böschung und fliegt über einen Wassergraben mitten hinein in einen Weidezaun und weiter, den zitternden Draht um den Kühler gewickelt, durch eine Herde verschreckter Schafe hindurch und knapp an einer Scheune vorbei, bevor sich plötzlich wieder der Feldweg einstellt, auf dem der Phantombenz nun ohne Kotflügel und mit zersprungener Windschutzscheibe wieder ruhiger dahingleitet – bis zur nächsten Böschung, dem nächsten Graben. Wenn es ihn endlich komplett zerlegt hat, setze ich ihn in meinem Kopf neu zusammen, bis mir das Spiel langweilig wird.

Zur Abwechslung stelle ich mir die Hügel ringsum als sanfte Dünung vor und halte Ausschau nach einer rettenden Insel in der rosenfingrigen Morgenröte. Aber das Gefühl einer epischen

Seefahrt will sich nicht einstellen. Bussarde zirkeln im Aufwind über Krähen, die an Füchsen picken, die es nicht rechtzeitig über die Straße geschafft haben. Felder liegen wie Hundefell, in hellem Braun und flach ineinander verflochten vom weißen Druck des Winters. Vor den Mautstationen weichen wir auf Nebenrouten aus. Die Landstraßen zwischen den Weilern sind gewunden und von vielen Frösten aufgesprungen wie trockene Lippen. Hin und wieder folgen sie einem sumpfigen Bachlauf, wo grübelnde Weiden am Ufer stehen und schon das nächste Dorf sich ankündigt, mit einem weiteren Fußballplatz, Tore ohne Netze. An den Banden verwittert die Werbung der örtlichen Banken, Frisöre, Metzger. So geht es dahin, und irgendwann stemmen sich endlich, müde aus unzähligen Fensterchen blinzelnd, die Vorstädte von Paris aus der Ebene. Stalagmiten zum Wohnen, Betonklippen.

Wir fahren auf Reserve.

Der Escort parkt halb auf dem Bürgersteig, mit laufendem Motor. Das verbraucht weniger Benzin, als ihn abzustellen und dann wieder zu starten. Auch läuft auf diese Weise die Heizung, denn in Paris ist es tatsächlich noch kälter als in Lissabon. Gegenüber steht Papa in einer Telefonzelle und stützt sich mit der Hand am Glas ab. Fabian gluckst und winkt ihm, aber Papa sieht nicht hin. Mama blickt ausdruckslos aus ihrem Fenster, an dem der Berufsverkehr vorbeifließt. Jeany hat sich ihre Schlange wie eine Nackenrolle um den Hals gelegt.

»Bleiben wir jetzt hier?«, fragt sie. Es klingt, als redete sie mit sich selbst.

»Nein«, sagt Mama ebenso teilnahmslos. »Papa trifft einen Geschäftsfreund, Jacques. Der hat uns damals diese Flüssigkristallthermometer geliefert und war auch mal in Hohenecken. Hat in deinem Zimmer übernachtet, Jeany. Egal. Jacques schuldet uns noch Geld. Damit tanken wir und fahren weiter.«

»Wohin?«

»Nach Hause.«

»Nach Golfe Juan?«

»Nach Deutschland.«

Jeany runzelt die Stirn. »Da findet uns doch die Polizei und verhaftet uns.«

»Nicht, wenn wir aufpassen«, sagt Mutter.

»Aber die kennen doch unser Haus im Neuhöfertal«, gibt Jeany zu Bedenken.

»Wir sind doch nicht so blöde und ziehen da wieder ein«, sage ich.

»Wo denn dann?«, fragt Jeany. »Bei Oma und Opa? Ja?«

Mama schüttelt den Kopf. »Nein, eher bei Großmutter.«

»Schade«, sagt Jeany. »Ich mag Oma und Opa lieber.«

»Ich auch«, sagt Mama.

Papa öffnet die Tür, schwingt sich auf seinen Sitz und schaltet den Motor aus.

»So, das hätten wir«, sagt er.

»Was hat er gesagt?«, will Mutter wissen.

Er starrt durch die Windschutzscheibe auf das parkende Auto vor uns. Auf der Heckscheibe kleben Blätter wie Pflaster.

»Jacques ist tot, das Herz.«

»Oh Gott!«

»Schon ein halbes Jahr her.«

»Mit wem hast du dann so lange gesprochen?«

»Mit seiner Frau, Simone.«

»Kennst du die?«

»Habe sie mal in Amsterdam getroffen, das ist Jahre her. Sie weiß nichts von irgendwelchen Schulden. Außer von denen, die Jacques ihr hinterlassen hat. Hättest mal hören sollen, wie die geschimpft hat.«

»Und was jetzt?«, ruft Mama, ihre Stimme wird schrill. »Wir besitzen nicht mehr, als wir am Leib tragen! Wir haben nicht einmal mehr Geld für ein Mittagessen. Was *machen* wir denn jetzt?«

»Gaaanz ruhig«, sagt Papa. »Wir warten. Simone wohnt nur ein paar Blocks von hier. In drei Stunden kann sie ihre Boutique schließen, dann treffen wir uns. Sie bringt uns Geld. Nicht alles, aber genug. Und das ist besser als nichts.«

Er legt die Lehne seines Sitzes nach hinten, sie drückt mir gegen die Knie, und verschränkt seufzend die Arme hinter dem Kopf. Wir werden warten. Wir sind Warteweltmeister.

Ich öffne die Tür und strecke die Beine nach draußen. Es kribbelt angenehm, als das Blut wieder hineinläuft. Ich steige aus, öffne die Heckklappe und führe die Hunde in den schmalen Park auf der anderen Straßenseite. Allen Mülleimern hier fehlen die Böden, den Dreck hat es bunt über den braunen Rasen und in die Zweige der blattlosen Hecken geweht. Auf einer Bank liegt ein Penner, eingewickelt in Silberfolie und blaue Plastiktüten. Ich gehe langsam vorbei und sehe, wie er mir mit den Augen folgt. Der Zwerg trinkt aus einer Pfütze, der Riese stöbert im Morast nach etwas Essbarem. Er sieht nicht gut aus, gekrümmt und schmal, wie der Abdruck eines Fossils in frisch freigelegtem Urschlamm, der Brustkorb ein Vogelkäfig. Ich lege die Hand auf seinen flachen Schädel, und er drückt ihn sofort dagegen. Kraulend stehe ich da und sehe mich um. Den Eiffelturm kann ich nirgendwo entdecken. Dafür steht vorne an der

Ecke eine rote Windmühle auf dem Dach eines flachen Gebäudes. Und am Ende der grauen Häuserflucht erhebt sich weiß eine Kuppel auf einem Berg.

Das ist also Paris, ein komprimiertes Superfrankreich.

Wir werden hier nicht leben, weder im Auto noch unter Brücken. Auch nicht auf Parkbänken. Wir stürzen nur durch diese Stadt hindurch, als wäre es eine Wolke.

Ich greife mir die Hunde an ihren Halsbändern, warte auf eine Verkehrslücke und kehre zum Auto zurück. Es liegt müde am hohen Bordstein wie ein hölzerner Kahn, der an einem Kai festgemacht hat. Auf dem Fahrersitz schläft Vater mit offenem Mund, den Kopf im Nacken. Durch die Windschutzscheibe winkt mir mein kleiner Bruder, ich erkenne die schlaffen roten Säckchen seiner Schwimmflügel.

Am Mittag spazieren wir durch den Nieselregen den Montmartre hinauf. Alle zusammen, als Familie. Über Kopfsteinpflaster. Immer der weißen Kuppel entgegen, die unwirklich über den Dächern zu schweben scheint. Es geht an Läden mit »Paris«-T-Shirts und Imbissbuden vorbei, aus denen verführerisch der Duft von heißem Fett nach draußen weht.

»Ich habe Hunger«, sagt Jeany beiläufig.

»Ich habe kein Geld«, sagt Vater im gleichen Tonfall.

Zu Füßen der weit ausschwingenden Treppen, die zur Kirche hinaufführen, dreht sich ein Karussell. Fabian streckt seine speckigen Arme aus, strampelt und will unbedingt mitfahren. Mutter schaut sich hilflos um, Vater zuckt mit den Schultern.

»Das sind meine letzten Münzen«, sagt er, zaubert ein paar Francs aus der Hosentasche und wiegt sie in der Hand. »Besser könnte ich sie nicht ausgeben, oder?«

Er geht zur Kasse und kauft zwei Tickets, das Wechselgeld

lässt er auf dem Tablett liegen. Dann hebt er Fabian auf ein Schaukelpferd und fordert Jeany auf, sich dazuzusetzen.

»Ich will nicht im Kreis fahren«, sagt sie mürrisch. »Ich will etwas essen.«

»Jemand muss deinen Bruder festhalten«, erklärt Vater. »Soll ich das etwa machen?«

Jeany verdreht die Augen. Kaum hat sie hinter Fabian Platz genommen, plärrt übersteuerte Jahrmarktsmusik aus den Lautsprechern. Das Karussell setzt sich in Bewegung. Jeany hat von hinten ihre Arme um Fabian geschlungen und verzieht keine Miene. Mein Bruder strahlt, Mama lacht und winkt, und Papa steht da, zufrieden die Arme verschränkt. Dort müsste nun nur noch ein Fotoapparat baumeln, und wir wären eine Touristenfamilie wie alle anderen hier. Mit Hotelzimmer, Kreditkarte, Zugticket, Reiseführer und Ziel.

Simone erwartet uns schon am Auto. Sie hat den Kopf gesenkt und lächelt ungewiss, die Handtasche in der Armbeuge. In kurzen Abständen zieht sie an ihrer Zigarette. Sie steckt in einer elfenbeinernen Spitze, auf der ihr Lippenstift tiefrote Flecken hinterlassen hat. Vater erkennt sie erst, als er direkt neben ihr steht. Sie küsst ihn auf die Wangen, erst rechts, dann links und dann noch einmal rechts, bevor sie ihn mit ausgestreckten Armen an der Schulter von sich weghält, als wollte sie ihn begutachten. Vielleicht hat sie auch einfach nur gemerkt, dass er nicht besonders gut riecht. Während wir einsteigen, wechselt sie mit Papa noch ein paar Worte. Er streicht ihr seitlich über den Arm, sie winkt hastig ab und fingert einen Umschlag aus der Handtasche. Besonders dick sieht er nicht aus.

»Ist das eine Dame, Mama?«, fragt Jeany, während sie sich anschnallt.

»Sieht so aus«, sagt Mama.

Vater reißt noch im Einsteigen den Umschlag auf und hält ein paar Scheine hoch.

»Reicht«, sagt er und lässt den Motor an.

An der Tankstelle gibt es Benzin, aber nichts zu essen. Wir sind schon fast aus der Stadt, da kommt ein McDonald's in Sicht. Mama schüttelt sofort den Kopf.

»Unmöglich, wie wir stinken. Da bekommen mich keine zehn Pferde rein!«

Vater späht hinüber, pfeift durch die Zähne, bremst und fährt auf den Parkplatz.

»Jetzt passt mal gut auf«, sagt er, bremst vor einer Stele aus Metall und kurbelt die Fensterscheibe herunter. Er lehnt sich halb aus dem Wagen und zählt leckere Sachen auf: Burger, Pommes, Hühnchen, dazu Limonaden und noch mehr Pommes.

Mama schaut verständnislos zu. »Was wird denn das, wenn's fertig ist?«

Papa grinst nur und rollt ein paar Meter weiter, wo ihm ein Angestellter aus einem offenen Fenster zwei riesige Papiertüten reicht. Zauberei.

»Das ist die Zukunft«, erklärt Vater und reicht die Tüten an Mama weiter. »Drive-In ist wie Autokino, nur für Restaurants. Theoretisch brauchen wir nie wieder auszusteigen.«

»Und waschen müssen wir uns auch nicht mehr!«, ruft Jeany.

Gegessen wird während der Fahrt nach Osten. Es ist fettig, süß und weich. Es ist das Paradies. Am Ende bleibt sogar etwas für die Hunde übrig. Noch in den Ardennen hören wir das Knistern, mit dem sie die Verpackung auslecken.

Hohenstaufen

Als wir in den Lärchenweg einbogen, wartete Großmutter vor dem Haus auf uns. Das Auto rollte noch, da hatten Jeany und ich schon die Türen aufgestoßen und waren auf sie zugelaufen. Ihr Gesicht zeigte nicht einmal ein Erkennen, nur Finsternis. Sie hatte uns unwirsch beiseitegeschoben, die Hände in die Hüften gestemmt und Vater fixiert. Der stand da im Schneeregen und strich sich die Hose glatt, sagte aber kein Wort.

Großmutter hatte schon ein Frühstück vorbereitet, und so saßen wir bald darauf schweigend um den Tisch herum. Jeany setzte aufgekratzt immer wieder zu einer Erzählung unserer Abenteuer an, aber Bärbel schenkte ihr keine Beachtung, und Mutter trat ihr unter dem Tisch gegen die Knöchel. Ich hatte den Eindruck, auch die Eltern wollten keine Erzählung hören. Ich selbst hätte gar nicht gewusst, wovon ich Großmutter hätte erzählen, wofür ich sie hätte interessieren können. Ich fand, sie hätte sich mehr über uns freuen können. Sie hätte uns auch etwas von ihrem Geld geben können. Hätte, hat sie aber nicht. Wo lag das Problem? Immerhin nahm sie Fabian auf den Schoß und wippte ihn mechanisch auf dem Knie. Papa tat geschäftig und zählte Leute auf, die ihm noch Geld schuldeten. Bärbel hörte gar nicht zu. Mit einer Hand streichelte sie den Kopf meines Bruders, mit der anderen rollte sie ihm ganz langsam die verrottenden Schwimmflügel herunter.

»Das habe ich auch schon versucht«, sagte Mama schnell.

»Der will das nicht! Hallo? Naja, du wirst schon sehen, mach nur weiter …«

Und Großmutter machte weiter damit, auf Fabian einzuflüstern und das Plastik zu entfernen, jetzt mit beiden Händen. In stummer Faszination verfolgte Fabian die Operation. Kein Brüllen, kein Stampfen. Mit einem Schmatzen lösten sich endlich die Schwimmflügel. Darunter trat weiße, feuchtweiche und vom Kunststoff gerötete Haut zum Vorschein. Bärbel seufzte. Dann nahm sie Fabian behutsam vom Schoß und schlug mit der flachen Hand auf den Tisch: »Schluss jetzt. Die Kinder gehen hoch. Wir müssen reden.«

Jetzt sitze ich im Schlafzimmer von Großmutter auf dem Teppich und versuche, die Funktionsweise ihrer Stereoanlage zu verstehen. Die Kassette dreht sich, das sehe ich genau, aber hören kann ich nichts. Stattdessen dudelt das Radio. Ungeduldig drücke ich auf den Knöpfchen herum, da hebt sich wie eine winzige Motorhaube der Deckel von einem weiteren Fach. Ich schaue hinein und entdecke ein rotes Licht. Erschrocken schließe ich die Klappe. Hätte sie wahrscheinlich gar nicht öffnen dürfen. Jeany sitzt neben mir und legt ein Puzzle, während der Schnee in dicken Flocken gegen das Fenster wirbelt. Der Spielplatz liegt schon unter einer weißen Decke. Vielleicht kommt er mir deshalb auf einmal so klein vor. Das Gebrüll aus dem Erdgeschoss nimmt kein Ende. Ich höre immer nur Oma Bärbel heraus. Es klingt, als würde sie etwas fragen, keine Antwort bekommen und deshalb immer lauter fragen. Wahrscheinlich antworten die Eltern einfach nur leise und vernünftig. Womöglich antworten sie auch gar nicht und lassen das Donnerwetter stumm über sich ergehen.

Jeany lauscht. »Warum ist die so gemein?«

»Die ist nicht gemein. Die ist stinksauer.«

»Auf uns?«

»Ja, auf uns. Vor allem aber auf Papa, glaube ich. Und auf Mama. Keine Ahnung.«

Endlich gelingt es mir, das Kassettendeck zu öffnen. Hatte einfach nur draufdrücken müssen, da glitt es lautlos auf. Ich schalte auf TAPE, schiebe die »cassete de longa duração« in den Schlitz und drücke auf PLAY.

»Hör dir das mal an!«, rufe ich Jeany zu, da kommt Mama ins Zimmer. Sie ist bleich, hat aber nicht geweint, das sehe ich gleich. Ich habe es mir schon zur Gewohnheit gemacht, auf rote Ringe um ihre Augen zu achten. Ihr Daumen glänzt feucht.

»Wir haben geredet«, sagt sie. »Bärbel meint, wir können hier wohnen.«

»Das ist doch toll!«, rufe ich und drücke schnell auf STOP.

»Menno, der macht mir das ganze Puzzle kaputt!«, schimpft Jeany, weil Fabian mit beiden Händen durch die verstreuten Teile fährt.

»Lass ihn, Schatz«, sagt Mama milde und wendet sich wieder an mich. »Ja, das ist toll.«

»Warum freust du dich dann nicht?«

»Ich freue mich doch. Soll ich durchs Zimmer tanzen? Bärbel stellt Bedingungen …«

»Was sind Dingungen?«, fragt Jeany und schiebt Fabian von sich, der sofort wieder brabbelnd auf sie loskrabbelt.

»Wir müssen ein paar Sachen erfüllen, die sie sich wünscht. Bärbel verlangt zum Beispiel, dass du ab Montag wieder in die Schule gehst.«

Ich merke, wie meine Ohren heiß werden.

»In meine alte Klasse? Was soll ich denen denn erzählen?«

»Du kommst in die gleiche Klasse, ja. Aber in eine andere Schule. Bärbel hat schon mit dem Direktor vom Hohenstaufen gesprochen.«

»Warum nicht auf das Albert-Schweitzer?«

Mutter lächelt schmal. »Was würdest du denen denn erzählen? Nein, das ist fürs Erste besser so. Es geht zunächst einmal darum, dass die Alte sich beruhigt …«

»Und ich? Darf ich auch wieder in die Schule?«

Mutter erhebt sich. »Nein, Herz, mit dir warten wir noch. Ist sowieso viel Papierkram. Und jetzt wollen wir mal in die Stadt fahren, warme Sachen kaufen. Habt ihr eigentlich schon gebadet? Und könnte jemand von euch vorher noch Kartoffeln aus dem Keller holen? Bärbel will, dass wir uns *beteiligen*!«

Am Montag um kurz vor acht Uhr stehe ich in der lichten Aula des Gymnasiums und kann es nicht fassen. So unvermittelt ich der Welt abhanden gekommen bin, so beiläufig werde ich mich jetzt wieder einfügen. Neue Leute kennenlernen, meinesgleichen, Gleichaltrige, Freunde. Aufs Hohenstaufen gingen immer die Idioten, dachte ich. Jetzt bin ich ganz froh darum, hier neu anfangen zu können. Alles auf Null. Wird schon werden. Ich trage einen neuen Parka, der noch ganz steif ist und nach Plastik riecht. Einen Schulranzen haben wir auf die Schnelle nicht gefunden, aber ich habe ja auch noch keine Bücher. Mama steht neben mir in ihrem alten Overall von BMW und hält mich an der Hand. Wie wir so dastehen zwischen all den Schülerinnen und Schülern, die sich Grüße und kumpelige Flüche zurufen, wünschte ich, meine Mutter hielte mich nicht an der Hand. Ich lasse los, aber sie greift sofort wieder nach meinen Fingern. Sie ist es, merke ich, die meinen Beistand braucht. Nicht umgekehrt. Und wie klein sie ist. War sie das schon immer?

Durch die Menge kommt ein junger Lehrer auf uns zu, sein Hemd spannt über dem Bauch.

»Frau Frank? Schmidt mein Name. Ah, und der Sohnemann. Dann komm mal mit!«

Mutter lässt meine Hand los und schaut mir hinterher. Ich folge dem Lehrer die Treppe hinauf. Oben angekommen, drehe ich mich noch einmal um, und da steht Mutter noch immer.

»Und du warst ...?«, sagt Herr Schmidt. Er will offenbar, dass ich seinen Satz vollende.

»In Frankreich auf der Schule«, sage ich und merke überrascht, wie stolz mich das macht, hier auf diesem glänzend polierten Gang »Frankreich« zu sagen.

»Ach?« Herr Schmidt verlangsamt irritiert seinen Gang. »Ich dachte, dass du ...«

»Auf dem Albert-Schweitzer-Gymnasium war ich«, sage ich schnell.

»Und du bist gut in ...?«

»Französisch. Ich weiß nicht. Vielleicht.«

»Wir werden sehen. So, die 9b. Darf ich bitten?«

Herr Schmidt weist auf die offene Tür zum Klassenzimmer. Von drinnen höre ich das vielstimmige Toben, rieche Terpentin und Gummi. Das sind die Gleichaltrigen, künftige Freunde. Ich sehe die Klinke der Tür und denke, dass ich eigentlich aufgeregter sein müsste, dass dieser Schmidt sich deshalb so sehr um mich bemüht. Ich zögere kurz, und der Lehrer geht voraus. Ich höre ihn drinnen reden, wahrscheinlich kündigt er mich an. Es wird schlagartig leise, vereinzeltes Gekicher. Ich trete ein und sehe zuerst die Fenster, dahinter Einfamilienhäuser im Schneeregen. Dann die Neonröhren an der Decke und darunter nur Einzelheiten. Geföhnte Frisuren und gebügelte Blusen, Lederkrawatten und Aktentaschen, Schulterpolster und Zahnspangen. Wippende Knie. Gesichter, hier spöttisch, da erwartungsvoll, dort leer. Und plötzlich überfällt mich die schwarze Gewissheit, dass mich mit meinesgleichen rein gar nichts verbindet und niemals mehr verbinden wird. Ich habe aufgehört, ihresgleichen zu sein.

Wie war es in der Schule?

Schön war es in der Schule.

Konntest du dem Unterricht folgen?

Ich konnte dem Unterricht sehr gut folgen.

Hast du schon neue Freunde gefunden?

Nein, ich habe noch keine neuen Freunde gefunden, aber das wird sicher schnell gehen.

So ungefähr dürfte das anstehende Gespräch mit den Eltern ablaufen, auf das ich mich im Kopf vorbereite. Tatsächlich gab es da ein nettes Mädchen mit schwarzen Haaren und schlauen Augen, das sofort Französisch mit mir redete und sich ständig für ihre schlechte Aussprache entschuldigte. Doch, das wird schon.

Ich nehme, wie früher, die Buslinie 1 zur Vogelweh. Dort steige ich, wie früher, in einen anderen Bus nach Hohenecken um. Und doch fühlt es sich nicht richtig an, dass ich wieder hier bin. Ich gehöre nicht mehr dazu, nicht einmal auf den Spielplatz, der vor einhundert Jahren einmal »meiner« war. Ich sollte anderswo sein. Und weiß nicht, wo.

In der Lärchenstraße gehe ich an unserem ehemaligen Haus vorbei, vor dem jetzt ein amerikanisches Auto steht. Seltsam eigentlich, dass das Haus noch da ist, obwohl es uns doch die Banken damals weggenommen haben. Nebenan steige ich die vier Stufen zur Haustür von Bärbel herauf, greife nach der Klingel – und höre es drinnen klirren.

Ich halte inne.

Wieder ein Klirren, das kommt aus der Küche. Rückwärts gehe ich die Stufen hinab, lehne mich nach hinten und spähe durch das Fenster. Ich erkenne Großmutters Dutt und ihre Stimme. Sie schreit wieder. Warum muss die eigentlich immer gleich so brüllen? Gerne hätte ich meine alte Großmutter wieder, die wie ein resoluter Buddha in sich ruhte und sich nur hin und wieder zu bissigen Bemerkungen hinreißen ließ. Es geht um den Ford Escort, verstehe ich. Der Mietwagen soll weg.

Ich läute, sofort macht Mama mir die Tür auf. Sie muss direkt dahinter gestanden haben, im Flur. Warum steht sie im Flur? Hinter ihr Papa am Telefon, er wählt gerade und liest die Nummer von einem Zettel ab.

»Wie war es in der Schule?«, fragt Mama nervös.

»Schön.«

»Hast du schon neue Freunde gefunden?«

»Nein. Aber das wird schon. Was ist denn los?«

Vater zischt gereizt und wendet uns den Rücken zu. Ich dränge an Mutter vorbei in die Küche, wo Bärbel mit Besen und Feger gerade Scherben aufkehrt. Dabei spricht sie mit sich selbst, und ich wage nicht, mich bemerkbar zu machen. Im Wohnzimmer sitzt Jeany vor dem stummen Fernseher. Sie sieht mich, rückt ein Stück zur Seite, und ich setze mich zu ihr auf den Sessel.

»Na, was geht ab?«, sage ich, weil man das so sagt. Habe ich heute gelernt.

»Das wird nix«, sagt Jeany, den Blick auf den Fernseher gerichtet. Der rosarote Panther hat einen Faden gefunden, dem er nun neugierig folgt. Er führt durch eine Hütte, über eine Baustelle, durch einen Zoo, einen Fluss und endet an einer Tonne, auf der »TNT« steht. Der Faden war eine Lunte.

Jeany steckt sich den Daumen in den Mund.

Ich greife nach ihrer Hand und ziehe ihn wieder hinaus, sie lässt es sich gefallen.

»Was wird nix?«

»Alles«, sagt Jeany.

Es gibt Bratkartoffeln und gekochte Fleischwurst mit Blumenkohl, dazu eine Sahnesauce und Blattsalat. Der Klassiker. Jeany und ich decken den Tisch für sechs Personen, aber wir essen nur zu dritt. Die Eltern bleiben mit Fabian oben. Bärbel ruft sie nicht und fragt auch nicht nach ihnen. Sie schaltet nicht einmal den Fernseher aus, obwohl sie den rosaroten Panther nicht mag. In der Wohnung herrscht eine Atmosphäre wie in einem U-Boot, das auf Grund liegt. Überall zischt es herein. Großmutter schiebt die Bissen auf dem Teller umher, schiebt ihn von sich weg, faltet die Hände und schaut uns an.

»Ich hätte mir gewünscht, dass es klappt«, sagt sie.

»Was klappt denn nicht?«, frage ich mit vollem Mund. Bärbel seufzt tief.

»Die Dinge müssen in Ordnung gebracht werden.«

Ich lege das Besteck beiseite. »Ich gehe doch in die Schule …«

Da beugt sie sich vor und fährt mir übers Haar. Unwillkürlich dränge ich mich gegen ihre Hand und sehe, dass sie gleichzeitig meiner Schwester die Wange streichelt. Jeanys Augen sind geschlossen, ihr Mund steht offen. Abwechselnd schaut

Großmutter uns an, lächelt. Hatte ich ganz vergessen, wie sie aussieht, wenn sie lächelt. Und da ist ein Glitzern in ihren Augen.

Sie räuspert sich. »Das muss aber jetzt sein«, sagt sie, erhebt sich ächzend und wackelt in den Flur. Ich höre das verhaltene Rattern der Drehscheibe, es ist eine kurze Nummer. Jeany schaut mich fragend an, ich zucke mit den Schultern.

Bärbel redet kurz und leise, dann kommt sie noch einmal ins Esszimmer. Sie trägt jetzt ihren schweren grünen Lodenmantel und diesen dummen Hut mit dem rasierpinselförmigen Puschel, über den wir früher immer gelacht haben.

»Ich bin auf dem Friedhof«, sagt sie mit gesenktem Blick, schwingt herum und geht. Als die Tür ins Schloss fällt, eile ich ans Küchenfenster. Draußen stapft sie im Schnee den Lärchenweg hinauf.

»Ist sie weg? Dann mal los!«

Hinter mir steht Papa, zwei schwere Plastiktüten in den Händen. Ich höre Fabian brüllen und merke, dass Jeany nicht mehr am Tisch sitzt. Ich schaue wieder aus dem Fenster und sehe, wie Jeany mit ihrer Schlange zum Auto schlurft, die Tür öffnet und sich hineinsetzt. Gerne hätte ich keine Ahnung, aber ich habe eine, und die gefällt mir nicht.

»Komm!«, sagt Papa. »Wir sollten uns beeilen.«

»Womit?«, rufe ich und merke, wie meine Stimme sich überschlägt.

»Wir fahren?«, sagt er, fragend, als wäre ich begriffsstutzig.

»Das sehe ich. Wohin? Warum?«

»Hey, wir haben keine Zeit für diese renitente Scheiße. Wir müssen los!«

»Ich will aber nicht! Ich will hier bleiben!«

Papa geht ein wenig in die Knie und stellt die Tüten ab, ein paar Socken kullern heraus. Mit einem schiefen Lächeln kommt er auf mich zu und legt seine Hand auf meinen Kopf, fast zärtlich, wie Bärbel vorhin. Mit der anderen Hand versetzt er mir zwei peitschende Ohrfeigen.

Rechts und links, Handfläche und Handrücken.

Dann umklammert er meinen Kiefer, sein Gesicht nur Zentimeter vor meinem, ich rieche den Tabak in seinem Atem.

»Du. Steigst. Jetzt. Ein.«

Ich schüttele den Kopf. Er packt mich am Ohr und zieht mich aus der Küche. Ich stolpere, und auf einmal ist er hinter mir und treibt mich mit Tritten die Treppe hinunter. Vor dem Haus gehe ich in die Knie und schürfe mir die Hände auf. Er packt mich im Genick und drückt mich ins Auto. Da sitzt Jeany, mit Fabian auf dem Schoß und vor Schreck geweiteten Augen. Der Riese wufft. Vater schlägt die Tür zu, aber mein Fuß ist noch im Weg. Der Schmerz und die Wut lassen mich aufschreien. Ich zucke zurück, und schon ist die Tür wirklich zu und die Verriegelung unten. Von hinten trete ich mit aller Gewalt gegen seinen Sitz, und diesmal trifft er mich mit den Knöcheln seiner Faust an der Lippe, die anfängt zu bluten. Mit der Zunge fahre ich über meine Zähne, aber sie sind alle noch an ihrem Platz. Jetzt heult der Motor auf, Mama springt ins Auto. Sie wirft einen kurzen Blick auf mich und dann auf Vater, der bereits wild kurbelnd zurücksetzt.

»War das nötig, Jürgen? Los, los, los!«

Die Reifen drehen durch, Schneeklumpen poltern innen gegen den Radkasten, und dann fahren wir überraschend langsam die Einfahrt hoch, über Großmutters Fußspuren im Schnee. Papa setzt den Blinker, wir biegen auf die Hauptstraße.

Mutter reicht mir ein Taschentuch nach hinten. Ich drücke es auf meine Lippe und unterdrücke ein Schluchzen, wische mir mit dem Ärmel die Augen trocken. Im Schritttempo rollen wir auf eine rote Ampel zu.

»Ja, es war mal nötig«, sagt Papa. »Schau, da sind sie schon …«

Die Ampel springt auf Grün. Dort kommt uns ein grauer Opel entgegen, in dem zwei Männer sitzen. Langsam gleitet er vorbei. Ich drehe mich um und sehe Bremslichter, dann den Blinker. Der Wagen biegt hinter uns in den Lärchenweg.

»Sie hat es wirklich getan«, sagt Vater und sucht meinen Blick im Rückspiegel. »Das war knapp, mein Großer, was?«

Seine Stimme ist jetzt milde. Ich höre, dass es ihm leid tut. Er verrenkt den Arm, um mein Knie zu tätscheln. Ich drehe mich weg und beobachte seine tastende Hand auf dem Sitz. Als er mich nicht zu fassen bekommt, zieht er sie zurück und nimmt damit eine Zigarette entgegen, die Mutter ihm angezündet hat. Er zieht so fest, dass seine Wangen ganz hohl werden, atmet weit den Rauch aus und schüttelt ungläubig den Kopf.

»Ist es denn zu fassen? Sie hat *wirklich* die Polizei gerufen!«

Heimstetten

Drei-Ecken-Sepp wohnt in einem modernen Reihenhaus in einer Schlafsiedlung östlich von München. Er wohnt hier sehr allein am Ortsrand, mit Blick auf ein endloses Rapsfeld, das jetzt, im März, öde und brach in der Abenddämmerung liegt. Als wir mit steifen Gliedern aus dem Auto steigen, erwartet er uns schon in der Haustür.

»Ah, die Weltreisenden. Immer hereinspaziert!«

Alles an ihm ist gleich auf den ersten Blick beeindruckend. Die gute Laune. Der Rauschbart. Der mächtige Bauch, über dem sich eine blauweiße Schürze spannt. Und die BMW K 100, die vor der Garage auf dem Seitenständer steht. Leutselig plaudernd und die Hunde tätschelnd führt er uns hinein. Vater fragt er, wie die Geschäfte laufen, und Vater sagt, es geht so. Mehr fragt Drei-Ecken-Sepp nicht, er reibt sich die Hände und macht Mutter altmodische Komplimente. Im Wohnzimmer läuft eine Platte von Dire Straits, im Ofen brutzelt ein Schweinsbraten.

»Den will ich nur schnell ablöschen!«, ruft er und holt ihn mit dicken Handschuhen heraus. Eine halbe Flasche Rotwein zischt in den Sud. Dann schiebt Drei-Ecken-Sepp die Schüssel wieder zurück in die Röhre und wendet sich den Eltern zu. »Den gibt's gleich. Und ihr müsst mir wirklich nicht danken. Ich habe mehr Platz, als ich brauche, auch wenn man das nicht sieht. Es verteilt sich halt. Und jetzt führe ich euch mal durch meine Residenz.«

Das Wohnzimmer öffnet sich nach Norden zu einer Rasenfläche von entschiedener Rechteckigkeit, bedeckt von einer feinen Schicht schorfigen Schnees. Es sieht aus wie DIN-A4-Papier. Im ersten Stock hat Drei-Ecken-Sepp sein Büro und sein Schlafzimmer, im zweiten Stock unter einer Schräge können die Eltern schlafen. »Das wäre eigentlich ein Kinderzimmer«, sagt er und kratzt sich am Kopf. Dann schnippt er mit den Fingern und führt uns hinunter in den Keller. Er stemmt eine schwere Feuertür auf. Unter dem zögernden Aufflackern einer Neonlampe erstreckt sich ein grob verputzter Raum mit nacktem Fußboden und schmalen Fenstern knapp unter der Decke. Man könnte es für ein Verlies halten, lehnte an einer Wand nicht ein Fahrrad ohne Reifen. In der Ecke steht eine Modelleisenbahn mit untertunnelten Bergen, umgekippten Kühen, geöffneten Schranken und einem Bahnhof, alles leicht verstaubt.

»Die funktioniert leider nicht«, sagt Drei-Ecken-Sepp. »Ich glaube, da sind mir ein paar Relais korrodiert. Muss da demnächst mal mit Öl rangehen, dann läuft die wieder!«

Er zieht zwei Tapeziertische von der Wand, auf der elektrische Bauteile und Werkzeuge ihrer Größe nach verteilt sind. Darunter kommt ein klappbares Feldbett zum Vorschein, aus dem Heizungsraum schleppt er »fürs Erste« eine Federkernmatratze herein. »Wenn wir das alles beziehen, wird's doch ganz gemütlich!«

»Wunderbar«, sagt Mutter und nickt mir aufmunternd zu.

»Ja, wunderbar«, sage ich und schaue Jeany zu, wie sie auf dem Feldbett wippt.

Nach dem Essen sitzen die Eltern mit Drei-Ecken-Sepp im Wohnzimmer, trinken Wein und unterhalten sich über alte Zeiten. Unser Gastgeber schildert, wie er mal mit dem Starfighter über der Nordsee abgestürzt ist und sich per Fallschirm retten konnte. Darauf erzählt Papa, der auch etwas Tolles anbringen will, wie er Panzer an Saudi-Arabien verkauft oder das Geschäft wenigstens angebahnt und die Provision dafür eingestrichen habe, das wusste ich noch gar nicht. Drei-Ecken-Sepp schildert, wie er damals in Rhodesien einen Elefanten geschossen hat. Vater nickt in sich hinein, er habe mal ein Elfenbeingeschäft vermittelt, das habe sich auch gelohnt. Jetzt möchte Drei-Ecken-Sepp den Eltern ein wenig Musik vorspielen, Musik ist ihm wichtig. Er holt elektrisch knisterndes Vinyl aus dem Plattenregal und schaltet die Anlage an, es läuft kurz noch das Radio, ein dünnes Stimmchen haucht »Irresistible, irreversable, I can't fight the temptation«.

Unser Gastgeber grunzt abfällig »Plastik!«, schaltet aus und legt eine Platte von ZZ Top auf. Dann nickt er im Rhythmus der Riffs den Eltern zu, die freundlich zurücknicken. Ich kann das nur unzureichend von Höflichkeit überdeckte Entsetzen in den Augen meiner Mutter sehen, aber Papa klatscht begeistert auf den Schenkeln mit und macht ein anerkennendes Gesicht. Ich überrede Jeany, jetzt ins Bett zu gehen. Wir verziehen uns in den Keller, wo das Sägen und Stampfen der Musik die Blechverkleidung der Entlüftung klappern lässt. Im harten Licht der Neonlampe wirkt der Raum kantig und kalt, obwohl in der Ecke ein elektrischer Heizstrahler sein Bestes gibt. Jeany umschleicht die Miniaturlandschaft der Modelleisenbahn und pustet den Staub von den Plastikdächern.

»Es müsste schön sein, in so einer Welt zu leben. Nichts rührt sich, alles bleibt gleich.«

»Fass es besser nicht an«, sage ich. »Sonst wird dieser Sepp noch sauer.«

»Wer ist das überhaupt? Kennst du den?«

»Um vier Ecken sozusagen. Ein Geschäftspartner von Papa, der hat uns früher mal besucht.«

»Warum lässt der uns hier wohnen?«

»Ich glaube, er mag die Eltern. Und du hast doch das Haus gesehen. Es ist ziemlich groß für einen alleine. Vielleicht freut er sich, Gesellschaft zu haben?«

»Was meinst du, wie lange wir hier bleiben können?«

Darüber habe ich noch gar nicht nachgedacht. Ich will auch nicht darüber nachdenken. Ich habe es satt, nur auf Sicht zu fahren, wenn es hinter jeder Ecke schlimmer wird. Ich habe die Anfänge satt, die ins Leere laufen. Ich habe es satt, dem guten Willen fremder Menschen ausgeliefert zu sein. Ich habe es satt, das Beste aus allem machen zu müssen. In Frankreich wäre ich gerne geblieben. In Portugal auch. In Kaiserslautern habe ich mich sogar kurz festgehalten und war für einen Tag wieder Schüler. Und nun fallen wir erneut. Ich fühle mich wie in einem dieser Filme, wo jemand vom Balkon durch ein gläsernes Dach fällt und durch den Tisch, bevor er den Boden durchschlägt und auch den darunterliegenden Raum durchbricht und immer so weiter. Ich habe es satt.

»Ich habe es satt«, sage ich.

»Ich auch«, sagt Jeany. »Aber dieser Sepp scheint ganz nett zu sein.«

»Zuerst sind immer alle ganz nett. Bis sie merken, mit wem sie es zu tun haben. Bärbel wusste das. Die war nicht ganz so nett. Das gibt es nur im Märchen, dass dir nur nette Menschen begegnen, die dein Bestes wollen.«

»Im Märchen gibt es aber auch Böse.«

»Da merkst du aber sofort, dass das die Bösen sind. Es gibt

kein Märchen, wo jemand erst gut ist und sich dann langsam in einen Bösen verwandelt. So ist es aber meistens, denke ich. Und nur manchmal ist es umgekehrt.«

Das Leben in Heimstetten ist schön. Ich könnte mich daran gewöhnen, so gepolstert wirkt alles. Jeden Morgen spaziert der Drei-Ecken-Sepp durch den Ort zur S-Bahn, mit der er nach München in sein Büro bei Siemens fährt. Kehrt er abends spät heim, hat Mutter meistens schon gekocht. »Das ist ja wie im Hotel!«, ruft er dann und leckt sich die Lippen und arbeitet schwitzend daran, noch dicker und bärenhafter zu werden. Wobei Bärenhaftigkeit eine zweischneidige Sache ist. Bären können Teddy oder Grizzly sein. Wenn er aber mal ein wenig brummig ist, dann bleibt der Drei-Ecken-Sepp einfach länger in seinem Büro und brummt vermutlich dort herum. In der Zeit dazwischen gehört das Haus uns. Vater liegt im Wohnzimmer, liest den *Spiegel* oder schaut fern. Mutter staubsaugt, räumt auf oder fährt mit dem Ford Escort zum Supermarkt, einkaufen. Für Fabian hat sie bald schon eine kleine Sammlung mit Legosteinen beisammen. Manchmal bringt sie Jeany eine *Mädchen* mit, mich versorgt sie mit neuen Batterien. Schnell wird mir langweilig, aber Langeweile ist längst zur Gewohnheit geworden. Besser Leerlauf als Katastrophen. Mit den Hunden an der Hand und dem Central Park im Ohr nehme ich meine Streifzüge wieder auf und erkunde Heimstetten.

Es ist nicht herauszufinden, wo das Ortszentrum sein könnte. Überall nur Tangenten, Ausfallstraßen, Feldwege. Dazu Hecken und Jägerzäune, hinter denen ich Rasenmäher höre und Stimmen. Morgens scheinen alle Einwohner zur S-Bahn zu gehen, abends kehren sie in ihre Häuser zurück. Wahrscheinlich liegen die Haustürschlüssel hier alle unter den Fußmatten. Durch die Fenster sehe ich Menschen vor Fernsehern. Bald blühen am Bahndamm die ersten Blumen, Gelbflecken und Blausprenkel, und es tut mir leid, dass ich bis auf den Klatschmohn keine Namen kenne. Kaum steht der Frühling in erster Blüte, öffnen sich Garagen und Gärten. Ich höre Kinder auf Trampolinen toben und sehe Großväter, die mit ihren Enkeln Drachen steigen lassen. Als es wärmer wird, waschen Männer in kurzen Hosen ihre Autos und fahren Familien auf Rädern die Feldwege entlang. Ganze Nachmittage verbringe ich in dem kleinen Holzhäuschen auf dem Spielplatz, für den ich eigentlich schon zu groß bin. Wenn ich mich aber zusammenkauere, bietet diese putzige Architektur mir Schutz vor Wind und Regen. Dann stelle ich mir vor, das wäre mein eigenes Haus. Einmal erkenne ich im üblichen Geschrei der Kinderstimmen draußen die meiner Schwester. Durch einen Schlitz in den Holzlatten kann ich sie oben auf der Rutsche sitzen sehen. Unverwandt starrt sie auf eine Gruppe gleichaltriger Mädchen hinunter, deren Wortführerin sie in ein Gespräch verwickelt hat. Der Ton ist feindselig, also höre ich genauer hin.

»... *unser* Spielplatz!«, sagt das Mädchen, es klingt wie »Spuiblotz«.

»Na und? Ich darf auch hier sein.«

»Wo kommst überhaupt her, wir haben dich noch nie gesehen.«

»Aus Südfrankreich, da wohnen wir nämlich«, sagt Jeany mit einem Hochmut, der mich ein wenig wundert und stolz macht.

»Wo ist jetzt das?«

»Hinter den Bergen, bei den sieben Zwergen«, sagt meine Schwester und dreht sich mit dem Zeigefinger eine Locke.

»Bist eine Superschlaue, oder? Warum bist du nicht in der Schule?«

Jeany wackelt mit den abgewetzten Spitzen ihrer Schuhe und denkt nach.

»Weil ich nicht muss«, sagt sie leichthin.

»*Jeder* muss in die Schule!«, triumphiert das Mädchen, und ihre Freundinnen fallen höhnisch ein. Jawohl, jeder müsse in die Schule gehen!

»Prinzessinnen nicht. Die haben ihre eigenen Lehrer.«

»Du und Prinzessin! So siehst du aber gar nicht aus!«

»Wie sehen die denn aus?«, will Jeany wissen.

»Lange blonde Haare haben die!«

»Ich aber nicht, weil ich ... weil ich eine arabische Prinzessin bin!«

»Und was machst du dann hier?«

»Ich warte auf meinen Leibwächter!«

Das wäre der Moment, in dem ich aus meiner Hütte springen und Leibwächter werden müsste. Ich lasse ihn verstreichen. Gackernd gehen die Hühner ab, die Belagerung ist aufgehoben. Jeany wartet noch eine Minute, dann kommt sie mit quietschenden Turnschuhen die Rutsche herunter. Ganz dicht geht sie an meinem Häuschen vorbei. Sie weint.

Neben dem Rapsfeld ist ein Hügel aufgeschüttet, von dessen Spitze ich an klaren Tagen die Alpen sehen kann. Auf seinem Gipfel werde ich Zeuge, wie der Raps aufschießt, wie er gelb aufgeht, wie rotierende Mähdrescher in Staubwolken die Ernte einfahren. Die Landschaft ist flach, begrenzt nur von den verschiebbaren Theaterkulissen der Baumreihen. Weit auch der Himmel. Alle dreißig Minuten rauscht eine S-Bahn durchs Bild. Die Waggons sind entweder voll oder leer, dazwischen gibt es nichts. Ich lege mich ins hohe Gras und schaue nach oben, die Halme rahmen meinen Blick. Am Himmel schippern die Wolken und arrangieren sich vor meinen Augen unversehens zu den Umrissen von Europa. Am Ural zerfasert schon das Wolkenfeld, aber es ist doch deutlich zu erkennen, der Bizeps von Skandinavien, die dänische Ausstülpung, die der zerklüfteten Normandie vorgelagerten britischen Inseln, regenschwer, darunter der mit dem Zirkel gezogene Bogen der französischen Atlantikküste, das klotzhafte Iberien mit der Stupsnase, wo Lissabon liegt. Gegenüber die italienische Halbinsel und die Äolischen Inseln, alle Umrisse im rechten Verhältnis, alles da, das ganze Abendland für vielleicht zehn Sekunden, bevor es sich, kaum von mir erkannt, wieder aufzulösen beginnt, Italien die Adria aus ihrem Becken drückt und mit dem Balkan kollidiert, Iberien sich vom Kontinent löst, als wären die Pyrenäen ein Reißverschluss, und langsam auf den blauen Ozean hinaustreibt, zusammen mit England, das mit Irland verschmilzt, während Skandinavien sich endlich an die Küsten südlich der Ostsee schmiegen darf und alles, alles in heitere Formlosigkeit flieht.

Ich schnelle hoch und schaue mich um. Das müssen auch andere Leute gesehen haben! Aber da sind keine anderen Leute. Mit sachtem Rattern geht eine S-Bahn durch die Landschaft, das ist alles.

Zwischen Heimstetten und dem Nachbarort Heimkirchen liegt auf offenem Feld eine Schule, flach und streng. Morgens brennen dort die Lichter, alle zusammen, ein leuchtendes Band. Dass ich nicht dazugehöre, weiß ich schon. Im Gegensatz zu Jeany spricht mich niemand an, dem ich mich als Prinz vorstellen könnte. Vielleicht sehe ich inzwischen so zerlumpt aus, wie ich mich fühle. Wahrscheinlich fürchten die Leute sich aber auch vor dem Riesen, der wieder zu Kräften gekommen zu sein scheint und, struppig wie er ist, einen reichlich verwegenen Eindruck macht. Fast scheint es mir, als wäre er gar nicht krank, als wäre er uns einfach nur um ein Haar verhungert. Einige Jogger oder Spaziergänger mit ihren Dackeln kommen mir bald bekannt vor, ich kenne ihre Zeiten und Routinen und weiß, wie ich Begegnungen vermeiden kann. Denn das müssen wir, Begegnungen vermeiden. Wir dürfen nicht auffallen, in gar keine Richtung, das versteht sich von selbst. Also machen wir uns klein und leise und genießen den Komfort, der übrig bleibt – während sich um uns herum die Welt weiterdreht. Einmal höre ich die Nachbarin, wie sie beim Einsteigen auf den Ford Escort deutet und fragt, was das für ein Kennzeichen ist. Mir gefällt das nicht, wir sollten keine Fragen aufwerfen. Ihr Mann steigt ein, und während sie am Haus vorbeifahren, sehe ich ihn die Lippen spitzen, schürzen und öffnen: »Portugal«.

Ich erzähle Vater davon, und am nächsten Tag steigt er morgens in den Ford und fährt davon. Er kommt erst am Nachmittag wieder, in schlammverkrusteten Schuhen und mit dreckigen Hosenbeinen.

»Wo warst du?«, frage ich.

»Weg.«

»Wo ist das Auto?«

»Auch weg. Noch Fragen?«

Als es endgültig Sommer geworden ist, empfängt Drei-Ecken-Sepp an den Wochenenden seine Freunde. Es muss ein Club sein. Sie kommen Samstag früh auf Rollern und Motorrädern, gehen im Haus noch einmal schnell aufs Klo und warten, bis er sich in seine Lederkombi gezwängt und auf seine bordeauxrote BMW geschwungen hat. Er nennt sie nicht BMW, sondern Hektor, wie aus der griechischen Mythologie. Dann brausen sie alle los, an den Chiemsee oder Gardasee. Sonntagabends kommt er glückstrunken zurück, erzählt von Kurven und Pässen und zeigt stolz seinen Sonnenbrand: »Ich bin da am Strand eingeschlafen, das muss man sich mal vorstellen!« Auf einer dieser Fahrten lernt Drei-Ecken-Sepp eine Frau kennen. Sie heißt Tina, spricht bayerisch, ist blond und jung und die Tochter des Direktors der Schule, die ich manchmal beobachte. Ich kann kaum glauben, dass der dicke alte Sepp so eine schöne junge Freundin gefunden hat, und denke, es muss an der Maschine liegen.

Eines Tages kommt Mama so aufgeregt vom Einkaufen zurück, dass sie in der Einfahrt ihre Tüten fallen lässt und sie nicht sofort aufhebt. Sie kommt ins Haus und ruft nach mir: »Du gehst mir nicht mehr raus!«

»Warum nicht?«

»Weil du der einzige von uns bist, der glaubt, ständig draußen rumlaufen zu müssen!«

»Was ist daran schlimm?«

»Im Supermarkt gibt es kein Gemüse mehr. Und keine Früchte. In Russland ist irgendwas passiert, vor Tagen schon! Aber hier bekommen wir ja nichts mit!«

Vater ruft aus dem Wohnzimmer, er habe schon mit Drei-Ecken-Sepp darüber gesprochen, da habe es geknallt. Sei aber halb so wild, meint er. Die Russen halt.

Abends in der *Tagesschau* liest Karl-Heinz Köpke den Ernst der Lage vom Blatt ab: »Sorge bereiten Behörden und Wissenschaftlern einzelne Ergebnisse von Bodenproben. Für Bayern wiederholte heute die Gesellschaft für Strahlen- und Umweltforschung die Empfehlung, Kinder nicht im Freien spielen zu lassen oder sie zumindest danach gründlich zu waschen.«

Ich gehe trotzdem weiterhin raus, einfach, um nicht wahnsinnig zu werden. Zu Mutters Beruhigung dusche ich danach aber immer ausgiebig. Auch die Waschmaschine im Keller steht kaum mehr still. Wenn es regnet, bleibe ich unten im Loch, höre Musik und stöbere in den Umzugskartons. Ich finde einen Stapel mit *Tourenfahrer*-Heften, in denen es um Motorradreisen geht. Nicht um Rennen oder Tests, nur um Reisen durch Spanien, Irland, Schweden, Griechenland, Peru. Vollgepackte Motorräder auf Passhöhen, an Ufern oder Tankstellen. Motorräder in Schräglage, Motorräder aus der Ferne, Motorräder im Detail. Die will ich alle haben. Mit einem Teppichschneider trenne ich die Seiten so sauber heraus, dass ihr Fehlen auf den ersten Blick gar nicht auffallen wird. Meine Motorräder schiebe ich in eine Klarsichtfolie und verstecke sie unter meiner Matratze. Jeany meint, ich solle bloß aufpassen, dass mich Drei-Ecken-Sepp nicht erwischt. Der wirkt überhaupt immer häufiger wie ein Bär, der aus dem Winterschlaf geweckt wurde. Wie laut wir sprechen, auftreten, schmatzen oder lachen dürfen, hängt von seiner jeweiligen Stimmung ab.

Um deren Schwankungen besser vorhersagen zu können, führen meine Schwester und ich auf den karierten Seiten eines Ringblockes akribisch Buch. Erst aus Jux, bald aus Notwendigkeit. Jeden Tag benoten wir die Stimmung unseres Hausherrn mit einer Schulnote und verbinden die Bewertungen auf einer Zeitachse. Auf diese Weise entsteht so etwas wie ein Börsenkurs mit verlässlichem Tief zu Wochenbeginn und Höhen, wenn sich der Freitag nähert. Hört er abends ZZ Top, war der

Tag mindestens eine 2 plus. Lässt er ihn zusammen mit den Eltern vor der Glotze ausklingen, reicht das für eine 3. Taucht er abends gar nicht auf, ist das zwar ein Zeichen für Brummeligkeit, aber ausreichend, 4. Da empfiehlt es sich schon, morgens im Badezimmer nur das Nötigste zu erledigen und rasch wieder im Keller zu verschwinden. Schon bei einer 4 minus bleiben wir vorsichtshalber ganz untergetaucht, je nach Wetter im Keller oder draußen im Ort. Nach ein paar Wochen ist klar, dass die Kursentwicklung nichts Gutes verheißt. Hin und wieder macht Drei-Ecken-Sepp augenzwinkernde Bemerkungen, die, denkt man sich das Augenzwinkern weg, eindeutig auf eine 5 hinweisen: »Ich muss mein eigenes Haus verlassen, wenn ich mal meine Ruhe haben möchte!«

Er sagt es lustig und rollt dabei mit den Augen, aber die Botschaft ist nicht zu überhören. Einmal belausche ich von der Pritsche im Keller aus, wie Papa auf der Treppe von Drei-Ecken-Sepp angeblafft wird. Er antwortet in diesem hinhaltenden, besänftigenden Ton: »Nächste Woche, wenn ich's dir doch sage! Ich habe doch auch keinen Einfluss darauf!«

Ich kenne den Ton, vom Telefon, aus Guarda, aus Lissabon, aus Hohenecken. Dieser Ton, das weiß ich jetzt, ist seine Reserve, seine letzte Verteidigungslinie. Die Truppen dahinter, wenn es sie jemals gab, suchen längst das Weite. Sie suchen und suchen und finden es nicht.

Ein andermal hole ich mir gerade einen Orangensaft aus der Küche, als Drei-Ecken-Sepp mit seiner Freundin Tina aus dem Auto steigt.

»Schon wieder diese blöde Schlampe«, sagt Vater beiläufig und löffelt Kaffee in den Filter.

»Warum?«, frage ich. »Die ist doch nett!«

»Weil sie sich in Sachen einmischt, die sie nichts angehen. Ihr Vater hat gesagt, wir müssten unsere Kinder auf eine Schule schicken. Und jetzt liegt mir Sepp auch damit in den Ohren …«

Die Tür öffnet sich, und Papa ruft: »Schön, dass ihr da seid! Kaffee ist gleich fertig!«

»Schade, dass ihr noch da seid«, bemerkt Drei-Ecken-Sepp und meint das nicht einmal ansatzweise lustig.

5 minus.

An einem Sonntag gibt es wieder einmal Schweinsbraten. Mutter hat den ganzen Vormittag in der Küche verbracht, Karotten geschnitten, Zwiebeln zerkleinert, Petersilie geschnippelt. Nun steht das dampfende Ergebnis ihrer Arbeit in der Küche wie eine Opfergabe für den Minotaurus. Trotzdem herrscht eine Stimmung im Haus, als würden wir alle langsam in Klarsichtfolie eingewickelt, Schicht um Schicht. Ich rieche den Braten bis hinunter in den Keller, wo ich mit einem Bleistift versuche, die »cassete de longa duração« wieder aufzurollen. Neuerdings zieht der Walkman das Band ein, und dann habe ich den Salat. Jeany, im Schneidersitz auf ihrem Feldbett, lackiert sich die Fußnägel. Das Bett hat sie seit Tagen nicht verlassen. Da hat Papa sie angebrüllt, sie solle »endlich erwachsen« werden, und seitdem redet sie kein Wort mehr mit ihm. Mit mir auch nicht. Soll sie halt schmollen. Eine Weile schaue ich zu, wie sie sich die Zehen lackiert. Nicht die Nägel, die Zehen selbst. Erst als sie anfängt, sich die Fußsohlen zu lackieren, wird es mir zu bunt.

»Hör doch auf mit dem Blödsinn, das geht nicht ab!«

»Ich hatte heute Nacht wieder diesen Traum«, sagt sie. Ständig träumt sie irgendwas und will mir davon berichten. Mir gelingt es nicht, mich darauf zu konzentrieren. Es gibt kaum etwas Langweiligeres, finde ich, als die Träume anderer Leute.

»Da waren wieder diese Hubschrauber am Himmel, die haben uns gesucht. Und die Polizei stand vor der Tür«, sagt Jeany.

»Ich weiß«, sage ich. »Den Traum kenne ich schon.«

»Aber diesmal habe ich versucht, Papa im Garten zu verscharren. Mit bloßen Händen wollte ich ihn unter der Erde verstecken. Ich konnte nie genug lockere Erde zusammenbekommen. Immer schaute ein Knie raus, ein Fuß oder eine Hand. Papa war total nett. Er hat sich überhaupt nicht gewehrt und alles mit sich machen lassen. Wie eine Puppe. Oder ein behindertes Kind ...«

Gegen Mittag kommt es dann zum Ausbruch. Er hat sich auf unserer seismischen Linie bereits angekündigt und ist fast eine Erlösung. Drei-Ecken-Sepp brüllt, es poltert, Mama schreit. Jeany und ich schauen uns an, eine eindeutige 6, keine Frage. Wir stürmen die Treppe hinauf. Drei-Ecken-Sepp steht in der Küche und beschimpft unsere Mutter, in der Hand die leere Kasserolle. Sie ist vom Tisch gefallen, die Spritzer der Soße sind auf allen Schränken verteilt.

»So eine Sauerei! So eine *Scheiße*!«, brüllt Drei-Ecken-Sepp. Sein Kopf ist hochrot und mir scheint, als sträube sich sogar sein Bart. Mama steht ihm bleich gegenüber.

Papa kommt zerknittert aus dem Wohnzimmer, wo er ein Nickerchen gehalten hat. »Was ist denn los?«, fragt er, sich den Reißverschluss seiner Hose zuziehend.

Drei-Ecken-Sepp fährt herum. »Was los ist?« Wie ein Wikinger seinen Schild hebt er die leere Kasserolle, der Schaum fliegt ihm vom Mund. »*Das* ist los! Und ich habe die Schnauze voll! Wo ist der verdammte Köter? Wo ist er? Den schlag ich tot!«, brüllt er und walzt aus der Küche, während Papa kopfschüttelnd wieder im Wohnzimmer verschwindet.

Gleich im ersten Stock stellt Drei-Ecken-Sepp den Zwerg, der gerade hektisch ein letztes Fleischstück verschlingt und einen Tritt in die Rippen versetzt bekommt, dass es nur so knackt. Der Hund prallt gegen die Wand und bleibt benommen liegen. Er winselt nicht einmal. Drei-Ecken-Sepp stürmt weiter, auf der Suche nach dem zweiten Täter. Mutter mit überschlagender Stimme hinterher: »Tu ihm nichts, tu ihm nichts! Jürgen? Wo bist du?«

Der Riese hat sich ganz oben im Schlafzimmer der Eltern verkrochen. Er sitzt in der Mitte des Raumes und schleckt sich mit blauroter Zunge die letzten Reste aus dem Bart, das schlechte Gewissen legt ihm die Ohren an, man sieht sie gar nicht mehr. Als er den riesigen Mann die Treppe hochkeuchen hört, versucht er, sich unter das Bett zu verdrücken.

Bis zu den Schultern schafft er es, weiter kommt er nicht.

Es ist zu eng, er zu riesig. Sein Hinterteil schaut heraus, mit den Beinen stemmt er sich vorwärts und hebt dabei das ganze Bett an. Schon ist Drei-Ecken-Sepp hinter ihm und tritt. Und tritt. Und tritt. Immer in die Weichteile. Es ist ein Jaulen und Fiepen und Brüllen, der Lärm in dem engen Zimmer betäubt die Ohren. Mama hat sich auf seinen breiten Rücken geworfen, trommelt abwechselnd mit den Fäusten auf ihn ein und zieht ihn an den Haaren. Aber Drei-Ecken-Sepp ist von Sinnen. Er tritt. Und tritt. Und tritt. Ich springe nach vorne, kralle mir seinen Bart und lasse mich fallen. Drei-Ecken-Sepp heult auf, holt aus, verfehlt mich mit einem mächtigen Schwinger seiner Pranke – und erwischt Mama mit dem Ellbogen. Mit dem Hinterkopf prallt sie gegen den Heizkörper.

Blut spritzt in zierlichen Parabeln auf die Tapete.

Drei-Ecken-Sepp steht dampfend da und schaut auf Mutter herab. Sie tastet nach der Platzwunde und wimmert. »Ist nicht so schlimm, ist nicht so schlimm.«

Drei-Ecken-Sepp öffnet und schließt die Fäuste. Sein Kiefer mahlt. »Raus«, haucht er schließlich, schwer atmend. »Besser, ihr packt sofort euren Scheiß und verschwindet aus meinem Haus. Nicht morgen, nicht nächste Woche. Jetzt. Raus.«

Um zwölf Uhr mittags auf dem Bahnhof von Heimstetten. Der Riese hat sich auf dem Weg zweimal übergeben und humpelt, kann aber laufen. Mutter hält den winselnden Zwerg in den Armen. Er atmet flach, ist aber bei Bewusstsein. Vater hat meinen kleinen Bruder an der Hand, Jeany steht abseits und stiert vor sich hin. Die beiden Plastiktüten, in die wir eilig unsere Habseligkeiten gestopft haben, lehne ich gegen die Pfeiler der Fahrplanauskunft, damit sie nicht umfallen und ihr Inhalt sich auf dem Bahnsteig verstreut. Die Farbe auf den Tüten hat abgefärbt, meine Hände sind ganz rot.

Wir sind die einzigen Wartenden, wie in einem Western. Die Sonne strahlt, zwischen den Hecken winken Sonnenblumen und leuchten die Berge. Bienen summen. Ansonsten ist es still. Hin und wieder raschelt es im Gebüsch oder gleitet ein Auto vorbei. Keine Polizeisirene. Niemand sagt ein Wort. Vater setzt Fabian auf die Bank und geht ganz nach vorne an die Bahnsteigkante. Er hat die Hände in den Hosentaschen und klimpert mit den Münzen darin. Hin und wieder beugt er sich vor und hält Ausschau nach der S2, in beiden Richtungen.

Wenn der nächste Zug von rechts kommt, fahren wir nach München rein. Kommt er von links, fahren wir raus.

Gefährdeter Bezirk

Im Zug sitzen wir die meiste Zeit allein im Großraumabteil. Fahrkarten haben wir keine gelöst. Für zwei Stationen steigt eine Familie mit Fahrrädern zu. Vater, Mutter, Kind. Sie sprechen gedämpft und schauen immer wieder verstohlen zu uns herüber. Das Kind redet, die Eltern wiegeln ab. Von Zeit zu Zeit erwidere ich kühl ihre Blicke, dann schlagen sie die Augen nieder. Mir gegenüber sitzt Jeany und zupft mit spitzen Fingern die Watte aus der Schlange. Der Nagellack auf ihrer Haut ist getrocknet und rieselt flockenweise ab. In den Sandalen sehen ihre Füße fürchterlich aus, nach Schorf und Blut. Mutter sitzt mit dem Daumen im Mund abseits und presst sich ein Küchentuch gegen den Hinterkopf. Aufgekratzt lutscht Fabian die Scheibe ab und wischt mit dem Handballen durch die Schlieren. Es ist die erste Zugfahrt seines Lebens, den Spaß lässt er sich nicht nehmen. Vater hockt vorgebeugt und dreht rhythmisch am Zündstein seines Feuerzeugs, sein zartes Schaben ist das einzige Geräusch im Abteil. Ich krame in der Tüte nach meinen Sachen und lege sie mir auf die Knie. Das, denke ich, sind alle meine Habseligkeiten. Im Kopf mache ich eine Liste und aktualisiere sie sogleich. Hatte ganz vergessen, dass ich nicht nackt bin. Sowas. Meine Sachen also, Inventur, ich gehe sie in Gedanken durch:

1 Cordhose

1 Paar Tennissocken (Loch rechts an der Ferse)

1 Paar Turnschuhe (verschiedene Schnürsenkel)
1 Unterhose
1 Kleines Schreibheft (kariert)
1 Kugelschreiber
1 T-Shirt (Fruit of the Loom)
1 Trainingsjacke (Reißverschluss kaputt)
1 Kassette von langer Spieldauer
1 Walkman (Sony)
1 Kopfhörer (ohne Schaumgummidämpfer)
2 Batterien (Varta Alkaline, so gut wie neu)
1 Klarsichthülle (transparent, rosa eingefärbt)
24 ausgeschnittene Bilder von Motorrädern (BMW, Moto Guzzi, Laverda)
1 Brille auf der Nase (zerkratzt)

Erding ist Endstation. Nachdem die Bahn gehalten hat, bleiben wir einfach sitzen. Keiner von uns macht Anstalten, aufzustehen. Wir sitzen da und schauen aus den Fenstern, als würde dort noch immer die Landschaft vorbeitreiben. Erst als der Zugführer den Kopf ins Abteil steckt und »Alles aussteigen! Hallo?« ruft, verlassen wir das Abteil und stehen dann in der Sonne. Papa kratzt sich am Kopf, in den Achseln seiner Kunstlederjacke haben sich um die dunklen Schweißflecken weiße Ränder gebildet. Der Bahnhof ist eine klassizistische Villa. Davor steht an der Straße ein roter Postbus mit laufendem Motor. Papa geht vor, er bewegt sich wie aufgezogen. Wir folgen. Er steigt vorne ein, legt dem Fahrer seinen letzten 50-Mark-Schein hin, nimmt das Wechselgeld entgegen und tastet sich den Gang entlang nach hinten. Fast wirkt es, als wäre es ihm gleichgültig, ob wir ihm folgen. Als der Fahrer die Hunde sieht, bestellt er Vater über die Gegensprechanlage nach vorne: »Der Herr? Tiere kosten extra!« Papa, der schon gesessen hatte, steht auf, drückt sich mit leerem Blick an uns vorbei nach vorne, zahlt nach und bleibt vorne sitzen. Auf dem Platz für Schwerstbehinderte. Zischend schließen sich die Türen, und der Bus setzt sich in Bewegung. Wieder sind wir die einzigen Passagiere, als gäbe es diesen ganzen schönen Nahverkehr nur für uns allein. Mama sitzt mit Fabian und den Hunden auf der Rückbank, Vater vorne. Jeany neben mir in der Mitte. Kein Wort.

»Wenn's nicht mit zurück nach Erding wollen, müssen's hier fei aussteigen, gell!«

Wieder der Fahrer, ich schrecke hoch. Es dämmert schon, als wir nacheinander aus dem Bus stolpern. Wo sind wir? Ich habe kein Ortsschild gesehen, nur die vertraute Warnung: »Tollwut! Gefährdeter Bezirk!«.

Der Fahrer steht draußen, schaut Löcher in die Luft und raucht eine Zigarette. Papa lässt sich eine schenken, dann spaziert er zu uns zurück, an uns vorbei, steckt eine Hand in die Hosentasche und lässt den Blick schweifen. Der Fahrer spuckt aus, steigt ein, steuert den röhrenden Bus einmal rings um den Maibaum und fährt die verwaiste Hauptstraße entlang. Stille.

Da ist eine Kirche mit Zwiebelturm, eine Gaststätte mit Tulpen im Blumenkasten vor den Butzenfenstern, eine Hofanlage. Es riecht nach Mist und dem kühlen Anhauch eines nahen Waldes. Als die Glocken läuten, dicht und dringlich, zucken wir alle zusammen. Papa schnippt die Zigarette weg. Er macht sich sogar die Mühe, sie auszutreten. Dann geht er, ohne sich nach uns umzuschauen, auf die Gaststätte mit den Butzenfenstern zu. Neben dem Eingang ein Schild: »Zimmer frei!«

Ich greife mir die Tüten und trotte hinterher. Als ich die

leere Gaststube betrete, verhandelt Vater schon mit der Wirtin. Es ist eine freundliche alte Dame im Dirndl. Wenn sie lacht, sieht man ihr Zahnfleisch. »Das ist doch gar kein Problem, dann zahlen's halt am Montag. Die Stube liegt nach hinten raus, Bad im Zimmer, Toilette auf dem Gang …«

Nach und nach finden wir uns alle ein, zuletzt Mama mit Fabian und den Hunden. Jetzt runzelt die Wirtin die Stirn, ihr Lächeln lässt sie vorerst stehen. Ich sehe, wie mit Blick auf unsere Plastiktüten eine leichte Verstimmung über ihr Gesicht huscht.

»Wollen's nicht vielleicht zwei Zimmer, der Herr?«

»Das geht schon«, sagt Papa. »Wir reisen morgen weiter.«

»Gut, wie Sie meinen«, sagt die Wirtin und greift nach dem Schlüssel. »Dann will ich Ihnen mal das Zimmer zeigen. Wenn mein Mann zurück ist, stellt er Ihnen noch eine Matratze rein«, fügt sie hinzu und geht über knarzende Dielen voraus, gefolgt von den Eltern.

Meine Schwester bewegt sich langsam, eine Hand über dem Holz des Tresens. Plötzlich liegt da ein Zettel, als wäre er ihr aus dem Ärmel gefallen. Schon am Papier erkenne ich, dass es eines der Motorradbilder aus dem *Tourenfahrer* ist. Sie muss es abgerissen haben, als ich im Bus kurz eingenickt war.

»He!«, rufe ich, aber sie geht einfach weiter. Ich greife mir das Papier. Es ist ein Stück von meinem Lieblingsbild, eine seltene Laverda in Schräglage. Quer über den Auspuff steht mit Kugelschreiber in krakeliger Schrift etwas geschrieben.

HILFE!

Ich drehe den Zettel zwischen den Fingern, aber sonst steht da nichts. Nur Hilfe. Benommen schiebe ich ihn dahin zurück, wo die *bezaubernde Jeannie* ihn hingelegt hat.

Die Wirtin steht im Zimmer unter einem Kruzifix und ringt die Hände.

»Das ist doch viel zu eng hier, sagen Sie selbst! Wollen's denn wirklich kein zweites Zimmer? Ich mach Ihnen auch einen guten Preis, es ist grad nicht Saison!«

Es kostet Papa einige Mühe, die Frau hinauszukomplimentieren. Danach schließt er von innen ab, schaltet den Fernseher auf der Kommode ein und sinkt entkräftet auf die Bettkante. Da sitzt er und starrt auf den Bildschirm, wo Paola und Kurt Felix lustige Streiche ankündigen. Mutter hockt auf der anderen Bettkante und starrt auf das Bild an der Wand. Es zeigt zwei Männer, völlig aufgewühlt in aufgewühlter Landschaft unter aufgewühltem Himmel. Ich trete näher und lese: »Petrus und Johannes auf dem Weg zum Grab«.

Hilfe.

Jeany öffnet das Fenster, vor dem frühe Fledermäuse herumhuschen, schneller und wendiger als jeder Vogel, und lauscht in den Abend. Draußen wölbt sich eine Weide, dahinter Wald. Ich habe die Orientierung verloren, aber in dieser Himmelsrichtung müsste irgendwann Tschechien kommen. Das ist Ostblock, erinnere ich mich, das andere Ende der Welt.

Mama schlägt nach einer Fliege und verfehlt sie. Sie schlurft ins Badezimmer und hält den Kopf unter den Wasserhahn, wäscht sich die Wunde aus. Ich gehe hinterher und reiche ihr das Handtuch, sie wickelt es sich um den Kopf und richtet sich wieder auf. Rosafarbene Tropfen laufen ihr den Hals herunter. Behutsam tupft sie die Wunde ab und betrachtet sich dazu im Spiegel.

Auf dem Flur die Stimme der Wirtin, dazu eine dunkle Männerstimme.

Mama wendet den Kopf. »Machst du auf, Jürgen? Da kommt die Matratze.«

Papa steht seufzend auf und geht drei Schritte.

Gerade, als er den Schlüssel im Schloss drehen will, klopft es an der Tür.

Sofort schlagen die Hunde an.

»Polizei! Dürften wir Sie mal kurz stören?«

Das sind die drei Fragezeichen. Es ist die Gendarmerie. Interpol, die Polizei.

Hilfe.

Vater zieht die Hand zurück, als wäre der Schlüssel elektrisch geladen.

In diesem Augenblick bricht Mutter zusammen. Weil sie direkt neben mir steht, kann ich sie gerade noch auffangen und weich auf den Boden legen. Es sieht aus, als würde sie schlafen. Ich knie neben ihr und erinnere mich dunkel, dass sie schon einmal so lag, dass sie vielleicht immer so lag.

Es klopft erneut. Bestimmt, mit langen Pausen dazwischen, die fast noch gebieterischer sind als das eigentliche Klopfen.

Bumm. Pause. Bumm. Pause. Bumm. Pause.

Mit dem vierten Bumm dreht Jeany sich vom Fenster weg und will sich an Papa vorbeischieben. Der packt sie am Handgelenk, bevor sie die Tür erreicht hat. Er greift um ihren Hals. Nimmt sie in den Schwitzkasten, presst ihr seine freie Hand vor den Mund. Mit einem Tritt stößt sie sich von der Tür ab. Gemeinsam fallen sie rückwärts aufs Bett.

»Hallo? Herr Frank? Wir wissen, dass Sie da drin sind! Wir müssen Sie bitten, die Tür aufzumachen!«

Auf dem Bett kämpft Papa mit meiner Schwester. Ihr panischer Blick verrät, dass sie keine Luft bekommt. Sie beißt ihm in die Hand und schlägt ihm die Brille aus dem Gesicht. Aber er hält sie eisern umklammert, den Blick ausdruckslos auf die Tür gerichtet.

»Ganz ruhig«, flüstert er dicht an ihrem Ohr, als wollte er sein Mädchen trösten. »Ganz ruhig.«

Aus den Augenwinkeln sehe ich meinen kleinen Bruder vom Bett klettern und durch das Zimmer tappen. Plappernd dreht er den Schlüssel, streckt sich nach der Klinke.

Und öffnet die Tür.

Wendehammer

Das Netz, in das wir nie gehen wollten, bremste unseren Fall. Die bayerischen Polizisten, die uns Fahrkarten für die Reise zurück nach Kaiserslautern bezahlten. Die Leute von der Caritas, die uns am Bahnhof in Empfang nahmen und zunächst in einem Hotel in der Innenstadt unterbrachten, bevor wir eine Sozialwohnung im Erdgeschoss einer achtstöckigen Mietskaserne beziehen konnten. Behörden, wo freundliche Beamte unserer Mutter beim Ausfüllen all der Anträge zur Hand gingen. Besorgte Ärzte, die bis auf die üblichen Symptome schlechter Ernährung und einige Striemen und blaue Flecken nichts finden konnten. Die Tierärztin, die den Zwerg mit einer Spritze aufpäppelte und den Riesen mit einer anderen Spritze von seiner Krankheit erlöste, für immer – und damit auch den Zwerg zum Verstummen brachte, der seit dem Verlust seines großen Freundes bis ans Ende seiner Tage viele Jahre später keinen einzigen Ton mehr von sich gab. Nicht einmal, wenn man zufällig auf seine Pfote trat.

Ich verlor nur ein Schuljahr und kam wieder in die achte Klasse. Es war meine alte Schule, aber es waren nicht mehr meine alten Klassenkameraden. Ich selbst war auch nicht mehr der Alte. Es kostete mich keinerlei Mühe, unsere familiäre Katastrophe in ein Gewebe prächtiger Lügen einzuspinnen und als düsteres Geheimnis zu bewahren. Gelernt ist gelernt. Übrig und für alle Welt sichtbar blieb aber der Makel, Geld für Schulbücher und Klassenfahrten beim Direktor beantragen, in schäbigen Klamotten von der Sozialhilfe herumlaufen oder ein Loch bewohnen zu müssen, das uns eine barmherzige Gemeinschaft in ihrer Güte zur Verfügung stellte. Ich war jetzt der Junge, von dem alle wussten, dass mit ihm etwas nicht stimmte. Und ich tat alles dafür, dass niemand sich dafür interessierte.

Wenn meine Altersgenossen von der Generation Golf in den Pausen über Petra Kelly oder das neue Album von Depeche Mode diskutierten, schlenderte ich manchmal ans Fenster unseres Klassenzimmers im dritten Stock und spähte in den Hof des benachbarten Gefängnisses. Denn dort saß mein Vater in Untersuchungshaft.

In den ersten Monaten sah ich viele Häftlinge da unten, wie sie auf der schmalen Fläche hinter den hohen Mauern im Kreis liefen oder rauchten, in Gruppen oder allein, phlegmatisch oder gestikulierend. Mein Vater war nie dabei. Dafür war ich ihm dankbar. Er hätte dabei sein können, aber er war es nicht. Und so ist mein letzter Eindruck von ihm dieser Gefängnishof, in dem er nie auftaucht. Die Stacheldrahtrollen auf der Mauerkrone, der graue Betonboden. Die Erleichterung über seine Abwesenheit.

Im Prozess kam mein Vater mit einer Bewährungsstrafe von ein paar Jahren davon. Der Richter hielt ihm zugute, dass er eine Familie zu ernähren hatte. Allerdings kehrte er zu seiner Familie nicht mehr zurück. Es war, als hätte er im Knast seinen Aggregatzustand gewechselt und es vorgezogen, sich danach ins Nichts der Freiheit zu verflüchtigen.

Und deshalb kann ich mit ihm heute machen, was ich will.

Ich kann ihn mir in einer Tiefe von zwei Metern auf dem Westfriedhof von Kaiserslautern vorstellen, schweigend. Im

Nieselregen vor einer Trinkhalle in Pirmasens, schwafelnd. Unter einem Sonnensegel an Deck seiner Hatteras im Hafen von Saint-Tropez, schlummernd, während ihm eine leichte Brise höflich die Seiten der *Auto, Motor & Sport* umblättert – das am liebsten.

Ich kann mit ihm machen, was ich will.

Epilog

Als meine Mutter zum zweiten Mal starb, war ich nicht bei ihr.

Überhaupt war ich kaum mehr bei ihr in den drei Jahrzehnten danach. Wir Kinder fielen von ihr ab wie reife Früchte von einem Baum und kullerten den Abhang herunter, der das Leben ist. Im Bahnhofsviertel von Kaiserslautern hatte Mama eine Kneipe gepachtet. In der »Funzl« konnten die anderen Gestrandeten aus dem Viertel ihre Sozialhilfe versaufen – bewirtet von einem tapferen Persönchen, das für jeden ein Lächeln übrig hatte und auf einen Hocker steigen musste, um an die schärferen Spirituosen über der Theke heranzukommen. Ihre Gäste spielten Karten am Stammtisch oder verfluchten den Zigarettenautomaten, schlugen mit der flachen Hand dagegen, bis »die Judda« fröhlich »Fester!« rief. Es lief an solchen Abenden eine volkstümliche CD nach der anderen, die Mama vorsichtig, damit die silberne Fläche nicht fettig wurde, in die kleine Stereoanlage steckte. Auf einem gerahmten Poster in der Ecke schlurfte ein junger James Dean versonnen durch den Regen von Manhattan. Und immer stand Qualm wie ein zusätzliches Möbelstück in der Gaststube, eine alles umhüllende Wolke der Geselligkeit.

Wie man über das scheinbar schubweise Wachstum eines Kindes staunt, das man nur alle drei Jahre sieht, so erschreckte mich bei meinen seltenen Besuchen der Verfall meiner Mutter. Ihr strahlendes Lächeln, das in der Dauerdämmerung der »Funzl« über mehrere Tische hinwegstrahlen konnte, war bei Tageslicht ein erschreckendes Blecken. Vielleicht, weil die Augen nicht mehr mitlachten. Beim Ausatmen machte Mama damals schon dieses pfeifende Geräusch. Das Summen früherer Tage war einem stimmhaften Stöhnen gewichen, das aber weiter nichts bedeuteten sollte, wie sie mir versicherte. Heute weiß ich, dass dieses Stöhnen ein Vorbote der Krankheit war, an der sie sterben würde.

Ihre winzige Wohnung war von bestürzender Reinlichkeit und Ordnung. Für jedes Beistelltischchen gab es ein Häkeldeckchen, darauf neue Nixelchen, in Reih und Glied wie eh und je. Auf einem marmornen Schachbrett standen sich Figuren gegenüber, die nie versetzt wurden. Ewige Waffenruhe. In den Vitrinen der Schrankwand stellte Mama all den erfreulichen Tand aus, den die Zeit an den abendlichen Strand ihres Lebens geschwemmt hatte. Eine schlafende Kuckucksuhr aus dem Schwarzwald. Eine putzig gemeinte Katze aus Holz. Ein leerer Flakon für Parfüm, der jeden Duft längst ausgehaucht hatte. Im Regal wendeten Taschenbücher, die sie nie gelesen hatte, Besuchern ihre faltenlosen Rücken zu. Fotos ihrer Eltern, aufgenommen bei irgendeinem Abschied, irgendeiner Ankunft, hier als bleibendes Idealbild ausgestellt. Wir Kinder, auf Zuruf in die Kamera schauend, für immer eingefroren mit fragendem Blick. Eine Familie aus gläsernen Elefanten, die sich gegenseitig führten, Rüssel an Schwanz. Der erste Elefant, der Größte, fehlte. Und der Rüssel des zweiten Elefanten in der Reihe tastete ins Leere.

Ich besuchte sie nur, wenn auf dem Weg von A nach B zufällig K-Town in der Mitte lag. Dann begrüßte sie mich mit einer feuchten Zudringlichkeit, die mir zu schaffen machte. Auch konnte ich das Schwinden ihrer Kräfte nicht ertragen und weniger noch den Gleichmut, mit dem sie dieses Schwinden ertrug. Zumal ihr die Aufregung jedes Mal zusetzte, sie sich mit den Händen am Tisch aufstützen und nach Luft ringen musste, während sie mich aus schwimmenden Augen mit dieser Mischung aus Furcht und Freude anstarrte. Eine runde kleine Frau in einem bodenlangen Gewand mit Blumenmuster. Und ich starrte zurück, unfähig, sie einfach in den Arm zu nehmen. Ein schlechter Sohn schlechter Eltern.

Ein paar Jahre lebte sie ganz gut mit dem, was ihre Ärzte eine »chronisch obstruktive Dysfunktion der Lunge« nannten. Glücklich deshalb, weil es nicht der Lungenkrebs war, vor dem sie sich ein Leben lang gefürchtet hatte. Über einen Schlauch in der Nase war sie an ein zischendes Sauerstoffgerät angeschlossen. Wenn ich mit dem Stuhlbein auf den Schlauch kam, gab es einen warnenden Pfeifton. Wir nannten das zylindrische Ungetüm R2-D2, nach dem Roboter aus *Krieg der Sterne*. Worüber Mama so herzlich lachen konnte, dass ihr die Tränen kamen. Sie kamen ihr oft, beim Lachen und auch sonst. Zum Beispiel alleine vor dem Fernseher, vor dem sie in embryonaler Haltung und mit dem Daumen im Mund die meiste Zeit verbrachte. Abends schlief sie auf dem Sofa während einer Werbepause ein, um morgens zu einer fröhlichen Dauerwerbesendung zu erwachen. Sie mochte Werbung, da wollte jemand was von ihr. Den Fernseher schaltete sie nur aus, wenn ich sie dazu drängte, widerwillig, als müsste sie einen guten Freund vor die Tür schicken. Ging ich in ihrem Schlafzimmer zu Bett, hörte ich nebenan den Fernseher wieder, trotz des unablässigen Geröchels von R2-D2, der neben dem Bett parkte und einen leicht alkalischen Geruch verströmte. Ohne beide Geräte wäre sie viel früher erstickt.

Am Ende holte meine Schwester, gute Tochter schlechter Eltern, unsere Mutter zu sich nach Spanien. Palmen, Pool und wilde Katzen. Das Klima würde ihrem Asthma gut tun, meinte Jeany am Telefon und hatte recht. Gemeinsam mit meinem Bruder half ich ihr beim Umzug. Und in Spanien erlebte Mama noch einmal Frühling, Sommer, Herbst und Winter.

Kinder, wie die Zeit vergeht.

Das letzte Mal sah ich meine Mutter im Krankenhaus von Dénia.

Als ich ihr klimatisiertes Zimmerchen neben der Intensivstation betrat, lag sie unter leichten Laken, die nackten Beine aufgedeckt. Sie schlug die Augen auf, erkannte mich, hob einen Arm und ließ ihn wieder fallen. Ich griff nach ihrer Hand, die Finger wie Zweige. Dunkelrote Blutergüsse, wo ihr Kanülen gelegt worden waren. Trocken und schlaff die Haut, wie die einer überreifen Nektarine. Grau klebten ihr die Haare an der Stirn. Die Maschine quittierte jeden ihrer unregelmäßigen Herztöne mit einem erfreuten Piepser. Eine Krankenschwester löste routiniert die Klettverschlüsse an der Sauerstoffmaske vor ihrem Gesicht. »Meramente corto, por favor«, nur kurz, um ein paar Worte zu wechseln.

Die Druckstellen in ihrem Gesicht sahen aus wie Narben.

Ich küsste ihre heiße Stirn. »Scheiße, oder?«

»Es ist. Wie es ist. Es kommt. Wie es kommt.«

»Da hast du recht, Mama.«

»Wir haben viel. Unsinn gemacht. Oder?«

»Das haben wir wohl. Immerhin war es nicht langweilig.« Kurz bleckte sie die Zähne, ein Lächeln. Sie schüttelte langsam den Kopf, ihr Blick wanderte seitwärts, inwärts. »Ich habe ihn gesehen. Wie er sein wollte. Nicht, wie er *wirklich* war. Ich habe ihn geliebt.«

Ich nickte. »Es ist, wie es ist.«

Sie hob die Hand und berührte mich am Ohrläppchen. »Mein. Großer.«

Neben mir tauchte die Krankenschwester wieder auf, die Maske in der Hand. Ich beugte mich hinab in den halb säuerlichen, halb süßlichen Geruch, der von meiner Mutter ausging. Sie wollte etwas sagen, etwas Wichtiges. Die Anstrengung trieb ihr Tränen in die Augenwinkel. Sie liefen die Schläfen hinab und versickerten im weißen Stoff des Kissens.

»Weißt du. Noch. Wie ich das. Erste Mal. Gestorben bin?«

»Es ist meine früheste Erinnerung, Mama«, sagte ich und bereute es sofort.

Sie aber hauchte, für jedes einzelne Wort neu Luft holend: »Es. Tut. Mir. So. Leid.«

Mit dem Daumen fuhr ich die geschwungene Linie ihrer Augenbraue nach, immer wieder.

»Alles gut«, flüsterte ich. »Alles gut.«

Mehr fiel mir nicht ein, nur diese weiße Lüge.

Alles gut.